SV

Nedim Gürsel
Allahs Töchter

Aus dem Türkischen
von Barbara Yurtdas

Roman

Suhrkamp

Die Originalausgabe erschien 2008 unter dem Titel
Allah'ın Kızları im Verlag Dogan Kitap, Istanbul.

GD Bildung und Kultur

Programm „Kultur"

Dieses Projekt wurde mit Unterstützung der Europäischen
Kommission finanziert. Die Verantwortung für den Inhalt
dieser Veröffentlichung trägt allein der Verfasser; die Kommission haftet nicht für die weitere Verwendung der darin
enthaltenen Angaben.

Druck: Druckhaus Nomos, Sinzheim
Printed in Germany
Erste Auflage 2012
ISBN 978-3-518-42291-5

1 2 3 4 5 6 – 17 16 15 14 13 12

Allahs Töchter

Sollten euch die Söhne vorbehalten sein und
Ihm aus den Engeln die Töchter?

Koran, Sure 53, 21

Zum Gedenken
an meinen Großvater Nedim Tüzün

Was meint ihr, wer sind wohl Lat, Uzza und Manat, die dritte von ihnen? ... Sie sind nichts als Namen, die ihr ihnen gegeben habt, ihr und eure Väter.

Koran, Sure 53, 19 ff.

Beim lichten Tag und bei der Nacht, wenn sie am stillsten ist. Höre Muhammed!* Dein Herr hat dich keineswegs verlassen, und Er zürnt dir nicht. ... Hat Er dich nicht als Waise gefunden und dir Zuflucht gewährt?

Koran Sure 93, 1 ff.

Höre! Höre auf das Flüstern der Sterne am Himmel und der Felsen auf Erden! Die Berge dröhnen nachts, höre auf ihr Dröhnen! Auf die Stimme der Unendlichkeit. Höre auf das Rauschen des Windes, der durch die Zweige streicht, auf das Tröpfeln des Wassers, das nicht fließt, sondern sich Tropfen für Tropfen am Grunde des Brunnens sammelt, auf das Donnern der weiß schäumenden Wellen, die sich weit draußen auftürmen und heranstürmen. Die Sonne brennt, der Sand reinigt. Höre auch auf ihre Stimme, ihr Wort!

Nein, am Anfang war nicht das Wort. Am Anfang war dieses Sandmeer, waren diese Steine, war die sengende Sonne am wolkenlos blauen Himmel. Zuerst waren die Wolken, zuerst war der Regen, zuerst waren die Berge und der bestirnte Himmel. Es gab die Stimme und den Atem all dieser unbelebten Wesen. Das Wort kam erst danach, viel später als die Erde, als der Sand, die Kiesel, das Wasser und die vom Wasser ausgewaschenen Flusstäler. Es kam später als die Schlangen und die Hundertfüßer, später als die riesigen Bäume mit den Dolchblättern, es kam nach den Insekten, die anderen Tieren zur Speise dienen, nach den Ameisen und Falken. Und noch einmal viel später als dieses alles wurde der Mensch ins Leben gerufen und erschaffen.

Andererseits gab es doch zuerst das Wort, denn alles begann mit dem Wort, mit dem Namen Allahs. Mit Seinen Namen. Dessen Wesen über alle Bezeichnungen erhaben ist. Mit dem Namen des allerbarmenden und barmherzigen Allah, der durch alle Zeiten ohne Anfang und Ende existiert. Mit dem Namen des Allerhöchsten, der der Einzige ist, der ungeschaffene Schöpfer, nicht gezeugt noch zeugend, der als der geheime

Schatz erkannt werden will, der Gott aller Welten und Herr des Jüngsten Tages.

Und doch gab es eine Zeit, als Allah auch Töchter hatte. Hier unter diesem Himmel, unter dieser Sonne, unter diesem Dunst; am Abhang dieses steinigen Hügels, am Ende dieser Straße, dieser Straßen. Die Töchter Allahs sind Lat, Uzza und Manat. Höre auch sie! Höre ihre Stimme.

Das glückliche und das glücklose Arabien

Jetzt, Jahre später, nach sehr langer Zeit, nach all der Zeit darfst du träumen. Nachdem seither viele Tage, Monate, Jahreszeiten vergangen sind. Nachdem Blut geflossen ist, Blut vergossen wurde, nach Frieden und Kriegen, nach der Liebe, nach Liebesverhältnissen, die unter die Haut gingen wie ein Flammenhemd, das die Haut verbrennt. Nach verzehrenden Liebesleidenschaften. Nach Tod und Trennung, insbesondere nach einer Trennung, die schlimmer war als der Tod.

Einst gab es den Menschen noch nicht. Besser gesagt, es gab ihn, aber bei Gott. In Seinem Wesen existierte er, in Ihm lebte er. Mit Ihm war er verschmolzen, in Ihm verschwunden. Doch Gott langweilte sich, Seine eigene Einsamkeit langweilte Ihn, Seine Macht, Sein Zorn und Seine Liebe. Er wollte erkannt werden. Zuerst erschuf Er die Welt, die Welten und dann den Menschen. Auch die Engel und der Teufel, das Gute und das Böse waren in Ihm. Als Er die Erde und die Himmel schuf, erschuf Er auch die Engel und den Teufel, die Dschinnen und die Peris, doch nur den Menschen versetzte Er ins Paradies, nachdem Er ihn erschaffen hatte. Dort lebte der Mensch, als Mann und Frau, als zwei verschiedene Geschöpfe, in endloser Glückseligkeit. Sie waren sündenlos, nackt und unsterblich. Hätten sie sich nicht vom Satan verführen lassen und von der verbotenen Frucht gegessen, dann wären sie für immer dort geblieben. Sie wären nicht gezwungenermaßen so elend und schutzlos in dieser Hölle gelandet, diesem Paradies, diesem Landstrich, der sich wie ein Meer mit Wellen aus rotem Sand in endlose Weiten erstreckt.

Öffne den Atlas und schau! Breite die Meere, die Erdteile mit ihren Bergen und Flüssen vor dir aus. Die Länder sollen sich der Reihe nach aufstellen, ein Wasserlauf soll fließend das Abenteuer des Menschen erzählen, ohne trübe und schmutzig zu werden. Drehe den Globus um seine eigene Achse von Ost nach West.

Du wirst es sehen. Auf der nördlichen Halbkugel wirst du zwischen zwei schmalen Meeren Arabien sehen, wie ein Wäschestück aufgehängt am dritten darüber liegenden Meer; im Laufe der Zeit ist es immer trockener und mit dem Rückzug des Wassers fest und hart geworden, jene Halbinsel, die sich mit ihren Steinen, ihren Sandflächen, ihrer Dürre und ihren wüsten Stürmen erstreckt, sich mit ihren wellenförmigen Sanddünen ausbreitet. Zur westlichen Küste hin steigt sie an mit erloschenen Vulkanen, Granit und Gestein, während sie zum Osten hin völlig eben ist wie ein Monument der Leere und Einsamkeit. Du wirst das glückliche und das glücklose Arabien sehen mit dem Jemen unten und der Sinaihalbinsel oben, mit dem Golf zu seiner Rechten und dem Roten Meer zur Linken. Und entlang der Westküste siehst du die nach Norden terrassenförmig abgestuften Berge, die das Wasser vom Trockenen und das Meer vom Land trennen, die zwischen beiden einen Vorhang aus Felsen ziehen wie ein unüberwindliches Hindernis. Und du wirst am Busen eines Wadi, den jene Berge verstecken, die Stadt sehen, Mekka.

Ja, sie ist ein schwarzer Punkt am Saum der nackten Felsen, die den ganzen Tag von der Sonne versengt und ausgedörrt und nachts in eisige Kälte gehüllt werden. Gott hat nämlich, ehe Er das Angesicht der Erde schuf, eine tiefgrüne Substanz geschaffen, später ist dann diese Substanz zu

Wasser geworden und hat angefangen zu fließen, und aus Gottesfurcht ist das Wasser bekanntlich höher gestiegen und übergelaufen. Das erste Land aber, das sich auf diesem Wasser zeigte, bekam folglich den Namen *Ümmü'l Kura*, das heißt Mutter der Ortschaften. Es ist ein Bauch genau in der Mitte des Körpers, vielleicht auch eine Brustwarze. Als Gott befahl »*Kün!*« »Es sei!«, als der Buchstabe *kâf* den Buchstaben *nun* berührte*, entstand zuerst diese Stadt, Mekka, die Königin der Städte, und dann standen wie angewurzelt die Berge der Umgebung da, die die Stadt befestigen. Sie besteht aus Luftziegelhäusern, die sich um einen riesigen schwarzen Würfel* gruppieren, und einem Brunnen, der Zemzem genannt wird.

Auch wenn das Wasser des Brunnens aus dem Paradies kommt, so ist es doch trübe und bitter und ein wenig säuerlich, es schmeckt nach Paradiesquelle. In jenem regenlosen Landstrich ist Wasser der größte Segen. Doch einmal oder vielleicht zweimal im Jahr, wenn die Winde Wolken heranführen und über den Bergen zusammentreiben, wenn die Wolken sich sammeln und es blitzt, dann kann man vor heftigem Regen nichts mehr sehen. Da helfen weder Dächer noch Planen, der Regen prasselt herunter, die Sturzbäche befreien nicht nur die Steine von Unrat, sie bahnen sich ihren Weg, rasen blitzgeschwind von den Felsenhängen herunter und begraben die Gassen unter Schlamm. Sie überfluten auch Menschen und Tiere und sogar den Tempel in der Mitte der Stadt, der aus ganz alten Zeiten stammt. Selbst wenn der Prophet Abraham die Kaaba mit eigenen Händen im Schweiße seines Angesichts erbaut haben sollte, so wird doch auch sie von den Wassern überschwemmt samt ihren Götzenbildern und Statuen, ihren Göttern und Göttinnen. Und genau zu dieser Zeit reden die Götzen miteinander. Wenn der Sturm sich legt und sich die Wasser der Sturzflut aus dem Tempel verlaufen, wenn die Gassen und Höfe wieder aussehen wie vor dem Unwetter, wenn die Menschen zu ihrer Arbeit zurückkehren und die Tiere zu ihren Besitzern, dann erfüllt in der Finsternis des riesigen Würfels plötzlich ein Flüstern die stille Leere der Kaaba, während am Himmel ein Stern fällt und auf Erden der Boden dröhnt. Ehe du die Stimme Gottes hörst, ehe du Seinem Wort gehorchst, höre zuerst dieses Flüstern. Höre, was Lat, Uzza und Manat erzählen.

Lat

Sie haben mich aus Taif geholt und hierher gebracht. Die Stadt Taif ist unter den vier Schönen des Hedschas die anziehendste, die fruchtbarste und sinnlichste. Zwar ist auch Yesrib eine Oase mit reichlich Wasser und vielen Kamelen und liegt wie Mekka an der Karawanenstraße, wohingegen Hayber berühmt ist für seine Datteln und seine Burg, aber Taif möchte ich gegen keine von ihnen tauschen. Diese Stadt ist meine Kindheit und Jugend. Noch jetzt gelte ich als jung, denn Gottheiten altern nicht, bleiben stets so alt wie zur Zeit, als sie erdacht wurden, zu Götterbildern gemacht und geliebt und gestreichelt wurden, doch mir scheint, dort war ich irgendwie noch schöner, noch heiliger und bedeutend fröhlicher. Viele Menschen kamen zu mir. Es gab auch viele, die mich zum Lachen brachten und unterhielten. Die Kaufleute pflegten mir immer zuerst zu erzählen, was sie erlebt hatten, ehe sie mir die mitgebrachten wertvollen Steine, Bernstein, Jade, Rubin, Silber und Gold opferten, zu meinen Füßen Opfertiere schlachteten oder meinen nackten Körper mit Seidenstoffen umhüllten. Sie erzählten von den fernen Orten, die sie gesehen hatten, von den Städten des Nordens, die nach Kümmel und Zimt rochen, und denen des Südens, die nach Rosen dufteten, von im Wasser schwimmenden Peris und von Dschinnen, die in der Wüste Feuer anzünden, von schrecklichen Riesen auf den Gipfeln der Berge und von den fügsamen Kamelen. Ich hatte nicht nur meine treuen Mönche, meine Verehrer und Diener, die mir Opfer darbrachten, ich hatte auch meine Prostituierten.

Vor mir pflegten sie Liebe zu machen mit Fremden, die von weither gekommen waren. Sie salbten ihre nackten Körper mit Olivenöl, zeigten mir ihre geheimsten Stellen und flehten zu mir.

Einmal kam ein alter, müder Beduine. Sein Gesicht war seltsam, sein Bart kupferfarben. Seine Augen funkelten wollüstig. Er zog ein Kästchen aus dem Gürtel, und nachdem er vor mir auf die Knie gefallen war, öffnete er den Deckel und entfernte sich. Ich schaute, und da lag, in die Ecke verkrochen, ein Phallus aus Stein, er schien mit dem Leben abgeschlossen zu haben, so deprimiert und wehmütig lag er da. Mit einer Berührung erweckte ich ihn zum Leben und setzte mich auf ihn. Als er in mir war, fühlte ich plötzlich, dass ich lebte, als gehörte ich zu den Sterblichen. Ich wünschte mir, dass die Erwärmung in meinem Körper immer andauern, nie enden sollte. Dies war zweifellos die wertvollste Opfergabe, die mir je dargebracht worden war. Und sie gefiel mir auch am besten. Ohne dass es jemand sah, nahm ich sie und versteckte sie. Wenn ich allein war, vereinte ich mich immer mit dieser Gabe, ich machte sie zu einem Teil meines Körpers, zum engsten Gefährten meines weiblichen Organs. Bis man mich hierher brachte und mit Hubal* verheiratete, trennte ich mich nie davon.

Eines Tages holten sie mich aus meinem Tempel in Taif und warfen mich in eine Ecke dieses dunklen Würfels mit der niedrigen Decke, der als das Haus Allahs bekannt ist. In Taif war ich glücklich gewesen, ich hatte dort mein steinernes Geschenk zur Verfügung gehabt und mich in der Verehrung meiner Bewunderer gesonnt. Ich weiß, dass ich hier an der Seite von Hubal unscheinbar bin, und dass seine Verehrer mich für bedeutungslos halten. Außerdem hat Hubal noch eine andere Ehefrau, Uzza. Im Sommer wohnt er mir bei, weil er auf meiner Haut die Kühle von Taif findet und in meinem Gesicht das Mondlicht sehen kann, das ich in ganz alten Zeiten den Frauen in jenem weit entfernten Land, das man Syrien nennt, verliehen habe. Im Winter hingegen umarmt er Uzza, die aus einem Stück Holz besteht, jedoch so leuchtend und sengend wie die Wüstensonne ist. Zumindest ist sie die Favoritin der Kureysch.

Taif war ein grünes Paradies, das hier ist eine dunkle, heiße Hölle. Ich müsste lügen, wollte ich sagen, dass ich mich nach jenem grünen Wadi, den sie den Obstgarten des Hedschas nennen, nicht fremd fühle an meinem neuen Ort. Doch was kann ich von den Nachkommen Abrahams schon anderes erwarten! Äußerlich verehren sie mich, sie fallen vor mir auf die Knie und beten mich an. Ich stehe für sie an einem Ort zwischen dieser und der anderen Welt, vielleicht bin ich eine Brücke. Oder ein Werkzeug, um Allah zu erreichen. Doch das sieht nur so aus. Ich weiß ja, dass in Wirklichkeit einer von ihnen, Abdulmuttalib, der für die Sicherheit der Pilger verantwortlich ist, die hierher kommen, um mich zu sehen und sich vor meinem Thron zu verneigen, längst zu einer anderen Überzeugung gelangt ist, dass er mich verachtet, ja sich sogar durch meine Existenz gestört fühlt. Ich weiß es nun sicher. Wenn er sich nicht vor den Pilgern genierte, würde er auf den Spuren Abrahams für sich ebenfalls einen neuen Gott, einen einzigen Gott finden und bei Ihm Zuflucht suchen. Er würde sich Ihm ergeben. Er ahnt es schon: Neben Allah, Der alles weiß, alles sieht und hört, wird man uns nicht mehr brauchen. Er ahnt auch, dass man Allah nicht als unseren Vater ansehen wird, und dass wir in Wirklichkeit nicht Seine Töchter sind. Dabei ist der Koranvers »Die Ungläubigen haben die Dschinnen, die Er doch erschaffen hat, Allah als Gefährten beigesellt. Die Verblendeten haben sich für Ihn Söhne und Töchter ausgedacht«* noch gar nicht vom Himmel gekommen, noch nicht. Noch ist der nicht geboren, der ihn aussprechen wird. Doch im Gesicht seines Großvaters Abdulmuttalib scheinen sich schon die ersten Anzeichen dieses Verses abzuzeichnen. Deswegen verehrt er mich nicht; jedes Mal wenn er kommt, wendet er sein Gesicht zum Himmel, als suche er dort etwas. So wie es einst Abraham getan hat.

Prophet Abraham

Abraham war alt geworden, er war schon recht betagt. Bis zum heutigen Tag hatte er keine Götzenbilder angebetet, nicht mal jene, die sein Vater Azer einst angefertigt und ihn auf dem Markt hatte verkaufen lassen, vielmehr hatte er auf Gott, seinen Gott vertraut, den er in sich hörte und fühlte, den er in seiner Phantasie nährte und wachsen ließ, dessen Namen er nicht nur in Notzeiten anrief, sondern ständig. Tag und Nacht tröstete er sich mit Seiner Existenz, doch was hatte es ihm geholfen! Das erhabene Wesen, an das er glaubte, hatte ihm nicht einmal einen Sohn geschenkt. Den Nachkommen hatte Er ihm verwehrt, den Er sogar dem Fremden schenkte, den Er nicht mal den Grausamen versagte.

Dabei war es gar nicht so leicht gewesen, Gott zu finden. Einst hatte er seine Mutter gefragt: »Wer ist mein Gott?« Als er die Antwort: »Das bin ich«, bekam, erschien ihm das seltsam. Diese schöne Frau, die ihn mit ihrer Zärtlichkeit umgab, mochte vielleicht eine Göttin sein, doch er dachte, dass sie keinesfalls die Göttin der Erde und des Himmels sein konnte, weder der lebenden und unbelebten Geschöpfe auf Erden, noch der Sterne, die am Himmel standen und kreisten. Außerdem, wenn seine Mutter seine Göttin war, musste dann nicht auch die Mutter eine Gottheit haben? Hatte denn nicht jeder einen Gott, betete nicht mancher einen Baum an, manch anderer die Berge, wieder andere auch ein Götzenbild, das sie aus einem Baum geschnitten und geformt hatten, oder ein Geflecht aus Haar oder einen zurechtgehauenen Stein? Es gab sogar manche, die sich eine Phallusstatue anfertigten und diese verehrten. Die Menschen beteten zu diesen blinden, tauben Gegenständen, die nicht helfen konnten, während Abraham nach einem Wesen suchte, das hinter all dem existierte, hinter dem einschlagenden Blitz, hinter dem sich auftürmenden, brausenden Meer, hinter den Wolken, die der Wind aufwirbelte, und sogar hinter Mond, Sonne und Sternen. Er folgte der Spur eines Gottes, der über das alles herrschte und doch jenseits von all dem war, jenseits von allen Dingen. Du kannst Ihn dir vielleicht vorstellen, doch Er übersteigt die Kraft der Phantasie, und auch wenn du Ihn nicht siehst, Er sieht dich. Er ist dir näher als deine Halsschlagader; du weißt, dass Er in deinen Adern pulst und in deinem Blut kreist, aber du kannst nicht wissen, wer Er ist, wem Er gleicht. Unmöglich kannst du das wissen! Der Mensch benötigt die Vorstellung von einem höheren Wesen, das über ihm und allen Dingen steht und allmächtig ist, um es anzubeten. Er braucht dieses Wesen, um es anzubeten, es zu erhöhen und sich in seine Barmherzigkeit zu flüchten, seine Macht und seinen Zorn zu bejahen. Der Mensch fahndet nach etwas Erhabenem, weil er in seinem stockfinsteren Dasein einen Sinn, ein Ziel sucht.

Auf die Frage Abrahams: »Nun gut, und wer ist dein Gott?« antwortete seine Mutter: »Dein Vater!« Sein Vater herrschte vielleicht nicht nur über Abraham und seine Geschwister, sondern auch über seine Mutter und die Schafherde, er war für sie alle verantwortlich. Aber hatte der Vater dann nicht auch seinen Gott? Deshalb ging er hin und stellte seinem Vater die gleiche Frage wie seiner Mutter. Und sein Vater antwortete ihm: »Mein Gott ist Nemrud.« Der Vater wusste vielleicht nicht, dass Kinder neugieriger, furchtloser sind als Erwachsene, oder er rechnete nicht mit der nächsten Frage: »Nun gut, und wer ist der Gott von Nemrud?« Daraufhin antwortete ihm der Vater mit einer Ohrfeige. Dieser kleine Schlingel Abraham ging so langsam ein bisschen zu weit. Was war dies für eine Anmaßung, eine Frechheit? Der Gott Nemruds war selbstverständlich Nemrud selbst.

Als Abraham erwachsen war und entschieden hatte, dass weder die aufgehende Sonne noch der untergehende Mond und auch nicht die Sterne Gottheiten sein konnten – denn sie waren ja nicht ständig da, sondern mal am Himmel zu sehen, mal waren sie wieder verschwunden –, befahl ihn Nemrud, der erkannte, dass Abraham nicht von seinem Entschluss abweichen würde, zu sich und fragte ihn: »Wer ist der Gott, an den du glaubst und an den zu glauben du auch meine Diener gedrängt hast?«

Abraham antwortete: »Er tötet und macht wieder lebendig!«

»Das tue ich auch«, sagte Nemrud und befahl, zwei Sklaven herbeizubringen. Er zog sein Schwert und schlug auf der Stelle dem einen den Kopf ab, und den anderen ließ er frei. Dann wandte er sich an Abraham und sagte: »Da hast du gesehen, wie ich den einen getötet und dem anderen das Leben geschenkt habe.«

Darauf sagte Abraham: »Mein Gott lässt die Sonne im Osten aufgehen, lass du sie doch im Westen aufgehen!« Nemrud wusste darauf nichts zu entgegnen und schwieg. Dann befahl er, Abraham in ein loderndes Feuer zu werfen.

Du hast die Geschichte von Abraham zum ersten Mal von deiner Großmutter gehört. Sie war eine dicke Frau mit einem runden Gesicht, und du warst damals so etwa vier oder fünf Jahre alt. Diese Geschichte unterschied sich von den Märchen, die mit »Es war einmal« anfingen, und sie gewann eine ganz andere Bedeutung durch die heisere Stimme deiner Großmutter, die von sieben Stockwerken tief unter der Erde zu kommen schien und in den Ohren dröhnte. In der

Stimme deiner Großmutter, die nur beim Rezitieren des Korans klar wurde und wie Wasser dahinfloss, die sich im Dahinfließen reinigte und klärte, lag nicht nur der Zauber deiner Kindheit verborgen, sondern der Zauber einer ganzen Vergangenheit und auch der Zauber der Fragen, die du dir selbst zu stellen begannst. Fragen nach Sein und Nichtsein, die in deinem Geist auftauchten, die du aber irgendwie nicht aussprechen konntest und deren Antwort niemand wusste, auch nicht deine Großmutter, diese liebe, dicke Frau, die dich in ihrem Schoß wie ein Baby in den Schlaf wiegte. Ja, zum ersten Mal hast du diese Geschichte von ihr gehört. Das Wetter war heiß. Ihr saßet nebeneinander im Garten im Schatten des Maulbeerbaums auf einem Kelim, in dessen Stickerei Rosen erblühten und Wiesen grünten. Du warst nicht in ihrem Schoß, nein, bei so einer Hitze war dir dieser Schoß verboten, der dich während der Abwesenheit deiner Mutter in sich hineinzog, in den du dich bei jeder Gelegenheit Zuflucht suchend kuscheltest, dich zusammenrolltest wie ein Igel. Die alte Frau schwitzte schon beim bloßen Dasitzen, selbst ihre weißen Haarsträhnen, die unter dem Kopftuch hervorquollen, waren feucht, und auf ihrer faltigen Stirn sammelten sich Schweißtropfen. Deswegen saßt ihr nebeneinander, du nicht in ihrem Schoß. Nicht mal die Blätter des Maulbeerbaums spendeten Kühle, es war um die Mittagszeit, und über der Stadt brütete eine höchst heimtückische Sommersonne, die offenbar nicht mehr weichen wollte. Dein Großvater war in seinem Büro, deine Eltern waren auf Reisen. Du aber verzehrtest dich neben deiner Großmutter in dem Wunsch, sie zu umarmen, um in ihren Armen dahinzuschmelzen und dich aufzulösen. Wie Abraham. So wie der erste Prophet sich in Gottesliebe verzehrt hatte, als Nemrud ihn mit einer Wurfmaschine in das lodernde Feuer warf.

Abraham beließ es nicht dabei, sich von den Götzen ab-
zuwenden, die alle Menschen anbeteten, vielmehr wagte er
es, sie zu zerstören. Es ist, als hörtest du noch immer die
Stimme deiner Großmutter. Inzwischen sind viele Jahre vergangen, und du hast erfahren, dass das Wasser den Menschen ertränkt und das Feuer ihn verbrennt. Sagt nicht der
einsame Dichter, der in der Mitte seines Lebens alt geworden und gestorben ist: »In diesem Alter hat der Mensch
wohl erkannt, dass jeder neue Tag neues Leid bedeutet.«*
Was auch immer ›dieses Alter‹ sein mag, du hast jetzt dieses
Alter erreicht, bist sogar darüber hinaus. Während sich die
zunehmend leidvollen Tage hintereinander reihen wie die
Perlen der Gebetsschnur, höre endlich auf die beruhigende Stimme deiner Großmutter, ›neige ihrer Erzählung das
Ohr‹! Jedes Kind sucht Allah zuerst in sich selbst, dann im
Gesicht seiner Nächsten. In jedem Kind wohnt ein Allah,
und auf dem Gesicht einer Großmutter liegt Licht. Auch
deine Großmutter, sie möge im Lichte ruhen, gehörte zu
denen, die das Gotteslicht auf ihrem Gesicht trugen. Wenn
du dich nicht falsch erinnerst, hat sie dir die Geschichte des
verehrungswürdigen Propheten Abraham erzählt, damit du
sie dir ›hinter die Ohren schreibst‹. Und du erzähle nun das,
was du von ihr gehört hast, deinen eigenen Enkeln weiter;
selbst wenn sie heute noch nicht geboren sind, so glaubst
du doch, es wird sie eines Tages geben. Dein Sohn kann dir
in Zukunft einen Enkel, mehrere Enkel schenken, doch als
Abraham ins Feuer geworfen wurde, hatte er keine Nachkommen. Noch nicht.

Auf den Befehl Nemruds wurden alle Bäume im Land
gefällt und zu Kleinholz gemacht. Ein Holzstapel wurde errichtet und angezündet. Als die Flammen Himmel und Erde
bedeckten, entstand eine solche Hitze, dass die Flammen
der Hölle dagegen ein Nichts waren. Die Ameisen auf der

Erde und die Vögel in der Luft wurden von den züngeln-
den Flammen geröstet und verbrannt. Der Rauch stieg bis
zum Throne Gottes auf. Abraham wurde aus seiner Gefäng-
niszelle geholt und vor Nemrud gebracht. Nemrud sprach
zu ihm: »Der du an meiner Macht gezweifelt, meinen Zorn
nicht gefürchtet und nicht wie meine Untertanen die Götzen
angebetet hast. Der du es gewagt hast, sie zu zerstören, jetzt
lass uns mal sehen, ob *du* in der Hölle verbrennst oder *ich*!«

Und sie taten Abraham in eine Wurfmaschine und
schleuderten ihn mitten hinein ins Feuer. Als ihn die Engel
in dieser Lage sahen, begannen sie miteinander zu weinen
und Allah um Hilfe anzuflehen. Um Abraham zu prüfen,
rief Allah den Engel des Wassers und sagte zu ihm: »Geh
hin und sage zu Abraham: Ich bin der Engel des Wassers, ich
herrsche über alle Wasser auf Erden, auch über den Ozean
und den Regen. Wenn du willst, lösche ich das Feuer Nemruds sofort aus.« Doch Abraham war entschlossen, von niemandem außer Allah Beistand zu erhoffen, nicht mal von
den Engeln. Er sagte gar nichts und stimmte nicht zu. Da
schaltete sich der Engel des Windes ein, und auch er sagte, er könne, wenn Abraham nur wollte, zu blasen anfangen
und das Feuer des Nemrud auslöschen. Abraham ging nicht
darauf ein, er wandte sich an Gott und flehte: »Mein Herr!
Gibt es auf dieser Welt einen außer mir, der Dich anbetet?
Wenn ja, dann will ich zu Asche werden, sonst rette mich!«
Daraufhin löschte Allah nicht nur das Feuer, sondern Er befahl Gabriel auch, Wasser aus der Erde emporschießen und
um den ersten Propheten herum einen Garten ergrünen zu
lassen. Und so geschah es. Dieser Garten liegt heute in Anatolien, zu Füßen eines Berges in der Stadt der Prinzen.*

Deine Großmutter hat dich auch in den Park Abrahams
geführt, hat dir die roten Goldfische im Wasserbecken
gezeigt und erzählt, dass das Feuer, das den Vater aller

Propheten nicht hatte verbrennen können, den Rücken der Fische ein klein wenig angesengt habe, weshalb sie diese roten Schuppen trügen. Damals wusstest du nicht, dass der Park der Stadt durch die Pflege jenes Fremden aus Kerkük so frisch und grün war, eines halb entrückten Derwischs, Tarzan von Manisa* genannt, der winters und sommers nackt mit ineinander verfilztem Haar und Bart auf dem Berg herumlief und mit den wilden Tieren sprach. Du wusstest auch nicht, dass er es war, der im Ramadan auf den Berg hinaufrannte, um die Kanone abzufeuern, wenn es Zeit zum Fastenbrechen war. Du hättest Tarzan, der alle Bäume des Parks einzeln mit eigener Hand gepflanzt, bewässert und liebevoll großgezogen hatte, als wären sie seine Kinder, bald darauf kennenlernen können, wenn auch von weitem, doch es war dir einfach unmöglich, Fragen zu stellen, weder nach dem Park und den Fischen noch nach der Ramadankanone; selbst wenn du gewollt hättest, hättest du den Mut zu fragen nicht aufgebracht. Denn in deinen Augen war dieser fremde Mann, der alleine in seiner Hütte lebte und den die bösen Kinder der Stadt mit Steinen bewarfen, Abraham höchstpersönlich. Auch er führte ein Leben außerhalb der Regeln wie der Prophet Abraham, der die Götzenbilder zerstört hatte, er fürchtete und scheute sich vor niemandem außer vor Allah. Er hatte Brandspuren auf seiner bräunlichen Haut und sah aus, als sei er aus einem lodernden Feuer gekommen, so schwarz, so fürchterlich und eigensinnig war er. Einsam und ohne Nachkommen stand er da auf dieser befremdlichen, lebenswerten Welt. In deinen Augen war der sogenannte Tarzan von Manisa ein Prophet, der sich vor der Wut Nemruds gerettet hatte. Bis zu dem Tag, an dem du, wieder an der Hand deiner Großmutter, auf dem Rückweg vom Park durch die Marktstraße gingst, wo du am Backofen Ibrahim* *Efendi* begegnetest.

Deine Großmutter sagte: »Ibrahim *Efendi*, schau her, da ist nun unser Enkel. Wie du siehst, ist er ist er schon groß geworden. Von nun an werde ich an *Kurban Bayramı* ihn schicken, damit er dir *surra*, unseren gefüllten Hammelbraten, bringt.«

Es war ein massiger Mann, der da vor dem offenen Feuerloch des Backofens stand. Du konntest die Flammen drinnen tanzen sehen. Der rötliche Schein fiel Ibrahim *Efendi* aufs Gesicht, erhellte seinen schwarzen Bart und die smaragdgrünen Augen, seine schwarzen Augenbrauen und seine tiefbraune, breite Stirn. In seinen Blicken lag etwas Seltsames, das du bis dahin bei niemandem gesehen hattest. Er hielt ein Weißbrot umklammert, das eben aus dem Ofen gekommen war, und sagte: »Selbstverständlich bringt er ihn, er ist ja schon ein großer Junge, *maşallah*! Aber das Fest ist irgendwie nicht mehr wie früher, sondern wie jeder Tag ...« Ersichtlich wollte er auf etwas anspielen, aber worauf? Du erinnerst dich, dass die Großmutter sich in keine Diskussion einließ und ihr schnell fortging, ohne mit diesem geheimnisvollen Mann, der mit balkanischem* Akzent sprach, eine Unterhaltung zu beginnen. Noch immer fühlst du am Gaumen den Geschmack des weichen, warmen Brotes, von dem du ein Stückchen abgebrochen und sofort in den Mund gesteckt hast, obwohl es viele Jahre her ist, dass du Ibrahim *Efendi* zuletzt gesehen hast. Seit du seine Hand geküsst hast, nachdem du an *Bayram* die Backform mit *surra* zum Backofen gebracht hattest, und seit du sein Segensgebet und sein Festgeschenk entgegengenommen hast, ein Hundertparastück mit einem Loch in der Mitte.

Tatsächlich hast du Ibrahim *Efendi* zum letzten Mal gesehen, als du nach dem Tod deines Großvaters nach Manisa gekommen bist, um seine hinterlassenen Papiere zu ordnen. Als du aus den Akten deines Großvaters von dem

schrecklichen Unglück erfuhrst, das Ibrahim *Efendi* getroffen hatte. Sie hatten ihn im Irrenhaus in ein Einzelzimmer
gesperrt. Natürlich erkannte er dich nicht, er erkannte sowieso niemanden, selbst diejenigen nicht, die ihm am nächsten
standen. Ununterbrochen murmelte er den Namen Ismails
vor sich hin. Den Namen deines Spielkameraden Ismail
mit den himmelblauen Augen. Dein Großvater pflegte ihn
mit einem spöttischen Lächeln auf den Lippen Ismayıl zu
nennen, als ahme er jemanden nach, aber du verbessertest
ihn sofort in deiner altklugen Weise: »Nein, nicht Ismayıl,
sondern Ismail!« Und dein Großvater pflegte daraufhin zu
sagen: »Na gut, dann eben Ismail!«

Eigentlich war es ihm nicht ganz recht, dass ihr befreun-
det wart, aber er drückte ein Auge zu. Nicht, weil Ismail ein
Flüchtlingskind war, nein. Es gab einen anderen Grund, eine Wahrheit, die du nicht kanntest, die man offensichtlich
vor dir verbarg. Nach vielen Jahren hast du Ibrahim *Efendi*, wenn auch nicht am Backofen vor dem lodernden Feuer, sondern im Irrenhaus gesehen, doch du weißt, dass du
seinen Sohn Ismail nie wiedersehen wirst. Sicherlich sucht
dich Ismail deswegen immer noch in deinen Träumen heim.
Mit seinen blauen Augen schaut er wie ein stößiger Büffel,
wie ein blauäugiges Büffelkalb. Jetzt ist er kein *malak*, kein
Büffelkalb mehr, das im Schlamm am Ufer des Flusses Gediz
liegt, sondern ein *melek*, ein Engel. Die beiden Wörter, die
außer dem ähnlichen Klang nichts verbindet, vermischen
sich in deinen Träumen, die manchmal zu Albträumen werden. Eine Stimme sagt: »Ismail ist ein *melek*, ein Engel«, und
eine andere Stimme, die des Teufels höchstpersönlich, er-
hebt laut lachend Einspruch: »Nein, er ist ein *malak*, Büffel!
Ein Büffel!« Und Ismail schaut dich mit flehenden Augen
an, aus irgendeinem Grund schaut er immer dich an, als erwarte er Hilfe. Doch du lässt dich vom Teufel verführen und

verspottest ihn, indem du rufst: »Ismail, der Büffel! Ismail müffel, schnüffel, süffel!« Der Teufel hat die Gesichtszüge von Ibrahim *Efendi* angenommen, er klatscht in die Hände und ruft: »Büffel, müffel, schnüffel, süffel!« Du erwachst laut schreiend. Schreist du, weil einem Büffelkalb dort am Flussufer die Kehle durchgeschnitten wird, oder sind es die Schreie, die du seit deiner Kindheit bis heute in dir zurückgehalten, unterdrückt, erstickt hast?

Du weißt, dass du Ismail nicht mehr helfen kannst, dass du zu spät gekommen bist, dass du bei jeder Sache, bei jedem Thema, angefangen vom Niederschreiben dieser Zeilen, zu spät dran bist, doch manchmal bist du auch zu früh dran, wie zum Beispiel, indem du gerade das tragische Schicksal von Ismail hier dazwischenzudrängen versuchst. Noch ist Ismails Geschichte nicht an der Reihe, genauso wenig wie das Wahnsinnigwerden von Ibrahim *Efendi*. Du bist noch bei den Tagen, wo du mit der Backform in der Hand den gefüllten Hammelbraten zum Backofen bringst, bei den Tagen der Kindheit, an die du dich sehnsüchtig erinnerst, die aber unmöglich zurückkehren können. Während du zum Backofen ranntest – nach einem Ausspruch deiner Großmutter, als müsstest du »Scheiße in die Gerberei bringen« –, wandte sich dein schweifender Geist auch dem Propheten Abraham zu. Die beiden, Ibrahim und Abraham, wurden eins, sie lachten und weinten gemeinsam. Und sie zählten gemeinsam die Sterne am Himmel.

Irgendwann einmal musst du auch von deinem toten Vater erzählen, der sich in einen dieser Sterne verwandelt hat. Du erinnerst dich nur noch vage an ihn, hast ihn fast vergessen und nicht ein einziges Mal die Gelegenheit gefunden, sein Grab zu besuchen. Du musst erzählen, wie Ismail überzeugt war, dein Vater habe Grabesqualen verdient, weil er nicht gebetet und gefastet hatte; du musst auch von deinen

Diskussionen mit dem Großvater über den Koran erzählen, wie ihr später in gegenseitiger Hochachtung und voller Wissbegierde eine französische Version des Korans studiert habt, und was dein Großvater dir viele Jahre später gesagt hat, ehe er an einem Abend in Istanbul Allah seine Seele zurückgab.

Ja, es gab auf Erden einzig Abraham, der den einen Gott verehrte, der sich zu Ihm flüchtete, von Ihm Beistand erhoffte. Auch Er erwies seinem geliebten Diener viele Wohltaten, bewahrte ihn sogar vor dem Zorn des Nemrud und errettete ihn aus dem Feuer, doch einen Sohn schenkte Er ihm nicht. Abraham war wirklich reich, hatte Schaf-, Ziegen- und Rinderherden, hatte Silber, Diener und Sklaven und auch zwei Frauen. Genauer gesagt hatte er, als seine erste Frau Sara über das gebärfähige Alter hinaus war, eine seiner Sklavinnen, Hagar, zur Frau genommen, doch von beiden hatte er kein Kind bekommen. Er zog von einem Wadi in den nächsten, ließ sich in einem Land nieder und zog ins andere weiter und quälte sich mit dem Gedanken, er müsse ohne Nachkommen zu seinem Herrn eingehen, doch scheute er sich, seinen Kummer auszusprechen. Denn er war keiner, der aufbegehrte, doch wollte er sich auch nicht einfach beugen, und so durchzog er Kanaan von einem Ende zum anderen in einer seltsamen Verwirrung der Gefühle, wobei er fortfuhr, dort, wo er sich niederließ, für den Herrn Opferaltäre zu errichten und Opfertiere zu schlachten.

Endlich sagte der Herr zu Abraham: »Erhebe dein Haupt und schau zum Himmel. Sag mir, was du siehst.« Sobald die Sonne unterging, füllte sich die Leere wie immer plötzlich mit Sternen. Die Nacht war klar und kühl. Am Himmel standen zahllose Sterne. Als Abraham sagte, er sähe nichts außer Sternen, versprach der Herr, ihm so viele Nachkommen wie Sterne am Himmel zu schenken.

Wer weiß, was Abraham in diesem Moment fühlte, was durch seinen Sinn ging. Er mag seinem Gott gedankt haben, den er sein ganzes Leben heilig gehalten hatte, oder er mag ganz aufgeregt in den Schoß der jüngeren seiner beiden Frauen eingegangen sein. In erregter Lust. Hast nicht auch du in der Abwesenheit deiner Mutter dich an deine Großmutter geschmiegt und bist ihr fast in den Schoß gekrochen? Hast du nicht Zärtlichkeit gesucht bei der reichlich erschlafften, überall faltigen Haut der alten Frau? Hast du dich nicht an ihren Beinen gerieben, an ihrem Bauch, an ihren zu zwei Feigen vertrockneten Brüsten? Wie die kleinen Katzenjungen, die nicht ausgesetzt wurden, die die Leute immer wieder in euren Vorgarten warfen, weil sie wussten, dein Großvater würde sie aufnehmen und füttern, weil das ein gutes Werk war. Durch das offene Fenster neben der Polsterbank, wo ihr lagt, sah man die Sterne. Hatte dein Vater dich nicht von deiner Mutter getrennt, die er auf Reisen stets mitnahm, bis sich bei einem Autobusunfall urplötzlich der Todesengel vor ihm erhob, der ihn in den Himmel hinauf holte, wo er sich unter die Sterne mischte? Waren die Sterne, die den dunklen Himmel vom einen Ende zum anderen ausfüllten, nicht in Wirklichkeit die Geister der Toten, der Fortgegangenen, die dich allein ließen? Auch dein Vater, der starb, als du nicht mal fünf Jahre alt warst, gehörte zu ihnen, und er würde nun als junger Mann mit krausen Haaren und blauen Augen auf den Fotos, ja nur auf Fotos weiterleben. Auch er war zu einem Stern geworden, der in den Sommernächten funkelte. Ein gleitender Stern, den du mit deiner Großmutter, hingestreckt auf dem Polsterlager, durch das offene Fenster sahst.

Abraham bekam dann aber doch von seinen beiden Frauen Kinder. Hagar gebar ihm Ismail, Sara gebar ihm Isaak.

Die Bedeutung des Namens Ismail war »Gott hört«, und Gott erhörte die Stimme Abrahams, der Ihn für Ismail anflehte, nachdem sein jüngerer Sohn Isaak geboren war, und um Isaaks willen entzog Er Abraham Seine Gnade nicht.* Er schickte Ismail zusammen mit seiner Mutter Hagar weit fort, in den Hedschas, eine vierzigtägige Kamelreise entfernt. Später folgte ihnen Abraham nach, und Vater und Sohn zusammen bauten die Kaaba neben dem Brunnen Zemzem, wo die Karawanen lagerten, und an der östlichen Ecke des Tempels platzierten sie den schwarzen Stein, *Hacerü'l-Esved* genannt, der vom Himmel auf die Erde gefallen und durch einen Engel zu Abraham gebracht worden war. Dieser Stein, der bei Gott blitzblank gewesen war, wurde auf Erden wegen der Sünden der Menschen schwarz, tiefschwarz. Doch trotz seiner Dunkelheit leuchtet er immer noch, als wollte er beweisen, dass Allahs Licht überall seine Leuchtkraft bewahren kann, sogar im finstersten Winkel.

Der Ausdruck *Hacerü'l-Esved* war es, der dich am meisten verzauberte, der dich ergriff und weit, weit fort führte nach Arabien, ins Land der Propheten. Dein ans Türkische gewöhnte Ohr wunderte sich über die Klänge der anderen Sprache, der Sprache des Korans, den deine Großmutter las, als wollte sie den Gediz nachahmen, der mal trübe, mal klar nahe der Stadt durch die Weinberge floss, du warst gefangen vom Auf und Ab im Rhythmus einer Sprache, von der man nur die Konsonanten schrieb. Wie schön, dass dein Ohr sich wunderte, dass die Verse, die die alte Frau mal murmelnd, mal wie ein Wasserfall rauschend las, dich stark beeindruckten. Der Klang war früher da als die Bedeutung, er überwältigte dich, er nahm dein ganzes Wesen ein. Die Welt bestand aus einem Fließen, aus der Hingabe an den Zauber eines Klanges, der dir vertraut war, der sich aber nicht sofort erschloss. Der Klang durchdrang ich zwar, wirkte auf deinen Geist ein, doch der Sinn wollte sich ›ums Verrecken nicht‹ erschließen. Der Klang flüsterte, wurde feiner, heiserer, trübte sich wie das schlammige Wasser des Gediz, den du im Sommer bei eurem Besuch im Weinberghaus gesehen hattest, und klärte sich einfach nicht wieder, wurde nicht durchsichtig. Du schautest ins Gesicht deiner Großmutter wie in ein dunkles Wasser, du konntest weder die Kiesel am Grunde sehen, noch konntest du das Licht jenes runden Gesichtes mit der faltigen Stirn erkennen. In dem Augenblick wurden auch die Möbel um dich herum dunkler, in der Dämmerung bewegten sie sich, atmeten sie, begannen zunehmend den Platz zu verändern, von der Zimmerdecke zum Fußboden zu wandern, an die Wände zu stoßen, und wenn sie anstießen, in Stücke zu zerspringen. Ja, es gab Klangformen, der Klang war real wie dein eigenes Wesen und wie die Gottesliebe, die darin anschwoll und rauschte. Der Sinn jedoch ergab sich nicht, das Wort Allahs, das, wie du später erfahren solltest, ins Herz Seines Gesandten Muhammed herabgesandt worden war, lag unter dem Arabischen verborgen, er war ein Geheimnis für dich.

Jetzt ist der Zauber zerstört. Jahre später wurde der Zauber zerstört, du verlorst deinen Glauben, als der Klang einen Sinn bekam. Jetzt weißt du, dass auf Arabisch *hacer* Stein heißt, und *esved* die Bedeutung von schwarz hat. Dir ist auch klar, dass der Ausdruck ›schwarzer Stein‹ nicht so magisch, nicht so geheimnisvoll klingt wie *Hacerü'l-Esved*. Schwarzer Stein kann der Name von irgendeinem Menschen sein, von irgendeiner Stadt oder Gegend, erst recht von einem Gegenstand, einer Sache, lediglich deren Beschaffenheit beschreibend. ›*Hacerü'l-Esved*‹ jedoch war etwas ganz anderes. Es war auch nicht allein ein heiliges Wort, das du in deiner Kindheit gehört hast, es war trotz seiner Farbe die

Verkörperung der Reinheit, der milchweißen Träume, des unschuldigen Körpers.

Später erfuhrst du, dass zwischen den vier vornehmen Familien der Kureysch Streit ausgebrochen war, als es darum ging, diesen Stein von der Stelle aufzuheben, wo er sich befand, und ihn an seinen heutigen Platz in der Kaaba zu bringen. Dieses Mal war es dein Großvater, der erzählte. Wie die Schwerter gezogen wurden und die Kureysch aneinandergerieten wegen der Ehre, *Hacerü'l-Esved* in die Kaaba zu tragen, wie sie schließlich Muhammed baten, den Streit zu schlichten, und dieser, den dein Großvater ›unseren Herrn, Allahs Segen und Frieden auf ihm‹ nannte, obwohl er zu dem Zeitpunkt des Streits noch gar nicht zum Propheten berufen worden war, eine gerechte Lösung fand.

Er ließ ein Tuch bringen, auf das sie den Stein legten, und dann sagte er, jeweils einer aus den vier Familien solle das Tuch an einer Ecke halten und hochheben. Auf diese Weise wurde die Aufgabe gleichmäßig verteilt. Und Muhammed, der junge Mann, dessen einer Name Ahmed war, bekam den Beinamen *El Emin*, der Zuverlässige. Also war der künftige Prophet in den Augen der Kureysch eine vertrauenswürdige Person.

Du wusstest, dass dein Großvater nicht bloß ein Muslim war, der seine fünf Gebetszeiten einhielt, sondern zugleich auch *hacı*, doch war dir die Bedeutung dieses Wortes nicht bekannt. Noch nicht. Auch wusstest du nicht, dass dein Großvater in Wirklichkeit nicht wie Millionen von Muslimen in den Überwurf der Pilger gehüllt nach Mekka gepilgert war, um seine Pflicht zur Wallfahrt zu erfüllen, dass er nicht in einem Strom von Menschen den Umzug um die Kaaba mitgemacht und *Hacerü'l-Esved* berührt hatte, dass er in jener an den Jüngsten Tag erinnernden Menschenmenge, die mit Drängen und Stoßen, auf die Gefahr hin,

Glaubensbrüder zu zerquetschen, versuchte, den schwarzen Stein anzufassen, diesen nicht angefasst, geküsst und mit der Stirn berührt hatte. Dein Großvater war im Krieg dorthin gezogen, sein Titel *hacı*, also Mekkapilger, stammte daher, dass er ein ›Jemen-Veteran‹ war, nicht weil er in Mina den Teufel gesteinigt und den Berg Arafat erklommen hätte. Es war ihm auch nicht vergönnt gewesen, vom Brunnen Zemzem zu trinken, und doch war dein Großvater irgendwie, so behauptete Großmutter, zum *hacı* geworden. Zumindest hatte er es geschafft, aus dem ›Jemen‹ zurückzukehren. Aus jenem Jemen, von dem es in Volkliedern und Epen heißt, wer dorthin geht, kommt nicht zurück. In Wirklichkeit war er aus dem Hedschas zurückgekehrt, doch für alle Verwandten, deine Großmutter eingeschlossen, war Arabien der Jemen. Unter dem Namen Jemen hatte er sich ins Gedächtnis eingegraben und festgesetzt. Über diejenigen, die aus den Wüstenkriegen nicht zurückkehrten, wurden Volkslieder gesungen, Totenklagen wurden für sie angestimmt.

Hieß es nicht:

> In Muş bist du verlassen
> Auf diesen steilen Straßen.
> Wer hingeht, kommt nicht mehr zurück.
> Das Ganze kaum zu fassen.

Kaum zu fassen das Ganze, tatsächlich kamen diejenigen nicht zurück, die hingingen, um ein zusammenbrechendes Imperium zu retten, vielmehr verdorrten sie in der wasserlosen Dürre fern in den heiligen Landen und wurden von wilden Tieren gefressen. Totenklagen wurden gesungen für die, die zwangsweise aus ihren Dörfern geholt und nach Gaza, Mekka und Medina geschickt worden waren, um dort, fern der Heimat, sich den Kugeln der Engländer, dem Dolch der Araber entgegenzustellen und zu sterben. Von den Witwen, den Verlobten, die nun nicht glücklich werden und heiraten konnten, den betagten Müttern und alten Frauen wurden sie besungen:

> Geh nicht, geh nicht in den Jemen!
> Dort ist es heiß, du kommst um.
> Das Schießgewehr trifft den Soldaten.
> Kapierst du nicht, bist du denn dumm?

Dein Großvater kapierte es, er war nicht dumm. In jenem Feldzug war er ein junger Offizier. Er ging in den Jemen, kämpfte am Suezkanal, bei Damaskus, in Gaza und Medina gegen alle Welt, wurde verwundet, geriet in Gefangenschaft, und am Ende konnte er wieder heimkehren. Dementsprechend konnte er als *hacı* gelten, er galt sowohl als *hacı* wie auch als *gazi*, Veteran. Er sah es nicht wirklich als Geschenk Gottes an, Veteran zu sein, und er war auch nicht etwa stolz darauf, im Krieg gekämpft zu haben. Was ist ein Krieg anderes als Menschen das Leben zu nehmen, das Allah geschenkt hat! Als er hinging, um die Araber zu schlagen, die mit den Engländern gemeinsame Sache machten, wusste er, dass sie die Nachkommen des heiligen Propheten waren. Er wusste das, aber er hatte keine andere Möglichkeit als zu töten, um nicht getötet zu werden, als anderen das Leben zu nehmen, um selbst zu leben. Denn das Leben war süß. Denn er war noch jung und hatte noch viele Jahre vor sich. Er war auch noch nicht verheiratet. Wenn er überleben wollte, blieb ihm nichts übrig, als zu kämpfen und das edle Mekka, den Wohnsitz des Propheten Abraham, den Engländern und ihren Verbündeten zu entreißen.

War es etwa leicht, einen Sohn zu bekommen? Selbstverständlich nicht. Vor allem wenn man Prophet ist, wenn einem das Innerste voll ist und überläuft vor Gottesgedenken und Liebe zu Ihm, wenn Sein unerreichbares Geheimnis, Sein unendliches Wissen, Seine Unendlichkeit einem im Herzen pocht, durch die Adern fließt. Doch was ist schon ein Kind, Mädchen oder Junge, insbesondere ein Junge! Gott kann ihn, wenn Er will, wieder zu sich nehmen, wie Er ihn geschenkt hat. Jesus war ein Prophet, doch er war nicht Gottes Sohn. Mit Verlaub zu sagen, das war er nicht. Er hing auch nicht am Kreuz. Gott hat ihn zu Sich genommen, Er machte ihn unsterblich in Seiner Gegenwart.

Eigentlich kann man auch ohne zu sterben seine Seele zurückgeben, nämlich im Schlaf. Daraufhin macht Gott den Menschen jeden Morgen aufs Neue lebendig, so wie Er Jesus lebendig gemacht hat, bis zuletzt die Todesstunde kommt. Dein Großvater, der im Krieg die Araber getötet hatte, war überzeugt, dass Allah die Seelen aller Muslime nachts zu sich nimmt und am Morgen zurückgibt, und ebenso war er überzeugt, dass die Angst die Todesstunde nicht aufhält.* Doch er zögerte auch nicht, anderen die von Gott gegebene Seele zu nehmen. Und zwar nicht nur für eine Nacht, sondern für ewig. Außerdem schenkte Gott ihm keinen Sohn, sondern drei Töchter. Wer weiß, wenn er in der Zeit der vorislamischen Unwissenheit gelebt hätte, ob er womöglich eine davon in der Erde vergraben hätte. Doch er gab sich mit allen dreien Mühe, er zog sie groß. Seine Töchter machten sich, sie besuchten die Schule, bekamen eine gute Ausbildung. Vielleicht rezitierte er deswegen den Vers »Wenn das lebendig begrabene Mädchen gefragt wird, um welcher Schuld willen es getötet wurde …«* immer wieder unter Tränen. Und du hast irgendwie nicht verstehen können, warum dein Großvater, der nicht einmal beim Tod deines Vaters Tränen vergossen hatte, weinte, wenn dieser Vers rezitiert wurde. So auch bei der Freitagspredigt in der Großen Moschee, wenn der Prediger vom Jüngsten Tag zu sprechen anfing. Weil er selbst keinen Sohn hatte, liebte er dich sehr und wollte, dass sein einziger Enkel ein guter Muslim wurde. Wenn er in der Zeit der Unwissenheit gelebt hätte, hätte er vielleicht auch dir den Hals durchgeschnitten und dich als Opfer dargebracht.

Gott wollte Abraham prüfen, oder Er wollte Ismail plötzlich bei sich haben, in seiner Gegenwart, wer weiß. Er ist ja allmächtig, nicht wahr? Ist Er nicht ebenso der Gewährende, der Schenkende wie auch der Rächer? Für welche Sünde aber sollte Gott Abraham bestrafen wollen? Das wissen wir nicht. Doch wir wissen, Er verlangte von Abraham, Ihm seinen Sohn Ismail zu opfern.* Er war der Gebende und auch der Nehmende; wer hat sich da einzumischen.

Als Gott den Abraham rief, sagte dieser: »Hier bin ich! Ich habe an Dich geglaubt, zu Dir meine Zuflucht genommen, habe Deiner gedacht Tage und Nächte, alle die Monate, Jahreszeiten, Jahre hindurch, ein Jahrhundert lang – da ich ja über hundert Jahre alt bin – mich nach Dir gesehnt, nach Dir verlangt.« Sagte er wohl die Wahrheit? War er nicht etwa der Gefangene einer anderen Liebe, die sogar die Gottesliebe in ihm verminderte, der Liebe zu seinem Sohn, auf den er so viele Jahre gewartet hatte, nach dem er sich verzehrt hatte? Liebte er seinen Herrn wirklich, oder hatte in seinem Herzen inzwischen auch eine andere Liebe Platz?

Als Abraham seinen Sohn rief, sagte Ismail: »Hier bin ich. Du bist mein Vater, der mir das Leben geschenkt hat, der mich aus einem Tropfen hat entstehen lassen, der mich genährt und aufgezogen hat.«

Da sagte Abraham: »So mache dich bereit, wir gehen.«

Und nachdem sie dem Esel das Sattelkissen aufgeladen hatten, nahmen sie zwei Diener und zogen los. Drei Tage und drei Nächte lang gingen sie über Berg und Tal, Stock und Stein. Als sie sich umdrehten und schauten, hatten sie nicht nur eine lange Strecke zurückgelegt, sondern waren an der Stelle angelangt, die Gott ausgesucht hatte. Abraham stieg vom Esel, sagte seinen Dienern, sie sollten warten, rief seinen Sohn zu sich, und gemeinsam stiegen sie auf den Berg. Oben erbauten sie einen Opferaltar. Als der Altar fertig war, fragte Ismail, wo das Opferlamm sei. Abraham antwortete seinem Sohn: »Den Ratschluss Gottes hinterfragt man nicht!« Dann hieß er ihn den Kopf auf einen Stein legen und seine Augen schließen. Nachdem Ismail getan hatte, was sein Vater ihm geboten hatte, zog dieser sein Messer. Doch gerade als er seinem Sohn die Kehle durchschneiden wollte, stieg ein Engel vom Himmel herab, hielt die Hand Abrahams fest und sagte: »Jetzt habe ich gesehen, dass du deinen Herrn wirklich liebst. Nicht einmal deinen einzigen Sohn hast du Ihm vorenthalten!«

Und er gab Abraham einen Schafbock, damit er ihn opfern sollte.

Dein Großvater hatte einen hennagefärbten Hammel gekauft, der am leeren Ziegenstall im Garten angebunden war. Du wurdest vollkommen närrisch vor Freude. Das Haus, zu dem außer Katzen und den Hühnern im Hühnerstall keine Tiere gehörten, belebte sich, der Garten geriet in Bewegung durch den Schafbock, der mit seinen Hörnern gegen die Stallwände, an die Maulbeerbäume und Pappeln stieß. Die Ameisen kamen ihm zu Ehren aus ihrem Bau. Die Katzen suchten ein Loch, um sich zu verkriechen. Im Hühnergehege gab es einen gesprenkelten Hahn. Der fürchtete sich nicht vor dem Bock, doch die Hühner hatten keinen rechten Mut, umherzuspazieren. Du brachtest ihm Futter, wechseltest seinen Wassernapf, füttertest und streicheltest ihn. Sein Fell war ganz weich und mit Henna gefärbt wie die Hände deiner Großmutter. Seine Augen, seine Blicke waren auch so ... ja, wie nennt man das denn? Sanftmütig? Irgendwie ›sanftmütig und erhaben zugleich‹. Er wurde zu einem Teil des Hauses, zu einem unverzichtbaren Familienmitglied. Im Laufe der Tage hattet ihr euch aneinander gewöhnt. Nur an dich schmiegte er sich, dich akzeptierte er, von deinen Großeltern hielt er sich ein wenig fern. Manchmal war er störrisch gegen sie und stieß mit den Hörnern nach ihnen, niemals aber nach dir. Als *Kurban Bayramı*, das Opferfest, begann, schlachteten sie ihn hinten im Garten, ohne auf dein Weinen, Schreien und Rufen zu achten. Du littest Qualen! Als das Blut des Schafbocks zur Erde rann, kam es dir vor, als schwänge der Schlachter, der ihm das Fell abzog, gleichsam gegen dich sein Messer, du wurdest gepeinigt, dein Blut floss, dein Fell wurde abgezogen. Du warst auf alle böse. Alle waren an *bayram* da, deine Eltern, deine Tanten. Sogar dein Pechvogel von Onkel, der nur einmal im Jahr vorbeischaute. Ihre Anwesenheit reichte nicht aus, dich aufzumuntern. Es musste unbedingt der Großvater kommen, deinen Kopf streicheln und dich trösten, indem er genau dieselbe Geschichte wie an jedem Opferfest erzählte. Er würde sagen, wenn zu Abraham kein Schafbock vom Himmel herabgekommen wäre, müsstest du an seiner Stelle geopfert werden. Und du würdest, nach finstersten Gedanken und einem tief inneren Groll, deine Tränen trocknen, deinem Großvater recht geben und Allah danken, dass er einen Hammel geschickt hatte. Sonst lägest du unter dem Messer, man würde dir den Kopf abschneiden, und sie würden aus deiner Leber Grillfleisch und mit deinem Darm Würstchen machen.

So geschah es immer wieder, an jedem *bayram* wurde der Hammel, den dein Großvater gekauft hatte, den du mit eigenen Händen gefüttert und gestreichelt, an den du dich gewöhnt hattest, mit dem du wie mit einem Bruder verbunden warst, an deiner Stelle geopfert, seine Leber wurde gegrillt, aus seinem Fleisch wurde *surra*, aus seinen Kutteln Suppe und mit seinem Darm wurden Würstchen gemacht. Und nachdem ein Teil des Fleisches im Haus verzehrt worden war, wurde der Rest an die Armen verteilt. Als Erinnerung an den Hammel blieb das Schaffell auf der Liege übrig, auf der du mit deiner Großmutter lagst, um bei offenem Fenster die Sterne zu betrachten.

Hacı Rahmi Ram aus Hacırahmanlı

Dein Großvater, Rahmi *Bey*, stammte aus dem Dorf Hacırahmanlı bei Manisa. Er war kein *hacı*, doch als er nach seiner Rückkehr von der Hedschas-Front heiratete und Kinder bekam, begann deine Großmutter, die den Beinamen *gazi* nicht ausreichend fand, ihn *hacı* zu nennen. Als das Gesetz über die Nachnamen herauskam, wollte er sich zuerst den Nachnamen ›Müslüman‹, also Muslim, zulegen, dann überlegte er, dass in der laizistischen Republik Türkei dies wohl nicht besonders passend wäre, und er entschloss sich für den Nachnamen ›Ram‹. Nach seiner Auffassung bezeichnete dieses arabische Wort mit der Bedeutung ›Einer der sich beugt, der sich dem Geheiß eines anderen überlässt‹ das Gleiche.

Beide Großeltern waren religiös, deine Großmutter, deren Vorfahren vom Balkan kamen, vielleicht noch ein wenig mehr. Vielleicht weil sie nicht so viel studiert hatte wie dein Großvater, vielleicht weil es in ihrer Familie Bektaschi-Derwische und so etwas wie Märtyrer und Heilige gab. Oder sie hatte sich der Religion ergeben, weil sie deinem Großvater keinen Sohn, nur drei Töchter geboren hatte. In der Diele des Hauses, im sogenannten Radiozimmer, pflegte sie auf der Polsterbank ihr Lesegestell aufzuklappen, einen Band des Korans mit einem von vielen Berührungen zerschlissenen Ledereinband und stellenweise vergilbten Seiten vor sich hin zu legen und mit immer lauterer Stimme zu lesen. Auch dein Großvater pflegte nach seiner Rückkehr aus dem Büro zu lesen, doch in seinen Büchern gab es nicht die krummen

43

vgl. Anschl

und schiefen Buchstaben des Korans, die aussahen wie nach allen Richtungen hin fortkrabbelnde Ameisen, wenn man den Stein über ihnen aufhob. Das lateinische Alphabet, das du dank deines Großvaters schon vor Schulbeginn entziffern konntest, hatte wohlproportionierte, symmetrische Buchstaben, wobei jeder einem Laut entsprach. Die Namen Allahs und des Propheten kamen nicht vor, das erste Wort, das du entziffertest, war ATA, dann wurde diesem Wort ein TÜRK hinzugefügt, und es wurde zu ATATÜRK. Mit Beginn der Schule entdecktest du eine neue Welt, und nachdem du eine Weile geschwankt hattest zwischen den Fürbitten, Rosenkränzen und Gebeten, zu Hause mit deinen Großeltern, und der Nationalhymne, dem Schwören des Eides und den Gedichten auf Atatürk in der Schule, solltest du dich zunehmend von der Welt deiner Großeltern entfernen.

Dein Großvater entstammte einer Grundbesitzerfamilie aus Hacırahmanlı. Sie besaß Olivenhaine, Felder mit Tabak und Baumwolle, Obstgärten und Weinberge. Du hast jene Zeiten natürlich nicht miterlebt, doch innerhalb der Familie wurde davon erzählt. Oft hast du von den Tabakblättern gehört, die nachts beim Schein der Petroleumlampen gepflückt und aufgespießt, dann auf Schilfrohr gefädelt und in der Sonne getrocknet wurden, von den Terrassen, auf denen bei der Weinlese die honigsüßen, kernlosen Trauben ausgebreitet wurden, von den Gänsen, die in Kesseln kochten, und Lämmern, die über offenem Feuer rosig geröstet wurden. Du hast viel vom Segen jener Tage des Überflusses gehört. Doch niemand hat dir erzählt von den Landarbeitern, deren Hände vom Tabakernten schwarz geworden und überall aufgeplatzt waren, von der Armut der Tagelöhnerinnen, die unter sengender Sonne von morgens bis abends Baumwolle pflückten. Als du dich für diese Dinge interessiertest und sie erforschtest, warst du in einem Internat in Istanbul, und unter den Büchern, die du stets zur Hand hattest, gab es keinen Koran.

Ehe dein Großvater Rahmi zu Rahmi *Bey* wurde, war er im Dorf Hacırahmanlı verhätschelt worden. Nach Izmir schickte man nicht nur Tabak und Rosinen, sondern manchmal auch die Kinder der begüterten Familien. Dein Großvater gehörte zu diesen bevorzugten Kindern, doch er war nicht so verzogen und unartig wie die anderen. Er lernte. Nachdem er in Izmir eine religiöse Ausbildung erhalten hatte, ging er nach Istanbul an die Medrese*, wo er sein Studium beendete und geistlicher Lehrer wurde. Doch damit begnügte er sich nicht. Er hörte an der *Darülfünun*, der Vorläuferin der Istanbuler Universität, juristische Vorlesungen. Als er auch dort einen Abschluss gemacht hatte, war er ein junger Kandidat für das Richteramt. Während er darauf wartete, nach Izmir versetzt zu werden, brach der Krieg aus. Die Regierung zögerte ein wenig, ob sie sich am Weltkrieg beteiligen sollte, doch als die beiden Schlachtschiffe Goeben und Breslau, die zuvor die französischen Stützpunkte in Nordafrika bombardiert hatten, die türkische Flagge auf ihr Heck pflanzten und unter den Namen Yavuz und Midilli Sewastopol beschossen, trat das Osmanische Reich an der Seite Deutschlands in den Krieg ein. Das Imperium, das sich auf dem Balkan und am Kaukasus schon in einer Phase der Auflösung befand, geriet mit seinen Soldaten überall in seinen sich über drei Kontinente erstreckenden Ländern in Feindberührung. Jetzt begann ein Riesenrummel, Truppen wurden zusammengezogen, Züge mit Soldaten wurden an die Fronten beordert, und wer einmal losgezogen war, kam nicht wieder heim. Dein Großvater war einer von ihnen, ein junger Offizier, der gerade erst gelernt hatte, das Gewehr in der Pyramide aufzustellen. Er gehörte zu einer der Einheiten, die zur Verstärkung der Vierten Armee unter Cemal

Paşa nach Damaskus und von dort nach Palästina geschickt wurden. Dort sah er zum ersten Mal, dass der Mensch sowohl ein Held als auch ein Angsthase sein konnte, er erlebte Hunger und Durst, Gewalt und Tod. Und er erfuhr am eigenen Leib, dass es mehr denn je darauf ankam, am Leben zu bleiben, auch wenn das Leben nicht immer leicht war. Es war nicht so, dass sein Glaube nicht in Frage gestellt wurde, und doch dankte er Allah jeden Morgen beim Erwachen, dass er nicht unter denen war, die in der Wüste zum Fraß der Geier geworden waren. Er erlebte dort auch Typhus, Läuse und Skorbut. Im Juni 1916 nahm er an der Verteidigung der Garnison von Medina teil, als Emir Faysal, einer der Söhne Hüseyins, des Großscherifs von Mekka, mit den Engländern gemeinsame Sache machte und sich die Beduinen gegen die Osmanen erhoben. Er kämpfte gegen Lawrence von Arabien, der die Eisenbahnstrecke im Hedschas sabotierte, und die Aufständischen. Er tat all das für sein Vaterland; als *hacı* wäre das nicht seine Aufgabe gewesen. Schließlich ließ er sich »weder Gefallener noch Veteran« nennen, er wurde verwundet und geriet in Gefangenschaft, doch gelang es ihm immerhin, lebend heimzukehren. Nach dem Waffenstillstand heiratete er in Istanbul deine Großmutter, Nurhayat *Hanım*.

Die Familie deiner Großmutter hatte zu den Honoratioren von Skopje gehört, doch im Balkankrieg hatten sie dort alles zurückgelassen und waren geflohen; es gelang ihnen, in Istanbul Fuß zu fassen, wo sie eine neue Heimat fanden. Nurhayat war eine Verwandte eines Waffenbruders deines Großvaters, der ebenfalls Offizier im Hedschas gewesen war. Sie hatte nicht die blaugrauen Augen der Aussiedlermädchen und war nicht so blond und hochgewachsen, ihr Gesicht galt auch nicht als besonders schön, doch war sie gescheit und vernünftig, religiös und gut erzogen. Dabei sah dein Großvater ziemlich gut aus. Jetzt entdeckst du dies gleichsam neu, indem du dich schwach an das Foto aus seinen Studienjahren in Istanbul erinnerst, wo er mit frisch gedämpftem Fez mit Troddel, in dem *istanbulin* genannten Jackett, mit schwarzen Lacklederschuhen an den Füßen und einem Ebenholzstock in der Hand abgebildet ist, und du kannst dir deinen Großvater nach seiner Rückkehr, wenn auch nicht von der Pilgerfahrt, so doch aus Medina, bei ausgelassenen Gelagen mit griechischen und armenischen Frauen in Istanbul vorstellen. Gab es nichts als ausgelassene Gelage? Du kannst dir auch vorstellen, dass die Menschen nach dem Waffenstillstand verschreckt, ausgelaugt und völlig hoffnungslos waren und befürchteten, ihr Land würde unter den Ruinen eines zusammenbrechenden Imperiums begraben und von der Landkarte gelöscht werden. Deine ältere Tante kam unter diesen Umständen zur Welt, deine jüngere Tante und deine Mutter dagegen sollten in Manisa geboren werden und aufwachsen. Dein Großvater versuchte sich in der Istanbuler Zeit von Politik fernzuhalten, doch konnte er trotzdem nicht verhindern, dass er für die Leute von Hacırahmanlı ›Jungtürke Rahmi‹ war. Er hatte Kameraden beim Komitee für Einheit und Fortschritt*, er fühlte sich ihnen nahe, doch er machte nicht bei ihnen mit. Selbstverständlich freute er sich, als die Befreiung proklamiert wurde*, andererseits betrübte es ihn, dass alle religiösen Mitbürger am 31. März hatten leiden müssen*. Er war zwar gläubig, aber das hinderte ihn nicht, nach dem Gebet in der Moschee an Trinkgelagen teilzunehmen oder in Galata sogar, wo es viele Zuhälter gab, mit Nutten ins Bett zu gehen. Vor seinem Tod sollte er diese Geschichte, von der niemand in der Familie wusste und die er seiner Frau und seinen Töchtern all die Jahre verschwiegen hatte, zusammen mit anderen Geheimnissen seinem Enkel erzählen. Ja, auf

47

dem Totenbett würde er nur dir, dir allein seine Sünden bekennen. Du warst noch nicht in dem Alter, alles zu verstehen, aber du warst der einzige Mann in der Familie.

Während eurer Zeit in Balıkesir verbrachtet ihr die Sommerferien gewöhnlich in Manisa. Nachdem dein Vater gestorben war, ließ dich deine Mutter eine Weile dort und reiste allein nach Frankreich. Niemals wirst du erfahren, ob zum Sprachenlernen oder aus einem anderen Grund. Das Einzige, was du weißt und woran du dich erinnerst, ist, dass du in Manisa in die Grundschule gekommen und dort bei deinen unverheirateten Tanten aufgewachsen bist, die ebenso wie deine Mutter Lehrerinnen waren, insbesondere aber unter der Obhut deiner Großeltern, dank derer du studiert hast und ›zum Mann geworden‹ bist – was immer dieser Ausdruck bedeuten mag. Wenn man dich damals fragte, was du denn werden wollest, wenn du einmal groß wärest, hast du stets selbstbewusst geantwortet: »Ich will jeder Mann werden.« Jetzt kannst du dich, Mann hin oder her, glücklich schätzen, etwas Ordentliches zustande gebracht zu haben. Um aber in das grüne Paradies deiner Kindheit zurückkehren zu können, wärest du bereit, alles zu geben, sogar deine rechte Hand, die diese Zeilen geschrieben hat. Es genügt, dass ›der Tag vor dem Fenster nicht abnimmt‹, wie der Dichter des Gedichts *Fünfunddreißig Jahre** gesagt hat. Es genügt, dass diejenigen zurückkehren, die gegangen sind und dich zurückgelassen haben, und auch die, die gegangen und nicht wiedergekommen sind. Der Berg kann nicht zum Berg gelangen, doch Menschen können zueinander kommen. Es genügt dir, wenn du die wiederfindest, die du verloren hast.

Es ist lange her, seit du mit deiner Mutter in Balıkesir, dessen kleines Bahnhofsgebäude aus behauenem Stein mit seinem Wartesaal und seiner Gaststätte einen außergewöhnlichen

Anblick bot, in die Eisenbahn gestiegen bist und dass ihr in Manisa angekommen seid. Doch du hast jene Fahrt auf den Holzbänken der dritten Klasse nicht vergessen, die vor dem Fenster vorbeiziehenden kahlen Hügel mit den Ziegenherden, die Lehmziegelhäuser mit ihren niedrigen Dächern und die Kinder, die »Zeituuung, Zeituuung!« schreiend dem Zug nachrannten. Später hast du erfahren, dass die Kinder die Zeitungen nicht zum Lesen, sondern zum Verhängen der Fenster haben wollten. Und wenn der Zug hinter Savaştepe dann in die Ebene hinunterrollte, sah man die Minarette von Kırkağaç, seine Tabakfelder und die gelben, grünen, tiefgrünen Weinberge. Der Schnellzug hielt nicht in Hacırahmanlı, sondern fuhr ächzend und stöhnen und aus seinem Schornstein weißen Rauch und Funken ausstoßend bis Manisa und lieferte euch genau vor dem Großvater ab, der am Bahnsteig euch beide, dich und deine Mutter, erwartete. Und wie seltsam, beide küsstet ihr dem alten Mann zuerst die Hand, aber danach umarmtet ihr euch, um die Sehnsucht zu stillen, auch wenn ihr euch ein wenig vor den anderen Reisenden geniertet, die in Manisa ausstiegen. Deine Mutter würde nach ein paar Tagen wieder zurückfahren, du würdest bleiben. Du würdest in dem großen weißen Haus mit Garten in der Nähe der Ulucami bleiben, nachdem ihr mit der Kutsche durch Straßen, die fast alle an den Hängen des Berges endeten, und durch die staubigen engen Gassen gefahren und angekommen wart.

Aus dem Land Saba ins Haus Allahs

Ihr kennt das Land Saba oder auch nicht. Heute heißt es Jemen und ist mit seinen Bergen, Flüssen, Tälern und Weiden,
den Herden, die sich auf den Weiden ausbreiten, und den
Weinstöcken, die in den Weinbergen grünen, ein gesegne-
tes Stück Erde an der Küste des Indischen Ozeans ein wenig
landeinwärts am südwestlichen Ende der arabischen Halbinsel. Der Schatten seiner Bäume ist dunkel, die Früchte, die
in den Obstgärten reifen, sind saftig. Selbst wenn man so
geschwind wie die dahinfliegenden Araberpferde reiste, deren Mähne im Wind flattert, brauchte man nicht weniger als
einen Monat, um von einem Ende zum anderen zu gelangen. Das Gelände ist uneben, die Straße aber breit und men-
schenleer. Man spürt nie das Bedürfnis, sich vor der sengenden Sonne zu schützen. Die Wege sind schattig, wasserreich
und kühl. Das Wetter dort ist – wie sagt man? – ›belebend‹.
Das Atmen reinigt die Lungen und regt den Blutkreislauf an.
   Im Lande Saba werden die Mädchen frühzeitig reif, und
die jungen Burschen sind leidenschaftlich und viril. Mir
scheint, ich sehe euch verschmitzt lächeln, als wolltet ihr sagen, diese Schilderungen haben wir häufig gehört. Ihr mögt
nun wohl erwarten, dass ich euch in glühenden Farben die
Königin von Saba beschreibe, die aus der Vereinigung einer
Herrscherin, die Macht über vierzig Könige hatte, mit einem
Dschinn entstanden ist. Und ihr glaubt, nach der Schilderung ihres Throns, dessen einer Fuß aus rotem Rubin, dessen
anderer aus grünem Saphir bestand, während die beiden anderen Füße aus Smaragd und Perlen waren, ihrer Schlösser

mit Marmorsäulen und goldenen Kuppeln, ihrer Pergolen aus Silber, würde ich erzählen, was sie mit König Salomo erlebte und von den Geschenken, die sie ihm schickte. Ich möchte euch nicht vorwerfen, dass ihr euch irrt, doch meine Absicht ist nicht, die bekannten Geschichten der Reihe nach herzubeten. Ich behaupte auch nicht, dass ich dabei war, als der Wiedehopf Salomo eine Nachricht von der Königin von Saba überbrachte. Doch das Volk von Saba, das die Sonne anbetete, es lebte vor und nach dem Briefwechsel ihrer Königin mit König Salomo in Fülle. Ich sehe es als nützlich an, diese Tatsache klarzustellen. Ja, ›Tatsache‹ habe ich gesagt, selbst wenn ich womöglich den alten Quellen widerspreche.

Im Lande Saba gab es zwischen zwei Bergen eine Mauer aus Stein und Eisen. Die Mauer Ma'rib staute das Wasser der Flüsse, die vom Schnee der Berge und vom Regen aus den Wolken anschwollen und brausten. Irgendwie war es nicht der König Amru bin Amir, sondern seine Frau Tarifat el Hayr, die ahnte, dass eines Tages diese Mauer einbrechen und das Wasser alles überschwemmen würde, dass die Sturzflut nicht nur die Menschen und ihr Vieh mitreißen, sondern auch ihre Häuser zum Einsturz bringen und keinen Stein auf dem anderen lassen würde. Denn Tarifat war im Gegensatz zu ihrem Mann keine, die ihre Kleidung nur einmal trug und dann zerriss und wegwarf, damit keine andere sie anziehen sollte. Sie war eine fromme Frau, die ihre Zeit im Tempel mit Gottesdienst zubrachte.

Tarifat sah eines Nachts in einer Vision schwarze Wolken, die ein Orkan über dem Meer sammelte und heranführte. Die Wolken waren so dicht, derart pechschwarz, dass es stockfinster wurde. Im selben Moment, als ein schrecklicher Blitz zuckte, ging ein Wolkenbruch nieder. Und der Blitz schlug mitten in den Tempel ein. Augenblicklich stand alles in Flammen, der Brand breitete sich aus und erreichte den

Palast, und von dort aus fingen alle Städte des Landes Feuer und brannten nieder.

Als Tarifat schweißgebadet erwachte, ging sie zu ihrem Gatten und schilderte ihm ihre Vision. Amru erkannte, dass ihnen in Kürze Unheil drohte. Der Brand war das Vorzeichen einer Katastrophe. Danach traten noch andere Vorzeichen auf. Die Maulwürfe kamen aus ihrem siebenstöckigen unterirdischen Bau herauf und bedeckten ihre Augen mit den Vorderpfoten. Eine Schildkröte fiel mitten auf der Straße auf den Rücken, und obwohl sie mit den Beinen strampelte und sich mühte, gelang es ihr nicht, sich umzudrehen. Eine Maus hob mit den Hinterbeinen einen riesigen Felsen auf, drehte ihn wie einen Kreisel und schleuderte ihn hinter die Berge. In der Hitze bewegten sich zwar die Blätter nicht, die Bäume begannen sich aber zur Seite zu neigen, als hätte man ihnen die Wurzeln gekappt. Da fasste Amru den Entschluss, nicht abzuwarten, ob die Wasser, die die Mauer Ma'rib zurückhielt, so flössen wie früher oder alles von einer Sintflut eingeebnet würde, sondern aus dem Land wegzuwandern.

Sie folgten dem Rat der Wahrsager und verteilten sich in alle vier Himmelsrichtungen. Diejenigen von ihnen, die schnelle Pferde ritten, gingen nach Oman, die mit den langsamen Pferden ins Land Hamadan zum Stamm der Kurûd. Die Tüchtigen, die jedoch aus ihrer Tüchtigkeit keinen Gewinn zu ziehen wussten, gingen zu den Murr, und die, die eine Oase in der glühenden Wüste suchten, vermischten sich mit den Yasrib. Wen es zu Seidenstoffen und Nähseide trieb, der wandte sich nach Syrien, wer Reichtum besitzen wollte, nach Basra. Amru bin Amir hingegen entschloss sich mit Kind und Kegel und seinen beherzten Kriegern für Azal. Doch dort verweilten sie nicht lange, sondern fielen wie ein Heuschreckenschwarm über Tihama her, sie überfielen die

Leute im Schlaf und erschlugen sie mit dem Schwert. Sie hatten so viele Pferde, Kamele und Kleinvieh, dass sie auf keiner Weidefläche lange bleiben konnten und jedes Mal einen noch wasserreicheren, ausgedehnteren, ertragreicheren Boden suchten. So gelangten sie bis vor Mekka, wo sie ihre Zelte aufschlugen. Sie fingen Krieg mit dem Stamm der Cürhüm an, die das Haus Allahs beschützten, töteten deren Männer, während sie die Frauen und Kinder zu Sklaven machten. Nachdem sie sich dort niedergelassen hatten, vermischten sie sich auch mit den Nachkommen aus Ismails Stamm. Unter dem Namen Kuza beherrschten sie Mekka und begannen, Zoll von den Karawanen zu verlangen und Tribut von den Pilgern, die das Haus Allahs besuchten. Deswegen dauerte ihre Herrschaft nicht lange, sie wurden von den Kureysch besiegt und verschwanden von der Bildfläche. Und die Kureysch behielten Mekka mitsamt den Hügeln Marwa und Safa und dem Brunnen Zemzem.

Die Kureysch hatten freilich ein heiliges Erbe übernommen. Der Ort, das Wasser und der Stein gingen auf Abraham zurück, den liebsten Diener Allahs, den ersten Propheten, den Stammvater der Araber. Wie wir wissen, wurde dieses Erbe sehr ernst genommen, wurden die Pilger, die zum Hause Allahs kamen, ernährt und geschützt. Denn Gott hatte Abraham geboten: »Stelle mir keinen Teilhaber zur Seite!«, und »Halte mein Haus sauber für diejenigen, die es umschreiten, die sich dorthin zur Andacht zurückziehen, die sich im Gebet verneigen und auf die Knie fallen!«* In Wahrheit ist das Wasser des Zemzem durch einen Flügelschlag des Erzengels Gabriel aus der Erde hervorgesprudelt, doch die Kaaba hat Abraham mit Hilfe seines Sohnes Ismail mit eigenen Händen erbaut, sie entstand, indem er Stein auf Stein türmte. Er gab ihr kein Dach, sondern ließ sie oben offen. Die Kaaba hatte eine Tür, in späteren Jahren bedeckten wertvolle Stoffe ihre vier Wände, und das Fundament trug die Fußspuren Abrahams, doch ein Dach hatte sie nicht. Später kam auch dieses hinzu, und als sie oben geschlossen war, glich sie einem richtigen Haus, doch die Menschen gingen nicht hinein, um sich zu schützen, sie gingen auch nicht hinein, weil sie an Allahs Einzigkeit glaubten, vielmehr wurden in den Tempel, den Abraham rein gehalten hatte, Götzenbilder gestellt, und zwar von Abkommen seines Stammes. Die Zahl der Götzen war dreihundertsechzig, einer für jeden Tag des Jahres, und wenn sie sich in ihrer Einsamkeit langweilten, sprachen sie mit sich selbst, ehe sie anfingen, untereinander zu flüstern.

Uzza

Wer versteht mich denn, wenn ich *Eşhürü'l-hurum** sage, wer weiß vom Wert jener Tage! *Zilkade, Zilhicce, Muharrem, Recep!* Sobald einer von den vier Monaten begann, wurden alle fröhlich. Ach, *Muharrem!* Ich hatte Lust, seinen Namen auszurufen, aus voller Kehle zu schreien, den Schal, der mich bedeckte, der von weit her aus China kam, der meine Nacktheit, meine Schönheit, meinen Körper bedeckte, die ich allen freigebig überließ, die an mich glaubten, mich verehrten, diesen Schal zu zerreißen und zu zerstückeln, ausgelassen zu tanzen. Wenn der Monat *Muharrem* begann, endete der Krieg. Der *Muharrem* senkte sich wie ein unerwarteter Gast in meinen Schoß. Er ließ meinen Körper grün werden, er beseelte und belebte ihn. Wahrscheinlich wisst ihr nicht, dass ich lange Zeit im *Samura*-Baum saß, wobei seine Zweige zu meinen Armen geworden sind, sein Stamm zu meinem Körper, seine Wurzeln zu meinen Haaren. Ja, im *Muharrem* wand ich mich, aber nicht vor Lust. Keineswegs vor Lust, sondern vor Glück. Ich drehte und wand mich, nein, keineswegs vor Stolz, sondern weil es mir wohl war, wenn der *Muharrem* kam. Weil er kam und meine Phantasie, meine Gedanken und Flanken erfüllte, an meiner Freude teilnahm. Weil er meinen Körper umhüllte, weil er meine Nacktheit, meine Scham bedeckte. Sobald der Krieg aufhörte, begann der Jahrmarkt. Düfte von Moschus und Ambra wehten überall, ich fühlte mich ganz seltsam, wohl, leicht betrunken. Sie kamen herbei. Sie kamen von allen vier Himmelsrichtungen des trockenen Landes, das sich bis zum

Meer erstreckte und aus unberechenbaren, mal höckerigen, mal ebenen Wüsten mit Sandhügeln und Dünen bestand, sie kamen, bauten einen Basar auf und trieben Handel. Freunde sollen sich beim Einkaufen treffen. Der Zweck ist weniger der Handel als vielmehr die Versöhnung. Und nach der Versöhnung dann das Zusammensein. Verlobte trafen sich und schenkten sich gegenseitig das ersehnte Glück. Und wie! Im Sturm der Gefühle. So wie es in den Gedichten geschrieben steht.

Sie brachten auf ägyptisches Leinen geschriebene Gedichte, hängten sie an den Wänden der Kaaba auf und vollzogen den Rundgang im Kreis um mich. Junge und Alte, Männer und Frauen. Es waren sogar Kinder an der Mutterbrust dabei, dennoch ließen sie es nie an Respekt fehlen. Ich kenne sie. Sie durchquerten die rote Wüste mit ihren roten Kamelen, und wenn sie etwas bedrückte, dann schütteten sie ihrem Kamel das Herz aus. Sie verglichen die geliebte Frau mit dem Kamel und dichteten Loblieder auf das Kamel. Und auf ihre Pferde, deren Maul schnell schäumt. Auch auf die Gazellen und deren Verwandte. Auf Lanzen und Schwerter verfassten sie jedoch keine Lobgesänge, denn mit Beginn des *Muharrem* war ihnen der Krieg verboten. In jener Zeit aber ergaben sie sich dem Trunk, sie tranken Wein und wurden trunken, und im Kamelsattel bedrängten sie die jungen Mädchen, die die Kaaba in ihren langen schwarzen Röcken umkreisten.

In jenen Gedichten gab es nicht nur schöne Worte, sondern es ging auch um die Erhabenheit der Berge, den Geruch des Windes und der jugendlichen Haut, um das Pathos des Nomadentums. Ich hörte jeden Reim, den sie machten. Der gestirnte Himmel fiel mir ein. Die ungerächten Toten wurden zu Eulen und flogen dahin. Trotzdem ging es eigentlich um Liebe, nicht um Krieg und Blutrache. Sie genierten sich nicht zu erzählen, wie sie mit Frauen geschlafen hatten, die ihr Kind säugten. Es gab welche, die das Gesicht ihrer Geliebten mit der Alabasterlampe eines in Anbetung versunkenen Mönchs verglichen oder mit einem glänzenden Spiegel. In jenen Gedichten waren die Beine der Frauen prall und fest, wie knotige Dattelzweige. Und ihre Hälse glichen den Hälsen von weißen Hirschen. Unvergessen jene Tage, Tage voll Liebe, Frieden und Freude. Erinnere dich an die unblutigen Monate *Muharrem, Zilkade, Zilhicce, Recep.* Und an die Meister des Wortes, die den Kreis des wankelmütigen Schicksals durchschritten hatten. An die Zauberer, Verführer, Wortverdreher, die von den Launen des Schicksals gebeutelt wurden.

An einen von ihnen entsinne ich mich, sein Name war wohl Imruü'-l Kays, ja Kays.

Er liebte mich, er betete mich an. Mit seinen Händen, die sowohl das Schwert als auch das Schreibrohr hielten, pflegte er meinen Körper zu streicheln. Ich wusste, diese Hände hatten viele Frauen berührt und unzählige Mädchen verführt. Dennoch fühlte ich kein Schaudern in meinem Körper, vielmehr wollte ich aus meinem seidenen Schal schlüpfen und mich mit ihm vereinigen, ihm gehören. Eines Tages, als er sich aufgemacht hatte, sich an den Mördern seines Vaters zu rächen, war er Du'l-Halasa begegnet.

Halasa kenne ich, und ich liebe sie. Sie ist ein Felsen aus Feuerstein am Karawanenweg nach dem Jemen, aber was für ein Felsen! Er funkelt in der Sonne, und nachts beim Schein der Sterne funkelt er auch. Vor dem Götzenbild, das eine Krone trägt – man weiß nicht, woher diese kommt, wer sie ihm aufgesetzt hat –, liegen Bogen und Pfeile. Kays nahm einen Pfeil, dann schaute er, und der Pfeil sagte: Wende dich ab und geh deiner Wege. Da schoss er noch einen Pfeil ab und noch einen. Alle Pfeile rieten ihm von der Blutrache ab.

Genau in diesem Augenblick erschien auch ein Kranichzug am Himmel! Die Kraniche zogen in die andere Richtung, nicht zum Land seines Vaters. Daraufhin wurde Kays wütend, weil er die Rache aufgeben sollte, und er schrie die Göttin an: »Du dreckige Hure! Friss den Phallus deines Vaters!«

Ich war natürlich höchst überrascht, ich hätte ihm das nicht zugetraut. In meinen Augen war er immerhin ein Dichter, er war stark und mächtig, auch wenn er manchmal sein Schreibrohr mit seinem Penis gleichsetzte. Wenn es darauf ankam, konnte er beide geschickt benutzen. Ich hätte erwartet, dass er sich verständnisvoller, viel zartfühlender ausgedrückt hätte. Doch ich muss gestehen, dass ich mich im tiefsten Inneren doch heimlich freute. Wir Göttinnen sind so, einerseits halten wir zusammen, andererseits … Wir lieben uns ebenso, wie wir einander hassen. Das ist ein Gefühl, das über weibliche Eifersucht hinausgeht. Jede will ganz einfach die höchste sein.

Also hatte sich Kays schon viel früher für Phallusgeschichten interessiert. Sonst wäre ihm dieses Wörtchen nicht bei seiner ersten Enttäuschung über die Zunge gerutscht. Man muss auf seine Sprache achten, sie ernst nehmen und natürlich gut einsetzen. Sonst wird dem Mann sein Phallus zum Fallstrick. Ja, man muss seine Worte abwägen, ehe man sie ausspricht. Sonst werden die Sünden beim ›Gericht‹ entsprechend ihrer Schwere gewogen. Was auch immer dieses ›Gericht‹ bedeuten mag. Ich hatte das Wort nie gehört.

Dann tauchte bei den Kureysch einer auf, der Muhammed hieß und anfing zu verbreiten, Allah sei größer als wir. Ihm dürften sie keinen Partner beigesellen, am Jüngsten Tag käme es zum ›Gericht‹, da würde alles abgewogen, was jeder in dieser Welt getan habe. Ständig predigte er, diejenigen, die Allah für den Einzigen gehalten und nur Ihn angebetet

hätten, kämen ins Paradies, diejenigen aber, die uns verehrten und Opfertiere für uns schlachteten, kämen in die
Hölle. Als ob es möglich wäre, dass die Menschen wieder lebendig werden, nachdem sie gestorben und begraben sind!
Was uns betrifft, so sind wir anders. Die Menschen kommen und vergehen, doch wir bleiben, so lange diese Berge
stehen und die Sonne auf uns scheint. Man sagt, aus dem
Munde Muhammeds flösse Honig. Die ihm zuhörten, wen-
deten sich von uns ab. Lüge! Ich kenne die Kureysch. Sie
lieben niemanden außer uns. Man sagt, aus dem Munde von
Muhammed flössen betörende Worte, die man bis dahin nie
gehört habe. Wenn der mal nicht auch ein Dichter ist! Nun
gut, beim Thema Gedicht ist mir Imruü'l- Kays eingefallen.
Der arme Kays, der weit von hier gestorben ist als Opfer
seiner fixen Idee vom Phallus. Ich habe ihm schon längst
verziehen und bitte, dass auch unser Vater Allah ihm seine
Sünden verzeiht.

Der Rausch des Kays und seine Geschichten
mit dem Kaiser

Imruü'l-Kays war der Sohn des Hucr, und dieser wiederum war der Sohn des Haris, einer von den Herrschern der Kinde, die über Hadramut und Yemane herrschten. Er wurde um 520 nach Christus in Nedschid geboren. Den Stammbaum seiner Mutter braucht man nicht zu erklären, doch ich erwähne ihn trotzdem, auch wenn man bei den Arabern, sobald die Rede auf die Verwandtschaft kommt, nur von den Vorfahren des Vaters spricht. Die Mutter des Kays war Fatma, die Schwester des Mühelhil aus dem Stamm Taglip. Hucr, so hieß auch der Großvater seines Großvaters, hatte sein Gebiet erweitert, indem er Bekr, dem Sohn des Vail, den Grund wegnahm, der sich in der Hand des Stammes der Lahm befand. So hinterließ er seinen Nachkommen ein bedeutendes Erbe. Zu diesem Erbe gehörten auch die Weideflächen der Esedoğulları, die den jüngeren Hucr, den Vater des Kays, weil sie sich untereinander nicht mehr verstanden, bei einem nächtlichen Überfall auf sein Zelt töteten. Als Imruü'l-Kays, angestachelt von seinem Onkel Mühelhil, das heißt seinem Onkel mütterlicherseits, angefangen hatte, Gedichte zu schreiben, war er von seinem Vater vom heimischen Herd vertrieben worden, und damit hatte sein Wanderleben begonnen. Nicht allzu lange, vielleicht fünfzig, sechzig Jahre nach dem Tod von Kays sollte auch Muhammed, der das Wort Allahs verbreitete, von seinem Stamm vertrieben werden und gezwungen sein, Mekka zu verlassen, mit der Begründung, er habe

Gedichte rezitiert. Doch zur Zeit des Kays war der Gesandte Allahs noch gar nicht geboren. Deswegen befassen wir uns jetzt weder allzu lange mit Ausdrücken wie ›Dichter‹ oder ›Gedicht‹, noch nehmen wir überhaupt Bezug auf die Sure »Die Dichter«*, sondern wenden uns wieder Kays zu, und ehe wir auf seine Angelegenheiten mit dem Kaiser kommen, fahren wir fort und schildern die Tage seiner Trunkenheit.

Kays zog mit seinen Kameraden von einer Oase zur anderen, er ließ sich mal in dem einen Land, dann wieder in einem anderen nieder, und wenn er nicht jagte, schrieb er Gedichte und trank Wein, und natürlich versäumte er nicht, junge Frauen und Mädchen zu verführen. Einmal hatte er auch ein Auge auf Uneyze, die Tochter seines Onkels mütterlicherseits, geworfen, und als sie nicht auf ihn einging, beschloss er, ihr eine Falle zu stellen.

An jenem Tag fand er heraus, wo die Sippe des jungen Mädchens sich niederlassen würde, und er versteckte sich im Schilf am Ufer des Flusses. Als die Karawane an dem Rastplatz mit Namen Dâret-i Cülcül ankam, zogen sich die Mädchen aus und gingen baden, unter ihnen auch Uneyze. Da kam Kays aus dem Versteck hervor, raubte ihnen die Kleidungsstücke und lief davon. Er sagte, er werde ihnen die Kleider nur zurückgeben, wenn sie nackt zu ihm kämen. Ihnen blieb keine Wahl als einverstanden zu sein, nur Uneyze, ja, allein sie, widerstand ihrem Cousin. Und es blieb nicht beim Widerstand, sie überschüttete Kays auch mit einem Platzregen von Flüchen. Doch gegen Sonnenuntergang, als am Rastplatz die Feuer brannten und die Lämmer am Spieß sich zu röten anfingen, strich sie die Segel. Kays war verliebt in den blassen Körper von Uneyze, der in der Abenddämmerung wie Perlmutt schimmerte, in ihre schwarzen Augen, in ihren Schambereich, der noch nicht voll behaart war, er sah nichts anderes mehr. Er befahl seinen Dienern, sie sollten seine Kamelstute schlachten, die er sehr gerne hatte. In der Nacht aß er mit den Mädchen zusammen mit Appetit das Kamelfleisch, und sie tranken zusammen Wein. Er tat so, als betrauerte er sein Reittier, und schließlich ließ ihn das Mädchen mit auf ihr Kamel steigen, wo er im Sattel mit ihr Liebe machte. Danach setzte er sich hin und schrieb über das Geschehene ein Gedicht.

Er sagte: »Ach, die unvergesslichen, glücklichen Tage von Dâret-i Cülcül, die ich mit meiner Geliebten beim Gelächter der am Wasser spielenden Mädchen verbracht habe!« Natürlich sprach er auch von seinem Kamel, er verglich die Fettkugeln des armen Tieres mit weißen Seidenkokons, und nach der Schilderung, wie die Mädchen das am Feuer gebratene Fleisch gierig verzehrt hatten, erzählte er auch, wie er Uneyze im Sattel gierig vernascht hatte. Ohne große Umschweife, ohne Ausschmückungen und Verzierungen, und ohne es für nötig zu halten, tief darüber zu philosophieren, fasste er in Worte – die keine göttliche Rede waren, sondern aus dem Mund eines sterblichen, sündigen Menschen kamen und ihm gefährlich werden konnten, doch ums Verrecken ließ sich der Mensch ja nicht vom Dichten abhalten –, wie er die ›herzerfreuenden Früchte‹ seiner Cousine gepflückt hatte. Wie hatte er denn diese Früchte gepflückt? Er, der sich nachts zwischen die Kinder mit dem blauen Perlenamulett hin zu den schwangeren Frauen schlich, der in ihre Betten kroch und mit den an den Brustwarzen saugenden Kindern die Früchte teilte, der die obere Hälfte der jungen Mütter den Kindern überließ und sich mit der unteren begnügte, der aufseufzte: »Ach, die Frau mit den nährenden Brüsten! Wenn das Kind weinte, drehte sie ihm die Hälfte ihres Körpers zu und gab ihm die Brust, während sie mir die untere Hälfte nicht entzog.«

Diese Verse wurden mit goldenen Buchstaben auf ägyptisches Leinen gestickt und an die Wand der vom Propheten Abraham erbauten Kaaba gehängt. Dann schilderte er auch, wie er eines Nachts eine Frau, die er durch liebliche Worte betört hatte, aus ihrem Zelt gelockt und in den Sand gebettet hatte und Finsternis sie beide bedeckte. Und wie genau in dem Augenblick die Plejaden mitten am Himmel erschienen waren und wie kostbare Steine auf der Taille der Geliebten gefunkelt hatten! Da konnte er weder von der Liebe noch von der Frau genug bekommen. Er bekam auch nicht genug von der Welt.

Ich möchte jedoch nicht falsch verstanden werden. In den Gedichten des Kays ging es nicht nur um Herzensabenteuer; in seinen Versen atmete und lebte ein ganzer Landstrich mit seinen Bergen, Sandwüsten und ausgetrockneten Bachbetten, mit seiner Hitze und seinem Frost, seinen Felsen, steilen Abhängen und Höhlen. Während sich die arabischen Buchstaben wie schwankende Kamele beugten und krümmten, das *Elif* sich mit dem *Nun* verband und das *Mim* oder das *Vav* sich zusammenrollten und zum *Dal* fanden, wurden die Wolken vom Wind zerstreut, und ein plötzlich niedergehender Platzregen spülte vom Berg Sebir, der so imposant wirkte wie ein »Stammesfürst in seinem Überwurf aus Kamelhaar«, die Erdmassen in die Ebene hinunter, und nachdem der Sturm sich verzogen hatte, blühten überall Blumen auf, »wie die bunten Stoffe der jemenitischen Hausierer, die sie zum Verkauf auf die Erde breiteten«. War Imruü'l-Kays eine Blume, die in jenem unfruchtbaren, mitleidlosen Land, in diesem harten Klima aufging, oder bringe ich ihm diese Bewunderung entgegen, weil er wegen der Wollust gestorben ist, weil er zuletzt das Flammenhemd angezogen hat? Wie ich ja schon gleich zu Anfang gesagt habe, ist die Liebe ein Flammenhemd. Wenn man es anzieht, verbrennt es die

Haut, es fügt Schmerzen zu, und zuletzt vergiftet und tötet es einen.

Als Kays die Nachricht vom Tod seines Vaters erhielt, war er in der Gegend von Damaskus wieder einmal im Rauschzustand. Wie jeder Sohn, der zur Waise wird, grämte er sich, doch er zeigte es nicht. Er schwor, seinen Vater zu rächen, mit den Worten: »Der heutige Tag gehört dem Wein, morgen ziehen wir weiter!« Er wusste, ehe er nicht hundert Mann von den Esedoğulları erschlagen und ebenso vielen die Stirn geritzt hätte, würde der Geist des Hucr keine Ruhe finden, sein Vater würde in Gestalt eines Kauzes auf dem Grab sitzen und Wasser von den Vorübergehenden erbetteln. Deshalb zog Kays seine Rüstung an, gürtete sich das Schwert um und bestieg sein Pferd, das er in seiner Lyrik bedichtet und gelobt hatte mit den Worten: »Sein großer, haarloser Rücken ist hart wie der Stein, der die Koloquinte spaltet, seine Vorderfüße scheinen zu schwimmen, es rennt wie ein Wolf und schlägt wie ein Fuchsjunges nach hinten aus.« Er ritt geradewegs über Bach und Hügel, und nachdem er die schneebedeckten Berge und das Sandmeer überwunden hatte, erreichte er die Lagerplätze der Stämme Bekir und Taglip. Von ihnen erbat er sich Hilfe. Die Esedoğulları suchten Kays dort, wo er Kämpfer zusammengezogen hatte, auf, um sich mit ihm auszusöhnen. Deswegen kamen sie bis zu seinem Zelt und baten ihn um Verzeihung. Er jedoch trat den Mördern seines Vaters mit einem schwarzen Turban auf dem Kopf entgegen und sagte, er werde das Blut seines Vaters nicht ungerächt lassen. Und mit einem Zorn, den man diesem Dichter, der den Rausch liebte, nie zugetraut hätte, stürzte er sich auf sie wie ein Habicht, wobei er die meisten von ihnen mit dem Schwert niedermetzelte. Diejenigen aber, die er nicht tötete, nahm er gefangen und übergab sie als Sklaven den Stammesfürsten, die ihm geholfen hatten.

Danach machte er sich erneut auf den Weg; es war sein Schicksal, so von einem Brunnen zum anderen, von einer Stadt zur anderen zu wandern, sich niederzulassen und wieder aufzubrechen, in der Wüste müßig zu gehen und dabei Gedichte zu verfassen. Doch seine Feinde blieben nicht untätig. Sie verfolgten Kays, um Rache für die Esedoğulları zu nehmen. Deswegen beschloss Kays, wer weiß, woher ihm die Idee kam, den Kaiser Justinian von Byzanz, ja, ihr habt euch nicht verlesen, den Herrscher von Byzanz, den größten Basileus aller Zeiten, den Kaiser Justinianos um Hilfe anzurufen.

Wir wissen nicht, was er erlebte, wo er Rast machte, bis er aus den Wüsten Arabiens nach Istanbul kam. So können wir nur vermuten, dass er eines Morgens vor den Mauern der siebenhügeligen Stadt auftauchte, erstaunt und verwundert ob der Schiffe im Hafen, der Serails, Marmorsäulen und Klöster, des purpurfarbenen Meers, das er bis dahin nie gesehen, ja sich nicht einmal hatte träumen lassen, des Leuchtturms am Anfang des Bosporus, der Basiliken von Üsküdar aus rotem Ziegelwerk und der Hagia Sophia mit ihrer riesigen Kuppel, die am Himmel aufgehängt zu sein schien. Wir können sogar unsere Phantasie ein wenig anstrengen und annehmen, dass Kays in Wirklichkeit nicht auf der Flucht vor seinen Feinden, nicht hilfesuchend nach Istanbul kam, sondern weil er vom Ruhm Theodoras gehört hatte, der Frau Justinians. Er war ja immerhin ein Dichter, und in seinen Adern rollte Beduinenblut. Und die Wollust, das Geschenk Gottes, war ihm näher als seine Halsschlagader.

Bei seinen Wanderungen durch die Wüsten Arabiens hatte er von Theodoras Ruhm gehört. Er wusste, die Herrscherin, die Justinianos immer zur Seite war, die er in allen Dingen um Rat fragte und der er offensichtlich völlig hörig war, war einstmals eine der schamlosesten Huren von Byzanz gewesen. Kays stellte sie sich als weißhäutig vor und leidenschaftlich, wenn in ihren olivgrünen Augen der Funke der Wollust aufblitzte. Theodora hatte angeblich, als sie noch so jung war, dass sie nicht mit einem Mann schlafen konnte, sich nicht gescheut, wie die Knaben in den Freudenhäusern von Byzanz ihr Hinterteil darzubieten, und als sie dann reifer war, hatte sie den Ruf einer Frau, die jegliche Lust zu geben und zu empfangen bereit war, die mit unzähligen Jünglingen auf dem Gipfel der Sexualkraft Liebe machte, und wenn diese erschöpft waren, es mit den Dienern weitertrieb. Das Gerücht von ihrer Unersättlichkeit, alle diese Behauptungen, die womöglich nur verbreitet worden waren, um sie zu verleumden, waren bis nach Arabien gelangt. Die meisten der Stammesfürsten müssen genauso wie Imruū'l-Kays geglaubt haben, was über Theodora erzählt wurde. Kays hatte wie jeder andere gehört, dass sich die Kaiserin in ihrer Jugend beklagt hatte, die drei Löcher, die die Natur ihrem Körper verliehen hatte, reichten ihr nicht, leider hätten ihre Brustnippel nicht die gleiche Funktion, doch das wollte er vor Ort sehen und persönlich überprüfen. Mit dieser Absicht machte er sich also auf den Weg; um Theodora kennenzulernen, setzte er sich allen Gefahren aus, sei es in der Wüste von Syrien von den Tigern gefressen zu werden, sei es in den anatolischen Steppen von den Adlern. Auch die Gefahr, in den Tiefen des Mittelmeers unterzugehen, im Ägäischen Meer mit den Stürmen und im Marmarameer mit den Seeräubern zu kämpfen – ja, das alles und noch viel mehr nahm er auf sich, nur um einer Frau die Gürtelschnur zu lösen.

Als er vor die Tore von Konstantinopel kam, träumte er davon, dass Theodora noch wie in ihrer Jugendzeit nackt mit geöffneten Beinen auf dem Rücken läge und hungrige

Gänse die Haferkörner aufpicken ließ, die ihre Sklaven ihr in den Intimbereich gestreut hatten. Dabei hatte sich seit jenen Zeiten vieles verändert. Theodora war fünfunddreißig Jahre alt, als sie Justinianos begegnete. Sie war eine welterfahrene Frau. Nach ihrem Leben in den Niederungen war sie als Mätresse eines höheren Staatsbeamten nach Nordafrika gegangen, und ehe sie nach Istanbul zurückkehrte, vielmehr zurückgeschickt wurde, hatte sie in Alexandria nicht nur mit Mönchen geschlafen, sondern mit dem Erzbischof der Kirche. Tatsächlich wunderte sich Kays kein bisschen, dass dem Kaiser eine solche Frau gefiel und er mit ihr eine Beziehung einging, ja dass er sie nach dem Tod seiner Frau Lupicina heiratete und zur Herrscherin machte. Er wusste, dass die byzantinischen Herrscher starke Frauen mochten, dass sie bei Staatsgeschäften meistens unter ihrem Einfluss standen, ja, dass sie nicht nur die Herrschaft, sondern sogar ihre zarten Körper ihren Frauen auslieferten. Nur eine Sache wollte sein Beduinenschädel tatsächlich nicht kapieren, wie Theodora, die Tochter eines Bärenführers und einer Zirkusakrobatin, in das höchste Staatsamt hatte gelangen können. Die Frauen, die er kannte, die er in einem Kamelsattel oder unter den Palmen bedrängt und beschnuppert hatte, die er nächtens aus den Zelten gezogen und auf den Sand gelegt hatte, hätten das niemals, unter keinen Umständen zustande gebracht. Theodora musste unbedingt ein Teufelshaar besitzen. So wie er einen Dschinn besaß, so wie sein Dschinn in Verzückung geraten war und ihn hatte schöne Worte sagen lassen, nachdem er Wein getrunken hatte und berauscht am Feuer zusammengesunken und erschlafft war, so ließ der Dschinn Theodoras Leib vor Lust sich winden, ließ die wollüstigen Gefühle anwachsen und öffnete ihr die Tür zu bisher ungekosteten Freuden. Auch Kays musste um jeden Preis durch diese Türe eintreten.

Ehe Kays eine Audienz bei Justinianos bekam, versuchte er die Pforten sämtlicher Leidenschaften zu stürmen, doch keine einzige öffnete sich. Nun trat an die Stelle jenes eigensinnigen, müßigen Dichters ein neugieriger Reisender, dem es gefiel, jeden Tag neue Dinge zu sehen, die Welt zu entdecken. Voll Erwartung spazierte er durch Konstantinopel, und die Stadt öffnete auch ihm ihre Türen, doch sie eröffnete ihm nicht die Geheimnisse, die hinter den dreifachen Mauern des Serails lagen, die Geheimnisse der Verbrechen, die in den purpurfarbenen Zimmern verübt wurden, die unter den Atlasdecken geschahen, die Geheimnisse der byzantinischen Frauen, deren kostbare Geschmeide die Augen blendeten. Kays lief durch die Gassen, wieder wie trunken und aufgeregt, als gelte es den Körper einer unbekannten Frau zu entdecken, voll Begierde, einer bis dahin nicht gekannten Lust. Er sah die Serails, die Säulen aus rotem Porphyr und die dösenden Menschen im Schatten der Statuen, aufgereiht zu beiden Seiten der breiten Straße, die sich von Osten nach Westen erstreckte.

In roter, grüner, blauer, weißer Kleidung strömte die Menge zum Hippodrom. Er mischte sich unter sie und sah Wagenrennen, die Erregung der Bevölkerung, gegeneinander gezückte Dolche und Menschen, die am Boden mit dem Tode rangen. Die Brutalität erschien ihm in der Stadt moderner und anders als die Gewalt der Wüste, doch auch hier fielen die Menschen übereinander her, sie schrien sich an, stritten miteinander im Staub, den die herumschleudernden Wagen im Hippodrom aufwirbelten, und verlangten nach Blut. Dabei wollte Kays schon kein Blut mehr sehen, er wollte möglichst bald eine Audienz bekommen und Justinianos kennenlernen, dann wollte er die Kasiden*vorlesen, die er für die Herrscherin geschrieben hatte, und danach Theodora verführen, von der er gehört hatte, sie sei klein und frech wie die meisten byzantinischen Frauen.

Einmal sah er im Hippodrom den Herrscher von weitem, doch als er zu ihm hingehen wollte, hinderten ihn die Wächter daran. Da kehrte er an seinen Platz zurück und schaute weiterhin den Darbietungen der Bärenführer und Akrobaten zu und den Pferden, die durch die Wagenlenker angetrieben wurden. Diese ließen ihre Peitschen niedersausen, als wollten sie sich an den Tieren rächen, nicht in der Absicht, das Rennen zu gewinnen, sondern um dem Herrscher ins Auge zu fallen und vielleicht einen Posten zu erringen. So ein Tempo, so einen Ehrgeiz war Kays nicht gewöhnt. Er pflegte sein Pferd nicht zu peitschen, wenn er auf den Spuren der Karawanen von einem Brunnen zum anderen, von einer Oase zur anderen zog, ja nicht einmal, wenn er die Sanddünen überwand, um möglichst bald im Schoß seiner Geliebten zu schlafen. Ganz im Gegenteil, er hatte sein Pferd stets gelobt und durch gute Behandlung immer seine Zuneigung gewonnen. Was würden wohl die Wagenlenker sagen, deren Peitschenschläge Blut spritzen ließen, wenn sie die Verse hörten, die er auf sein Pferd gedichtet hatte? Sein Pferd war sein engster Freund, sozusagen die Fortsetzung seines Körpers, ein untrennbarer Teil seiner selbst. Sie waren unzertrennlich. Wenn wilde Tiere aufsprangen, blieb es wie angewurzelt am Platz stehen und bäumte sich majestätisch vor ihnen auf. Seine Flanken waren anmutig wie die eines Hirschs, es war so geschwind wie ein Sturzbach. Kays war nicht nur begeistert von der braunen Färbung des Pferdes, sondern auch von seinem felsenharten, geraden Rücken, seiner Mähne, die im Wind flog, ihm gefiel sogar das Brodeln in seinem Bauch, das sich wie ein kochender Kessel anhörte. Was ich sagen will: Außer Pferd und Weib hatte er bisher keine Sorge in seinem Leben gehabt, aber nun war er in der prunkvollen Stadt, die Konstantinopel hieß, von beidem weit entfernt.

Während er auf eine Audienz wartete, besuchte er auch die Bäder der Stadt, und wie zum Ausgleich für die vergangenen wasserlosen Nächte in der Wüste wusch und reinigte er in dem heißen Wasser, das aus den Hähnen floss und die Marmorbecken füllte, seine schmutzige Kleidung, die in der höllischen Hitze an ihm festgeklebt war, und übergoss seinen müden, schmerzenden Körper mit immer neuen Güssen aus der Wasserschale. Er betrachtete auf den Mosaiken Jagdszenen und die Paarung zwischen Nixen und Satyrn, die im Wasserdampf verwischt aussahen, wogten, sich verzogen und wanden, als wollten sie dahinschmelzen. Auf einem Mosaik war nach Auskunft der anderen Badegäste im *hamam* Dionysos zu sehen, der Gott des Weins, betrunken wie immer. Doch mit Hilfe eines eng befreundeten Satyrs, halb Ziege, halb Mensch, der es müde war, im Wald Nymphen zu jagen, hielt er sich aufrecht. Ein Pantherjunges leckte den Wein auf, der aus dem Kelch in der rechten Hand des Gottes tropfte. Eros schlief im Schatten ausgestreckt. Er war nackt und sogar im Schlaf sinnlich. Ein junges Mädchen in blauem Gewand näherte sich lautlos, um Eros die Pfeile zu stehlen. Wenn es einen Pfeil abgeschossen, das heißt, den Überwurf eines lockigen, schönen Jüngling in Brand gesetzt haben würde, würde sich dessen Körper in Lust winden, und sie würden die Liebe in aller Schönheit erleben. Kays sehnte sich nach diesen einzigartigen Augenblicken, die den Menschen alles vergessen, ihn in der Hitze einer Frau dahinschmelzen, verloren gehen ließen. Während sich sein nackter Körper im *hamam* entspannte und lockerte, wurde nur sein Penis, ja nur dieser steif und richtete sich auf. Er träumte von der Liebesnacht mit Theodora, er wollte möglichst bald zu ihr gelangen, doch seine Bemühungen hatten aus irgendeinem Grund keinen Erfolg. Kein Mensch interessierte sich für seine Verwandtschaft, sein Geschick im Dichten von Kasiden oder, was weiß ich, dass er die Feinde seines Vaters mit einem Streich zu Boden gestreckt hatte. Hier waren die Tore des Serails, und das war ein klein wenig anders als ein Beduinenzelt. Auch die Frauen waren so anders, man konnte sie nicht, wenn man gerade wollte, am Arm packen und in den Sand betten. Als sich alle Türen vor ihm verschlossen und er sich quälte, weil er bei keiner Byzantinerin Gehör fand, die Huren eingeschlossen, vergaß Kays, dass er ein edler Prinz war, und suchte Trost in der Selbstbefriedigung. Seine Hand, die einst das Schwert gehalten hatte, die Brüste der jungen Mädchen gestreichelt und danach jene raschen Kasiden geschrieben hatte, hielt jetzt jenes verfluchte, unersättliche Geschlechtsteil fest. Die alte Zeit war wohl vergangen und ein neuer Tag angebrochen. Hier, in der Stadt der Porphyrsäulen und Obelisken, der Aquädukte und Zisternen, der Klöster und Kirchen mit den riesigen Kuppeln war er ein sonnenverbrannter Araber und keineswegs mehr der Liebhaber der Mädchen und Stuten, der mächtige Dichter Imruü'l-Kays.

Ihm ging der Bucklige nicht aus dem Sinn, den er in einer Ecke des *hamam* auf einer Mosaikplatte an der Wand gesehen hatte über einem versteckten Marmorbecken, das selten benutzt wurde. In seltsamer Weise ähnelte der Bucklige mit den stacheligen Haaren, die die Stirn bedeckten, seiner langen Nase und seinen tiefschwarzen Augen ihm selbst. Wie seine eigenen Augen waren auch die Augen des Buckligen ein wenig apathisch, traurig. Als sehnte er sich nach seiner Liebsten, die er im Traum gesehen hatte, zu der er in Liebe entbrannt war, nachdem er aus ihrer Hand den Liebestrank empfangen und um ihretwillen sein Land verlassen hatte, auf Wanderschaft gegangen war. Der Bucklige auf dem Mosaik über dem Wasserbecken war zugleich ein Zwerg, und sein aufgerichtetes männliches Organ war ebenso wie seine Hoden im Vergleich zum Körper ziemlich groß. Er trug einen gabelartigen Stock in der Hand, und seine Füße waren auf dem weißen Untergrund vogelleicht. Als ob er flöge, nicht liefe. Er sah glücklich aus. Man konnte sogar sagen, dass er sich in einem andauernden Glück, in einem überschäumenden Erregungszustand befand. Vielleicht auch wirkte er dermaßen beschwingt, so zutiefst ausgeglichen, weil ihn der Buckel nicht kümmerte, der sich über seine gesamte rechte Schulter erstreckte, sondern allein sein männliches Organ, das er, da er kein Kind bekommen, keinem Menschen das Leben schenken konnte, allein als Mittel der Lust benutzte und in dieser irdischen Welt als alleinigen Daseinszweck ansah.

Kays erfuhr von einem Bediensteten des Serail, den er im *hamam* kennengelernt und mit dem er lange Gespräche geführt hatte, dass der Künstler, der dieses Mosaik gestaltet hatte, den Buckeligen dermaßen fehlerlos dargestellt, ihn mit größter Sorgfalt mit den ins Kupferfarbene changierenden Mosaikteilchen geschmückt hatte, damit ihn nicht der böse Blick träfe, damit der böse Blick auf den zurückfiele, der ihn aussandte. Auf der Tafel stand mit schwarzen Buchstaben KAI CY.* Auf die Frage nach der Bedeutung dieser Worte antwortete der Bedienstete, es heiße »Dir auch!«. Kays verstand sofort, denn in seinem eigenen Land gab es ähnliche Amulette, Zaubersprüche. Frauen hängten sie sich um den Hals, Männer hängten sie am Zelteingang auf, ja sogar in der Kaaba bekamen die Götzenfiguren, Lat, Uzza und Manat, solche Halsanhänger. Wenn du mir Böses willst, dann soll das auf dich zurückfallen! Wie du mir, so ich dir!

Die Haltung des Buckligen, der mit seinem an der Spitze wie ein Dolch gekrümmten Penis auf dem Sprung nach rechts zu sein schien, verkündete eine Weisheit. Freilich nur dem, der sie verstand. Es war, als wollte er sagen: Schau nicht auf mein Buckligsein, denn meine Ausstattung ist in Ordnung, schau meine riesigen, steinharten Hoden! Außerdem trage ich sie allein zum Vergnügen, um Lust zu empfangen und zu schenken, so wie ich meinen Buckel auf dem Rücken trage. Und seltsamerweise erfasste Kays jedes Mal, wenn er ins *hamam* kam, jedes Mal, wenn er den Buckligen sah, ein zunehmend unwiderstehliches Verlangen, an dessen Stelle zu sein. Er konnte seinen eigenen Buckel nun nicht mehr tragen, er hatte genug davon, in dieser reichen, an drei Seiten von Wasser umgebenen Stadt, die von ihrer eigenen Schönheit begeistert war, wie eine Missgeburt behandelt, als Bettler angesehen zu werden; er wollte nicht länger wie ein Vagabund herumlaufen in der Stadt der Selbstverliebten, Heerführer und Obermönche, der Kaiserin, die jede Nacht seine Träume heimsuchte, und ihres Ehemanns, des Pantoffelhelden Justinianos.

Schließlich begann er die unanständigen Kasiden, die er für Theodora geschrieben hatte, hier und da mit lauter Stimme vorzutragen. Einmal stieg er sogar auf eine der Marmorsäulen und schrie wie ein Geistlicher, der in der Hagia Sophia predigte, der Jüngste Tag sei nahe, denn in der Stadt wachse die Zahl der Ehebrüche ebenso rasch wie die der Gebäude, und die Herrscherin persönlich habe für nichts anderes mehr Zeit als für den Ehebruch. Auch im *hamam* blieb er nicht untätig, er erzählte allen, die es hören wollten, wie er mit Theodora geschlafen habe, wie er sie ordentlich flachgelegt habe, und er malte aus, wie sie ihren Unterleib gewunden habe wie die Schlangen an der Dreischlangensäule auf dem Hippodrom.

Die alten Quellen schreiben, Kaiser Iustinianos, der an Schlaflosigkeit litt und nachts in seinem Serail herumlief, während er im Geist bis an die Grenzen seines Reiches wanderte, habe Kays schließlich empfangen und danach von einer Eskorte nach Hause geleiten lassen. Doch weil ich weiß, für den große Basileus bedeutete ein arabischer Dichter weniger als die Menschen, die er blutrünstig tötete, so vermute ich, dass Kays bereits an den Toren des Serails umkehren musste. Ich vermute auch, dass er auf dem Weg Richtung Ankara in der Steppe bei Sonnenuntergang in einer Karawanserei Rast machte. Dort fand ihn der Bote des Herrschers, wie er, in schwarze Gedanken versunken, ganz allein im Innenhof saß. Er brachte ihm ein Geschenk, ein rötlich grünlich changierendes Seidenhemd. Der Herrscher bat ihn, weil er Kays leider nicht habe empfangen können, dieses sein bescheidenes Geschenk anzunehmen. Kays nahm das Geschenk, zog es aber nicht gleich an. Doch als er es in der Burg von Ankara überstreifte, wo er die Tochter des Fürsten zu verführen hoffte, war es zu spät. Sobald er in der Hitze schwitzte, zeigte das Gift seine Wirkung, und die Haut von Kays begann sich Stück für Stück abzulösen. Ihm wurde die Haut abgezogen, nicht etwa wie dem Mystiker Mansur al-Halladsch*, weil dieser gesagt hatte: »Ich bin Gott«, sondern weil er ein Opfer seines geliebten Phallus geworden war, den er zunehmend vergöttert hatte.

Im Jahr des Elefanten

Wüsstet ihr doch, was sich im Jahre des Elefanten zutrug! Nein, der Fisch kletterte nicht auf die Pappel! Auch die Ströme strömten nicht zu ihrer Quelle zurück. Wenn ich Ströme sage, dann ist das natürlich im übertragenen Sinn gemeint, denn gibt es etwa einen Strom auf dieser überall von Wüste bedeckten Halbinsel? Wenn's hochkommt, fließt von den Bergen, die sich von der Küste ins Landesinnere stufenweise aufbauen, Schneeschmelzwasser, das in den Wadis zum Bach, ja sogar zum Flüsschen wird, ehe es das Meer erreicht. Egal, ob nun Bach oder Flüsschen, darauf kommt es nicht an, das ist nicht unser Thema. Ich will damit sagen, auch die Ordnung der Berge, der Wellen, der Winde wurde nicht durcheinandergebracht. Aber wenn ihr wüsstet, was im Jahr des Elefanten passierte! Wie gesagt, der Fisch kletterte nicht auf die Pappel, das stimmt. Sowieso gibt es in Arabien weder Fisch noch Pappel. Dabei war jenes Jahr ein Jahr von der Art, dass sogar die Fische, und angeführt vom Hai, dem Symbol der Kureysch, alle Fische des Ozeans, sogar der Wal, ja sogar der Wal auf die Pappel hätten klettern können. Doch wir wollen nicht länger herumreden und zum Eigentlichen, aufs Glück zu sprechen kommen, zu dem, was in dem Land geschah, das man das ›glückliche Arabien‹ nennt.

Im Jahr des Elefanten beschleunigte sich das Leben plötzlich; durch die Folge der Ereignisse veränderten sich die Zeitläufte. Während sich nichts zu verändern schien unter der brennenden Sonne und zwischen den gewalttätigen Menschen, während Berge und Sand wie immer an ihrem

Platz blieben und die Stämme nichts anderes taten als sich gegenseitig zu bekriegen, kletterte der Fisch vielleicht nicht auf die Pappel, aber die Äthiopier, die den Jemen erobert hatten, stellten ein Heer auf, um Mekka zu erobern, und zwar angeführt durch einen riesigen Elefanten. In Wirklichkeit stand an der Spitze der Armee ein beherzter Herrscher namens Ebrehe, doch der Elefant ging trotzdem voraus, und der Anführer und die Truppen folgten ihm.

Obwohl Ebrehe klein von Gestalt war, hatte er doch einen ausdauernden Körper, einen flinken Verstand und große Weitsicht, nur eine Nase hatte er nicht. In einem Kampf Mann gegen Mann hatte sie ihm sein viel stärkerer, ihm überlegener Gegner Aryat mit der Lanze abgeschlagen, ehe ihn Ebrehe durch eine List schließlich tötete. Deswegen war seine Hässlichkeit in aller Munde, doch auf dem Thron von Sana konnte er sich wegen seines Verstandes und seines Glaubens behaupten. Und außerdem wegen seiner Treue zu dem prunkvoll herrschenden König von Äthiopien, Nedschaschi. Ja, er hatte zwar keine Nase, aber er glaubte fest an den Propheten Jesus und an den Heiligen Geist, an die Jungfräulichkeit Mariens und an die Engel. Deswegen war er der Kaaba nicht freundlich gesinnt, er war wütend, dass die Araber nicht das Christentum annahmen wie er, sondern sich vor einem Tempel voller Götzenbilder niederwarfen, dass sie jedes Jahr zur Zeit der Wallfahrt sich dort versammelten und aufhielten. Er wollte, dass der Stamm der Kureysch und ihre Verbündeten, die durch die Kaaba reich geworden waren und sowohl die Karawanenstraßen als auch die Götter unter Kontrolle hielten, in sein Land wallfahrteten. Deswegen fasste er den Entschluss, eine Kirche bauen zu lassen. Arbeiter und Baumeister aus ganz Arabien machten sich zusammen mit Tausenden von Sklaven an die Arbeit. Aus dem zusammengebrochenen Palast der Königin von Saba schleppten sie die noch vorhandenen Steine einzeln herbei und türmten sie aufeinander, sie bedeckten die Wände mit Marmor und bunten Mosaiken, die der Kaiser von Byzanz geschickt hatte, und füllten das Innere mit riesigen Kreuzen, Säulen, dem gekreuzigten Jesus und Statuen der Apostel. So schufen sie einen prächtigen Tempel, der in der Region einzigartig war und seinesgleichen nur in der fernen, korrupten Stadt am Ufer des tiefblauen Meeres, Konstantinopel genannt, hatte. Man konnte sich der Anziehungskraft dieses Gotteshauses nicht entziehen, doch die Araber waren so sehr der Kaaba und ihren Götzen verbunden, dass sie sich für die Kirche von Ebrehe nicht interessierten. Ja, einer von ihnen, nicht faul, schwang sich auf sein Kamel, ritt bis nach Sana und drang eines Nachts ungesehen in die Kirche ein, wo er unter den Füßen des gekreuzigten Jesus seine Notdurft verrichtete.

Der Krieg war nunmehr unvermeidlich, Ebrehe und seine Armee machten sich auf den Weg, und allen voran stellten sie den Elefanten. Sie meinten, wenn die Araber, die nie im Leben einen Elefanten gesehen hatten, einem leibhaftigen Elefanten mit Namen Mahmud begegneten, den der prunkvolle Nedschaschi geschickt hatte, würden sie nicht wissen, wie ihnen geschah, und sich zerstreuen wie die Haselhuhnküken. Und Mahmud wirkte tatsächlich dermaßen erhaben, dass er seinen Vorfahren aus der Eiszeit in nichts nachstand. Mit seinen scharfen Stoßzähnen, die wie zwei riesige Hörner in die Luft ragten, seinem Rüssel, der alles Mögliche von der Erde aufschlürfte und in den Mund beförderte, und seinem beim Gehen schwankenden, massigen Körper verbreitete er Schrecken, so als sei er nicht nur der Herrscher im Reich der Tiere, sondern auch in dem der Menschen.

Als sie vor Mekka kamen, sahen sie auf der Weide die Kamele von Abdulmuttalib, Oberhaupt der Kureysch und

Großvater von Muhammed, dessen Mutter mit ihm schwanger war. Die Kamelherde war groß und wirkte unbewacht, sodass sie sie sofort beschlagnahmten. Als Abdulmuttalib sein Eigentum zurückforderte, gab ihm Ebrehe Folgendes zur Antwort:

»Ich bin gekommen, dein Land auszurauben und die Kaaba über deinem Kopf einzureißen. Und du sorgst dich immer noch um deine Kamele!«

Abdulmuttalib gab zur Antwort: »Ich bin ihr Besitzer. Gib mir zurück, was mir gehört, und lass das Übrige in Ruhe. Die Kaaba hat freilich auch einen Besitzer.«

Da gab Ebrehe die Kamelherde an ihren Besitzer zurück und befahl seiner Armee, in Richtung Kaaba zu marschieren. Als die Einwohner von Mekka Mahmud erblickten, verließen sie voller Angst ihre Häuser und flüchteten zusammen mit Abdulmuttalib und seinen Kamelen in die Berge. Aber der Elefant bewegte sich nicht von der Stelle, mochte ihm sein Wärter noch so viele schöne Worte sagen, ihn bedrohen, ja ihm sogar eine glühende Eisenstange in die Flanken bohren. Er wedelte nur mit den Ohren, deren jedes so groß war wie ein Segel. Dann krümmte er seinen Rüssel, setzte sich auf die Hinterbeine, dass Erde und Himmel erbebten, und versank in Schlaf. Als er erwachte, leiteten sie ihn in eine andere Richtung. Er stand auf und begann zu laufen, aber wieder nicht in Richtung der Kaaba. Sie versuchten das Tier auf jede nur mögliche Weise anzutreiben und zu quälen, aber es ließ sich nicht zum Angriff auf die Kaaba bewegen.

Inzwischen verdunkelte sich plötzlich der Himmel, ein Wind erhob sich, und über den Bergen tauchte eine Vogelschar auf, niemand wusste woher. Die Vögel griffen mit kichererbsengroßen Steinchen, die sie im Schnabel trugen, die Armee des Ebrehe an. Sagt nicht: Was macht so ein kleiner Stein denn schon aus? Denn im Handumdrehen hatte sich der Schauplatz in eine Hölle verwandelt. Die Haut der Getroffenen schälte sich ab, und stöhnend gaben sie den Geist auf. Die Vögel fielen mit Gekreisch über sie her, und weder Helme noch Schilde hielten die Steine ab, die aus ihren Schnäbeln fielen. Die Rüstungen wurden durchlöchert und die Leiber immer mehr zerstückelt, Arme und Beine fielen in Fetzen ab, lösten sich auf und vermischten sich mit der Erde. Die Vögel und die Steine waren klein, doch groß war die Zerstörung, die sie anrichteten. Die Überlebenden, unter ihnen Ebrehe, suchten ihr Heil in der Flucht. Doch kein einziger konnte sich vor dem Zorn Allahs retten, sie wurden vernichtet, ehe sie ihr Land erreichten. Um von dieser Niederlage zu erzählen, ist die sogenannte ›Elefantensure‹* im Koran herabgesandt worden. Sie ist in Mekka offenbart worden und besteht insgesamt nur aus fünf kurzen Versen:

»Höre Muhammed! Hast du nicht gesehen, wie dein Herr mit den Besitzern des Elefanten umgegangen ist? Ließ er nicht ihren heimtückischen Plan fehlschlagen? Er sandte Scharen von Vögeln über sie. Diese bewarfen sie mit harten Steinen aus Ton. Dann hat Er sie einem abgeweideten Stoppelfeld gleichgemacht.«

Die Geschichte von den Mauerseglern hat dir deine Großmutter erzählt. Es war Sommer und sehr heiß, alle Fenster im Radiozimmer standen offen. Du warst auf der Polsterbank ganz allein, deine Großmutter saß im Schneidersitz auf dem Fell, das am Boden ausgebreitet war, und hatte einen Band des Korans vor sich. Das Buch lag geschlossen auf einem kleinen Lesegestell. Die alte Frau wiegte sich hin und her, murmelte leise und schien in eine andere Welt versunken und in Gedanken. Währenddessen flog eine Schar Schwalben am Fenster vorbei und entschwand den Augen in

Richtung des Berges. Der Schar folgte eine andere, die Vögel wurden immer mehr, der Tag verdunkelte sich. Kreischend flogen sie am Fenster vorbei, setzten sich auf die Zweige des Maulbeerbaums und von dort auf die Pappeln, und nachdem sie ein paar Runden in der Luft gedreht hatten, hockten sie sich auf die Fensterrahmen. Du bekamst Angst, sie würden hereinkommen und das Zimmer verwüsten, sich unter der Bank, den Stühlen und in Großvaters Bücherschränken verstecken. Deine Großmutter bemerkte nichts von dem Geschehen; sie war in ihrer eigenen Welt, stand unter dem Einfluss des Gebetes, das sie murmelte. Als du die Fenster schlossest, drehte sie den Kopf und sagte, die Vögel seien ein gutes Zeichen, Allah habe sie geschickt. Vögel brächten immer gute Nachricht, im Paradies setzten sie sich auf den Kopf der Huris und der dienenden Jünglinge, sie zwitscherten auf den Zweigen der *Tuba*-Bäume. Und niemals lögen sie. Die Ungezogenheiten der Kinder waren einerseits Allah bekannt, andererseits den Vögeln. Sie kamen und informierten die Mütter. Durch die beruhigenden Worte deiner Großmutter schien der draußen entfesselte Schwalbensturm abzuklingen. Du fürchtetest dich nun nicht mehr vor den Vögeln, sondern davor, dass sie deiner Großmutter von deinen Ungezogenheiten berichteten. Du hattest in verschwitztem Zustand kaltes Wasser getrunken und Ameisen gequält. Obwohl es verboten war, hattest du mit den Umsiedlerkindern Topfschlagen gespielt und auf der Straße mit Murmeln geklickert. Nun würden die Vögel kommen und alles, alle deine Missetaten der Großmutter erzählen. Und diese würde es am Abend deinem Großvater sagen. Du fragtest: »Aber tun die Vögel immer nur Gutes, tun sie nie etwas Schlechtes?«

Da erzählte dir die Großmutter die Geschichte von den Mauerseglern, und dann schlug sie den Koran auf und begann zu lesen.

Ach wenn sie doch auch jetzt läse, wenn doch die Worte so tiefschwarz umherzuflattern anfingen wie die Schwalben vor dem Fenster, wenn doch die alte Frau wie in jenem Sommer zur Zeit des Nachmittagsgebets dir den Koranvers vom schrecklichen Ende des Ebrehe und seiner Armee ins Ohr flüstern würde: »*Elem tere keyfe feale rabbüke bi-asha-bil-fil!*«* Damals wusstest du freilich nicht, dass das, was du aus dem Mund deiner Großmutter in fremden Lauten hörtest, die ›Elefantensure‹ war, doch das Wort ›Elefant‹* hob sich aus den arabischen Wörtern, die wie die Schreie der Schwalben klangen, als das einzige bekannte Wort hervor. Du wurdest trunken durch den angenehmen Klang, dessen Bedeutung du herausgefunden hattest. Damals ließest du dich ja dermaßen leicht vom Zauber eines Wortes einfangen und zufriedenstellen, und selbst wenn du etwas nicht verstandest, hast du demütig zugehört. Wenn du jedoch verstandest, wenn du die Botschaft von Allah in deiner Muttersprache hörtest, erfüllte dich eine wohlbekannte Freude. Du meintest, Gott spräche zu dir allein, Er verriete nur dir allein Sein Geheimnis. Auch wenn du nicht wusstest, wofür du einen Elefanten eigentlich halten solltest, so war er nun ein heiliges Wort, dessen Bedeutung du noch dazu herausgefunden hattest.

Du erinnerst dich jetzt nicht mehr so recht, ob du zuerst vom Elefanten geträumt hast oder von den Mauerseglern. Du erinnerst dich bloß an den glänzenden Einband des Geschenks, das dir dein Vater von einer seiner Reisen mitgebracht hatte, *Die Welt der Tiere*. Auf dem Einband war ein massiger Elefant, dessen Rüssel bis zur Erde reichte, im Inneren des Buches aber waren jede Menge Raubtiere abgebildet, die du in der Realität nie gesehen hattest. Du kanntest kein anderes Raubtier als den alten Wolf im Tierpark der Stadt, abgesehen von dem friedlichen Bären und den

Stinktieren. Und richtig, es gab auch einige Spaßmacher von Affen, die du gefüttert hast, und Hasen, die in ihren Ställen schliefen. Und dann noch den räudigen Fuchs, der aus irgendeinem Grund scheußlicher stank als die Stinktiere. Aber ein Elefant war nicht da, weder ein Elefant noch Mauersegler. Nachdem du *Die Welt der Tiere* ausgelesen hattest, solltest du in den Tarzanfilmen im Freilichtkino auch Elefanten kennenlernen, die Mauersegler jedoch würden zwischen den Koranseiten bleiben. Ob wohl die Mauersegler wieder an dein Fenster kämen, wenn du jetzt jene Seite aufschlagen würdest, die vom Umblättern deiner Großmutter brüchig und stellenweise vergilbt war, und die ›Elefantensure‹ lesen würdest? Würden sie deiner Großmutter von deinen Ungezogenheiten erzählen? Oder gab es diese Vögel in Wirklichkeit gar nicht, sondern es waren die gekrümmten Buchstaben des heiligen Buches, die du in deiner Phantasie mit den Schwalben gleichgesetzt hattest? Was, wenn sie aus dem Koran hervorkämen, sobald du ihn aufschlügst, und das Zimmer erfüllten. Es ist dir, als hörtest du ihre Flügelschläge. Sie überbringen keine Nachricht aus dem Jenseits, nein, sie tragen auf ihren Flügeln auch nicht die Gebete, die deine Großmutter zur Zeit des sommerlichen Nachmittagsgebetes geflüstert hat und die niemals wiederkommen können. In ihren Schnäbeln tragen sie nicht nur Steinchen aus Ton, sondern auch die Worte, die dir noch immer nicht ihr Geheimnis verraten haben.

***

Freilich waren die Ereignisse im Jahr des Elefanten nicht beschränkt auf die Niederlage der äthiopischen Armee, die von Mahmud angeführt wurde. In jenem Jahr, als es nach der Augusthitze in der Dunkelheit ein wenig kühler war, wurde Abdullah, dem jüngsten der zehn Söhne Abdulmuttalibs aus dem Haschemitischen Zweig der Kureysch, und seiner Frau Amina aus dem Stamm Zühre, der Tochter des Vehb bin Abdülmenaf, noch vor Anbruch der Morgenröte der letzte Prophet, Muhammed Mustafa Ahmed el Mahi, geboren, geliebt von Millionen Muslimen, die ihre Verbundenheit dadurch ausdrücken, dass sie seinem Namen, vielmehr seinen unzähligen Namen bei jeder Erwähnung den arabischen Segenswunsch »*Sallallahu Aleyhi ve Sellem*«* beifügen. Leider hat sein Vater Abdullah seinen Sohn nie sehen können. Als seine Frau schwanger war, hatte er die Verantwortung für eine Karawane übernommen, die nach Syrien ziehen sollte. Auf dem Rückweg erkrankte er, und in Yesrib ging er in Gottes Erbarmen ein. Eigentlich sollte er schon als Kind dieses Erbarmen erfahren, denn sein Vater wollte ihn, genau wie der Prophet Abraham seinen Sohn Ibrahim, Allah zum Opfer bringen. Er war bereit, ihm den jüngsten der zehn Söhne, den Allah ihm in hohem Alter geschenkt hatte, in der Kaaba zu schlachten, zu Füßen von Hubals Götzenbild aus rotem Karneol.

Doch dieses Mal schaltete Allah, statt einen Hammel zu schicken, die Mutter des Kindes, Fatma, ein. Fatma war die wortgewandteste von den Frauen Abdulmuttalibs, deren Anzahl nicht nur ich nicht kenne, sondern auch die angesehenen islamischen Gelehrten nicht, die die alten Quellen durchforstet haben. Fatma hatte ihrem Mann fünf Mädchen und drei Jungen geboren, und außerdem gehörte sie der Sippe Manzum an, also war sie eine von den Kureysch. Um ihr Kind zu retten, schlug sie vor, das Orakel zu befragen. Man reihte zehn Pfeile auf, die die unterschiedlichen Zeichen der zehn Söhne trugen. Das Orakel wies jedes Mal auf Abdullah. Es gab kein Entrinnen, das Opfer musste sein, ausgerechnet das Blut des Jüngsten sollte fließen. Es schien, als wollte der höchste der Götter, Allah, ihn bei sich haben. Denn so wie in allen Märchen und Legenden war das jüngste Kind das schönste, das klügste und das mit dem besten Charakter. Doch seine Mutter gab nicht auf, dieses Mal schlug sie vor, sich mit einer der berühmtesten Wahrsagerinnen des Hedschas, einer Frau aus Yesrib, zu beraten. Abdulmuttalib hörte auf die Worte seiner Frau und machte sich auf den Weg, er ritt nach Yesrib und fand dort die Wahrsagerin. Die Frau legte sich in jener Nacht zum Träumen hin, begegnete dem Geist und besprach sich mit ihm, und am nächsten Tag sagte sie, der Gegenwert für das Blut betrage zehn Kamele, man solle die Lospfeile werfen, wenn sie wieder auf Abdullah wiesen, müsse man weitere zehn Kamele dazutun und noch einmal losen, und so weiter bis zu hundert Kamelen. Wenn am Ende schließlich Abdullah herauskäme, dann gäbe es keine andere Wahl, als den Sohn zu opfern. Und so geschah es denn, doch Abdullah wurde erst gerettet, nachdem sich beim zehnten Mal das Los den Kamelen zugewendet hatte.

Diese Opferungsgeschichten machten dir am meisten Angst. Nachts, wenn alle sich zurückgezogen hatten und eingeschlafen waren, ließen sie dich in deinem Bett nicht ruhen. Du standest dann immer ganz vorsichtig auf und schautest durchs Fenster in den Garten. Dort, in dem leeren Stall, schien ein Schafbock zu blöken. Außerdem hörtest du in der Finsternis die Stimme des Scherenschleifers, der einmal im Monat an eurem Haus vorbeikam: »Der Scherenschleifer ist da! Ich schleife Messer, Hacken, Beile. Scherenschleiferrrr!«

Er schliff die alten Messer, die dein Großvater in einer Ecke des Stalles sammelte. Er hatte einen kleinen dreirädrigen Karren und auf dem Karren einen runden Schleifstein, den er mit Fußbewegungen zum Drehen brachte. Funken stoben von dem Stein, wenn er das Messer dranhielt. Er schliff die Messer, die das schwarze Brot schnitten, dessen Teig deine Großmutter sorgsam vorbereitete und dann zum Backofen von Ibrahim *Efendi* schickte, das Messer, das die Knochen vom *surra*-Fleisch schnitt, und sogar das Messer, das mit einem Schlag die Wassermelonen teilte, die so riesig waren, dass sie nicht mal unter den Arm deines Großvaters passten. Mit dem schärfsten dieser Messer würde dein Großvater, weil dein Vater ja gestorben war, sich mit einem Hieb auf deinen Hals werfen, wenn da nicht der Schafbock wäre. Du bedanktest dich bei Allah. Wie gut, dass es da einen hennagefärbten Schafbock gab, der mit untergeschlagenen Beinen schlief und geduldig auf den Tag wartete, an dem er geopfert werden würde. Wie gut, dass Allah ihn auf die Erde gesandt hatte, damit die Väter nicht ihre Kinder schlachten mussten.

Abdullah war vor dem Geopfertwerden gerettet, doch fast hätte er sich vor der Verführung einer Frau aus Mekka nicht retten können. Sein Vater wollte ihn, nachdem er hundert Kamele für ihn geopfert hatte, verheiraten. Er erkundigte sich, trennte die Spreu vom Weizen und entschied sich dann für Amine, die Tochter von Vehb, der einer der Enkel von Zühre, der Schwester von Kusay, war. Der Vater von Amine war gestorben, sie stand unter der Vormundschaft ihres Onkels Vuheyb. Als Abdulmuttalib für seinen Sohn um Amine warb, fand er es passend, für sich selbst Hale zu nehmen, die Tochter des Vuheyb. So machten sich Vater und Sohn auf den Weg zu ihren Häusern, um die doppelte Hochzeitsnacht zu begehen. Doch auf dem Weg trat ihnen eine Frau entgegen. Sie war hochgewachsen, gut gebaut. Ihre Haare waren mit Henna gefärbt, die Augenlider hatte sie mit Kajal geschminkt, und sie trug ein Kleid, das ihre Schultern und ihren Rücken frei ließ. Sie lud Abdullah in ihr Bett ein. Sie sagte, wenn er zustimmte, würde sie ihm so viele Kamele geben, wie das Opfer seinen Vater gekostet hatte. Der junge Bräutigam wies dieses Angebot zurück. Er setzte seinen Weg fort und trat in sein Haus und ins Brautgemach ein. Als am nächsten Tag wieder dieselbe Frau seinen Weg kreuzte, hielt er es nicht aus und fragte sie nach dem Grund für ihr Benehmen. Die Frau sagte, gestern habe sie in seinen Blicken einen Funken, in seinem Gesicht einen Glanz bemerkt, doch heute sei keine Spur davon übrig, weder von einem Funken noch von einem Glanz, und sie würde ihn nicht ein weiteres Mal in ihr Bett einladen, auch wenn er das wollte. In jener Nacht war nämlich der Glanz von Abdullah auf Muhammed übergegangen, der im Schoß seiner Mutter empfangen wurde, und von nun an würde das Licht immer auf ihm bleiben, in seinem Gesicht leuchten.

Als Muhammed Mustafa geboren wurde, gab es am Himmel eine Sternschnuppe. Dann folgte noch eine und noch eine. Bald erleuchtete ein Sternenregen die Wüstennacht, und die Euter der Kamelstuten füllten sich mit Milch. Auf dem Marktplatz von Ukâz* verkündete Kuss bin Saide, den Arabern sei ein Prophet gesandt worden, er stieg von seinem roten Kamel und machte sich auf den Weg zur Kaaba. Ein jüdischer Hellseher in Hayber beklagte, dass nach dem Sternenregen das Prophetentum von seinem eigenen Volk nun auf den übergehen werde, der in Mekka geboren würde. Die Gottsucher unter den Kureysch spürten, dass nun mit dem Neugeborenen der wahre Glaube kommen würde, und sie hörten auf, das Höchste Wesen in Syrien zu suchen.

Als Muhammed Mustafa geboren wurde, überquerten die eigensinnigen Kamele mit schäumenden Mäulern und die Pferde, die schneller als der Wind waren, den Tigris und breiteten sich in Persien aus. Im Palast des Sassanidenherrschers wurden vierzehn Erker zerstört. Der Sava-See versank in der Erde und war verschwunden. Das Feuer, das an einem Ort mit Namen Istahrabat tausend Jahre lang gebrannt hatte, erlosch ganz plötzlich. Die Feueranbeter wussten sich keinen Rat. Daraufhin geriet Schah Nuschirewan in Panik und schickte Abdülmesih, den Neffen des berühmten Wahrsagers Satih, zu seinem Onkel, um zu erfahren, was los sei. Als Abdülmesih nach Damaskus kam, fand er seinen Onkel als Einsiedler zurückgezogen in der Zelle eines Klosters, dem Tode nahe. Eigentlich war dieser Onkel ein ziemlich seltsamer Mensch. Er war mit einer Karawane aus dem Jemen nach Damaskus gekommen und nicht wieder in seine Heimat zurückgekehrt. Er hatte nicht einen einzigen Knochen im Leib. Er ernährte sich von trockenen Datteln, wenn er welche fand, und von trockenem Brot, und er trank nicht mal Wasser. Wenn er irgendwo hingehen musste, rollte er sich wie eine Matratze zusammen und ließ sich auf ein Muli laden. Außer seiner Zunge konnte er kein Glied seines Körpers bewegen. Mit einer Stimme, die nur sein Neffe verstehen konnte, sagte er zu diesem: »Der Prophet der Endzeit ist geboren, die Erker des Schahs gehören der Vergangenheit an.« Damit hauchte er sein Leben aus.

Ich muss hinzufügen, dass sich anlässlich der Geburt von Muhammed Mustafa auch im Oströmischen Reich, dem Erzrivalen des Sassanidenreiches, einige Dinge ereigneten. Das Dach des Palastes von Justinianos brach zusammen, zum Andenken an Imruü'l-Kays, der »die Fahne der Poesie in der Mitte der Hölle aufgepflanzt« hatte, wie der nun Neugeborene sagen würde, nachdem er Prophet geworden war. Der Imperator, der den Dichter verachtet hatte, weil er Araber war, wurde bei der Inspektion der Zisterne der Tausendundeins Säulen verschüttet. Seine Wächter konnten ihn nur mit Mühe unter den zusammengebrochenen Säulen hervorholen. In der Hagia Sophia fielen die gelben, blauen, grünen und kastanienbraunen Mosaiken der Engel mit den riesigen Flügeln von den Wänden, Steinchen um Steinchen. Die Kreuze kippten auf den Boden und ebenso die Säulen mit den Statuen des Justinianos und der Theodora auf der Hauptstraße der Stadt. Die Wandreliefs färbten sich nach und nach schwarz. Mitten im Meer tat sich ein Abgrund auf und verschluckte die Schiffe samt ihrer Besatzung. Und an der Wand eines der schönsten Bäder von Konstantinopel blieb der glückliche Bucklige auf der Mosaiktafel mit seinem riesigen Phallus wie ein Seiltänzer in der Luft hängen, ehe er zu Boden fiel.

Die Wahrsager ließen wissen, dass der Welt mit der Geburt von Muhammed Mustafa der letzte Prophet geschenkt worden sei. Doch es war ihnen nicht bekannt, dass Allah die Welt um seinetwillen geschaffen hatte. Deswegen sagte es ihnen nichts, dass in einem Augenblick Himmel und Erde durch und durch von Licht erfüllt wurden, dass die Fische im Meer, die Adler in den Bergen, die Gazellen in der Wüste und diejenigen, die Zelte errichteten und in ihnen wohnten, für einen Moment in intensivstes Licht getaucht wurden. Dieses Licht kam und erleuchtete zuerst die Kaaba, den Ort Abrahams, dann ging es ins Haus der Amine hinein. Und das Licht zog vor das Auge der Mutter des gefeierten Kindes einen Vorhang, der weicher als Seide und durchsichtiger als Wasser aus dem Brunnen Zemzem war. Amine hörte eine Stimme sagen: »Halte ihn fern vom Bösen Blick!« Im selben Augenblick breiteten die Engel ihre Flügel aus und hüllten die Wiege ein. Und mit unendlicher Zartheit und tiefster Verehrung fingen sie an, den Liebling Allahs zu wiegen. Drei Fahnen flatterten, eine im Westen, eine im Osten und eine oben auf der Kaaba. Das Kind hatte in der rechten Faust drei Schlüssel, auf dem Rücken aber das rötliche

Prophetensiegel, so groß wie ein Taubenei. Das Kind war beschnitten. Und die Schlüssel waren ihm gegeben, damit es die Türen des Paradieses, der Hölle und des Fegefeuers aufschließen konnte.

Als Muhammed Mustafa geboren wurde, fielen auch die Götzen in der Kaaba einzeln zur Erde. Hubals Kopf aus rotem Karneol brach ab, Lat und Manat platzten in der Mitte auseinander, und Uzza stürzte zu Boden, als wollte sie sich vor einem anderen Gott niederwerfen, einem Gott, der stärker war als sie selbst.

Einige kommen zur Vernunft, andere kommen
vom Weg ab

Du erinnerst dich dunkel an die Heiligengruft am Ende der staubigen Gasse, an den niedrigen Steinbau mit einer kleinen Kuppel, in dem Tag und Nacht eine Kerze brannte, an dem du mit deinem Großvater auf dem Weg zum Freitagsgebet vorbeikamst. Wenn du hinliefst und durch das vergitterte Fenster hineinschautest, sahst du zuerst den Schrein, der mit einem grünen Überwurf bedeckt war, dann das Bild unter Glas an der Wand. Auf dem Bild war ein Kamel zu sehen, auf dem Kamel ein Sarg und davor ein Beduine, der das Kamel am Halfter hielt. Du wusstest nicht, dass sowohl derjenige, der das Kamel führte, als auch der Tote im Sarg Ali war, Muhammeds Neffe und Schwiegersohn, der sich selbst zu Grabe trug. Doch du fürchtetest dich vor dem Sarg, so wie du dich vor dem Schrein fürchtetest, vor den zitternden Kerzenflammen und den wechselnden Schatten an der Decke. Dabei leuchtete auf dem Bild auch eine ganz runde Sonne, die dir das Herz erleuchtete. Die Sonne stand genau über dem Kopf des Beduinen, doch es kam dir vor, als leuchtete sie nicht für das Kamel mit dem Sarg auf seinem einsamen Weg, sondern für deine angsterfüllte Welt. Ali konnte auch diese Sonne mit seinem an der Spitze gegabelten Zülfikâr durch einen Hieb in zwei Teile spalten, so wie er die mekkanischen Polytheisten samt ihren Pferden entzweigehauen hatte. Zülfikâr hieß das Schwert Alis, und erst viel später würdest du erfahren, dass nach dem Tod des Propheten bei der Wahl des Kalifen die Muslime übereinander hergefallen waren und Blut in Strömen geflossen war. Dass zur Grundlage des Glaubens der anatolischen Alevi die Dreiheit von Allah, dem Einen, und Muhammed und Ali gehörte, dass es in Wirklichkeit nicht einen, sondern zwei unterschiedliche Wege gab, Scharia und islamische Mystik. Das alles erfuhrst du erst sehr viel später, als dich Neugier erfasste auf den Koran, den du jahrelang nicht aufgeschlagen hattest, als du anfingst, jeden Fußbreit Anatoliens zu durchwandern und dich mit den Klöstern, den Derwischen und ihren Legenden intensiv zu befassen. Du würdest dich auf die Suche nach einem Weg machen. Dein Ziel war nicht, den rechten Weg zu finden, auch nicht, einen bestimmten Weg einzuschlagen. Du wolltest bloß nicht vom Weg abkommen, dich nicht in der Mitte deines Lebenswegs in einem finsteren Wald befinden, das war alles. Du fürchtetest nicht, in Muhammeds Hölle zu geraten, vielmehr wolltest du in Dantes Hölle nicht den Weg verlieren. Du hattest weder ein Ziel am Horizont, noch einen Rastplatz zum Niederlassen.

Damals klammertest du dich noch fester an die Hand deines Großvaters, der seinen Weg fortsetzte, ohne nach rechts oder links zu schauen. Ihr gingt immer geradewegs zur Ulucami, der Großen Moschee. Folglich würdest du die Geschichte vom Derwischabt Yolageldi auch nicht von deinem Großvater erfahren, der der Mystik nicht allzu viel abgewinnen konnte, sondern von dem wandernden Sänger, der an den Tagen, an denen der Wochenmarkt aufgebaut wurde, auf dem freien Grundstück neben dem Heiligenschrein seine *bağlama* schlug.

Um den Barden herum versammelten sich außer ein paar Nomaden, die aus den Dörfern der Tahtacı* kamen, hauptsächlich Kinder. Sie bildeten einen Kreis und hörten zu. Der Sänger kam bei Sonnenuntergang, wenn der Markt sich auflöste und die Schatten länger wurden. Er setzte sich im Schneidersitz unter den Feigenbaum neben der Heiligengruft. So sorgfältig, als handelte es sich um den Koran, holte er seine *bağlama* aus ihrem Futteral, legte sie mit väterlicher Zärtlichkeit in seinen Schoß, beugte sich über sie und begann zu spielen und zu singen. Und ihr hörtet zu. Alle die Schlingel aus dem Viertel wurden mäuschenstill, fasziniert von der Stimme des Sängers, die sich mal hob, mal senkte, mal schneller und mal langsamer wurde, manchmal brodelnd anschwoll und schluchzte, manchmal anhielt und brach.

Er begann immer mit der Geschichte des Heiligen in der Gruft. Das Väterchen war einer von den Bektaschimönchen gewesen. In seiner Jugend war er viel herumgezogen, hatte viel getrunken und unzählige Sünden begangen. Dann sah er eines Nachts in einer Traumvision den Heiligen Hacı Bektaş, der in Gestalt einer Taube von Chorasan nach Anatolien kam.* Sie befanden sich inmitten der Steppe. Vor ihnen lag ein langer, schmaler Weg. Doch es gab noch einen Weg, von dessen Existenz nur Hacı Bektaş etwas wusste. »Es gibt zwei Wege«, sagte er zu ihm, »der erste ist dieser lange, schmale Weg, den du siehst, der bis zur Bärenhöhle führt, der andere führt direkt ins Paradies.« Natürlich wollte er auf dem Weg gehen, der ins Paradies führte, doch der Weg war nicht zu sehen. Da sagte Hacı Bektaş: »Damit du diesen Weg sehen kannst, müssen die Schleier vor deinen Augen weichen. Du musst dich in meinem Kloster vierzig Jahre abmühen.« Als er erwachte, entschloss er sich, ins nächstgelegene Kloster der Bektaschi einzutreten, und dort mühte er sich volle vierzig Jahre ab. Doch immer noch sah er den Weg nicht, den Hacı Bektaş ihm versprochen hatte. Er ging zum Scheich, klagte sein

Leid und sagte, er habe nun das Recht, auf den Weg zum Paradies zu gelangen. Sein Scheich sagte: »So warte doch noch bis morgen!«

In jener Nacht erschien ihm wieder der Heilige Hacı Bektaş im Traum, sie befanden sich wieder in der Steppe. Zwischen den vom Wind zerzausten Ähren sah man einen schmalen, langen Weg. Und wieder sprach der hochverehrte Hacı Bektaş: »Es gibt zwei Wege. Der erste ist dieser schmale, lange Weg, der ins Paradies führt, der andere führt geradeswegs zu Allah.« Nach dem Aufwachen erzählte er das Traumgesicht seinem Scheich. Der Scheich aber antwortete ihm mit den Versen von Yunus Emre*:

> Das sogenannte Paradies
> Mit Gartenschlösschen, Huris fein
> Gib dem, der dies von dir verlangt,
> Ich brauche dich, nur dich allein.

Da verstand er alles und beschloss, sich auf den Weg zu Allah zu machen. Der Scheich sagte zu ihm: »Von nun an soll dein Name Yolageldi* sein. Geh hin in die Provinz Saruhan und verbreite dort die Lehre von Hacı Bektaş.« Und er machte sich hungrig und durstig auf den Weg, ging geradewegs über Stock und Stein, schlief nachts in hohlen Bäumen und erreichte, ohne von Wölfen und Aasgeiern gefressen zu werden, Manisa, gründete hier sein Kloster, und nachdem er unzählige Derwische in den Orden aufgenommen hatte, ging er in Allahs Barmherzigkeit ein.

Am allermeisten beeindruckte dich der Ausdruck »ohne von Wölfen und Aasgeiern gefressen zu werden«, und während der Sänger die Saiten seiner *bağlama* schlug und dabei die Legende vom Vater Yolageldi erzählte, dachtest du an jene, die auf den Wegen von Wölfen und Aasgeiern

gefressen worden waren. Der Sänger pflegte fortzufahren
mit den Versen:

> Auf einem langen schmalen Weg
> Wandere ich Tag und Nacht.
> Ich kenne meinen Zustand nicht
> Und wandere Tag und Nacht.*

Aus irgendeinem Grund wurde in jenen Legenden immer
gewandert, der Weg war für gewöhnlich lang und das Wetter heiß. Derjenige, der sich auf den Weg machte, ging und
ging, ohne über seinen Zustand Bescheid zu wissen. Wenn
er sich dann umwandte, sah er, dass er kaum vorangekom-
men war. Ehe Vater Yolageldi zur Vernunft kam, hatte er sich
volle vierzig Jahre abgemüht, ohne sich zu beklagen. Danach
hatte er einen weiteren Weg eingeschlagen und war auf diesem Weg gegangen und gegangen, hatte weder Rast gemacht
noch in einem Garten ausgeruht, bis er die Barmherzigkeit
des Allerhöchsten erlangte.

Allahs Barmherzigkeit erlangen … War Allah nicht sowieso barmherzig und erbarmend? Seine Barmherzigkeit
war auf der Erde wichtig, nicht in der anderen Welt. Und
hatte nicht Vater Yolageldi, nachdem er zur Vernunft gekommen war, das ihm Zustehende von Gott erhalten, hatte er während der jahrelangen Mühen nicht sowieso schon
Seine Barmherzigkeit erlangt? Sobald du anfingst, diese
Fragen im Kopf zu wälzen, vergaßest du den Sänger und
deine Kameraden. Wie einsam und andersartig hast du
dich da mitten im Kreis der vielen Kinder gefühlt, als ein
Kind, das immer Fragen stellte, das sich genierte und quälte, weil es auf jene Fragen keine befriedigenden Antworten
finden konnte. Inzwischen wurde die Stimme des Sängers
wieder vernehmbar. In stetem Fluss, belebt von den Saiten

der *bağlama,* schilderte sie die Taten und Wunder von Vater Yolageldi.

Er war in die Provinz Saruhan gekommen, hatte sein Kloster gegründet, und durch seine Derwische begann sich die Lehre von Hacı Bektaş in der Umgebung zu verbreiten. Innerhalb kurzer Zeit gewann er die Liebe des Volkes, er gewann alle Herzen, durch sein Mitleid, seine grenzenlose Liebe und durch seine Wunder, deren Kunde von Mund zu Mund verbreitet wurde. Jede Nacht besuchten ihn an seinem Amtssitz ›drei Meere und sieben Ströme‹. Nach dem Nachtgebet flog er auf seinem Gebetsteppich zur Kaaba, und nachdem er auf dem Rückweg den erlauchten Hacı Bektaş besucht hatte, legte er sich auf sein Lager, doch er schloss die Augen nicht. Immer waren die Augen von Yolageldi offen, so als erwartete er stets jemanden, als beobachtete er einen Weg.

Zuletzt kam der Sänger zur ergreifendsten Stelle der Legende. Er senkte seine Stimme und fuhr kaum hörbar fort in einem Ton, als offenbarte er ein sehr wichtiges Geheimnis.

Als er in hohem Alter eines Tages wieder so mit offenen Augen den Weg beobachtete, erschien am Horizont ein Reiter. Im Galopp Staub aufwirbelnd kam er auf das Kloster zu. Yolageldi sagte zu seinen Derwischen: »Endlich sehen wir den Weg, bald werden wir zu Gott gehen.« Und nachdem er sie geheißen hatte, Feuer anzuzünden und Wasser zu erhitzen, hauchte er seinen letzten Atemzug aus. Als das Wasser im schwarzen Kessel kochte, kam der Reiter an und ging sofort ins Badehaus. Sein Gesicht war von einem grünen Gesichtsschleier verdeckt. Er war so hochgewachsen wie Vater Yolageldi und hatte ebensolche weißen Haare. Nachdem er den Leichnam zusammen mit den Derwischen gewaschen hatte, legte er ihn in einen Sarg, lud ihn auf den hinteren Teil seines Sattels und entfernte sich, wie er gekommen war.

»Erst nach geraumer Zeit merkten die Derwische, dass der Reiter Yolageldi selbst gewesen war. Er war der Gestorbene und auch derjenige, der seinen eigenen Leichnam in den Sarg gelegt und weggebracht hatte«, sagte der Sänger.

Du bliebst wie versteinert an deinem Platz sitzen. Die Jörüken* entfernten sich, nachdem sie für die Geschichte von Vater Yolageldi in die Mütze vor dem Sänger ein in der Mitte gelochtes Geldstück von hundert *para* geworfen hatten. Du aber bliebst inmitten der Kindermenge sitzen. Eine seltsamen Stille senkte sich auf den Platz. Du hattest nicht den Mut, den Sänger anzublicken oder deine Spielkameraden. Langsam glittest du zwischen ihnen hindurch zur Heiligengruft und drücktest dein Gesicht an das Gitter vor dem Fenster. Drinnen brannte die Kerze, und während sich auf der schwarzen Wand die Schatten auf und ab bewegten, war dir, als sähest du, wie der heilige Ali aus dem Sarg stieg und neben dem Beduinen herging, der das Kamel am Halfter zog. Sie gingen und gingen, ohne auch nur einmal anzuhalten, und ohne einen Rastplatz zu erreichen gingen sie dahin, bis sie unter der Sonne verschwanden. Genau in dem Moment fing der Sänger mit der Geschichte vom Kampf Alis an. Doch er kam nicht weit, denn während die Marktstände abgebaut wurden, liefen die Kinder heim, nachdem sie gerufen worden waren: »Ab nach Hause, wer ein Haus hat, ab ins Dorf, wer ein Dorf hat, ab ins Rattenloch, wer kein Haus hat!« Der Sänger aber sammelte das Kleingeld in seiner Mütze ein, verstaute die *bağlama* in ihrem Futteral und verschwand bis zur nächsten Woche, wenn der Markt wieder aufgebaut wurde. Seine Stimme aber sollte die ganze Woche weiter in deinen Ohren klingen.

Auch der *imam* in der Ulucami predigte von denen, die den rechten Weg fanden, und jenen, die vom Weg abkamen. Doch in seinen Geschichten gab es weder ein Kloster noch einen Scheich. Und auch keinen Heiligen, der seinen eigenen Leichnam nahm und wegbrachte. Denn wenn man danach ging, was der *imam* sagte, gab es im Islam keine Wunder. Mit dem Großvater hörtet ihr der Predigt bis zum Schluss zu, doch du langweiltest dich. Was für ein Riesen- unterschied zwischen den Erzählungen des Sängers und der Predigt des *imam*! Der *imam* sprach auch von Mekka, von der heiligen Stadt, wohin Vater Yolageldi jede Nacht auf sei- nem Gebetsteppich flog, doch in seinen Erzählungen gab es nichts Außergewöhnliches. Selbst in seinen Erzählungen von den mekkanischen Gottsuchern und von dem Vaga- bunden nicht.

***

Der Prophet Abraham hatte die Götzen nicht verehrt, er hat- te nach der Rettung aus dem Feuer Nemruds, der sich selbst an die Stelle Gottes setzte, nach einem anderen Glauben gesucht und schließlich dank Ismail Gott gefunden. Gott war nicht nur eine Macht, die die Hand mit dem Messer zurückhielt, Er war der Eine, und außer Ihm gab es keinen Anbetungswürdigen. Das heißt, es sollte keinen geben. War nicht die Kaaba mit dieser Absicht erbaut worden? Jetzt war die Kaaba der Wohnort von Götzen, von Allahs Töchtern Lat, Uzza und Manat und von Hubal aus rotem Karneol, der mit grimmigem Blick über sie wachte. Die Nachkommen Abrahams hatten seinen Glauben vergessen und angefan- gen, Götzen zu verehren. Vielleicht war das ganz natürlich, weil Gott ja schwieg und sich keinem zeigte. Vielleicht war die Welt voller Zeichen Seiner Existenz, aber Er selbst war nirgends zu sehen. Als Moses gewagt hatte, Ihn auf den Berg Sinai anzublicken, war er ohnmächtig zur Erde gestürzt. Ein Gott, den der Mensch erst nach dem Tode zu sehen bekam, sagte den Nachkommen Abrahams und denen, die nicht an ein Leben nach dem Tod glaubten, nichts. Sie waren zufrieden mit den Götzen und ihrem Leben. Doch unter ihnen gab es auch welche, die diesen Weg nicht einschlugen. Nämlich die Gottsucher, die den wahren Weg suchten, obwohl sie irgendwie nicht wussten, wohin sie gehen sollten, wie sie dieses eine und höchste Wesen erreichen sollten. Einer von ihnen war Zeyd, der Sohn Emirs.

Eines Tages wollte Zeyd Abstand bekommen von dem Blut, das seine Stammesgenossen in der Kaaba fließen ließen, wenn sie den Töchtern Allahs Opfertiere schlachteten. Er bestieg sein Kamel und verließ Mekka. Tagelang ritt er in der Wüste umher, stieg von seinem Reittier nicht ab und ritt in Not und Elend nach Norden, ohne von den Geiern gefressen zu werden, die am wolkenlosen Himmel des Hedschas ihre Flügel schlugen. Es schien ihm, als führte ihn dieser Weg zur Wahrheit. Zuletzt sah er in der Ferne ein christliches Kloster. Das Kloster lag am Abhang eines Berges, so hoch, dass er mit dem Kamel nicht hinaufreiten konnte. Er stieg ab, ging zu Fuß weiter und erreichte ganz zerschlagen, die Füße von Steinen blutig zerschnitten, die Klosterpforte, wo er läutete. Die Mönche ließen ihn ein und brachten ihn vor den Abt. Dieser sprach zu Zeyd:

»Wer bist du, Besitzer des Kamels, das du dort unten gelassen hast?«

»Ich gehöre zum Stamm der Hausherren der Kaaba und des Brunnens Zemzem«, antwortete Zeyd. »Ich bin der Onkel von Ömer bin Hattab, der Vater von Said bin Zeyd und der ältere Bruder von Zeyneb binti Cahş.«

»Gut, was willst du hier? Was für ein Leid drückt dich?«

»Mich drückt ein großes Leid. Ich bin auf der Suche nach Gott. Ich wandere über Stock und Stein, um Ihn zu suchen.«

»Suche Ihn nicht unnötig,« sagte der Mönch, »denn Er ist in deinem Inneren, ohne dass du es merkst.«

»Gut, aber was soll ich denn nun tun?«

»Kehre nach Mekka zurück und warte. Einer von euch wird dich auf Seinen Weg führen, am Ende jenes Weges wirst du finden, was du suchst, und den Frieden erlangen.«

Zeyd kehrte in seine Heimat zurück, doch er kam mit seiner Familie nicht zurecht. Sein Bruder Hattab und sein Neffe Ömer, der später den Islam annahm, warfen ihn aus dem Haus. Sie wollten ihn foltern und töten. Was blieb Zeyd anderes übrig als wieder auf Wanderschaft zu gehen, er holte sich Rat bei den Juden in Fedek nahe Medina und in Äthiopien bei den Christen, doch keiner von ihnen konnte ihm helfen, den Gott in seinem Inneren zu erreichen. Er konnte seinem Glauben keine Richtung geben. Und eines Tages, kurz bevor Muhammed als Prophet auftrat, versperrten ihm seine Feinde den Weg. Sie fielen mit ihren Dolchen über ihn her. Und so hauchte Zeyd auf dem rechten Weg seinen letzten Atemzug aus. Es heißt, der Gesandte Gottes habe über ihn gesagt: »Ich habe Zeyd glücklich im Paradies wandeln gesehen.«

Abdullah bin Caddan entstammte einer der führenden Familien von Mekka, doch er kam vom Weg ab und verstrickte sich in allerlei schmutzige Angelegenheiten. Schließlich verstieß ihn sein Vater und sagte, er dürfe nicht mehr nach Hause kommen, und wenn er es doch täte, würde er ihm den Kopf abschneiden, wie man eine Traube vom Weinstock abschneidet. So schloss sich Caddan den Räubern an, die in jener Zeit um Mekka herum ihr Wesen trieben, er raubte Karawanen aus, vergewaltigte und verübte Bluttaten. Damit man ihn nicht erwischte, streifte er in der Wüste umher und schlief nachts in Höhlen. Eines Tages sah er eine schwarze Schlange. Die Schlange schlängelte sich zwischen den glühendheißen Felsen dahin und verschwand. Danach erschien am Himmel ein Kranich, und auch er verschwand, indem er zu den Bergen hin flog. Nun waren Ameisen an der Reihe, die unter einem Stein hervorkamen. Es waren rote, faustgroße Ameisen mit riesigen Köpfen. Er spürte, dass das Ganze etwas zu bedeuten hatte, und beschloss, den Ameisen zu folgen. Die Ameisen liefen aufgeregt über Stock und Stein bis zu einem Hügel und dort in eine Höhle hinein. Caddan ging ebenfalls in die Höhle hinein und fand das Nest der Ameisen. Mit seinem Dolch begann er es auszugraben. Und was sah er da plötzlich? War da nicht der gesamte Schatz der Herrscher von Cürhüm?* Das Gold glänzte wie die Sonne, das Silber wie der helle Tag, die Rubine und die Diamanten waren bunter als die rot und grün changierenden Stoffe des Jemen. Vor Freude wurde er fast verrückt. Während er grub, wuchs seine Begeisterung, und vor lauter Begeisterung grub er weiter. Im Laufe von nur einem Tag war er zum Besitzer eines großen Reichtums geworden.

Nun war er kein Vagabund mehr, sondern ein wohlhabender Mann. Doch anstatt sein Geld mit vollen Händen auszugeben, machte er sich auf nach Persien. Als er nach Medien kam, wurde die Luft dunkel. Überall brannten Feuer, das Volk betete das Feuer an. Seltsame Mönche in schwarzen Kutten warfen sich auf der Schwelle von Tempeln mit riesigen Säulen nieder. Er sah, dass das Wasser brannte wie Feuer. Jeder sprach vom Kampf des Guten mit dem Bösen, und aus irgendeinem Grund siegte am Ende immer das Böse.

Er ließ den Schah wissen, er sei aus dem Land des ›Hauses Allahs‹ gekommen und bitte um Audienz. Der Schah trug bei der Audienz keinen Schleier über dem Gesicht, und es sah so aus, als schwebe seine Krone über ihm, als sei sie mit einer Kette an der Decke aufgehängt. Man hatte das offensichtlich so gemacht, weil die Krone mit dermaßen vielen

Edelsteinen besetzt war, dass der Nacken des Herrschers das Gewicht nicht hätte tragen können. Caddan wusste, dass niemand den Schah mit unbedecktem Gesicht sehen durfte, wenn die Krone nicht auf seinem Haupt war. Der Schah hatte Augen wie grüner Saphir, und seine Blicke waren schärfer als ein geschliffenes Schwert. Und auch Caddan warf sich vor dem Sassanidenherrscher Hüsrev auf den Boden nieder wie alle, die vor ihn traten. Als er den Kopf hob und schaute, sagte der Schah zu ihm: »Werft ihr euch vor eurem Herrscher auch nieder?«

»Nein, Euer Hoheit«, antwortete Caddan. »Wir verneigen uns weder vor dem Feuer noch vor den Herrschern. Wir haben auch keine Mönche in schwarzen Kutten. Außerdem habe ich hier zum ersten Mal gesehen, dass Wasser brennt. Und auch, dass immer das Böse siegt. Wir beten Götter und Göttinnen aus Stein an und hoffen auf ihren Beistand. Wir haben keinen Herrscher. Da wir ein ehrenvoller Volksstamm sind, glauben wir, dass die Besitzer des ›Hauses Allahs‹ die Herrscher sind, und wir weichen nicht von ihren Worten. Doch bei uns ist es nicht Brauch, uns vor anderen als unseren Göttern hinzuwerfen.«

Dem Schah gefiel dieser Fremde, der so freimütig sprach. Er sandte ihn mit wertvollen Geschenken in sein Land zurück. Caddan machte sich wieder auf den Weg. Zuerst folgte er den Karawanenstraßen, dann fand er die Richtung durch die Beobachtung der Sterne. Sein eigentlicher Weg aber war der des Gewinns, des Rausches und der Lust. Er verdiente auch mit Sklavenhandel und schämte sich nicht, die Sklavinnen in seinem Haus an die Pilger zu vermieten, die zur Kaaba kamen, und die Kinder, die geboren wurden, als Sklaven zu verkaufen, wenn sie groß geworden waren. Doch er war freigebig, und sein Tisch stand einem jeden offen. Als er bei seiner Rückkehr nach Mekka erfuhr, dass sein Vater gestorben sei, wurde er zum Familienoberhaupt und setzte den gewohnten Weg fort. Im Hof seines Hauses stand ein Tonkrug mit Essen. Der Krug war so groß, dass sich die Vorüberkommenden nach Belieben von dem Inhalt bedienen konnten, ohne von ihrem Kamel abzusteigen. Es heißt, dass Muhammed als Kind aus diesem Krug Datteln genommen und gegessen habe und dann im Schatten des Kruges in einen tiefen Schlaf gefallen sei. Wir wissen jedoch nicht, was er in seinem Traum gesehen hat.

Ich hätte die Abenteuer von Zeyd bin Amr und Caddan gerne von einem Gesetzesbrecher gehört, der sich vor hundert Jahren nach Fez in die *türbe* von Idris Mulay geflüchtet und dort gelebt hätte. Oder von jenem blinden Bettler in Marrakesch, der die Vokale verschluckte und die ›H‹ aus Leibeskräften hervorstieß, wenn die Sonne hinter den schneebedeckten Gipfeln des Atlasgebirges unterging und auf dem Platz el Fna die Petroleumlampen angezündet wurden. Ich säße am Fuß einer zerbröckelten Mauer, nachdem ich mich unter die Schlangenbeschwörer und Veranstalter von Rattenrennen, die Heilkräuterverkäufer und Zahnausreißer, die Bettler und die tief verschleierten Frauen gemischt hätte, nachdem ich an den Wasserträgern und Krüppeln vorbeigegangen wäre und an den Schaufenstern, in denen die abgekochten Schafsköpfe grinsten. Ja, ich wollte die Stimmen, die ihre Geschichten erzählten, sich vermischen lassen mit den Geräuschen der fernen marokkanischen Städte, ihrer Stimmen und Atemzüge. Doch leider kann ich nur die alten Quellen wiedergeben. Auch habe ich das, was Zeyd bin Amr und Caddan passiert ist, nicht von dem *imam* in der Ulucami gehört. Ich habe die Geschichten vielmehr in Gestalt der durch Ibn Hischam korrigierten handschriftlichen Fassung von Ibn Ishak gelesen und meine eigene Phantasie dazugefügt, und wenn ich

geklaut habe, dann habe ich aus der gemeinsamen islamischen Überlieferung geklaut, ohne auf einen falschen Weg
abzubiegen.

Manat

Lange Zeit habe ich ihre Geschicke bestimmt. Ich war ein Felsstück aus Kudeyd inmitten der Berge, das den ganzen Tag lang von der Sonne erhitzt und nachts von den stürmischen Winden abgeschliffen worden war. Dann haben sie mich geglättet und poliert und mir die Form einer Frau gegeben. In die Hand gaben sie mir eine Schere, damit ich den Faden ihres Schicksals abschneiden sollte, wann immer ich wollte. Ich aber zögerte nicht, über Jahre hin wie eine emsige Schneiderin zu arbeiten. Ich schnitt die Schicksalsfäden der in der Schlacht Gefallenen ab, manchmal die eines ganzen Stammes, der der Blutrache zum Opfer gefallen war, und die der lebendig begrabenen Mädchen, auf deren Flehen sie nicht achteten.

Sie kamen nicht zu mir, ohne sich zu säubern. Doch sie waren schmutzig, stets sehr schmutzig. Was blieb ihnen übrig, sie bekleideten sich mit der Sonne und reinigten sich mit Sand, nicht mit Wasser. Wenn sie mich umkreisten, zogen sie sich aus und waren splitternackt, um vor mir sauber zu sein. Dabei dachten sie sich nichts Böses. Sie umkreisten mich und drehten sich, ehe sie ihre Opfertiere schlachteten. Die Männer wurden ganz eigenartig, wenn sie die scharf geschliffenen Messer in die Kehlen der Schafe senkten. Wenn das Blut spritzte, wurden sie rasend. Auch die Frauen wurden im Blut rasend und drehten sich splitternackt. Da schwollen die Lustgefühle an, und die Männer stürzten sich auf die Frauen. Sie packten sie, legten sie auf die Erde in das Blut der Opfertiere hinein und warfen sich auf sie. Ganz plötzlich, wie man ein Messer hineinstößt, stießen sie ihren heißen Penis ununterbrochen in die Frauen hinein. Dabei war in ihren Herzen nichts Böses.

Deswegen haben sie mich zu verteufeln versucht. Später, als die Vergangenheit von einigen als die ›Zeit der Unwissenheit‹ bezeichnet wurde, die ich jedoch als die glücklichen Tage kenne. Sie verbreiteten, ich habe zur Unzucht angestachelt. Sie sagten, ich sei nichts als ein Name und bestünde nur aus einem Stück Felsen, das nicht hören, fühlen, wissen könne. Dabei hörte ich doch, ich fühlte und wusste, auch wenn ich aus einem Stück Felsen bestand. Ihre Geschicke habe allein ich gelenkt.

Es gab welche, die mir sogar ihre Haare daließen und auch ihre Hammel und ihre Lämmer. Ich habe alles angenommen. Entsprechend dem, was einer gab, bestimmte ich sein Schicksal. Ich kannte sie alle einzeln. Ja, alle, Kaufleute und Goldschmiede, Arme und Reiche, Mörder und Bettler, Männer und Frauen. Auch Gesetzesbrecher flüchteten sich zu mir. Eigentlich hatten sie keine Gesetze, ihre Sitten und Bräuche richteten sich nach der Tradition. Sie beschützten den Schwachen und bewirteten den Gast gut. Blutvergießen wurde mit hundert Kamelen aufgewogen, deshalb war ein Armer schlimm dran! Wenn ich seinen Faden sofort durchschnitt, töteten sie ihn auf der Stelle. An Redekunst war ihnen niemand über. Am liebsten aber hatte ich ihre Dichter. Sie kamen auf roten Kamelen und trugen ihre Lobgedichte vor. Während ich zuhörte, kam es mir vor, als zöge ich durch ganz Arabien. Durch seine Berge, Oasen, Brunnen, seine Sandwüsten, was auch immer es im Land gab, alles, was die Natur hier schenkte. Also recht wenig. Ein paar Kamele und Datteln, vielleicht die Zelte aus Tierhaar und etwas Küchengeschirr.

Die Dichter berichteten von fruchtbaren Böden, die vom

Monsunregen bewässert wurden, von Städten zwischen grünen Hügeln, von Kirchen mit goldenen Kuppeln. Vom glücklichen Arabien, weit entfernt im Süden. Von den hohen Bergen dort und den fruchtbaren Wadis, die sich für die Landwirtschaft eigneten. Von seinen Juwelen. Die Karawanen zogen an mir vorbei und brachten Weihrauch und Seide in den Norden. Eine Zeit später erschienen sie wieder am Horizont und brachten mit ihren unter der Sonne heftig schwankenden Kamelen Salz und Gewürze, Gold, Moschus und Ambra in den Süden. Genau genommen haben sie sich immer vor mir gefürchtet, sich vor mir gescheut und mich nicht einen Tag allein gelassen.

Inzwischen hatten sie mich in die Kaaba gebracht, in den Tempel Abrahams, an dessen Wänden diese herrlichen Stoffe aus dem Jemen hingen. Nahe beim Brunnen Zemzem. Dort war ich nicht allein. Mit dem unersättlich geilen Hubal, der außer Lat und Uzza keine andere anschaute, und mit dem Meteoriten, den sie *Hacerü'l-Esved* nannten. Als wäre der wertvoller, weil er ein Stein vom Himmel war, während wir bloß irdische Steine waren. Uns hat Muhammed zerstört, während er ihn küsste und heilig hielt. Tatsächlich war Muhammed, den ich bereits als kleines Kind kannte, den ich bei seiner Geburt gesehen habe, der Liebling der Kureysch. Einzig seinen Schicksalsfaden habe ich nicht abschneiden können, er hat vielmehr unser Schicksal bestimmt. Seinetwegen kam unser Ende, unseren Tod fanden wir durch ihn. Dabei hatten wir uns so gefreut und waren so stolz gewesen, als sein Großvater Abdulmuttalib ihn hierher brachte und uns zeigte, als er ihn auf die Schulter nahm und uns umkreiste.

Er kam freudig herein und fing trotz seines Alters an, zu hüpfen und zu tanzen, den Kleinen in die Luft zu werfen und wieder aufzufangen. Ich hatte bis dahin noch nie einen so aufgeregten alten Mann gesehen, der seine Freude dermaßen offen zeigte. Er jauchzte: »Dank sei Allah! Meinem Allah, der mir diesen kräftigen Burschen geschenkt hat, sei Dank und Lob!« Er hob den Knaben in die Luft und wieder herunter, küsste und beschnupperte ihn, drückte ihn an seine Brust und sagte: »Allah behüte dich vor dem bösen Blick. Vor scheelen Blicken, vor Neidern und Feinden. Mein Allah schenke dich deiner Mutter.«

Ich verstand das so, dass folglich sein Vater vor seiner Geburt gestorben war. Irgendwie hatte ich vergessen, dass ich seinen Faden mit eigener Hand abgeschnitten hatte. In meinen Augen war das nicht weiter wichtig. Doch Allah schenkte Muhammed auch seiner Mutter nicht lange. Fünf Jahre nach der Geburt ihres Kindes schnitt ich den Faden von Amine mit meiner Schere ab. Ihr Mann Abdullah hatte ihr eine alte Sklavin und fünf Kamele vermacht und dazu das Kind in ihrem Leib. Amine hinterließ nichts außer Muhammed mit dem schönen Namen. Sie hatten dem Kind diesen Namen gegeben, damit es jederzeit gelobt, sein Wert erkannt werden sollte. Seinen Wert kannte vor allem Allah. Hätten wir die Gelegenheit gehabt, dann hätten wir ihn natürlich ebenfalls geliebt, doch Allah wollte Seine Liebe nicht mit uns teilen. Er hatte ihn als Botschafter erwählt, um mit den Menschen zu sprechen. Er vertraute ihm, Ihm gefiel er. Immer beschützte und behütete Er ihn. Muhammed aber stellte uns nie als Partner neben Allah. Nur in seiner Jugend hat er einmal für Uzza ein Opfertier geschlachtet, das ist alles. Immerhin war Uzza die Stärkste, die Schönste und Anziehendste von uns allen. Auf ihrem Gesicht lag der Glanz des Morgensterns. Was hätte ich nicht gegeben, um an ihrer Stelle zu sein. Für Uzza hat er ein Opfertier geschlachtet, aber er hat sich nicht niedergeworfen. Damals war er schon erwachsen, und was für ein hübscher, beherzter Bursche er geworden war. Vielleicht ein wenig verschlossen, traurig und einsam. Was erwartet man denn von einer Waise unter der Vormundschaft des Onkels? Aber er war unerschrocken, entschieden, hatte sich selbst erzogen. Das war, ehe er Hatice heiratete. Beim ersten Anblick hatte ich mich in ihn verliebt.

Das Jüngste Gericht

In der Nähe deines Hauses war ein leeres Grundstück, wo
ihr euch immer zum Spielen traft. Ohne Mädchen spieltet
ihr Murmeln, Topfschlagen, Fangen, Blindekuh … Ihr hattet auch andere Spiele, wie Einkesseln, Kopf oder Zahl und
›Langer Esel‹, das männlichste und das eseligste, wie der
Name schon sagt. Dabei saß einer auf den Schultern eines
anderen, und zwei Gruppen bekämpften einander bis zum
Zusammenbrechen. Du erinnerst dich auch an Spiele mit
komischen Namen, ›Meine Hand ist oben‹› ›Versteinern‹,
›Sesam öffne dich‹. Es gab dermaßen viele Spiele, da konnte
man bis zum Abend spielen. Auch waren die Tage lang, jeden Tag blieb Zeit für ein anderes Spiel. Außer am Freitag,
Freitag war Gebetstag.

Manchmal ließen die Mädchen auch ihr ›Himmel und
Hölle‹ sein, sie kamen und fingen an, in die Hände zu klat-
schen und zu rufen: »Öl zu verkaufen, Honig zu verkaufen!«
Anfangs habt ihr euch nicht um sie gekümmert, ihr habt sie
sogar verjagt. Doch wenn euch langweilig wurde, war das
Spiel ›Öl zu verkaufen‹ an der Reihe, wo die Mädchen unbedingt mitmachen mussten.

Ihr setztet euch im Kreis auf den Boden. Die Mädchen
setzten sich nicht, sie hockten sich hin. Und unter ihren hin-
aufrutschenden Röcken waren ihre roten, schwarzen, weißen Unterhosen zu sehen, je nachdem, welche die Mutter sie
an dem Tag gerade hatte anziehen lassen. Nur die Unterhosen? Bei einigen, die ihr Höschen anzuziehen vergessen
oder es teuflischerweise ausgezogen hatten, waren auch ihre

– wie es mit dem bei euch verbreiteten Ausdruck hieß – ›Löcher‹ zu sehen. Eigentlich war es kein Loch, sondern ein Spalt, was die Mädchen da unten hatten, aber als du das erstmals Ismail erzähltest, sagte der: »Das scheint dir so«, wobei er mit seinen gelben, ungeputzten Zähnen grinste. »Dort ist in Wirklichkeit ein Loch, und zwar ein großes. Du und ich, wir sind da rausgekommen.«

Das glaubtest du nicht! Du wusstest lediglich, dass du von Allah geschaffen seiest. Er hatte dich ›aus geronnenem Blut geschaffen‹, wie es der *imam* der Ulucami mit den Worten des zweiten Verses der Sure *Alak** formulierte. Allah hingegen war das einzige Wesen, das erschuf, aber nicht erschaffen war. Sagte das nicht die Sure *Ihlas**, die du nicht müde wurdest bei jedem Freitagsgebet immer wieder zu murmeln, da du noch keine anderen Gebete kanntest? »*Kul hüvallahü ehad. Allahüs-samed. Lem yelid ve lem yûled ve lem yekün lehu küfüven ehad.*« Und als du deinen Großvater nach der türkischen Bedeutung fragtest, bekamst du zur Antwort: »Sprich: Er ist Allah, der Einzige, Allah, der Ewigwährende. Er zeugt nicht und ist nicht gezeugt, und keiner ist Ihm gleich.«

Ja, niemand, auch nicht unser verehrter Prophet, hatte Allah erschaffen, doch Er hatte alle Lebewesen, dich eingeschlossen, der Reihe nach geschaffen, erschaffen. Auch die unbelebten Dinge waren Sein Werk. Die Berge, die Steine, die Flüsse und das Meer und der Erdboden und die Sterne. Und natürlich auch Sonne und Mond. Nach Allahs Willen drehten sie sich in ihrer Weise, ohne zusammenzustoßen und in Stücke zu brechen.

Offensichtlich wollte Ismail dich verwirren. Nicht umsonst hatte man dem Sohn des Brotbäckers Ibrahim den Beinamen ›Bastard‹ gegeben. Er sagte, auch seine Mutter habe wie die Mädchen unten eine Spalte beziehungsweise ein Loch, von dort sei er heraus und in die Welt gekommen. Ich und du, Mädchen und Buben, alle, sogar mein Großvater und meine Großmutter seien aus dem schwarzen Loch ihrer Mütter hervorgekommen.

»Hör auf! Versündige dich nicht grundlos. Uns alle hat Allah geschaffen!«

»Dann denk halt, was du willst! Wenn der Bauch deiner Mutter nicht dick geworden wäre wie eine Pauke, dann gäbe es dich nicht. Wenn der Bauch meiner Mutter nicht dick geworden wäre, dann gäbe es auch mich nicht. Uns haben unsere Mütter geboren.«

»Dich hat nicht deine Mutter, sondern Allah erschaffen. Mich auch.«

»Ja, Gott hat uns erschaffen, aber unsere Mütter haben uns geboren.«

Du warst so fasziniert von Allah, dass du nicht mal diesen Unterschied verstandest. Du vergaßest sogar deine Mutter und deinen Vater. »*Lem yelid ve lem yûled.*« Er zeugt nicht und ist nicht gezeugt. Diese Worte kreisten in deinem Kopf, etwas anderes interessierte dich nicht, du wolltest nicht alles hinterfragen wie der ›Bastard‹ Ismail. Du konntest aber nicht umhin, auf die Unterhosen der Mädchen zu gucken, die bunt wie ein Gebetsteppich waren.

Ihr geniertet euch nicht voreinander. Besonders die Mädchen waren völlig ungezwungen. Erst in der Pubertät würdest du dich schämen, rot und verwirrt werden, nach der Selbstbefriedigung in Sündenangst im *hamam* mit viel Wasser die große rituelle Waschung vollziehen, und wenn die Angst allzu schlimm wurde, beten und deine Zuflucht zu Allahs Barmherzigkeit nehmen. In deiner Kindheit existierte der Begriff der Sünde nur in deinen Ängsten, nicht in deinen Taten. Das Wort Sünde hörtest du manchmal von deinen Eltern, öfter noch von deinem Großvater, doch du vergaßest es gleich wieder. Jedoch fehlte das Wort ›Sünde‹ an keinem Freitag in der Predigt des *imam* in der Ulucami, so als meinte seine Ermahnung dich allein.

Hoch von der Kanzel herunter donnerte er: »Ihr seid euch dessen nicht einmal bewusst, aber eure Engel für das Gute und das Böse schreiben alles auf, was ihr tut. Der Engel auf der rechten Schulter schreibt die guten Taten auf, der auf der linken Schulter die Sünden. Und wenn der Jüngste Tag hereinbricht, wird Bilanz gezogen.«

Es war keine Sünde, und es war auch nicht unanständig, auf das Loch der Mädchen zu schauen, nicht einmal, miteinander darüber zu sprechen. Du konntest dir nicht denken, was genau die Engel aufschrieben, trotzdem hattest du Angst, in der Hölle zu brennen. Schrieb der Engel der Sünden wohl auf, dass du verschwitzt Wasser getrunken hattest? Oder dass du mit Ismail zusammen Ameisen gequält hattest? Und was war mit den Pferdebremsen, die ihr in eine Flasche getan und dort habt ersticken lassen, nachdem ihr ihnen die Flügel ausgerissen hattet, was war mit den gerösteten Heuschrecken? Du warst, obwohl so jung, ein Sünder wie jeder sterbliche Diener Allahs. Du hast gelogen, hast deiner Mutter nicht gehorcht und einmal sogar von den fünf *kuruş*, die du aus dem Geldbeutel deiner Großmutter gestohlen hattest, beim Krämer Limonade gekauft und getrunken. Du warst schlecht, ungezogen, ein Lügner. Deswegen würdest du in der Hölle brennen. Dort war das Feuer siebzigmal so heiß wie das auf Erden, es war glühender, röter als feuerrot. Daneben war der Backofen von Ibrahim *Efendi* ein Nichts. In der Hölle würden die Höllenwärter dich auf jede Weise foltern. Sie würden kochenden Teer aus tiefschwarzen Kesseln über dir ausleeren, sie würden dir mit einem Trichter Gift in den Mund einflößen, wobei du dich winden würdest und zappeln wie ein Regenwurm. Sie würden deine Haut abziehen und sie einsalzen, und dennoch würden sie dich nicht töten. Denn in der Hölle gab es keinen Tod, dafür aber unendliche Schmerzen, unendliche Folter, unendliche Qual. Auch im Paradies gab es keinen Tod, doch von der Schönheit dieses Ortes, dessen du nicht würdig warst, von den weißhäutigen Huris, die nackt am Ufer von Honigflüssen lagerten, durftest du nicht mal träumen. In deiner Phantasie gab es die Hölle, wo an jeder Tür ein anderer Höllenwächter, in jeder Ecke eine andere Folter wartete, als bestünde deine Traumwelt aus schrecklicher Qual, endlosem Schmerz.

Also, woher jener ketzerische Dichter* seinen Mut nahm, Gott zu fragen: »Kerl, bist du etwa ein Krämer?« Wie ihm in Bezug auf das Abwiegen der Sünden der Menschen im Jenseits diese Unverschämtheit eingefallen war, das zu verstehen warst du noch nicht in der Lage. Du erinnerst dich jetzt nicht mehr, von wem du diesen blasphemischen Satz gehört hast, wer zuerst von dem Dichter gesprochen hat, der Allah mit einem Krämer verglich. In Wirklichkeit war er auch gar kein Ketzer und wollte Allah nicht verspotten, sondern er wollte sich Ihm nahen, den Abstand aufheben und mit seiner vertraulichen und womöglich sogar intimen Art – warum nicht? – die Grenzen zwischen ihnen einreißen. Sein Gedicht entsprang in Wirklichkeit der Liebe zu Allah. Du weißt inzwischen sowieso, dass er einer der Derwische war, der auf seinen Wanderungen über Stock und Stein nach Allah rief, dass er alles verlassen, sich von weltlichen Dingen zurückgezogen hatte, um Ihn zu finden. Weil du das weißt, stößt du dich auch nicht mehr an den şathiye genannten satirischen Gedichten mit religiösem Inhalt. Doch damals … Damals hatte nicht einmal dein Großvater von diesen Dingen eine Ahnung. Oder er tat so, als merkte er nichts, weil sein Glaube fest war, weil sein Glaube nicht einen Augenblick wankte. Doch war sein Glaube etwa nicht erschüttert worden im Krieg, als er Medina gegen die Gemeinde Muhammeds, die Einwohner jener Stadt und jenes Landstrichs verteidigt und Araber getötet hatte? Diese Frage hättest du ihm stellen sollen, als er noch am Leben war, dafür ist es jetzt zu spät. Diese Frage hättest du nur ihm stellen können, keinem anderen. Nun ist es zu spät.

Nach dem Gebet stieg der *imam* immer auf die Kanzel und predigte, dass die Sünder am Jüngsten Tag zwar von Reue erfüllt seien, doch ihr Flehen und Jammern sei zwecklos. Allah habe eine Brücke gemacht, dünner als ein Haar und schärfer als ein Schwert. Die Sündelosen würden wie im Flug über diese Brücke gehen, die Sünder aber herunterfallen in die Tiefen der Hölle. Die Brücke hieß *Sırat* und glich keiner der Brücken, die du bis dahin gesehen, noch deren Namen du gehört hattest. Weder der Brücke mit den Eisenträgern, auf welcher der Zug vor Manisa den Gediz überquerte, noch der Brücke von Mostar im Heimatland von Ibrahim *Efendi*, von der er immer erzählte. Jahre später solltest du im Krieg Zeuge der Zerstörung der Brücke von Mostar werden, doch die Brücke über den Gediz steht zum Glück immer noch. Nicht stehengeblieben, sondern schnell vergangen sind hingegen die Jahre; aufgereiht wie die Wagen hinter der Dampflok sind sie vorbeigerauscht und haben jene Tage voll Glauben und Angst hinter sich gelassen und damit auch das grüne Paradies deiner Kindheit. Hinter der Brücke über den Gediz liegt deine Kindheit, geprägt von der Angst vor einer anderen Brücke, der Brücke *Sırat*. Nun kehrst du nach langer Zeit zurück, nach vielen Toden, Trennungen, Reisen.

Wenn du dich nicht irrst, war es eine Art Plumpsackspiel, das ihr mit den Mädchen gespielt habt. Einer musste den

Plumpsack machen und mit einem verknoteten Taschentuch hinter den im Kreis Sitzenden herumgehen. Die Umdrehungen wurden immer schneller, bis einem schwindelig wurde. Der Takt wurde durch den Kinderreim »Öl zu verkaufen / Honig zu verkaufen / mein Meister ist gestorben / ich muss verkaufen« vorgegeben, außerdem wurde in die Hände geklatscht. Und inzwischen wurde das Taschentuch heimlich hinter einem fallen gelassen. Man musste aufpassen und ständig hinter sich schauen. Hinter wem das Taschentuch liegen blieb, der musste loslaufen, hinter dem Plumpsack her, während dieser versuchte, den frei gewordenen Platz einzunehmen.

Als ihr eines Tages wieder spieltet und du so gebannt dem Plumpsack und seinem Verfolger nachschautest, dass dir im Sitzen schwindlig wurde, sagte Ismail plötzlich: »Mein Vater ist gestorben / ich muss verkaufen.« Du als Besserwisser widersprachst sofort: »Nicht mein Vater, mein Meister ist gestorben.« Er sagte: »Denkste! Dein Vater ist tot, und du weißt es noch nicht mal!«

Du erinnerst dich, dass du aufgestanden und wie hinter dem Plumpsack her nach Hause gehetzt bist. Und dass du dort von deinem Großvater erfuhrst, was man dir verheimlicht hatte. Da hast du zu weinen angefangen, während deine Mutter außer sich vor Schmerz hinter einer Tür stand. Deine Großmutter war still, sie betete sogar schon für die Seele deines Vaters die Sure *Fatiha**. Die Nachricht hatte sich blitzschnell im Viertel verbreitet, nur dich hatte sie nicht erreicht. Also hatten sie es vor dir verheimlicht. Wenn Ismail nichts gesagt hätte, hätten sie es wohl noch lange verheimlicht. Du erinnerst dich, dass dein Großvater dich umarmte und küsste und zum ersten Mal so wie die Großmutter an sich drückte, vielleicht noch zärtlicher als sie. Er roch nach Schweiß, und sein Bart war kratzig.

Dein Vater war nicht in Manisa begraben worden, und so hatten an der Beerdigung außer deiner Mutter und deinem Onkel keine nahen Verwandten teilnehmen können. Doch nach dem, was erzählt wurde, was dir später zu Ohren kam, war eine große Menschenmenge bei der Begräbnisfeier versammelt. Und als dein lieber Vater auf dem Aufbahrungsstein lag und der *imam* die rituelle Frage stellte: »Als was für ein Mensch war euch der Verstorbene bekannt?«, hatte die Gemeinde mit Donnerstimme geantwortet: »Als ein guter!« Das erzählte dir deine Mutter viel später in deiner Pubertät, als dein Vater nicht mal mehr eine ferne Erinnerung war. Du hast sein Grab nicht ein einziges Mal besucht aus Angst, dir vorzustellen, dieser lockige, blauäugige Mann, den du kaum kennenlernen konntest, leide Grabesqualen, weil du befürchtetest, dein Vater würde die Brücke *Sırat* nicht überqueren können, sondern in die Hölle hinunterfallen – auch wenn du dich noch so sehr bemühtest, diese abscheuliche Vorstellung abzuwehren, und dir ständig einhämmertest, dass dies alles erfunden sei –, weil du Angst hattest vor diesem Albtraum und in gewisser Weise vor deinem eigenen Tod.

Von Ismail hast du nicht nur vom Tod deines Vaters erfahren, sondern erstmals auch, was die Grabesqual bedeutete. Der *imam* ließ es sich später nicht nehmen, Einzelheiten zu ergänzen, wohingegen deine Großeltern dich verschonten, weil sie dich nicht ängstigen wollten.

Wenn man gestorben, in ein weißes Tuch gehüllt und beerdigt worden war, fiel einem nach vierzig Tagen die Nase ab. Dann die anderen Glieder. Während man ausgestreckt unter der Erde lag, setzten sich die Höllenwärter neben einen und erzählten in allen Einzelheiten, was sie in der Hölle taten. Wie sie das unterirdische Feuer anfachten, das siebzigmal stärker brannte als irdisches Feuer, wie sie einem Teer einflößten, der in Kesseln kochte, wie sie einem die

Augen ausbohrten und den sündigen Körper mit an der Spitze glühenden zweischneidigen Dolchen zerfleischten, bevor sie einem die Haut abzogen. Das schilderten sie alles haarklein. Sie hängten einen an der Zunge auf und breiteten, sobald man in der finsteren Grube lag, eine flammende Decke über einen. Inzwischen machten Würmer und Maden dort weiter, wo die Höllenwächter aufgehört hatten. Schlangen und Hundertfüßler, Skorpione und Schnecken wimmelten im Grab und vertilgten den Rest. Danach fanden sich die Glieder des Körpers wieder zusammen, und die Qual begann von Neuem. Bis hin zum Jüngsten Tag. Beim Jüngsten Gericht wurde man wiederbelebt. Du wusstest ja, Allah war allmächtig und würde dich wiedererwecken, so wie Er dich einst aus dem Nichts erschaffen, ins Leben gerufen hatte und töten würde. Das hattest du ja in dein Heft mit Seiten aus Strohpapier geschrieben, das du beim Krämer gekauft hattest, in das Heftchen, dessen Ränder verziert waren mit Vögeln, die einen Brief im Schnabel trugen:

»*Âmentü billâhi ve melâiketihî ve kütübihî ve rüsülihî ve'lyevmi'l-âhiri ve bi'l-kaderi hayrihî ve şerrihî mine'llahi teâlâ ve'l-ba'sü ba'de'l-mevti hakkun.*«*

Ja, es war Gesetz, dass man nach dem Tod wiederbelebt wurde. Es führte kein Weg daran vorbei, dass der zusammengefügte Körper wieder lebendig wurde, dass man beim Jüngsten Gericht zur Rechenschaft gezogen wurde, dass die Sünden gewogen wurden und man über die Brücke *Sırat* gehen musste. Da gab es kein Zurück mehr. Und da dein Vater nun mal weder gefastet noch gebetet hatte, nie zu Hause geblieben, sondern immer auf Reisen gewesen war … Da er nach den Worten von ›Bastard‹ Ismail »Ehebruch getrieben und Alkohol getrunken« hatte …

Nachdem dein Großvater dies alles aus dir herausgefragt hatte, sagte er: »Hör nicht auf Ismail, mein Kind. Dein Vater hat zwar kein Gebetsritual befolgt, aber er war ein guter Mensch. Sein Platz ist im Paradies, gräm dich nicht.« Er verbot dir auch, mit Ismail zu spielen. Doch du gehorchtest deinem Großvater nicht. Ismail hatte etwas, das dich anzog. Seine himmelblauen Augen, seine teuflischen Blicke, die Tatsache, dass er Allah nicht so wie du verehrte, und dann seine Ungezogenheiten. Ismail hatte es beim Ameisenquälen, Heuschreckengulaschmachen, Fliegenflügelausreißen und Katzen-ins-Wasser-Schmeißen zur Meisterschaft gebracht. Er verführte dich. Es war dir auch egal, wenn manche sagten: »Sie sind eben Balkanflüchtlinge, mit ihrem Islam ist es nicht weit her.« Du trafst dich weiterhin mit Ismail auf dem leeren Grundstück, wo ihr Reifendrehen, Topfschlagen, diese wunderschönen Spiele spieltet. Du schautest bei seiner Tierquälerei zu, und manchmal machtest du auch selber mit.

Jeden Morgen nach dem Aufstehen gingst du ans Fenster und schautest nach, ob der Berg noch an seinem Platz stand. Gott sei Dank waren die steilen Abhänge des Berges noch da, seine nackten Felsen und auf seinem Gipfel die verschwommen sichtbaren einzelnen Bäume – und die Hütte von Tarzan. Also war der Weltuntergang noch nicht gekommen. Noch nicht. Doch bald würde es so weit sein, denn viele Zeichen kündigten ihn schon an. Der Tag, von dem im Koran gepredigt wurde, hatte begonnen, den Menschen Zeichen zu schicken, ehe er hereinbrechen würde. Der *imam* wies an jedem Freitag zuerst nachdrücklich auf die Zeichen des kommenden Weltuntergangs hin, danach schilderte er, was an jenem Tag alles passieren würde.

Ehe dieser Tag kam, wuchs nicht nur die Zahl der Gebäude

und der Ehebrüche, sondern es vermehrte sich auch der Reichtum, und wer Almosen geben wollte, dem blieb sein Geld in der Hand. Auf einen Mann entfielen dann vierzig Frauen, und die Muslime würden anfangen, vom Weg abzuweichen, und wieder Götzen anbeten. Inzwischen würde *Deccal** erscheinen. Der Heilige Prophet hatte angeblich in vielen seiner Aussprüche davon geredet, in der Endzeit würde ein Mann mit Besenhaaren auftreten, ähnlich wie Ibn Kutun aus dem Stamm Huza, blind auf dem linken Auge, das so klein geworden war wie eine Rosine, das rechte Auge ein wenig schielend. *Deccal*, dem das Wort *kâfir* zwischen die Augenbrauen geschrieben stand, würde in alle Städte gehen außer Mekka und Medina und die Bevölkerung verführen. Weil vor den Toren von Mekka und Medina Engel mit Schwertern in den Händen Wache hielten, würde er dort nicht eintreten, sondern seinen Weg fortsetzen bis zu einem Sumpf, wo er beschlösse, die Menschen angesichts von zwei Flüssen in die Irre zu führen. Denn wenn er sagte: »Kommt und taucht ein, dieser Strom ist die Paradiesesquelle«, würden die Menschen in ein Wasser aus Feuer gehen, bei der Verheißung des Gegenteils aber würden sie ins Paradies eintreten.

Mittlerweile wäre die Menschengruppe mit Namen *Yecüc Mecüc* größer als der Berg Kaf* und verbreitete sich über die ganze Erde. Zwar hatte Zülkarneyn in der Tat eine Mauer errichtet, wie Gott der Gerechte im Koran befohlen hatte, und diese Menschengruppe in ihre Länder eingeschlossen, doch kurz vor dem Weltuntergang brach die Mauer ein, und das Böse überstieg den Berg Kaf. Wem ähnelten diese Menschen? Sie waren kleinwüchsige, schlitzäugige, rotgesichtige Wesen. Ihre Gesichter waren platt wie ein Schild, den man mit dem Hammer bearbeitet hat. Nach Ansicht der Araber stammten sie von nomadischen Turkstämmen ab, doch das konnte auf keinen Fall sein, das war eine üble Verleumdung, eine faustdicke Lüge. Unsere Vorfahren konnte niemals die Vorboten des Jüngsten Gerichts sein. Wir waren rechtgläubige Muslime, doch die Araber – freilich waren sie die Nachkommen des Propheten, aber ... Es gab da ein Aber, das du nicht verstandest. Auch dein Großvater nickte mit dem Kopf, als wollte er den *imam* bestätigen, und seufzte hin und wieder. Du wusstest nicht, dass er sich an seine Kriegszeit erinnerte, wenn der *imam* die Vorzeichen des Gerichts schilderte, und dass eine innere Wunde nach Jahren wieder aufbrach und zu bluten begann. Du knietest mit deinem Großvater in der vordersten Reihe, genau gegenüber den Schrifttafeln mit den gekrümmten tiefschwarzen Buchstaben, den ineinander verschlungenen arabischen Schriftzeichen, die die Einzigkeit Allahs symbolisierten. Das Thema der Predigt war nicht der Krieg, sondern der Jüngste Tag. Dieser aber war schlimmer als alles, schmerzhafter und schrecklicher.

Wenn jener Tag kam, von dem die Predigt handelte, würde es ein Erdbeben geben, und die Berge würden mit einem Schlag aneinanderkrachen und sich verwandeln in gerupfte Wolle, während die Menschen wie Motten sein würden, die ums Feuer kreisten und verbrannten. Sobald der Erzengel Israfil die Trompete blies, würden sie in Gruppen herbeikommen und Rechenschaft ablegen. Dann würden sie sich sehnlichst wünschen, an der Stelle der Begrabenen zu sein, und sagen: »Wäre ich doch Staub!« An jenem Tag würden die Sterne massenhaft vom Himmel fallen. Der Himmel würde in einen anderen Himmel, die Erde in eine andere Erde verwandelt, und beide würden sie rot werden wie eine Rose und wie Fett zerschmelzen. Die Berge würden versetzt werden und zu einer Luftspiegelung werden. Nachdem der *imam* einen Vers im arabischen Original rezitiert hatte, schrie er von seiner Kanzel herab: »Du glaubst wohl, die Berge seien festgefügt an ihrem Platz, aber sie werden wie Wolken vergehen!«*

Jeden Morgen beim Aufstehen schautest du nach dem Berg. Gott sei Dank stand er noch fest und unverrückt da. Er war so riesig, dermaßen schwer, dass er sich nicht erheben und irgendwo hingehen konnte. Doch er hätte über dem Haus zusammenstürzen können. Er hätte die Hennen im Hühnerstall samt dem bunten Hahn erdrücken können, den dunklen Stall, wo der hennagefärbte Schafbock darauf wartete, geopfert zu werden, den Maulbeerbaum und die Pappeln. Und euch auch. Dich und deinen Großvater, die Großmutter, die mit geschlossenen Augen betete, deine Mutter, die seit dem Tod deines Vaters irgendwo herumgeisterte, und, wer weiß, vielleicht die ganze Stadt. Auch der Backofen von Ibrahim *Efendi* würde verschwinden ebenso wie das Basarviertel mit den Ladeninhabern und Handwerkern, die dort am Markt Eisen schmiedeten, Teig kneteten, Küchengeschirr verkauften und Pferde und Esel beschlugen. Ja, alle, ihr alle würdet vernichtet, außer der Ulucami. Denn mit ihrer Bleikuppel und dem schlanken Minarett, das sich in den Himmel erhob, war sie Gottes Haus samt dem *imam*, aus dessen Mund je nachdem Honig floss oder Flammen lohten. Weder Sturm noch Erdbeben, weder der Berg noch das Feuer, nichts, nicht einmal der Weltuntergang konnte die Moschee erdrücken oder einebnen.

Wenn du zum Berg hinaufschautest, stand da über seinem Gipfel manchmal eine Wolke. Eine Wolke, die bei Sonnenaufgang rosig war, setzte sich auf dem Gipfel des Berges fest und bewegte sich nicht von der Stelle. Du wolltest sowieso nicht, dass sie weiterzog. Die Wolke sollte nicht auch noch weggehen, du wolltest nicht, dass sich alle Dinge wegbewegten wie dein Vater am Sternenhimmel, der vielleicht unendlich lange in seinem Grab auf den Jüngsten Tag wartete, wie deine ferne Mutter, die dich hier bei dieser Hitze mit den beiden Alten allein gelassen hatte. Die Wolke sollte immer dort bleiben. So wie der Berg an seinem Platz blieb, so sollte auch sie sich nicht wegbewegen. Wenn diese rosa Wolkenkugel anfing, sich zu verwandeln, öffneten sich für dich die Tore zu deiner Traumwelt. Am Himmel war nicht nur die Hölle, sondern es gab rosige Wölkchen, die dem kleinen Teddybär glichen, mit dem du früher gespielt und geschmust hattest.

Mevlut*

Sie kamen. Sie stießen die Tür des Vorgartens auf und gingen im Schatten des Maulbeerbaums weiter. Ehe sie die Treppe hinaufstiegen, schöpften sie ein wenig Atem auf dem Hofplatz, der durch die heruntergefallenen schwarzen Maulbeeren gefärbt war. Dann traten sie ins Besuchszimmer des Hauses ein und setzten sich nebeneinander auf die Polsterbank. Die Polsterbank war an jenem Tag mit einem besonderen Tuch bedeckt, mit einem langen Gebetsteppich in Smaragdgrün. Sie ließen die Füße herunterhängen und vergruben sie in Bodenkissen. Manche saßen auch in Sesseln und Stühlen, andere im Schneidersitz auf dem Gördes-Teppich. Im Teppich überwogen die Blautöne, an seinen Rändern zwitscherten Nachtigallen. Auf dem Wandteppich hingegen war eine große Menschenmenge zu sehen. Die Menschenmenge umkreiste die Kaaba; das bedeutete, es war zur Zeit der Wallfahrt. Zu den Pilgern gehörten wahrscheinlich auch die regelmäßigen Gäste dieses Zimmers, dessen Türen stets verschlossen waren. Die schwarze Decke, die den Tempel bedeckte, wellte sich im Wind. Vielleicht flogen auch Engel herum, denn wenn die Pilger fort waren, blieben ja nur sie, um die Kaaba zu verehren. An sämtliche Details des Wandteppichs erinnerst du dich gut, doch an keinen der äußerst seltenen Gäste in eurem Haus, ausgenommen natürlich diejenigen, die zum *mevlut* deines Vaters gekommen waren. Die hast du nicht vergessen. Jeder Einzelne hat dich auf die Wangen geküsst und an sich gedrückt. Denn jener Tag, der vierzigste Tag nach dem Tod deines Vaters, war ganz besonders und wichtig. In Wahrheit hatte Allah dich aus dem Nichts erschaffen, aber der Same kam von deinem Vater. Du wusstest, du warst ein Teil von ihm, auch wenn du nicht verstandest, was es mit diesem Samen auf sich hatte. Und an jenem Tag fiel die Nase deines Vaters ab, der Körper begann sich zu zersetzen, und ebenso begann die Grabesqual. Diese Qual würde bis zum Jüngsten Tag dauern, das hatte Ismail gesagt, der Bastard mit den himmelblauen Augen!

Die Gäste hatten ihre schönsten Kleider angezogen. Die Frauen trugen Kopftücher, die Männer waren spiegelglatt rasiert und hatten die Schirmmützen umgedreht aufgesetzt. Ihre Hosen waren gebügelt, ihre Socken bunt. Die Schuhe hatten sie vor der Schwelle gelassen. Zum ersten Mal in deinem Leben sahst du so viele Schuhe auf einmal. Du warst verblüfft. Die Schuhe standen aufgereiht wie große und kleine Boote, schwarze, weiße, braune, rote. Es waren keine hochhackigen Pumps dabei, doch die meisten Frauenschuhe hatten Spangen und waren frisch geputzt. Die staubigen wischtest du unbemerkt mit einem Lappen ab. Etwas anderes konntest du den Gästen nicht anbieten. Die Schuhe waren dermaßen anders als die Schlappen deiner Großmutter! Aus irgendeinem Grund begannst du zu zählen. Es waren genau vierzig Paar Schuhe. Du hast die Namen ihrer Besitzer vergessen, doch an ihre Gesichter, ihr Verhalten und an ihr einstimmiges *Allahu ekber*-Rufen erinnerst du dich noch heute.

Sowohl eure Nachbarn waren da als auch Leute aus dem Dorf des Großvaters. Sie waren beim Ruf zum Morgengebet in Hacırahmanlı in den Bummelzug gestiegen, hatten ihre Trauben in den Weinbergen und ihren Tabak auf den Feldern gelassen und waren gekommen. Sie hatten auch nicht vergessen, ihre Säcke mitzubringen. Vor der Teilnahme am *mevlut* kauften sie ein und erledigten ihre Angelegenheiten in der Stadt. Mochte die Welt auch vergänglich sein, der Glaube ans Jenseits sättigte keinen. Auch die Säcke, die mit allem Möglichen gefüllt waren, hatten sie neben den Schuhen an der Türschwelle gelassen. Von den Verwandten war kaum jemand anwesend. Deine Tanten hatten sich mit Beileidswünschen begnügt und waren nicht da, weil sie mit deiner Mutter zerstritten waren. Beide waren sie unverheiratet und immer noch neidisch auf ihre jüngste Schwester. Diese war nämlich die Schönste von ihnen. Und wie im Märchen auch die Gescheiteste und die Unglücklichste. Sie hatte das große Los gezogen. Als reichte es nicht schon, dass sie jahrelang ihr Vergnügen mit einem Ehemann hatte, bekam sie auch noch ein Kind – Gott segne es –, einen Schlingel von einem Jungen. Er war ein Schlingel und ein Träumer. Doch so ein Ketzer wie sein Vater war er nicht, ganz im Gegenteil. Er versäumte nicht ein einziges Freitagsgebet, im Ramadan fastete er, wenn auch nur am ersten und letzten Tag, und wenn er nicht schon eingeschlafen war, betete er zusammen mit seinen Großeltern in der Moschee das *teravi*-Gebet.* Dein Onkel war wieder mal außerhalb von Manisa, ebenso *Gazi Hafız Bey*, der Waffenbruder von Großvater. Das *mevlut* musste deshalb notgedrungen der *imam* der Ulucami lesen. Es war das *mevlut* für deinen Vater.

So waren nun also seit seinem Tod vierzig Tage vergangen. Deine liebe Mutter war sowieso nicht ganz bei sich. Den Spruch »Man stirbt nicht mit den Toten« strafte sie Lügen, sie schien mit deinem Vater gestorben und begraben worden zu sein. Sie war wie ein schlafloses Gespenst, das nachts herumwanderte, eine weinende, immerzu weinende Fremde im Haus. Sie war dir fern, während Allah dir immer nahe war, ganz nahe. Allah, der die Grabesqual als gerecht für deinen Vater ansah, war dir näher als deine Mutter, dein

Großvater und sogar als deine Großmutter, in deren Schoß geschmiegt du so manche Nacht nach dem Tod deines Vaters schliefst.

Deine Mutter konnte sich an jenem Tag kaum aufrecht halten. Dein Großvater jedoch war ein Monument an Seelenstärke. Er kümmerte sich fortwährend um die Gäste. Wenn es etwas gibt wie Gottergebenheit, und wenn sich jemand dadurch als guter Muslim erweist, dass er sich dem Schicksal beugt, das über ihn hereinbricht, dann bewies dein Großvater an dem Tag, als das *mevlut* für deinen Vater gelesen wurde, eine vorbildliche muslimische Haltung. Die Augen der Frauen waren voller Tränen, die Männer schwiegen. Nachdem du die Schuhe auf der Schwelle gezählt hattest, gingst du hinein, küsstest jedem einzelnen Gast die Hand und führtest sie an deine Stirn. Dann setztest du dich brav neben deine Großmutter. Die alte Frau hatte schon von selbst ein Gebet angefangen, so als bemerkte sie nicht, was geschah. Murmelnd wiegte sie sich leicht nach beiden Seiten, ihr dicker Körper bewegte sich wie ein Pendel, doch ihre Tränen konnte sie nicht aufhalten. Durch ihre geschlossenen Lider drangen die Tropfen und benetzten ihre Lippen.

Die Frauen begannen miteinander zu flüstern. »Allah möge barmherzig sein! Allah gewähre ihm das Paradies als Wohnsitz! Allah verzeihe seine Sünden! Allah schenke seinem Sohn die Jahre, die er zu früh gestorben ist. Allah, mein Gott, Du bist groß! Allah … Allah …« Jeder Satz begann mit Allah, jeder Ausspruch endete mit Ihm. Endlich betrat der *imam* im schwarzen Talar mit Lederpantoffeln an den Füßen, auf dem Kopf einen Turban in den Farben der Fahne, rot und weiß, das Zimmer, setzte sich auf den für ihn reservierten Sessel und seufzte ebenfalls: »Allah, mein Herrgott!« Und ohne Zögern begann er das *mevlut* mit den Worten: »Zuerst lasst uns den Namen Allahs anrufen!«

Die Stimme des *imam* und auch seine Predigten waren dir vom Freitagsgebet in der Moschee bekannt. Doch dieses Mal sprach er für deinen Vater, für ihn rezitierte er. Und was für eine Rezitation das war! Die Stimme hallte im Besuchszimmer wider, dass die Scheiben erzitterten. Die Worte drangen dir nacheinander ins Herz wie Patronen aus einem Maschinengewehr. Sie waren so durchschlagend, dass du auf der Stelle hättest hinfallen und tot sein können. Sie waren wie ein langes, ergreifendes Lied und zugleich eine Klage, eine Totenklage. Der *imam* rezitierte für deinen Vater, doch es ging um Muhammed. Tatsächlich verstandest du von dem Gesagten nur sehr wenig, und es mussten Jahre vergehen, ehe du bemerktest, dass dieses Gebet etwas anderes war als der Koran, wofür du es zuerst gehalten hattest. Es beschrieb die Geburt des Propheten.

»Amine Hatun, Muhammeds Mutter rein / Diese Muschel, sie gebar die Perle fein!«* Diese Verse haben sich in deinem Gedächtnis festgesetzt. Als der Prophet geboren wurde, kamen die Engel vom Himmel herab und umrundeten das Haus der Amine, so wie sie die Kaaba umrundeten. Dann sang der *imam* vom Licht, das sich auf der ganzen Erde verbreitete, von dem Getränk »kühl und weißer als Schnee«, das die Huris der Mutter des Propheten schickten, dem weißen Vogel, der ihr mit seinen Flügeln den Rücken streichelte, und dann erreichte seine immer höher werdende Stimme den Höhepunkt des Begrüßungsgesangs mit den Versen:

Sei willkommen, hoher Fürst, sei uns gegrüßt!
Sei willkommen, Weisheitsbergschacht, sei gegrüßt!
Sei willkommen, Buchs Geheimnis, sei gegrüßt!
Sei willkommen, Schmerzensheilung, sei gegrüßt!

Durch seine Geburt und seine Werke sollte Muhammed zur ›Schmerzensheilung‹ werden, doch auch er wurde am Ende wie jeder Diener Allahs vom Tod besiegt. Du erinnerst dich auch an den Teil, der erzählte, wie der Todesengel Azrail kam, um die Seele des Propheten zu holen. Als die Gäste bei den Versen »Söhne werden Waisen durch sein Kommen/ Seelen nimmt er, lässt das Fleisch verwesen«* in Ekstase gerieten, wurde auch dein Großvater erschüttert, der bisher wie eine Buddhastatue still dagesessen und es vermieden hatte, seine Gefühle zu zeigen. Folglich war in dieser Welt der Tod eine stärkere Realität als die Geburt. Und Muhammed war eine Waise wie du. Auch er war das Kind eines Toten, so wie du der Same eines Toten warst, dessen Körper am vierzigsten Tag zu verwesen begann. Von Geburt an trugst auch du – so wie ein jeder – deinen Tod in dir, und mit jedem Herzschlag kamst du ihm ein wenig näher. In jedem Kind war ein Allah, der die von Ihm gegebene Seele nahm, das heißt, in jedem war auch der Tod. In dir aber, weil du eine Waise warst wie Muhammed, gab es nicht nur einen Tod, sondern sozusagen zwei.

Der Prophet hauchte in den Armen seiner neunzehnjährigen Frau Ayşe seine Seele aus. Doch einige Tage vor seinem Tod, als er sich wohl etwas besser gefühlt hatte, war er auf den Friedhof gegangen und hatte für die Gefallenen der Schlacht von Uhud gebetet. Hatte er dort wohl zum ersten Mal gespürt, dass sein Ende nahte, oder war seinem müde gewordenen Herzen schon früher klar geworden, dass es Zeit war, sich der Aussage des Korans zu beugen, die besagt »Ein jedes Lebewesen wird den Tod kosten«,* was die Gäste einander, aber auch dir wie zum Trost nach dem *mevlut* für deinen Vater sagten? Zwar konnte Muhammed wählen zwischen allen Schätzen dieser Welt, oder aber der Nähe des

Hohen Freundes in der anderen Welt. Und natürlich wählte er das Zweite. Doch verhinderte dies nicht, dass er sich vor dem Tod fürchtete, beziehungsweise traurig war, aus dieser Welt zu scheiden, auch wenn sie vergänglich war. Dennoch hatte er mit seinen perlweißen, schönen Zähnen und seinen zitternden, verführerischen Lippen gelacht, als Ayşe gesagt hatte: »Gesandter Allahs, wenn ich vor dir sterbe, kannst du, nachdem du mich begraben hast, mit deinen anderen Frauen herrlich und in Freuden leben!« Und ein letztes Mal putzte er sich die Zähne mit dem *misvak*, das seine Frau durch ihre Spucke benetzt und weichgemacht hatte, und wusch sich mit kühlem Wasser, das aus den sieben Brunnen von Medina gebracht worden war. An der Tür warteten Gabriel und Azrail gemeinsam. Er hätte ihnen den Eintritt verweigern können, wenn er gewollt hätte. Dein Vater hatte kein solches Privileg gehabt, als Azrail seine Seele holte, wohl aber der Geliebte Allahs. Vielleicht jedoch, wer weiß, hatte er es auch nicht. Hatte Allah nicht im Koran verkündet, Muhammed müsse ebenso sterben wie alle anderen Propheten? Er würde wie alle Seine Diener sterben und danach wieder zum Leben erweckt werden. Diese Tatsache konnte er nicht vergessen haben. Und deshalb wird er sich in sein Schicksal ergeben haben. Er lehnte seinen Kopf an die Brust seiner jungen Frau und überließ Azrail seine Seele, wobei er murmelte, es sei gar nicht so leicht.

An jenem Tag verkündigte der *imam* mit seiner lauten, ergreifenden Stimme den Tod des Propheten ebenso wie seine Geburt als freudige Nachricht. Und die rhythmischen Verse von Süleyman Çelebi* rauschten dahin wie der Fluss aus der Paradiesquelle:

Seine Stunde kam, von dieser Welt zu scheiden
Sonnengleich sein Antlitz, monden seine Stirn.

Wer um diesen Sultan Tränen vergießt
Möge sie am Höllenfeuer trocknen.

Und die Gäste weinten. Auch du konntest die Tränen nicht zurückhalten und begannst zu schluchzen. Du weintest um den Propheten und um deinen Vater, und vielleicht weintest du sogar um dich selbst, ohne dass es dir bewusst wurde. Heute weißt du, die Gäste beweinten eigentlich ihren eigenen Tod, ein jeder sein eigenes Ende. So viel Geschrei half freilich nichts gegen die unvermeidliche Todesstunde. Die Stimme des *imam* war inzwischen eine Flamme. Sie versengte die Stelle, die sie berührte, sie verbrannte das Herz, das sie erreichte:

Der Gebenedeite schied von dieser Welt:
»Weggefährten und Gemeinde, lebet wohl!

Mich beruft der Allerhöchste nun zu Sich
Meine lieben Weggefährten, lebet wohl!«

Also sprach mit Tränen Muhammed
In der Menschen Herz fiel tiefes Leid.

An jenem Tag weinten alle um deinen Vater und um den Propheten und alle Toten. Danach wurden den Gästen Bonbons und Krapfen angeboten. Als wäre nichts gewesen, drehten sich die Gespräche nicht um den Tod, sondern ums Leben. Und so wie die Gäste gekommen waren, so gingen sie auch alle wieder einzeln fort, indem sie die Schuhe anzogen, die sie auf der Schwelle des Hauses ausgezogen hatten.

Du bliebst mit deinen Großeltern allein. Deine Mutter weinte immer noch in einer Ecke. Du gingst zu ihr hin und sagtest: »Nun weine nicht mehr. Er ist jetzt im Paradies bei den Huris!« Deine Absicht war, die Mutter zu trösten, doch diese fuhr zu weinen fort. Daraufhin sagtest du kurzweg: »Dann winsele halt weiter. Du weinst ja zu Recht. Deine Tränen verringern vielleicht Papas Grabesqual!« Noch heute verstehst du nicht, wie du diese Worte aussprechen konntest, wie du so bedenkenlos deine eigene Höllenangst auf deinen Vater übertragen konntest, warum du nicht gebetet hast, der große Gott möge ihm seine Sünden vergeben. Inzwischen fürchtest du weder Allah noch irgendwelche Grabesqualen. Nur ein Zweifel, ja der Zweifel, der dir zur zweiten Natur geworden ist, nagt an deinem Geist. Du fürchtest dich nicht vor dem Tod, sondern vor dem Nicht-Sterben-Können wie deine Mutter, wie jeder, der Todesqualen leidet. Dein Vater hatte Glück. Ohne überhaupt zu merken, dass er starb, verließ er diese lebenswerte wie auch niederträchtige, vergängliche Welt, von deren Freuden du immer noch nicht genug hast.

Die Himmelsreise

Die *türbe* von Vater Yolageldi grenzte an eine zerfallene Mauer, die das leere Grundstück, das etwas weiter von eurem Haus entfernt war und in dessen Mitte ein verlassenes Haus stand, ›Feenschlösschen‹ genannt, von der Gasse trennte. Ein Feigenbaum hatte die steinerne Mauer durchbrochen und sich bis in den verwilderten Garten hinein ausgebreitet. Mit Ismail sammeltest du die Feigenknospen, die ihr zum Trocknen auf eine Schnur aufzogt. Das waren eure Murmeln, denn die richtigen, großen Murmeln, von euch ›amerikanische‹ Murmeln genannt, in deren Innerem gelbe, rote, blaue Ströme flossen, jene leuchtend schönen Spielzeuge waren dermaßen selten und selbst beim Krämer des Viertels dermaßen teuer, dass ihr euch meistens mit den trockenen Feigen begnügen musstet. Auch wenn ihr diesen das Stielchen abknipstet und sie unter der sengenden Sonne trocken und ziemlich hart geworden waren, so rollten sie doch nicht so leicht wie die amerikanischen Murmeln, und wenn ihr ›Kapitän‹ spieltet, ›verhungerten‹ sie auf ebener Erde, statt in die Löcher zu fallen, die ihr für das Spiel gegraben hattet.

Die Sommertage waren lang. Vor allem, wenn alle in ihr Weinbergshaus umgezogen waren und im Viertel niemand zum Spielen blieb. Vor allem, wenn man früh am Morgen aufstand, um den Hühnern frisches Wasser und dem Hammel Futter zu geben. Der Tag zog sich in die Länge, er dehnte sich aus und wollte gar nicht vergehen. Auch wenn du mit Ismail alle euch bekannten Spiele durchspieltest, ihr euch hundertmal strittet und wieder vertrugt, so erreichtet ihr nur mit Mühe und Not den Abend. Dir war verboten, die Grenzen des Wohnviertels zu überschreiten. Du durftest allein weder in die Stadtmitte – noch in den Park, um Tarzan zu sehen. Du stelltest dir vor, wie er den Fischen des heiligen Abraham Futter hinwarf oder die Rosen bewässerte, doch ihm nahe zu kommen, ja, sogar ihm von weitem zuzuschauen, war dir verboten. Es war unschicklich. Denn du warst nicht wie Ismail der Sohn eines Umsiedlers, des Bäckers Ibrahim, sondern der Enkel des Juristen *Hacı* Rahmi Ram von Manisa, der einer angesehenen Familie aus Hacırahmanlı entstammte. Selbst wenn deine Großmutter aus einer Umsiedlerfamilie kam.

Du erfuhrst alles von den Spielkameraden des Viertels. Mit Ismail zusammen gingen sie in den Park, ja sogar bis zur Kanonenburg, wo genau um zwölf Uhr mittags ein Kanonenschuss abgegeben wurde. Sie redeten mit Tarzan und erzählten dir das Gehörte, wobei sie fürchterlich übertrieben. Wie er in der Wüste in einem Beduinenzelt geboren worden sei, sich mit Löwen, Tigern und Habichten angefreundet habe, wie es ihn als junger Mann aus Liebe zu einem Mädchen in die Fremde verschlagen und er alles mögliche erduldet habe, wie er jede Gelegenheit nutze, nackt und allein herumzuspazieren, und sogar am Tag der Befreiung Manisas mit nackter Brust an der Parade teilnehme, seinen Orden aus dem Befreiungskrieg am roten Band um den Hals. Sie erzählten auch von seiner kleinen, weiß gekalkten Hütte am Fuß des Berges. Er lebte sommers wie winters in dieser Hütte im Schatten von Olivenbäumen, und weil er keine Bettdecke hatte, wickelte er sich beim Schlafen in Zeitungspapier ein. Seine Nahrung bestand aus wilden Früchten, die er auf dem Berg sammelte. Sein Haupthaar ging sichtbar in seinen Bart über, doch er war nicht schmutzig, sondern ganz sauber. Jeden Morgen wusch er sich in einem kleinen Teich zwischen zwei Felsen. Er hatte niemanden. Doch laut Ismail hatte er nach dem Anschauen von Tarzanfilmen dieses Leben erstrebenswert gefunden, sich eines Tages der Kleider entledigt und war so, splitternackt, mit der Natur eins geworden. Auch du wusstest – denn du hattest ihn von weitem verfolgt –, dass er keine Kleidung außer schwarzen Shorts trug und seine Haut dunkel war wie die eines Beduinen, der sich in der Wüste herumtrieb. Er hatte leuchtend schwarze Augen, schwarze Augenbrauen, schwarze Haare und einen langen schwarzen Bart. Obwohl du Angst hattest und dich geniertest, wärst du liebend gern hingegangen, um Tarzan zu sehen und aus seinem eigenen Mund seine Lebensgeschichte zu hören, doch du fürchtetest deinen Großvater. Nicht vor Strafe fürchtetest du dich, sondern davor, ihn traurig zu machen oder – wie deine Großmutter es ausdrückte – ›ihn vor aller Welt zu blamieren‹.

Nicht nur war dir verboten, mit dem Tarzan von Manisa Freundschaft zu schließen, du musstest dir von deinen Spielkameraden aus dem Viertel auch die Tarzanfilme erzählen lassen. Während sie ins Stadtkino gingen, wo alle sechsunddreißig Teile mit Johnny Weissmüller vollständig gezeigt wurden, und sie die Abenteuer von Tarzan und Jane im undurchdringlichen afrikanischen Dschungel anschauten, hörtest du zu Hause den Koran und träumtest von Mekka, Medina, vom Leben Muhammeds und von Allahs Erhabenheit. Während es vieles gab, das deine Kameraden dir erzählen konnten, konntest du ihnen, die keine Begeisterung fürs Lernen aufbrachten, nur erzählen, was unser verehrter Prophet durchgemacht hatte. Was du von deinen Großeltern gehört hattest, ergänztest du mit Predigten des *imam* der Ulucami und erzähltest es Ismail, um ihm nicht nachzustehen, um mit deinem besten Freund den Reichtum deiner Phantasie zu teilen. So wie du es gehört hattest und es dir im Gedächtnis geblieben war, und zwar ohne allerhand hinzuzufügen, wie er es tat. Denn der Vater Ismails nahm seinen Sohn nicht zum Freitagsgebet mit, sondern ließ ihn als Hüter beim Backofen zurück, damit dieser tagsüber ununterbrochen in Betrieb sein konnte. Ismail kannte nicht nur die Abenteuer von Tarzan, Jane und Cheeta in Afrika auswendig, sondern auch die des Tarzans von Manisa, du jedoch wusstest über die Taten Muhammeds Bescheid. Vor allem über sein nächtliches Aufsteigen in den Himmel, wie er in den siebenten Himmel emporstieg und dann nach Mekka zurückgeschickt wurde. Also die Himmelfahrt.*

Auf der zerfallenen Mauer neben der *türbe* von Vater Yolageldi erzähltest du Ismail von der nächtlichen Reise des Propheten nach Jerusalem und seiner Himmelfahrt. Als es Abend wurde und alle Menschen heimgingen, als ihr keine Lust mehr hattet zu spielen, nachdem ihr den ganzen Tag gestritten und euch wieder versöhnt hattet, als es euch langweilig wurde, Ameisennester zu zerstören, ließt ihr eure Beine von der Mauer baumeln und versenktet euch in den Himmel, wo einzelne Sterne zu funkeln begannen. Sobald du anfingst zu erzählen, riss er die Augen weit auf, wendete seine Blicke von den Sternen ab und dir zu und fragte mit unverhülltem Erstaunen: »Sag bloß, Muhammed hat den siebenten Himmel angeflogen und Allah gesehen?«

Du erkanntest sofort, dass die Formulierung ›den siebenten Himmel angeflogen‹ eine Anspielung auf das Gedicht *Akıncılar** war, das ihr in der Schule auswendig gelernt hattet, doch du ließest dir nichts anmerken. Du konntest annehmen, dass Ismail genauso ergriffen wie du geweint hatte, wenn bei Schulfesten das Gedicht *Akıncılar* zum Ruhm der Vorfahren vorgetragen wurde. »Klar doch, so wie unsere Vorfahren an einem Sommertag die Donau überquert haben, so hat unser verehrungswürdiger Prophet von der Erde aus den siebenten Himmel angeflogen, dort Himmel und Hölle gesehen und mit Allah geredet.«

Zuerst sagte er: »Hör bloß auf, dich zu versündigen, sei still, sonst straft dich Gott!«, doch als du zögertest, strich er die Segel und sagte: »Los, erzähl weiter!« Du aber begannst wie zum Trotz ganz langsam, ausführlich, aber nicht ausmalend, noch einmal von vorn zu erzählen.

Eines Nachts, als Muhammed in Mekka aus irgendeinem Grund nicht in seinem eigenem Haus schlief, sondern in dem seiner Cousine, öffnete sich das Dach, und der Erzengel Gabriel schwebte herein. Dieses Mal war er nicht allein wie sonst immer, sondern in Begleitung eines seltsamen Wesens. Es glich einem Reittier, zwischen Esel und Muli, jedoch mit einem menschlichen Kopf. In seine Mähne waren Perlen geflochten, seine Ohren waren mit grünen Smaragden bedeckt. Seine Augen leuchteten wie Flammen, sein Schweif war bunt wie ein Pfauenrad, seine Hufe so zart wie Baumwolle. Wie Gabriel hatte es Flügel und einen freundlichen Blick. Sein Name war Burak. Als der Prophet es bestieg, bemerkte er nicht einmal, wie er den Tonkrug mit Wasser umstieß, der am Bett stand.

»Was hat dieser Wasserkrug jetzt hier zu suchen?«, fragte Ismail mit wie immer aufgeregter Stimme.

»Der Krug ist sehr wichtig.«

»Überhaupt nicht. Was soll das schon bedeuten, wenn der Krug umfällt?«

»Am Schluss wirst du schon verstehen, was das bedeutet.«

Und du erzähltest weiter. Burak lief mit Blitzgeschwindigkeit. Ach was, er lief nicht, er flog. Seine Füße reichten bei jedem Schritt bis zum Horizont. Zusammen mit Gabriel kamen sie nach Jerusalem, bei der al-Aksa-Moschee betrat der

Prophet den Erdboden und verrichtete das Gebet. Moses, Jesus und Abraham standen hinter ihm in der Gebetsreihe und beteten zusammen mit ihm. Das war jener Abraham, der versucht hatte, seinen Sohn Ismail zu schlachten. Hier unterbrachst du dich und fragtest mit ägäischer Aussprache Ismail, der dir hingebungsvoll zuhörte:

»Weißt du auch, wer der heilige Abraham ist?«

Und er gab seine Antwort aus Trotz mit balkanischem Akzent:

»Klar. Der ist irgendwie auch ein Prophet. Wie Moses und Jesus, wie unser verehrter Muhammed, so ist der auch ein Prophet.«

»Na, und, was hat der gemacht?«

»Was heißt, was hat der gemacht? Seinen lieben Sohn hat er geschlachtet. Nein, geschlachtet hat er ihn nicht. Als ein Schafbock vom Himmel runterkam, hat er den für die Suppe zerstückelt. Nun lass schon den Abraham jetzt, wie geht's weiter mit Muhammed?«

Du schwiegst eine Weile mit besserwisserischer Miene und schautest zu den Sternen. Es schien dir, als vermehrten sie sich am Himmel, während du sie anschautest, und blinzelten dir zu. Du fuhrst fort an der Stelle, wo du aufgehört hattest.

In Jerusalem stellte Muhammed sich auf einen Felsen, der Jakobsfelsen heißt, und flog zum Himmel hinauf. In Wirklichkeit hatte er keine Flügel, sondern Allah, der Herr über Himmel und Erde, zog ihn zu Sich. Der Prophet begann in Begleitung Gabriels zu fliegen, ohne Flügel anzulegen und ohne Burak zu besteigen.

Ismail hatte nichts dagegen gehabt, dass Muhammed in einem Augenblick von Mekka nach Jerusalem gelangt war. War nicht Vater Yolageldi jede Nacht auf seinem fliegenden Gebetsteppich zur Kaaba und zurück gelangt? Und waren ihm nicht für seinen Amtssitz sieben Flüsse und drei Meere verliehen worden, so wie der Prophet die Quelle Kevser bekommen hatte? Doch irgendwie erschien es Ismail unfassbar, sich in den siebten Himmel zu erheben. War Muhammed nicht vielleicht doch über eine Treppe hinaufgestiegen? Richtig, in der Tat war er durch den Himmel spaziert, indem er eine von oben herabgelassene, göttliche Treppe hinaufgestiegen war, deren Stufen jede mit einem anderen Edelstein geschmückt war. Doch weil es dir spannender und interessanter erschien, wenn der Prophet flog, erzähltest du es, als wäre es so gewesen. Ismail hörte scheinbar ungläubig zu, doch dann ließ er sich von der Geschichte mitreißen. Warum sollte Muhammed nicht fliegen, wenn selbst du in der Phantasie geflogen warst? Und was für ein Flug das gewesen war! Du hattest dich vom Gipfel des Berges Sipylos heruntergelassen. Im leeren Raum schwebend hattest du Manisa überflogen, dann hinweg über die Gediz-Ebene, und dann warst du den Störchen Richtung Mekka gefolgt. Die Störche, die ihr ›Väterchen *hacı*‹ nanntet, flogen im Winter immer über die Stadt hinweg in Richtung der arabischen Wüsten. Du schautest ihnen seufzend nach und wolltest wie sie, wie dein Großvater und so viele gläubige Muslime nach Mekka und Medina aufbrechen und *hacı* werden. Du wolltest *hacı* werden und damit rein von allen Sünden wie ein neugeborenes Kind. Als wenn du lange gelebt, viel gesehen und viele Sünden begangen hättest! War es nicht an sich eine Sünde, dass du Ismail nichts von der Treppe erzähltest? Du bildetest dir ein, das, was du erzähltest, hörte sich wie die Wahrheit an. Denn Ismail fragte nachdrücklich: »Und dann? Was geschah danach?«

Was danach geschah, war wirklich toll. Es war außergewöhnlich. Das moderne türkische Wort für außergewöhnlich, *olağanüstü*, war in jenen Jahren überhaupt noch nicht erfunden.* Beide verwendetet ihr die schwerfälligen osmanischen Ausdrücke *harik-ül-ade* (wunderbar) und *fevk-al-ade* (außerordentlich); obwohl ihr kein Arabisch konntet und eure mit Wörtern arabischen Ursprungs gespickte Sprache nicht richtig aussprechen konntet, nicht einmal die Verse des Koran. Doch Ismail hatte etwas dagegen, dass der Prophet sich ohne Flügel und ohne sein Reittier zum Himmel hinaufschwang, so etwas war unmöglich. Konnte er nicht alles nur geträumt haben? Nein, so war es natürlich nicht gewesen, sonst könnte das ja ein jeder träumen, und der Prophet wäre nichts Besonderes. Nein, Allah hatte Seinem geliebten Gesandten Seine Geheimnisse zeigen wollen, deswegen hatte Er ihn zum Himmel erhoben. Und ehe er im ersten Stockwerk des Himmels unseren Vorfahren und unserem ersten Propheten, nämlich dem hochgepriesenen Adam, begegnet war, um ihn zu begrüßen, hatte er sich in den Quellen des Nils und des Euphrat gewaschen, dann von der Quelle Kevser getrunken und seinen Weg fortgesetzt. Ismail unterbrach:

»Halt mal, nicht so schnell! Was hatte unser Stammvater Adam dort zu suchen?«

»Na was schon, er schaute nach rechts und lachte, er schaute nach links und weinte.«

»Warum?«

»Weil zu seiner Rechten die Auserwählten aufgereiht waren und zu seiner Linken die Verdammten, deshalb.«

»Schau einer an! Zu seiner Linken die Verdammten, was? ...«

Damals war der Streit zwischen Rechten und Linken* noch nicht an der Tagesordnung, doch der Kommunismus war der größte Feind. Weil die Familie von Ismail vor dem Kommunismus geflohen und nach Manisa gekommen war, konnten sie nicht auf der linken Seite sein, die Linken sollten doch nach Moskau gehen, das sagten alle. Leute wie Ismail waren dagegen reine Muslime, sie gehörten zu unseren Aussiedlerbrüdern, sie hatten Hab und Gut bei den Kommunisten gelassen und waren nur mit einem massigen Kaltblüterpferd und einem Bündel in ihr Vaterland gekommen. Das heißt, sie waren keine Verdammten, Gott sei Dank nicht, auch wenn Ismail nicht zum Freitagsgebet ging. Hatte denn unser Prophet nicht zu einem seiner Gefährten, der sich vor Lachen schier ausschütten wollte, gesagt: »Wenn ihr wüsstet, was ich weiß, würdet ihr wenig lachen und viel weinen«?

Sobald Muhammed den ersten Himmel betrat, wurde alles silbern, eine Wolke umhüllte ihn, und in einem Augenblick hatte er eine Entfernung überwunden, für die man sonst fünfhundert Jahre braucht. Um ihn herum waren hohe Sterne, groß wie Berge, und hinter jedem Stern ein Engel. Die Engel bewachten dieses Stockwerk, damit der Teufel und die Dschinnen nicht die Geheimnisse Allahs stahlen. Waren die Sterne nicht, wie es euer Lehrer erklärt hatte, in Wirklichkeit glühende und verglühende Sonnen, die sich in einer Entfernung von tausend, hunderttausend, ja Millionen Lichtjahren im leeren Raum um ihre eigene Achse drehten? Dann stimmte das wohl nicht. Dann waren also die Sterne, die dir zuzwinkerten, während du mit baumelnden Beinen auf der Mauer hocktest, Berge, die am Himmel aufgehängt waren, riesige Kerzen. Sie brannten am Himmel wie die Kerzen in der *türbe* von Vater Yolageldi, die beim Herunterbrennen schmolzen. Gottes Allmacht hatte sie wie hohe Berge erschaffen, ließ sie wie Kerzenflammen leuchten. Du weißt, niemals und mit niemand anderem warst du je so begeistert wie da, als du Ismail von den Werken Allahs, des Erhabenen, erzähltest, dessen Weisheit nicht hinterfragt wird. Du weißt das jetzt, nach all den Jahren, die, auch wenn sie keine Lichtjahre sind, doch mit Lichtgeschwindigkeit vergehen und dich mit jedem Moment dem Tode ein wenig näher bringen, während du deine Zeit auf deine Weise lebst und deine Arbeit auf deine Weise verrichtest. Während du diese Zeilen schreibst, mit all den Einzelheiten, die dir gerade einfallen.

Den zweiten Himmel, der eigentlich fünfhundert Jahre entfernt lag, erreichte Muhammed wieder in einem Augenblick. Als er ankam, wurde alles zu Eisen. Dieses Mal umgab den Propheten ein Heer von Engeln mit eisernen Lanzen. Sie waren so zahlreich wie die Ameisen auf Erden und die Vögel am Himmel. Ein Leben hätte nicht ausgereicht, sie zu zählen. Sie exerzierten, um am Jüngsten Tag den Islam zu verteidigen. Angeführt wurden sie von Johannes dem Täufer, hinter ihnen stand Jesus. Vielleicht waren die beiden auf Erden Vertreter des Friedens gewesen, doch hier hatten sie wie die Engel das Schwert umgegürtet. Hatte nicht Jesus, der Sohn der Maria, gesagt: »Wer das Schwert nimmt, der wird durchs Schwert umkommen«, ehe er gekreuzigt worden war? Sollte man nicht dem, der einem auf die Wange schlug, auch die andere hinhalten?

Nachdem Muhammed auch diese begrüßt hatte, setzte er seinen Weg fort, und als er in den dritten Himmel kam, wurde alles zu Kupfer. Auf dieser Ebene befanden sich die Propheten Salomon und David. Salomon, der auf Erden alle wilden Tiere beherrscht und die Sprache der Vögel und Ameisen verstanden hatte, schien sich hier zu langweilen. Als hätte er zu wenig zu tun. Er konnte ja auch über niemanden herrschen. Die Engel bekamen ihre Befehle von Allah, und durch Himmel und Erde hallten die Stimmen der Seligen, die all die Namen Allahs wiederholten.

Muhammed sah auch Paradies und Hölle. Er sah die Feuerkugeln, die geschwind wie die Kreisel, die ihr auf dem leeren Grundstück tanzen ließet, in den Mund der Sünder hineinfuhren und aus ihrem Hintern wieder herauskamen, er erblickte die alten Hexen, die ihre Gedärme verschluckten, und die kochenden Kessel, in die ehebrecherische Frauen und Männer geworfen wurden. Alles war voller Blut und Eiter. Die Höllenwächter warfen Männer und Frauen ins Feuer, indem sie sie an den Körperteilen packten, mit denen sie gesündigt hatten. Wohl vor allem die Frauen. Die Kleidung bestand aus Flammen, und die Speisen waren aus Aas. Und endlos war die Qual. Denn Allah hatte die Höllenwächter taub und stumm geschaffen, damit sie das Jammern und Flehen der Verworfenen nicht hörten.

Im Paradies dagegen waren die Wasser reiner als Schnee, die Flüsse klarer als Glas, das Essen war süßer als Honig, und es gab Huris, die sich in Perlenschlösschen auf Decken aus Vogelflaum nackt ausstreckten in Erwartung der geliebten Diener Allahs und der Märtyrer. Es gab natürlich auch Serails aus Gold und Rubin, Flüsse aus Milch und Honig, tiefe, endlos grüne Täler. Die Gläubigen ruhten im Schatten der *Tuba*-Bäume. Wer weiß, vielleicht würdest auch du nach deinem Tod mit ihnen zusammen dort liegen und ausruhen. Allah hatte seine Diener, die auf Erden um Seinetwillen gebetet und gefastet hatten, die den Armen gegeben und die Pilgerfahrt unternommen hatten, im Jenseits von diesen Anstrengungen befreit. Muhammed sprach an der Höllenpforte mit Malik und an der Paradiesespforte mit Rıdvan, doch Ismail war vor allem beeindruckt von der Begegnung mit Azrail.

»Wer ist das denn?«, hatte Muhammed Gabriel gefragt. Der Engel der Offenbarung war ihm zwar vertraut, doch wusste er nicht, dass der Todesengel dermaßen schrecklich, so schwarz, tiefschwarz war, dass sein einer Flügel die Erde, der andere den Himmel berührte und dass die Entfernung zwischen seinen beiden Augen das ganze Weltall umfasste. Gabriel sagte: »Das ist Azrail. Er ist es, der die Häuser eltern- los und die Welt lautlos werden lässt. Er ist es, der die Kinder zu Waisen macht.«

Als du für Ismail wiederholtest, was Gabriel über den Todesengel gesagt hatte, verkrampfte ein Schluchzen deine Kehle, und du konntest nur schwer die Tränen zurückhal- ten. Aber ein Junge weint nicht. Noch dazu weinte ein En- kel von *Hacı* Rahmi *Bey* auf keinen Fall in Gegenwart eines Aussiedlers. Mochte sogar das Gesicht des Frauenkopf- felsens am Abhang des Sipylos weinen, du weintest nicht, durftest nicht weinen. Du schlucktest und fuhrst mit deiner Erzählung fort.

Die vierte und fünfte Ebene in Perlenfarbe und Rotgold waren schnell erledigt, indem du sagtest, dass sich alles perlenfarben beziehungsweise rotgolden färbte, sobald Mu- hammed diese Ebenen betrat. Dann kamst du zur Begeg- nung mit Moses auf der sechsten Ebene. Diese Begegnung war wichtig. Denn während der Himmelfahrt ermahnte Moses Muhammed, die Pflichtgebete der Muslime von täg- lich fünfzig auf fünf zu reduzieren.* Zwar verhandelte der Prophet Muhammed persönlich mit Allah, doch es war Moses, der ihm sagte, es sei für die Gemeinde unmöglich, fünfzigmal am Tag zu beten. Du betetest jede Woche das Freitagsgebet und im Ramadan das *teravi*-Gebet, während Ismail nicht mal das tat. Ja, du warst ein Sünder, doch Ismail war ein noch schlimmerer Sünder als du. Vielleicht interes- sierte er sich deswegen für Allah und wollte wie der Prophet vor Allahs Angesicht treten, um seine Sünden erlassen zu bekommen, um mit Ihm zu sprechen. Er wusste halt nicht, dass kein einziges Lebewesen, und sei er auch Prophet, Ihn je hatte sehen können, nicht einmal der heilige Moses. Denn als Allah sich am Berg Sinai Moses offenbart hatte, war dieser ohnmächtig hingefallen. Im Gegensatz zu deinem war das religiöse Wissen Ismails gleich null. Zweifellos hörte er deinen Erzählungen aus diesem Grunde zu, auch wenn die Geschichten von Muhammed ein wenig anders waren als die Tarzangeschichten.

Und was passierte nach der siebenten Ebene, als der Prophet bis an die Grenze *Sidretü'l-Münteha** kam und sogar Gabriel zurückließ? Fürchtete er sich nicht, als Gabriel ihm sagte, seine Flügel würden Feuer fangen und brennen, wenn er noch ein wenig höher flöge? Hat er tatsächlich Allah sehen und mit Ihm sprechen können? Auf diese Fragen musste es natürlich eine Antwort geben. Sonst würde Ismail dich nie mehr ernst nehmen, er würde deinen Erzählungen nie mehr begierig lauschen, dir überhaupt nicht mehr zuhören.

Als sie an die Grenze kamen, sagte Gabriel, es sei verboten weiterzugehen, Muhammed jedoch setzte seinen Weg fort und begegnete Allah in Seiner Herrlichkeit, konnte Seinen Geheimnissen nahekommen. Als dann alle Schleier zwischen ihnen gefallen waren bis auf zwei, das tiefste Dunkel und das absolute Licht, war er erst einmal erschüttert, und als danach auch noch diese beiden Schleier fielen, konnte er Allah sehen, wenn auch nur mit den Augen des Herzens, denn seine Augen waren geblendet. Er spürte aber eine kalte Hand tief in seinem Herzen. War dies die Kälte des Todes oder die Angst, jenseits von Ort und Zeit seine Existenz zu verlieren und zu einem Nichts zu werden? Nun gut, wie war Allah, wie sah Er aus? An dieser Stelle schwiegst du und begannst zu zittern. Und zusammen mit dir zitterten die Sterne am Himmel und erloschen alle einzeln. Auch die Kerze im Mausoleum von Vater Yolageldi war schon längst erloschen. Ismail wiederholte dieselbe Frage mit Nachdruck: »Also hat er Allah gesehen, ja? Na und, wie war Er denn so?«

»Das weiß ich halt nicht«, sagtest du kurz. »Das weiß

niemand. Weder mein Großvater noch der *imam* noch meine Lehrer.«

»Gut, aber Muhammed? Weiß er es auch nicht?«

»Er weiß es, aber er kann es nicht sagen.«

Ihr schwiegt. Dir kam es so vor, als ob alles um euch herum ebenfalls schwiege. Der Berg und die Stadt, die Gassen und die Straßen, sogar die Störche, deren Geklapper man hören konnte, wenn sie in der Höhe dahinflogen, der Schrein in der *türbe* und die erloschene Kerze, der zerbröckelnde Erker und die dunklen Fensterhöhlen des ›Feenschlösschens‹, dann auch der Feigenbaum, die Mauer und die Sterne, ja alles schwieg. Niemand und nichts, nicht mal die ganze Welt konnte auf diese Frage eine Antwort finden. Nach einer Weile fragte Ismail:

»Und was war mit dem Wasserkrug?«

»Als Muhammed nach Mekka zurückkehrte und sich ins Bett legte, da sah er, dass das Wasser immer noch am Ausrinnen war. Er nahm den Krug und trank das restliche Wasser in vollen Zügen.«

Hatice

Hatice, die Tochter des Huveylid, war eine der stärksten
Frauen der Kureysch. Selbstverständlich gab es auch andere
berühmte Frauen, zum Beispiel Behiye, die für ihre Hartnäckigkeit bekannte jüngste Tochter von Avs bin Harita, die
wie in den Märchen als die Jüngste auch die Schönste und
Klügste war, die den Frieden zwischen zwei verfeindeten
Stämmen zur Bedingung für ihre Hochzeit gemacht und
gesagt hatte, sie würde sich ihrem Mann in der Hochzeitsnacht verweigern, wenn die Bedingung nicht erfüllt würde.
Oder die ihrer erotischen Ausstrahlung wegen viel geprie-
sene Hind, die Hasserfüllte. Ihr versteht vielleicht, warum
ich sie so bezeichne. Doch für diejenigen, die den Grund
nicht wissen oder die ihn wissen, aber nicht überzeugt sind,
wiederhole ich es noch einmal. Hind, die Gattin von Ebu
Süfyan, einer der führenden Persönlichkeiten Mekkas, war
dermaßen von Hass erfüllt gegen Hamza, den Onkel des
Propheten, der ihre Brüder getötet hatte, dass sie, als er in
der Schlacht von Uhud gefallen war, von ihrem Kamel stieg,
über das blutige Schlachtfeld ging, um Hamzas Leichnam
zu suchen, ihm mit dem Dolch den Bauch aufschlitzte und
seine Leber aß.

Die Kraft von Hatice beruhte weder auf ihrer Attraktivität noch auf ihrem Hass. Man konnte sie nicht als besonders schön bezeichnen. Zudem war sie Witwe, hatte Kinder
von ihren beiden verstorbenen Ehemännern und konzen-
trierte sich allein auf ihr Haus und ihre Geschäfte. Sie war
Geschäftsfrau, offenbar sehr wortgewandt, geschickt und

tüchtig. Sie war reich und verfügte über Besitz und Karawanen. Die eigentliche Quelle ihrer Kraft lag wohl darin, dass sie eine Frau war, die etwas von ihrer Arbeit verstand, die erreichte, was sie sich vorgenommen hatte. Die Mekkaner nannten sie *tacire*, die Kauffrau, und auch *tahire*, die Saubere. Wenn wir dieses alles als Gewinn für Hatice verbuchen, können wir umso besser verstehen, warum sie Muhammed, den Neffen von Ebu Talib, anstellte, warum sie den bescheidenen jungen Mann erwählte, der mit den Karawanen seines Onkels nach Damaskus ging, wobei er nicht so sehr Handel trieb, vielmehr belud er die Kamele und entlud sie und gab den Tieren Futter. Sagen wir es halt direkt, wir können verstehen, warum sie sich in ihn verguckte.

Vielleicht hätte Hatice genauso wie Hind gerne einen Mann gehabt, der über viele Leute bestimmte und etwas zu sagen hatte. Oder so wie Behiye mit einem der Nomadenfürsten in der Wüste in einer mondlosen Nacht zum dritten Mal Hochzeit gehalten. Sich im Zelt an ihren Ehemann geschmiegt, wenn draußen der Wind in den Palmzweigen rauschte und im Lager die letzten Feuer erloschen, ihn zärtlich, warm, mit unendlichem Vertrauen umarmt. Doch Hatice liebte einen mittellosen Mann, ihm verfiel sie, ihn wollte sie haben, und – ich muss hier einen Ausdruck verwenden, selbst wenn er unpassend erscheint – sie schnappte sich einen jungen Mann, der fünfzehn Jahre jünger war als sie. Nicht Muhammed ließ, wie es damals Sitte war, durch die Häupter seiner Familie um sie anhalten, sondern sie erbat Muhammed von seiner Familie mit Hilfe einer Vertrauensperson. Dennoch wurde alles getan, was die Sitte verlangte. Die Hochzeit dauerte nicht vierzig Tage und Nächte, nein. Ich kann auch noch nicht sagen: »Und so lebten sie glücklich bis an ihr Ende.« Denn noch haben sie nicht geheiratet. Die reiche Geschäftsfrau Hatice machte Muhammed nicht sofort einen Heiratsantrag, sie wollte ihn erst auf die Probe stellen. Und wie? Das war so:

Muhammed, der von klein auf mit den Karawanen von Ebu Talib nach Damaskus gegangen war, sollte dieses Mal die gleiche Reise für Hatice unternehmen. Die mit Waren beladenen Kamele wurden nicht bloß von den Bewaffneten der Kureysch und dem Venusstern begleitet, Hatice hatte auch ihre Leute mitgeschickt. Und ihre Sklavin Meysere. Meysere stammte aus Äthiopien, sie war die Tochter einer reichen Familie gewesen, ehe man sie auf dem Markt von Ukâz verkauft hatte. Sie war hochgewachsen, gut erzogen und sehr attraktiv. Die ganze Reise über versuchte sie, die Aufmerksamkeit Muhammeds zu erregen, doch nachts, wenn die Karawane rastete und die Kamele niedersanken, hatte der junge Mann nur Augen für die Sterne am Himmel. Er wirkte abwesend, nachdenklich. Dass er sich vor der Bosheit der Dschinnen fürchtete, die ans Lagerfeuer kamen, konnte man nicht behaupten. Sowieso war er vor der Abreise nicht wie ein jeder zur Kaaba gegangen, um die Töchter Allahs zu besuchen, auch hatte er die Steinstücke zu Hause nicht gestreichelt, um von ihnen eine gute Reise zu erbitten. Er hatte sich damit begnügt, sieben Mal um das Haus Allahs zu laufen. Muhammed war sehr anders als die Männer in seiner Umgebung. So wie er sich nicht von den Dschinnen in Versuchung führen ließ, die im Schatten der Flammen tanzten und die Männer verführten, so schlief er auch nicht mit der äthiopischen Sklavin. Zudem war er einer, auf dessen Wort man sich verlassen konnte, er war schüchtern und hübsch. Ja, hübsch. Die Miniaturen, die ihn mit verhülltem Gesicht zeigen, wurden erst viel später gemalt; dabei kennen wir alte Quellen, die sowohl den Charakter als auch die körperlichen Besonderheiten des Propheten bis in die kleinsten Einzelheiten beschreiben.

Wir können uns ausmalen, dass Muhammed während der Karawanenreise nach Damaskus auf einer Kamelstute ritt und einen grünen oder weißen Turban trug. Seine großen schwarzen Augen wurden wie die jedes Menschen durch die Sonne geblendet. Doch Muhammed wurde von einer Wolke begleitet, die nicht über allen stand, denn Allah beschützte Seinen geliebten Diener und künftigen Gesandten vor der Sonne, selbst wenn das Prophetentum noch nicht über ihn gekommen war. Wenn Muhammeds Kamel stehen blieb, blieb auch die Wolke stehen, wenn es sich bewegte, dann bewegte sich auch die Wolke. Und Muhammed lächelte stets mit seinen schönen, weißen Zähnen. So als wäre der Koranvers »Wir haben in der Tat den Menschen in vollendeter Gestalt erschaffen«[*] in Bezug auf ihn herabgekommen. Seine Stirn war breit und hoch, und der Turban ließ sie noch größer wirken. Seine gebogenen Augenbrauen reichten bis zur Nasenwurzel, und zwischen den Brauen war eine Ader, die anschwoll, wenn er zornig war, und abschwoll und verschwand, wenn er sich beruhigte. Seine Nase war lang und leicht gebogen, der Mund groß, die Lippen waren voll. Natürlich hatte er wie alle vornehmen Männer der Kureysch schwarze Augenbrauen und Augen, aber seine Haut war weiß, sehr weiß. In Wirklichkeit war Joseph noch weißer als er gewesen, doch er war wohl schöner als Joseph, noch anziehender. Und der schützende Schatten der Wolke fiel ja auf seine feine Haut. Im Schatten befanden sich auch seine breite, aber haarlose Brust und seine schmalen, aber kräftigen Beine. Seine Haare waren weder ganz glatt noch allzu lockig, doch sie waren ziemlich lang, reichten ihm bis zu den Schultern. Sein kupferfarbener Bart war ebenfalls ziemlich lang und kräftig. Er roch gut. Jeden Morgen rieb er Moschus und Ambra in Bart und Haar, und wenn der bei Sonnenuntergang aufkommende Wind hineinwehte, verbreitete sich ein würziger Duft um ihn. Er war wie eine Insel im Sandmeer, eine Duftquelle. Er verströmte nicht nur Zuversicht, sondern auch einen betörenden Duft.

War Hatice, die Tochter des Huveylid, wohl von diesem Duft beeindruckt oder von der Entschlossenheit in seinen Augen? Oder vielleicht auch von den roten Äderchen im Weiß seiner Augen? Natürlich war sie auch beeindruckt von seiner Aufrichtigkeit, Zuverlässigkeit, Treue. Ich glaube, Hatice hat an Muhammed vor allem das Außergewöhnliche geliebt, das Geheimnisvolle, sein Kindsein, besser gesagt sein Waisesein. Muhammed war zuerst unter dem Schutz seines Großvaters, dann seines Onkels aufgewachsen, doch die Zärtlichkeit einer Mutter musste er entbehren, und seinen Vater hat er nie gekannt. Als er ein Säugling war, brachte ihn seine Amme erschrocken zu seinem Großvater zurück und behauptete, in der Gegenwart des Kindes ereigneten sich merkwürdige Dinge. Als er älter wurde, sich entwickelte und groß wurde, als er hinter den Herden herlief und sich getraute, die Kamele mit dem schaumigen Maul und die rotbraunen Fettschwanzschafe zu lenken und zu weiden, wurde er noch einsamer und begann, in den Wadis um Mekka, den staubigen Straßen, den ausgetrockneten Flussbetten, zwischen den steilen Felsen herumzustreifen. Nun suchte er die Einsamkeit, ihm war bewusst, dass er Waise war und sein Stamm ihn ausgrenzte. Und mehr als die meisten Propheten vor ihm war er Hirte, er war völlig allein, lebte mit seiner Herde und den Bergen und Steinen untrennbar verbunden, als wäre er mit ihnen verwandt. Ich kann mir gut vorstellen, dass er dieses Gefühl der tiefsten, quälendsten Einsamkeit auf intensive Weise erlebte, insbesondere weil ja im Stammesleben verwandtschaftliche Beziehungen als die höchsten gesellschaftlichen Werte galten. Und mir fallen die wunderbaren Verse der Sure *Duhâ** ein, die mit den Worten beginnt: »Beim morgendlichen Glanz, und bei der Nacht, wenn sie am stillsten ist! Dein Herr hat dich keineswegs verlassen, und Er zürnt dir nicht. (…) Hat Er dich nicht als Waise gefunden und dir Obdach gewährt? Hat Er dich nicht verirrt gefunden und rechtgeleitet? Hat Er dich nicht bedürftig gefunden und reich gemacht? Deswegen schätze nur ja die Waise nicht gering!«

Diese Worte hätte in gewisser Hinsicht auch Hatice sagen können, denn bis zu ihrem Tod verließ sie ihn nicht, sie hüllte ihn mit mütterlicher Zärtlichkeit ein, sie war immer an seiner Seite, ihm nahe. Noch vor seinem Herrn drückte Hatice Muhammed an die Brust, und sie glaubte an Allah, das heißt, sie war die Erste, die ihrem Mann glaubte, dass es nur einen Gott gebe. Doch noch waren sie ja nicht verheiratet. Wir begleiten Muhammed auf seinem Weg nach Damaskus. Noch befinden wir uns nicht im Haus der Hatice in Mekka.

Als die Karawane sich Busra näherte, sah ein Nestorianer-Mönch von seiner Höhle am Abhang eines Berges die Wolke über der Kamelstute schweben. Die Karawane aus Mekka kam einmal im Jahr, man konnte sie schon von weitem beobachten, wenn sie wie eine sich windende schwarze Schlange aus der Wüste herankroch. Sobald sie näher kam, mischten sich die Rufe der Bewacher mit dem Klingeln der Glöckchen, und die stolzen, müden Kamele wurden schneller vor Freude, dass die Wüste hinter ihnen lag. Doch über keinem sonst stand solch eine niedrige, kühlen Schatten spendende einzelne Wolke. Der Mönch witterte etwas Außergewöhnliches, er lief aufgeregt herunter und traf in der Ebene auf die Karawane, die sich unter einem riesigen Baum gelagert hatte. Der Baum gehörte zu einer Sorte, die in der Gegend selten vorkommt. Sein Stamm war am Zerfallen, er war krumm und schief, ziemlich alt. Seine Wurzeln lagen zum Teil bloß. Er hatte fast keine Äste mehr und auch keine Blätter. Die Wolke, die zusammen mit dem hübschen jungen Mann ankam, der vom Kamel stieg, blieb genau über dem Baum stehen. Es wurde kühl unter dem Baum, der keinen Schatten gab. Der Mönch war weit weg von der Kühle, während der junge Mann sich mitten in ihr befand. Sie begannen miteinander zu sprechen. Vielmehr stellte der Mönch dem jungen Mann einige Fragen, und danach bat er ihn, sein Hemd auszuziehen. Die Sklavin Meysere beobachtete das Geschehen von weitem. Als Muhammed der Bitte des Mönchs entsprach und sein Hemd abstreifte, war zwischen seinen beiden Schultern ein rötliches Mal zu sehen, das Prophetensiegel. Davon war kein Mensch erschüttert, nur der Mönch. Er stand dem letzten Propheten gegenüber, von dem die Bücher sprachen, die er seit vielen Jahren las, und dessen Ankunft bei den Arabern die jüdischen Wahrsager vorhergesagt hatten, nur hatte dies noch niemand bemerkt. Als Meysere nach der Rückkehr Hatice von dem Vorfall berichtete, leuchteten die Augen der Tochter Huveylids auf, und in diesem Augenblick beschloss sie, Muhammed zu heiraten.

Der Vater Hatices war im Ficar-Krieg gefallen. Wer war nicht alles in jenem blutigen und sinnlosen Krieg gestorben! Zwei miteinander verwandte Stämme waren wegen einer Blutrache übereinander hergefallen, hatten ihre Rüstungen angezogen, vergiftete Pfeile abgeschossen, die Schwerter gezückt und unzählige junge Burschen hingemäht. Es kam auch vor, dass Einzelne unter ihren zusammenbrechenden Kamelen starben. Herzen wurden von Lanzen durchbohrt, Schädel abgeschlagen, Köpfe rollten wie Bälle, Arme, Beine flogen durch die Luft … Das Blut floss wie Wasser. Das Blut sprudelte reichlicher als Wasser, das in der Gegend rar war und sich nur tief unten in den Brunnen sammelte. Ja, man kann sagen, das Blut floss in Strömen. Jahre später, als die Muslime mit den Götzenanbetern kämpften, sollte das Blut ebenfalls in Strömen fließen, und beim Klirren der Schwerter sollten die Schädel rollen. Die Gefallenen des Ficar-Krieges kamen nicht ins Paradies, denn man hatte ihnen noch nicht vom Paradies oder von der Hölle gepredigt, und sie glaubten nicht daran, dass ihr zerstückelter und zu Erde gewordener Körper wieder lebendig werden würde für ein Leben nach dem Tod. Doch es wurden Totenklagen für sie gesungen, Kinder und Frauen beweinten die Gefallenen. Hatice gehörte nicht zu denen, die ihre Kleidung zerrissen, die sich schlugen, auf die Erde warfen und am Boden strampelten. Hatice reagierte auf den Tod ihres Vaters schon damals mit gemessener Trauer, mit einer bei den Kureysch seltenen Gefasstheit. So war auch sie zur Waise geworden, wie ihr zukünftiger Ehemann Muhammed, und hatte im Jungmädchenalter den Verlust des ihr nächsten Menschen erlitten. Deswegen schätzte sie die Waise keineswegs gering, fühlte vielmehr den heftigen Wunsch, sich ihrer anzunehmen, sie an sich zu drücken und zu beschützen, sie liebevoll zu streicheln, in ihren Armen zu wiegen.

Sobald Hatice beschlossen hatte, Muhammed zu heiraten, teilte sie diesen Wunsch Ebu Talib mit, selbst wenn das gegen die guten Sitten war, aber die Hochzeit musste im Rahmen der Regeln erfolgen. So erbat schließlich Ebu Talib, der Onkel Muhammeds, Hatice, deren Vater ja nicht mehr lebte, von ihrem Onkel, doch Onkel Amr bin Esed war nicht einverstanden. Esed fand, seine begüterte Nichte passte nicht zu dem armen und noch dazu verwaisten Jüngling. Daraufhin veranstaltete Hatice in ihrem Haus ein Fest, denn sie war eine erfahrene, reife Frau, die zwei Ehen hinter sich hatte. Zu diesem Fest wurden die Häupter der Familie eingeladen, nahe Verwandte und Freunde. Unter den Freunden befand sich ein Dichter. Eigentlich war er ein seltsamer Kerl, und was er sagte, war kaum verständlich. Offenbar ließ ihn sein Dschinn absonderliche Worte sagen. Er reihte merkwürdige Wörter aneinander, die im Dialekt des Hedschas nicht vorkamen, als wollte er von etwas Zukünftigem künden. Er war nicht nur Dichter, sondern auch Wahrsager. Mit der Zeit wurde seine Rede verständlicher. Er pries Muhammed und sagte, dessen Herz sei reiner und strahlender als das aller Mekkaner, ja als das aller Araber, die in Persien und Ostrom geringgeschätzt wurden. Deswegen habe er künftig eine wichtige Aufgabe zu erfüllen. Dies sei eine schwere, gefährliche Last, die nicht einmal die Berge tragen könnten, doch er könne sich ihr nicht entziehen. Danach würden sich die Geschicke der Kureysch vollkommen ändern. Nicht nur das Schicksal der Kureysch würde sich wandeln, sondern das aller Araber und anderer Stämme, wenn einst dem reinen Herzen des künftigen Bräutigams eine Eingebung des Himmels, ein ›Wort‹ offenbart würde.

An jenem Tag nahm niemand die Aussage des Dichters ernst. Da er nicht sagte, was man üblicherweise sagte, weil er die Tapferkeit und den Edelmut der Kureysch nicht rühmte, weil er nicht von den Schlüsseln der Kaaba, den Pilgern und dem Brunnen Zemzem faselte, weil er die Töchter Allahs nicht anflehte, wurde er von den Onkeln zum Schweigen gebracht. Danach ergriff Onkel Ebu Talib das Wort und erklärte, Muhammed sei zwar arm, aber edel, der Reichtum vergehe wie ein Schatten, der Adel jedoch sei etwas Bleibendes. Und er zählte die Verdienste seines Neffen einzeln auf, ehe er für ihn um Hatices Hand anhielt. Inzwischen war der andere Onkel unter der Wirkung des Dattelweins, den ein anderer Neffe freigebig ausschenkte, in sich zusammengesunken. An seiner Stelle ergriff Hatices

Cousin Varaka bin Nevfel das Wort. Er sprach kurz und aufs Wesentliche konzentriert, denn er hatte die heiligen Bücher durchgelesen, wollte aber wohl seine tiefe Kenntnis nicht mit der Umgebung teilen. Er sagte: »Muhammed ist wie ein edles Kamel. Man braucht ihm nicht mit dem Stock auf die Nase zu hauen, um ihn zum Niederknien zu bewegen.« Als daraufhin Ebu Talib verkündete, er würde der zukünftigen Braut zwanzig Kamele schenken, gerieten alle in Feierstimmung. Auf ein Zeichen von Hatice kamen Tänzerinnen herein und begannen um den Tisch herum zum Rasseln der Tamburine zu tanzen. Zugleich machten sich die Gäste über die trockenen Datteln und die Bonbons her, die in die Luft geworfen wurden. Onkel Amr bin Esed wachte von dem Krach auf und fragte seine Nichte, was los sei. Natürlich sagte Hatice nicht: »Durch Allahs Erlaubnis und in Absprache mit dem Propheten* bin ich die Frau Muhammeds geworden«, doch sie sagte, sie sei in den Ehestand getreten. Der Onkel wusste vor Zorn zuerst nicht, was er tun sollte, doch er ließ sich nicht anmerken, dass er die ohne seine Zustimmung erfolgte Eheschließung nicht guthieß. Denn die Sache war gelaufen. So blieb er an seinem Platz sitzen und duselte unter der Wirkung des Dattelweins, den sein Neffe ihm reichte, wieder ein, und dieses Mal erwachte er erst am anderen Morgen.

Muhammed und Hatice aber lebten glücklich. Kein Schatten fiel auf ihr Glück, außer dass ihr Sohn Kasım im Säuglingsalter starb. Sie bekamen vier Töchter, Zeynep, Rukiye, Ümmü Gülsüm und Fatıma. Keines der Mädchen begruben sie bei lebendigem Leib. Nicht weil sie reich waren, sondern weil sie ihre Töchter mindestens genauso lieb hatten wie die Söhne. Und fünfzehn Jahre lang, bis die Offenbarung auf Muhammed herabkam, schickten sie Karawanen auf die Reise und trieben Handel. Eigentlich wissen wir nicht genau, was sie machten, doch wir wissen, die Grundlagen dieses glücklichen Heims waren nicht nur Zärtlichkeit und Treue, sondern auch Anstrengung.

Die Offenbarung

Vor Tagesanbruch pflegte er aus dem Haus zu gehen, in seinem Proviantbeutel ausreichend Wasser, einige Datteln und ein Stück trockenes Brot, wenn es zu Hause übrig war. Dabei waren sie wohlhabend, ihre Karawanen zogen von Mekka nach Damaskus und manchmal auch nach Süden, in das glückliche Arabien. Sie trugen Stoffe, Gewürze, Salz und Geschmeide. Salz war noch wertvoller als Geschmeide für den, der seine Arbeit verstand, der die Karawanen zusammenstellte und den Weg bewältigte. Für den, der sich an Brunnen ausruhte und sich den Todesgefahren der Wüste aussetzte. Auch er liebte den Weg, er wanderte gern. Doch er durchquerte nun nicht mehr wie in seiner Jugend die Wüste. Er überließ sich dem Nachdenken, war einem unerreichbaren Geheimnis auf der Spur. Dass er nur wenig Nahrung mitnahm, bedeutete nicht, dass er die Gaben der Welt nicht zu schätzen wusste. Doch wenn der Mensch hungrig war, wenn er mit seinem ganzem Selbst frei war, konnte er sich umso leichter von der irdischen Welt lösen, dann empfand er sich dem höchsten Wesen, das in der Ferne, für niemanden sichtbar, jenseits des siebenten Himmels wohnte, umso näher. War der Magen leer, dann füllte das Weltall den Menschen aus, verstärkte sich das Bewusstsein, mit Bergen, Steinen, Sternen eins zu sein, und dieses Einssein öffnete den Geist, ließ die Wahrnehmungskraft reifen.

Sie waren reich, aber nicht so egoistisch wie die anderen Reichen in Mekka. Sie waren auch im Herzen reich. Einmal, in jenem schlimmen Jahr der Missernte, als die Menschen zugrunde gingen und die Kleinkinder verhungerten, kam Halime, die Amme Muhammeds, an seine Tür und bat um Hilfe. Die Frau hatte ihn zwar mit ihrer Milch genährt, aber aus Angst vor den beiden weißgekleideten Männern, die eines Nachts nach dem Kind gefragt hatten, hatte sie es seinem Großvater zurückgegeben. Nun wurde sie nicht mit leeren Händen weggeschickt, sondern mit vierzig Schafen und einem Reitkamel beschenkt. Was ich sagen will ist, sogar in den schlimmsten Zeiten fehlte ihrem Haus nicht der Segen Allahs. Und außer dem Segen Allahs? Auch Seine Töchter Lat, Uzza und Manat sorgten sich um sie, selbst wenn sie diesen Götzenbildern aus Stein und Holz nicht allzu viel Beachtung schenkten. Eines Tages hatte der junge Ehemann für Uzza sogar das ihm liebste, wie ein Augapfel gehütete Milchschaf aus seiner Herde geschlachtet. Das war schon sehr lange her, im ersten Jahr ihrer Ehe. Nun, in seinem vierzigsten Lebensjahr, kümmerte er sich nicht mehr um die stummen, blinden, tauben Götzenbilder, war vielmehr einem anderen Geheimnis auf der Spur. Er hoffte, eines Tages würden die Berge, Himmel und all die unsichtbaren Schleier zwischen ihm und jenem unerreichbaren Geheimnis verschwinden. Ja, damals hatten Hatice und Muhammed Herden, nicht nur die Karawane, sondern sie besaßen viele Schafe und Kamele. Sie waren freigebig und wohltätig.

Noch vor Tagesanbruch machte er sich auf zu einer anderen Welt, deren Existenz er seit langem tief in seinem Herzen spürte, an der er schon lange nicht mehr zweifelte, auch wenn er sie nicht benennen konnte, doch diese Welt begann nicht etwa dort, wo die Realität aufhörte, o nein. Für den, der sehen und erkennen konnte, vor allem für diejenigen, die gleich ihm auf das Dröhnen der Felsen im Gebirge, die Stimme des Windes, den Atem der Geschöpfe zu lauschen verstanden, war sie jederzeit bereit, ihre Geheimnisse zu offenbaren, wenn einer nur zu fragen, zu forschen und nachzudenken wusste. Doch außer ein paar Dichtern und Wahrsagern befragte kein Mensch die Welt, hörte niemand auf die Natur. Die Gier nach Gewinn verhüllte ihre Augen. Sie strebten nach Genuss, Rausch, Lust. Und sie liebten Allahs Töchter mehr als ihre eigenen Töchter, sie liebten sie nicht nur, sie beteten sie an.

Wie harmonisch war doch die Ordnung der Natur. Alles geschah in der richtigen Reihenfolge, Geburten und Todesfälle lösten sich ab, Tag und Nacht, Licht und Finsternis. Die Sonne war heiß, der Mond leuchtete. In der Nacht war der Himmel voller Sterne, am Tag voller Wolken. Während die Sterne an ihrem Platz blieben, wurden die Wolken vom Wind vertrieben. Manchmal kam es auch vor, dass einer der Sterne fiel, doch dort oben waren so viele wie auf Erden Sandkörner. Sie standen fest und waren weit entfernte, hell leuchtende Feuer, die die Dschinnen vertrieben. Die Wasser senkten sich wie Baumwurzeln in die Erde, und jenseits von Damaskus floss der Euphrat zum Meer. Die Berge waren auf der Erde festgefügt, sie erhoben sich nicht, um irgendwohin zu wandern, sie erreichten das Meer nie. Doch Vögel flogen in der Luft umher. So wie die Störche, die mit ihren langen Schnäbeln, ihren breiten Flügeln, ihren dünnen Beinen im Winter kamen, sich auf der Kaaba niedersetzten und im Sommer in die Ferne zogen. Wenn Wolken entstanden und sich zusammenballten, sich auftürmten und schwarz wurden, dann blitzte es, und darauf folgte der Regen. Die Blitze glichen silberverzierten Dolchen, und der Regen war eine Wohltat, der die Erde bewässerte und Mensch und Tier das tägliche Brot schenkte. Die Erde war breit und eben. Sie erstreckte sich endlos, stellenweise mit Bergen und Hügeln, mit glühend heißen Felsen, Salamandern. Auch die Wüste erstreckte sich, so weit das Auge reichte. Mit Belebtem und

Unbelebtem, mit Gewelltem und Bewegtem, mit Schlangen, Hundertfüßern und tausenderlei Käfern. Mit Kamelen. Sie bewegten sich so schnell wie die Schiffe auf dem Meer, wenn der Wind die Segel blähte. Tatsächlich hatte Muhammed in seinem Leben keine Schiffe gesehen, doch von ihrer Existenz gehört. An manchen Stellen war die Erde uneben, zwischen Tälern und Bergen, in tiefen Schluchten war sie holprig, faltig. Es gab Pflanzen, Tiere und Menschen auf ihr. Unter den Menschen gab es gute und böse, die bösen überwogen. Manche beteten das Feuer an, manche einen aus Holz gehauenen Phallus mit riesigem Kopf. Es gab auch Leute, die wie die Kureysch Götzen anbeteten, und Christen und Juden. Sie wiesen Gemeinsamkeiten und Unterschiede auf, es gab tausenderlei Unterschiede wie bei den Vögeln, den Bäumen und den Wassern. Nun gut, wer hatte dies alles geschaffen? Hatte die Welt einen Herrn? Oder war alles durch Zufall, von selbst entstanden, hatten die Berge auf der Erde und die Sterne am Himmel sich selbst fixiert? Wer hatte die Erde vom Himmel getrennt, die Nacht vom Tag, die Frau vom Mann? Wer war der Herr der Morgenröte, wer herrschte über das Dunkel der Nacht? Um Antwort auf alle diese Fragen zu finden, machte er sich vor Tagesanbruch auf den Weg. Vielleicht war die Antwort auf diese Fragen in der Höhle jenes Berghanges versteckt, wohin er sich tagelang zurückzog und in Gedanken versank, vielleicht lag sie in ihm, in der tiefsten Tiefe seines Herzens.

Er erinnerte sich, wenn auch nur dunkel. Wenn er auch manchmal zweifelte, ob es sie wirklich gegeben hatte. Er erinnerte sich, wie zwei weißgekleidete Männer, vielmehr Geistergestalten, Schatten, eines Nachts, als er bei seiner Amme war, zu ihm gekommen waren, seine Brust geöffnet und sein Herz mit Schneewasser gewaschen hatten. Danach hatten sie es wieder an seinen Platz zurückgetan. Hatten sie ihn von einer Last befreit, die er nicht tragen konnte, oder sein Herz von einem Blutgerinnsel gereinigt? Aber woher hatten sie das Schneewasser? Hatten sie es von den Bergen des Jemen mitgebracht oder von noch weiter her, aus einem anderen schneebedeckten Land? Vielleicht war so etwas auch gar nicht passiert, doch in jener Nacht hatte er sich an die zwei Engel schmiegen wollen, er hatte den unbezwinglichen, unerträglichen Wunsch verspürt. Er war ganz klein gewesen, noch nicht mal ein bartloser Junge, sondern ein Milchbubi. Liebte er deswegen so sehr die Kamelmilch, verzichtete er deswegen auf alles andere, Dattelwein und Honig, ja sogar auf Wasser? Konnte er einfach deshalb nicht auf Kamelmilch verzichten, weil sie still und weiß schäumte wie jene weißen Männer, die in der Dunkelheit der Nacht geräuschlos hereingeschwebt waren und sich an ihn geschmiegt hatten?

Noch vor Tagesanbruch verließ er Mekka mit seinen Steinhäusern und Kamelen, seinen engen, staubigen Gassen und der Kaaba. Im Halbdunkel glich die Kaaba mit ihren von schwarzem Stoff verhüllten Wänden und den schweigenden Götzen im Inneren einem Nachtmahr. Nicht nur die Götzen schwiegen, auch die Steine und Bäume schwiegen, und auch die Brunnen. Zur Zeit der Morgenröte, ehe die Sonne aufging und alles anfing zu verbrennen und auszudörren, wehte ein leichter Wind, der die Palmenblätter bewegte. Manchmal bewegten sich die Palmenwedel auch ohne Wind, von den Spitzen ihrer scharfen Blätter kam ein Rauschen. Nur Muhammed hörte das Rauschen, er bemerkte auch, wie die Steine glühten und brannten, um zu reden, doch das war ihnen noch nicht erlaubt. Noch nicht. Alles, was sprechen würde, wenn die Zeit gekommen war, schwieg noch. Und nur ihm allein war das Schweigen bewusst. Derweilen schwoll in Muhammed ein Dröhnen an und breitete sich in seinem ganzen Körper aus. Es war, als dröhnte in ihm die Natur, als kämen von weit her, von sehr weit her Glockentöne. Vielleicht waren es keine Glocken, die in seinem Kopf manchmal wie bong! bong! und manchmal wie bim! bim! tönten, sondern das Echo der Glöckchen der Kamele. Doch er setzte seinen Weg fort, ohne sich umzudrehen, ohne nach der Quelle der Töne in seinem Kopf zu forschen. Er ging und ging. Er war sowieso berühmt für seinen Gang. Da sein Rumpf im Verhältnis zu seinen Beinen ungewöhnlich lang war, ging er hüpfend, wie jemand, der einen Abhang herunterrennt. Während er wanderte, wurde es hell. Als der Tag sich von der Finsternis abhob und die Palmwedel wie Vogelflügel rauschten, machte er sich auf den Weg ins Gebirge. Er hatte Mekka jetzt hinter sich gelassen, doch vor ihm ragten einzelne Bäume auf.

Diese Bäume stammten noch aus der Zeit seines Vorfahren Kusay, sie gaben weder Früchte noch Schatten, denn sie hatten fast keine Zweige und Blätter mehr. Doch ihre Stämme waren sehr kräftig und die Höhlen im Stamm dunkel. Als die Kureysch von den umliegenden Hügeln gekommen waren, um die Stadt mit der Kaaba und dem Brunnen Zemzem zu erobern, hatten sie ihre Zelte neben diesen Bäumen aufgestellt, die sie für heilig hielten, weshalb sie keinen von ihnen gefällt hatten. Mit der Zeit zerfielen die Filzzelte, und zwischen den Schilfmatten, die in den Zelten auf der Erde ausgebreitet waren, wuchsen Baumschösslinge. Daraufhin befahl Kusay, Häuser aus Stein zu bauen, und er selbst fällte die Bäume. Doch nicht alle. Die Bäume, denen Muhammed auf seinem Weg ins Gebirge begegnete, waren verschont geblieben. Darum waren sie so alt und geheimnisumwoben. Muhammed sah in ihnen sein eigenes Schicksal.

Der Weg war staubig. An einigen Stellen hatte der Staub eine schwärzliche Farbe, seine Sandalen sanken bis zu den

Fußknöcheln ein, trotzdem blieb keine Spur. Der Boden schien mit den Sandalen auch die Sonne einzusaugen. Muhammed kam es vor, als seien ihm sowohl die Bäume mit ihren dunklen Höhlen als auch der majestätisch vor ihm aufragende Berg Hira mit seinen Felsen und Abhängen von den Vorvätern vererbt worden. Ebenso wie die Höhle auf der Rückseite des Bergs. Und die gelbliche Erde in der Höhle und die Spinnen, die an den Wänden ihre Netze webten.

Als er mit dem Anstieg begann, hatte die Sonne den Höchststand am Himmel erreicht. Während er hinaufkletterte, rauchten die ringsum verstreuten Felsen, die, erschreckend wie Raubtiere, sich in der Hitze gleichsam ausdehnten und größer wurden. Große und kleine Felsbrocken lagen auf der Lauer wie Greifvögel, die sich jederzeit auf ihre Beute stürzen konnten. Und auf das geringste Zeichen hin waren sie bereit, herunterzurollen. Doch am Horizont war kein Zeichen zu sehen, und der Berg gab keinen Laut von sich. Um die Höhle zu erreichen, musste man auf der anderen Seite wieder ein wenig den Hang hinunterklettern. Drunten breitete sich die Wüste aus, so weit das Auge reichte, bis zum Horizont. Die Wüste, die mit ihren weißen Sanddünen und ihrer Weite ein Gefühl von Unendlichkeit erzeugte, die er in seiner Jugend von einem Ende zum anderen durchquert hatte, die ihm bekannt, vertraut war und dennoch geheimnisvoll. Die Wüste, die ihre Geheimnisse nicht verriet, die sich niemals ganz erschloss, die immer ihr eigenes, unvergleichliches Wesen bewahrte.

Dieses Gefühl beherrschte Muhammed inzwischen vollständig, es schien, als sei er ganz davon erfüllt. Er hatte zuerst Varaka von dieser Besessenheit erzählt, dem Cousin seiner Frau, der blind geworden war vom Lesen in den alten Büchern mit den krummen, schiefen Buchstaben. Wahrscheinlich hatte er ihm auch als Erstem von den Stimmen erzählt, die aus einer jenseitigen Welt kamen, vom Rauschen der Palmwedel, wenn kein Wind wehte. Varaka hatte gespürt, dass mit Muhammed etwas los war, doch hatte er nicht das wahre Ausmaß des Sturms erfasst, der sich in der Welt des Mannes seiner Cousine zusammenbraute. Eines Nachts hatten sie beim Schein der Öllampe bis zum Morgen geredet, er hatte Muhammed davon erzählt, wie Gott in der Jungfrau Maria durch das Wehen des Heiligen Geistes hatte Jesus entstehen lassen. Er hatte von Moses am Berg Sinai erzählt und natürlich vom Stammvater Abraham, von Noah und den anderen Propheten. Die Kureysch fürchteten den Zorn des Herrn nicht, sie beide aber sehr wohl. Sie fürchteten, auch über Mekka könnte die Sintflut hereinbrechen oder das, was dem Volk des Lot geschehen war. Außerdem konnten Sonne und Mond sich verfinstern und erlöschen, der Himmel sich granatapfelrot färben und die Sterne wie reife Feigen auf die Erde herunterplatschen. Irgendwann später hatte Varaka mit fast unhörbarer Stimme die Worte genuschelt, in Wahrheit habe der Herr weder mit den Menschen noch mit irgendeinem von den früheren Propheten gesprochen, es sei aber unbedingt ein Mittler nötig, um die vom Weg abgekommenen Stämme zur Vernunft zu bringen, und dieser Mittler sei der höchste der Engel, Gabriel. Und Muhammed hatte benommen und schweigend zugehört. Gott war ein Einziger, was auch immer dies bedeutete, Er war mächtig, man musste Seinen Zorn fürchten und sich in Seine Barmherzigkeit flüchten, und weil Er nicht direkt zu den Menschen sprach, schickte Er ihnen Mittler, wählte Sich Gesandte aus, um sie auf den rechten Weg zu führen. Das bedeutete, kein Mensch konnte zu Lebzeiten den Herrn sehen, keiner konnte sich Seine Eigenschaften ausmalen. Doch Er war der Allwissende, der Allhörende und Sehende. Als Moses Ihn auf dem Berg Sinai hatte sehen wollen, war er durch die Macht Seiner Herrlichkeit und Größe ohnmächtig zu Boden gefallen. Als Varaka das erzählte, als er an Muhammed weitergab, was er aus alten, heiligen Büchern erfahren hatte, versank jener im Licht der Öllampe in Träume; er vernachlässigte seine Töchter und sogar seine geliebte Frau Hatice, brach auf den staubigen Weg zum Berg Hıra auf und versteckte sich in der Höhle. Und dort, in einem Traum zwischen Schlaf und Wachen, wartete er in einem zeitlosen Schwebezustand. Er wusste, dass dieses unbegreifliche Etwas, das er seit Jahren gesucht hatte, das er in sich wie einen zweiten Menschen hatte wachsen lassen, das seit einer Weile in seinem Kopf dröhnte und seinen Geist zerfraß, dort war. Und er wusste, es war mehr als ein Gedanke, ein Traum, der mit einem Gefühl von Unendlichkeit daherkam, sondern etwas, das tatsächlich existierte. Obwohl es sein Gesicht noch nicht gezeigt, weder Zeichen noch Ton von sich gegeben, sich nicht offenbart hatte, würde es in Kürze erscheinen.

***

Endlich war der erwartete Augenblick da, die Zeit war erfüllt. Und Gabriel, der Bote des Herrn, zeigte sich Muhammed in der Gestalt eines erhabenen Engels. Mit seinen riesigen Flügeln reichte er weit in den Himmel hinauf. Er bedeckte den gesamten Horizont, seine Füße berührten die Erde nicht. Ob er Füße oder gar Flügel hatte, war nicht einmal richtig zu erkennen. Es war gegen Morgen, der Tag begann gerade erst. Vom Licht waren die Augen Muhammeds geblendet, doch es war sicher, dass er Gabriel sah. Inzwischen war der Engel in die Höhle gekommen, er befand sich in einer Entfernung von zwei Bogenlängen, sogar noch etwas näher.* Wieder stand er aufrecht und war furchterregend. Er packte Muhammed und schrie ihn an: »*Ikra*!« »Lies!« Muhammed erbebte, als hätte ihn ein Berg umarmt, er fühlte sich schier erdrückt von dessen Wucht. Es war nicht die Schwere Gabriels, denn der Engel stand durchsichtig und leicht da, und die Schwere des Berges war es auch nicht, denn er befand sich ja auf dem Gipfel des Berges, vielmehr stürzte er durch die Schwere des Wortes zu Boden. Er sagte, er könne nicht lesen. Gabriel packte ihn erneut und schüttelte ihn, und indem er ihn wieder und wieder schüttelte, wiederholte er dieses Mal: »Lies, im Namen deines Herrn, der erschaffen hat! Er hat den Menschen erschaffen aus geronnenem Blut. Lies! Und dein Herr ist der Allgütige. Er hat gelehrt durch die Schreibfeder. Er hat den Menschen gelehrt, was er nicht wusste!«* Diese Worte gruben sich alle einzeln in das Herz Muhammeds ein, in jenes reine Herz, das so hell schimmerte wie die Oberfläche des Mondes. Also gab es einen geschriebenen Text, der gelesen werden musste, das hatte er nicht gewusst. Dem Engel, der die Worte einzeln aussprach, als wollte er sie Muhammed beibringen, sagte er, er könne nicht lesen, er sei Analphabet, was man von einem Kureysch nicht anders erwarten konnte, denn der Stamm besaß kein heiliges Buch. Er zitterte. Nein, nicht aus Furcht. Sondern wegen der Schwere des göttlichen Wortes, das er jetzt in seinem Herzen fühlte. Er zitterte wegen der Offenbarung. Die Offenbarung hatte ihn zu Boden geworfen, sie bürdete ihm eine Pflicht auf, die er vielleicht nicht tragen konnte. Wie ein Kamel kniete er auf dem Boden nieder.

Er erinnerte sich nicht, wie er aus der Höhle herausgekommen war, den Gipfel erklommen hatte und auf der anderen Seite hinuntergestiegen, heruntergerollt war gleich jenen Steinen, die auf ein Zeichen warteten, wie er auf dem Weg, den er gekommen, nach Hause zurückgekehrt war. Er erinnerte sich nur an Hatices Nähe. Wie sie den Zitternden einhüllte und ihm beruhigende Worte sagte. Er erinnerte sich nicht genau, was seine Frau ihm ins Ohr flüsterte, doch

er erinnerte sich sehr wohl, wie sich von ihr her eine Entspannung in seinem Körper ausbreitete, wie er durch das
Gefühl der Sicherheit, das er nur in ihren Armen verspür-
te, durch die Wärme des Loslassens in einen tiefen Schlaf
versank. Als er erwachte, war er nicht mehr der Ehemann
von Hatice, der Tochter des Huveylid, nicht mehr Vater des
Kasım, er war auch nicht mehr bloß Muhammed Mustafa.
Er war der Gesandte Allahs.

Er war der Gesandte Allahs, aber eine lange Zeit, genau
drei Jahre lang, sandte ihm sein Herr weder einen Ton noch
eine Botschaft. Muhammed vergaß alles sonst und wartete
nur auf ein Zeichen aus der unsichtbaren Welt. Vergebens
wanderte er im Gebirge umher, tagelang wartete er in der
Höhle Hıra fastend auf Gabriel. Doch niemand kam, und
keine Stimme ertönte. War das nicht auch in seiner Kindheit so gewesen? Zuerst hatte er das Fehlen des Vaters gespürt. Es war kein bestimmtes Gefühl gewesen, es schmerzte
nicht einmal, es beunruhigte ihn nur. Später, viel später, als
er Vollwaise und seinem Großvater übergeben worden war,
als er nicht nur das Fehlen der Eltern, sondern einer Familie
fühlte, als er merkte, dass er weder Schwester noch Bruder
hatte, sollte er die Realität erfassen. Damals fühlte er eine
ständige Leere und Verlassenheit, bis er Hatice heiratete und
ein Heim gründete. Doch war es denn so, dass viel früher,
als seine Mutter noch am Leben war, diese ihm genügend
Zärtlichkeit erwiesen hatte? Hatte sie ihm, dem Kind, das
aufwuchs, ohne seinen Vater zu kennen – das nicht einmal
ein verblasstes Bild, vielleicht eine Phantasie wie einen Geruch bewahrt hatte –, etwa über die Haare gestrichen, damit er das Fehlen seines Vaters nicht spürte? Wenn sie es
getan hätte, hätte es sich dann wohl mit so einem Hunger,
mit so einer außerordentlichen Heftigkeit auf die Brust der
Amme Halime gestürzt? Ja, vielleicht musste man das Kind

wegbringen aus der drückenden Luft von Mekka, vielleicht sollte es bei Saad bin Bekrs Leuten sein und bei ihnen die ersten Erfahrungen des Lebens machen, sein erstes Wort im schönsten, reinsten Dialekt des Hedschas sagen, seinen ersten Bissen schmecken, das erste Erschauern des Körpers beim Erfahren von Liebe und Zärtlichkeit spüren. Ja, in der Wüste fühlte sich der Körper freier, er konnte sich nach Wunsch bewegen und den Raum erobern. Dort war das Leben viel ruhiger, viel einfacher. Es gab auch keinen Zeitbegriff, denn die Spur von gestern wurde heute gelöscht, und das Morgen trug keine Spur von heute. Auch die Tage verliefen aufgereiht hintereinander, ohne einen Bodensatz zurückzulassen. Alles war im Hier und Jetzt, und wenn der Körper wuchs, sich entwickelte und ausbildete, fühlte er die Last der Jahre nicht. Doch die Trennung von der Mutter dauerte lange; sie hätte wohl noch länger gedauert, wären nicht jene zwei weißgekleideten Männer, vielleicht zwei Engel, in Aktion getreten, die sein Herz öffneten und das Blutgerinnsel mit Schneewasser herauswuschen. Das Kind wäre womöglich jahrelang bei seiner Amme geblieben, es wäre nicht ohne Geschwister, nicht bei der eigenen Mutter aufgewachsen, sondern beim Stamm von Saad bin Bekr im Filzzelt mit Lämmern und Milchgeschwistern.

Nach jenem Vorfall brachten sie das Kind Hals über Kopf nach Mekka und übergaben es seiner Mutter. Natürlich war es für Muhammed schwer, sich von den Kindern der Halime zu trennen, mit denen er gespielt und die er für seine Geschwister gehalten hatte. Dunkel erinnerte er sich, wie er in den Armen seiner Amme auf einem hinfälligen Esel saß. Er hatte sich eng an die Frau gedrängt, deren Mann Haris auf einer Kamelstute vorausritt. Als Muhammed sich an seine Amme schmiegte, fühlte sich der Esel leichter, er beschleunigte, fiel in Trab und schien zu fliegen. Dabei wollte

Muhammed gar nicht von ihnen fort, nicht nach Mekka zu seiner Mutter zurück. Ja, er hatte eine Mutter, sie war kein Schatten, nicht nur Phantasie wie sein Vater, den es tatsächlich nicht gab und auch niemals geben würde. Doch wie fern war sie, wie vage, als existierte sie gar nicht. Vielleicht spürte er ihre Abwesenheit zuinnerst, im Innersten seines Herzens, doch in der Wüste hatte er sich nicht nach ihr gesehnt. Er konnte ja nicht wissen, dass er bald darauf auch seine Mutter verlieren würde und niemand ihren Platz würde einnehmen können, weder sein Großvater noch sein Onkel. Wenn er das gewusst hätte, wäre er seiner Mutter nicht so böse gewesen, er hätte sicher der jungen, schönen Frau nicht so zürnen können, weil sie ihn verlassen hatte. Er wäre ihr nicht vom Rockzipfel gewichen, wäre ihr immer nahe gewesen wie eine blaue Perle gegen den bösen Blick, wie ein jemenitisches Amulett, das die Wahrsagerin Kindern anheftete. Er erinnerte sich auch an seine Reise mit der Mutter nach Yesrib, an ihr glückliches Beisammensein. Wie er seine Mutter zum ersten und letzten Mal umarmt und ihre Wärme, ihren Duft gespürt hatte. In der Oase zwischen den Palmen hatte er einen Drachen steigen lassen. Zuerst hatte er seine Verwandten, dann das Wasser in einem Wasserbecken kennengelernt. Sein Leben lang würde er das Wasser lieben, das den Körper reinigte, kühlte und erfrischte; nicht nur bei der Waschung vor dem Gebet, auch vor seinem Tod würde er Wasser aus vollen Schläuchen über sich ausgießen. Nachdem sie das Grab seines Vaters besucht hatten, kehrten sie nach Mekka zurück, doch auf dem Weg erkrankte seine Mutter. Zusammen mit ihrer Sklavin mussten sie in Ebva Rast machen und die Beduinen um Hilfe bitten. Die arme Frau brannte im Fieber, phantasierte sinnlose Worte. Sie zitterte unter ihrem Überwurf, und Blut kam aus ihrem Mund. Muhammed, der seine Mutter als Kleinkind nie gesehen hatte, würde sie von nun an immer in diesem Zustand im Gedächtnis behalten. Er würde sie sich vorstellen als schöne Frau, doch geschmolzen wie eine Kerze, der Glanz ihrer großen, schwarzen Augen erloschen, wie sie auf dem Totenbett sinnlose Wörter lallte.

Erst als er Hatice heiratete, konnte er sich von dieser schrecklichen Vorstellung befreien. Doch auch sie, die ihn zärtlich wie eine Mutter liebte, ihn beschützte, die Mutter seiner Kinder war, wurde älter, war fast schon alt. Während seine eigene Mutter, die schöne Frau, die er im Todeskampf gesehen hatte – in seiner Vorstellung so weit fort, allein und schmerzlich –, immer in dem Alter blieb, in dem sie gestorben war. Ungefähr im gleichen Alter wie seine eigenen Töchter, die mit den Söhnen von Abu Leheb verheiratet waren. Muhammed hatte seine Mutter nach ihrem Tod vergessen und sich damit getröstet, dass erst sein Großvater und dann sein Onkel sich um ihn kümmerten. Aber nun, vielleicht weil seine Töchter in das Alter kamen, wo sie Mütter wurden, fing er an, sich nach seiner Mutter zu sehnen. Er sehnte sich nicht nur nach seiner Mutter, sondern auch nach der ersten und letzten Reise, die er mit ihr unternommen hatte, es war, als rutschte der Boden unter seinen Füßen. Er sehnte sich danach, seiner Mutter nahe zu sein, wieder unter ihre Röcke zu kriechen, sich an ihrem Duft zu berauschen wie in den Tagen von Yesrib. Er fühlte, wie er sich langsam immer mehr von seiner eigenen Familie entfernte. Er begann sich von der gesamten Familie zu entfernen, Hatice eingeschlossen, um die er sich einst sehr gekümmert hatte. Kasım war nach einem kurzen Leben gestorben, es fiel nicht leicht, um einen Sohn zu trauern, auch kam er in Verruf, *ebter*, also ›ohne männliche Nachkommen‹ zu sein, und auch diese Beleidigung war nicht leicht zu ertragen. Zwei seiner Töchter waren verheiratet, Hatice war in einem Alter, in dem sie ihm keinen Sohn mehr gebären konnte. Dabei war sie immer noch eine reiche Frau, die ihm vertraute und ihn liebte. Sie liebte nicht nur den hübschen, jungen Mann, der einst für sie gearbeitet hatte, sondern auch ihren Ehemann, der sie allein ließ, um auf den Berg Hıra zu steigen und die meiste Zeit dort zu verbringen. Doch hatte er denn bei den mächtigen Kureysch, in Mekka, wo der Boden und die Steine heilig waren, den erhofften, den verdienten Platz erringen können? Zwar fürchtete er, Hatice zu verlieren, aber noch mehr fürchtete er, schutzlos zu werden und ungeliebt. Er sehnte sich zwar nach der Einsamkeit, vielleicht auch nach einem neuen Abenteuer, doch er wollte nicht wieder in diese Leere fallen wie in seiner Kindheit, wollte diesen Albtraum nicht noch einmal erleben. Die Einsamkeit hatte seinen Charakter verändert, und außerdem hatte sich die Tür jenes großen Geheimnisses geöffnet, von dem er so lange geträumt hatte, das er in seiner Phantasie genährt und aufgezogen hatte. Das ermöglichte es ihm, sich unter den starken Schutz einer anderen Macht zu begeben, die den fehlenden Vater der Vergangenheit mehr als ersetzte. Er selbst hatte nicht gewählt, vielleicht hatte er diese Lage überhaupt nicht gewollt, vielmehr war er erwählt worden. Ja, er war erwählt worden, doch nach jener Begegnung in der Höhle, nach jener großen Erschütterung war bis jetzt niemand gekommen, war nichts zu hören gewesen.

Eines Tages, als er, fast wahnsinnig, sich aus Protest gegen diese Verlassenheit, diese schreckliche Einsamkeit, dieses unerträgliche Schweigen in einen Abgrund stürzen wollte, kam eine neue Offenbarung. Dieses Mal stieg Gabriel nicht von Gottes Thron herab, er erschien nicht in Gestalt eines Engels. Muhammed hörte nur seine Stimme, er hatte die Stimme nicht vergessen, die »Lies!« gesagt hatte. Die Stimme sagte: »Dein Herr hat dich nicht vergessen, und Er zürnt dir nicht.« Und: »Verkünde den Menschen die Wohltaten deines Herrn!«*

Von nun an würde er mit den Worten leben, die sich in sein Herz einprägten, mit ihnen würde er existieren. Er würde den Menschen das Wort Allahs verkünden, den Koran, der Vers für Vers herabkam.

Der Versregen

»He, du Eingehüllter! Stehe auf und warne!«*

Hatice hatte ihn fest eingewickelt in einen Umhang, wie ihn die Beduinen in der Wüste tragen, sie glaubte an das, was er in der Höhle Hıra gesehen hatte, sie teilte seine Angst, seine Bedrückung, seine Besorgnis. Sie nahm Anteil an seiner Ekstase und an seinem Zweifel. Nur sie allein verstand, liebte und beschützte Muhammed. Noch hatte er nicht den Schutz von Ebu Talib nötig. Noch hatte er nicht damit begonnen, die Menschen in seiner Umgebung zu ermahnen und sie von der Einzigkeit des Höchsten, Allahs, zu überzeugen. Er hatte die Kureysch noch nicht auf den rechten Weg gerufen, sich noch nicht zum Propheten erklärt. Noch bestimmte die Botschaft Allahs nicht seine gesamte Existenz, noch waren die Verse nicht herabgekommen, die, obwohl so klar wie der lichte Tag, doch mit jeder Silbe eine große Erschütterung auslösten und nicht nur geistig, sondern auch körperlich anstrengend waren. Womöglich war das Ganze doch ein Werk der Dschinnen? Vielleicht wurde Muhammed von einem Dschinn belästigt, der ihn zu seinem Sklaven machte. Vielleicht war er ja auch wahnsinnig geworden. Ein Verrückter, der allein herumstreifte, seine eigenen Wege über Stock und Stein, Berg und Tal einschlug und sich irgendwie nicht von den Abgründen fernhalten konnte. Mekka war wegen der Kaaba wahrscheinlich sicher, doch sonst trieben die Dschinnen überall ihr Wesen, sie schnitten einem den Weg ab wie Räuber, sie holten sich, wen sie wollten, machten ihn zu ihrem Gefangenen, ihrem Sklaven. Da sie unabhängig von Raum und Zeit existierten, konnten sie überall und jederzeit auftreten. Es kam vor, dass sie auf einem Kamel oder auf einem Vogel Strauß ritten. Da sie meistens schnell laufende, springende Tiere zu ihren Reittieren machten, wurden sie auch auf Hasen und Eidechsen gesehen, wenn sie die Menschen täuschten. Die Botschaften, die sie vom Himmel brachten, waren sämtlich Lüge.

Zwar gab es unter den Dschinnen welche, die auf dem rechten Weg waren, die an Allah glaubten und Mekka besuchten, die sich nicht rächten, wenn jemand eine Schlange tötete oder einen Skorpion ins lodernde Feuer warf. Zum Glück gab es auch gute Dschinnen, und vielleicht waren sie es, die Muhammed heimsuchten und ihm die Verse Allahs ins Ohr flüsterten. Sie hatten in alten Zeiten sogar gegen die Kureysch gekämpft, sich aber dann mit ihnen zu Verhandlungen niedergesetzt und geeinigt. Jetzt machten sie es umgekehrt wie bei den Wahrsagern, sie flüsterten Gutes und Böses ins rechte Ohr, das linke Ohr des Propheten war ihrem Wort verschlossen. So wie sein Herz, dem die Botschaft Allahs Vers für Vers offenbart wurde.

Er wusste ja nicht, dass manche Dschinnen in Kürze den rechten Weg finden und, vom Koran begeistert, ihm, im Kreis versammelt, in Demut lauschen würden, wenn er Allahs Botschaft rezitierte, sich von ihm würden belehren lassen.

Als Muhammed eines Nachts wieder voller Unruhe war, weil er spürte, dass das, was er in der Höhle Hıra gesehen hatte, dieses Mal über die Schwelle des Hauses getreten und bis an sein Bett gekommen war, zog Hatice ihr Kopftuch ab und ließ ihre immer noch vollen, immer noch schönen Haare über ihre Schultern fallen. Daraufhin verschwand die Erscheinung, die ihr Mann sah, sofort. Das bedeutete, es war ein Engel, der sie in ihrem Haus besucht hatte, kein böser Geist. Sonst hätte er sich nicht verschämt davongemacht, er wäre nicht einer Frau gewichen. Ein böser Geist hätte Muhammed nicht in Ruhe gelassen. Er hätte den Gesandten Allahs in den unendlich langen drei Jahren nicht alleine gelassen. Er hätte ihn ständig heimgesucht, hätte sich wie eine Zecke an ihm festgesaugt und an seinem Inneren genagt. Also war es ein guter Geist, aber noch war es nicht so weit. Die Zeit war noch nicht gekommen, um sein Wissen kundzutun, das Gehörte weiterzusagen, das Geschaute zu erzählen. Drei Jahre mussten vergehen. Dann …

Dann kam eine zweite Offenbarung. Gabriel befahl dem in seinen Umhang Gehüllten aufzustehen, den Ungläubigen das Jüngste Gericht anzudrohen, ihnen die Botschaft von Paradies und Hölle zu verkünden, sie zu warnen vor einem schlimmen Ende, wenn sie wegen ihrer Taten – Neid und Geiz, Habgier und Götzenverehrung – zur Rechenschaft gezogen würden. Sie sollten den Herrn verehren und sich vor keinem anderen niederwerfen außer Ihm. Und der Engel sagte: »Halte deine Kleidung sauber. Meide das Abscheuliche. Bewahre um deines Herrn willen die Geduld.«*

Danach begannen die Verse hintereinander vom Himmel herabzukommen, und Muhammed behielt stets Geduld. Sie verspotteten ihn, kritisierten ihn, unterzogen ihn Verhören. Sie wollten ihn sogar töten. Doch er wich nicht von seinem Weg ab. Vor dem Übel der Nacht, vor allem Bösen, vor den Zauberinnen, die auf Knoten pusteten, nahm er seine Zuflucht zum Herrn der Welten, dem Herrn über Tag und Nacht, über Sonne und Mond und über die Engel des Himmels.* Die Verse waren sehr ergreifend, sie klangen gut im Ohr, insbesondere aber waren sie mahnend. Im Dialekt des Hedschas schnell dahinfließend füllten sie sein Herz, und noch ehe sie ausgesprochen waren, vernahm er sie ganz tief innen, im Tiefsten seiner Existenz. Einige waren lang, einige kurz. Es gab sogar solche, die nur aus einem Satz, einem Wort, ja sogar nur aus einer Silbe bestanden. Sie hatten ein Versmaß und waren gereimt, manchmal aber auch nicht. Was bedeuteten die Buchstaben an ihrem Anfang? Wer weiß, das war vielleicht das Geheimnis Gottes allein.

Natürlich konnte man Lehren ziehen aus dem Regen, dem einschlagenden Blitz, den Wolken, die der Wind verwehte, aus Festland und Meer, aus der Fahrt der Schiffe, die ihre Segel auf offener See ausbreiteten, aus der Erschaffung von Mann und Frau und der Vernichtung früherer Volksstämme, die wegen ihrer Gottlosigkeit vernichtet wurden. Allah, Der über alles mächtig war, Der alles wusste und hörte, Der den Menschen aus einem Blutgerinnsel geschaffen hatte, war auch in der Lage, ihn wieder lebendig zu machen, seine Knochen zusammenzusammeln und bis zu den Fingerspitzen neu zu erschaffen, ihn mit dem Paradies zu belohnen oder aber in das lodernde Feuer von *al-hutama** zu werfen. War nicht Er es, Der auf den rechten Weg leitete, wen Er wollte, und wen Er nicht wollte, zur Gottlosigkeit und zum Polytheismus? Ließ die Erde nicht etwa nur auf Seinen Befehl hin die Pflanzen grünen, die Saat sprießen, blieben Berge und Felsen nicht auf Seinen Befehl hin an ihrem Platz? Machte nicht Er die Dattelpalmen so mächtig und hoch? Und was war mit den Sternen, dem Mond, der Sonne und den Planeten? Zogen sie nicht auf Seinen Befehl hin ihre Bahnen? Ebenso wie die Pferdestuten, von deren Hufeisen Funken sprühten, und die Kamele mit den schlanken Beinen und den langen Hälsen? Also musste man Ihn allein anbeten. Die größte Verirrung bestand darin, Allah etwas beizugesellen. Diejenigen, die Seinen Zorn nicht fürchteten und sich nicht in Seine Barmherzigkeit flüchteten, waren für die Hölle bestimmt. Insbesondere aber diejenigen, die den

Gesandten Allahs einen Verrückten nannten, einen Dichter, einen Zauberer, die behaupteten, er wiederhole ständig die altbekannten Geschichten von fremden Völkern, diejenigen, die ihn *ebter*, ohne Nachkommen, nannten, ihn beschimpften, ihm den Weg abschnitten und sein Haus beschmutzten. Am meisten kränkte Muhammed das Wort *ebter*. Nicht allein, weil es ihn an den Schmerz erinnerte, seinen einzigen Sohn noch im Säuglingsalter verloren zu haben, auch nicht, weil es bei den Arabern das schlimmste Schimpfwort war. Sondern weil es die Töchter für nichts achtete, ihnen nicht einmal den Wert einer Ameise zugestand. Dabei war er doch seinen Töchtern eng verbunden, liebte er sie doch sehr. Am meisten die wunderschöne Rukiye. Er litt sehr, als sie sich von ihrem Mann scheiden musste, doch Allah gab ihr einen besseren, Osman. Jedenfalls erteilte die Offenbarung jenen Unwürdigen die gebührende Antwort. Allah wollte die Wunde Seines geliebten Gesandten ein wenig lindern und verfügte: »Wer zu dir *ebter* sagt, ist in Wirklichkeit selbst ein *ebter*!«*

Allah, der nicht nur in Muhammeds Innenleben so viel Platz einnahm, sondern auch in seinem Alltag, beobachtete Seinen Gesandten täglich, Er unterstützte ihn und scheute Sich nicht, mit den Götzenanbetern zu streiten, die sich gegen ihn wandten, wohl wissend, dass sie eigentlich Ihn meinten mit ihrer Gegnerschaft. Natürlich tat Er das nicht unmittelbar, sondern durch den Mund von Gabriel oder Muhammed. Der konnte sie als »wilde Esel« beschimpfen, als »durstige Kamele«, als »hechelnde Hunde mit heraushängender Zunge« und sogar als »niederträchtige Despoten«. In Wirklichkeit war Allah »frei von negativen Eigenschaften«, doch wenn es nötig war, schwor Er, wenn es sein musste, drohte Er und versuchte im Wettstreit die Oberhand zu behalten. Er sagte, Er würde den Anführer der Ungläubigen,

Ebu Cehl, bei seiner sündigen Stirnlocke packen und in die Hölle werfen, und wenn dieser dann seine Spießgesellen riefe, würde Er die Höllenwächter rufen.* Er forderte diejenigen heraus, die nicht nur Seinen Gesandten, sondern Ihn selbst beleidigten, beziehungsweise sagte in Bezug auf Abdullah, den Sohn des Ubey, den Er zum Haupt der Unruhestifter erklärt hatte, als Muhammed nach Medina auswanderte: »Ich werde ihn einen steilen Abhang hinunterwerfen. Denn er sann und plante und –Tod ihm! – wie plante er! Noch einmal – Tod ihm! – wie plante er!«* Als wäre Er zu Seinen Dienern herabgestiegen. Oder aber Muhammed war Allah so nahe, er war so mit Ihm verschmolzen, so eins mit Ihm, er war so aufgesogen von Seiner Existenz, dass er seine Sorgen und Freuden, seine Rache und seinen Zorn Ihm zuschrieb. Dennoch, in den meisten der Verse war Allah unerreichbar. Er wusste in allem, was am besten, richtigsten und ersprießlichsten war. Er war es, der die Entscheidung traf, während Sein Gesandter für die Verwirklichung zuständig war.

Muhammed rief alle ihm Nahestehenden zum Islam auf, angefangen mit seinen Onkeln. Er ermahnte, schreckte, drohte, konnte sie aber nicht überzeugen. Denn, wie es so schön heißt, der Prophet gilt nichts in seinem Vaterland. Er war so verletzt, grämte sich so sehr, dass Allah selbst ihm in einem Vers befahl, sich nicht dermaßen zu grämen. So war es immer, wenn er sich mit den Kureysch stritt, zumal mit seinem Onkel Ebu Leheb, der ihn besonders herabsetzte, sich über ihn lustig machte und Ebu Talib bedrängte, ihm seinen Schutz zu entziehen, bis Allah einschritt und ihm nicht nur den Weg zeigte, sondern ihn auch tröstete. Auf diese Weise konnte er seine Aufgabe weiterführen. Er war geduldiger und standhafter als selbst die Felsblöcke auf den Bergen von Mekka. Doch die Mekkaner, statt auf das Wort

Muhammeds zu hören und den rechten Weg einzuschlagen, ließen einfach nicht ab von den steinernen Götzen. Wenn sie auf dem Weg vier Steine fanden, bauten sie aus dreien eine Feuerstelle und ließen einen Kessel kochen, den vierten beteten sie an. Es waren jene Steine, die nach den Worten Muhammeds nur auf ein Zeichen Allahs warteten, um herabzurollen und die Stadt zu zerstören. Wenn sie nur ein Zeichen bekamen, wenn Allah ihnen befahl, sich zu bewegen, wurde das Volk von Mekka vernichtet. Es konnte den Kureysch dasselbe passieren wie einst den Stämmen der Ad und der Semud, da hatte es mit einem Steinregen vom Himmel angefangen. In Wirklichkeit hatte ein tagelanger, kalter Sturm die Semud vernichtet, er hatte sie wie hohle Dattelpalmen aus der Erde gerissen und verweht. War es nicht auch der Zorn des Herrn gewesen, der dem Volk des Propheten Noah jene schreckliche Sintflut geschickt hatte? Alles war im Wasser ertrunken, nur die im Schiff hatten überlebt. Doch außer den Menschen waren auch Tiere in der Arche gewesen, von allen Arten ein Paar. Allah hatte nicht eines vergessen, Er hatte die Erde keines Geschöpfs beraubt, ob belebt oder unbelebt. Also, was konnte denn noch alles passieren? Wenn nun dieses Mal das Jüngste Gericht hereinbräche, würde das Leben auf Erden dann enden? Gewiss würde es enden, und die Tage des Jenseits würden beginnen.

»Wenn die Sonne zusammengerollt wird und die Sterne ihren Glanz verlieren. Wenn die Berge in Bewegung geraten und die im zehnten Monat trächtigen Kamelstuten vernachlässigt werden, wenn sich die wilden Tiere zusammenrotten, wenn die Meere anschwellen und die Menschen zu ihresgleichen gesellt werden. Wenn das lebendig begrabene Mädchen gefragt wird, um welcher Schuld willen es getötet wurde. Wenn die Schriftrollen geöffnet und ausgerollt werden. Wenn der Vorhang des Himmels weggezogen und das

Höllenfeuer entfacht wird ... Wenn der Himmel sich spaltet und die Sterne sich zerstreuen. Wenn die Meere über die Ufer treten und die Gräber aufgewühlt werden ...«*, dann kommt der Jüngste Tag, dann wird Bilanz gezogen und Rechenschaft verlangt. Ja, wenn der Erzengel Israfil die Trompete bläst und der Himmel wie Erz schmilzt. Eigentlich war der Himmel schon jetzt schlimmer als schmelzendes Erz, ebenso die Erde, und die von glühenden Felsen umgebene Stadt war nicht viel anders als die Hölle. War Muhammed denn nicht der Gesandte Allahs, Der über alles mächtig war? Dann sollte er doch zuerst einmal die Berge mit ihren Steinen wegschaffen, die auf Mekka herabzustürzen drohten. Danach sollte er einen der Flüsse herbringen, die sie auf dem Weg nach Damaskus gesehen hatten, und zu ihren Füßen hinbreiten, oder er sollte mit ihnen zusammen auf Flügeln zum Himmel aufsteigen. Es war normal, von einem Propheten ein Wunder zu erwarten. Konnte er vielleicht die Toten wieder lebendig machen wie Jesus? Es wäre nicht schlecht, wenn er beispielsweise den Vorfahr Kusay zum Leben erweckte, der die Stadt Mekka gegründet hatte! Oder konnte Muhammed vielleicht wie Moses mit seinem Stab das Meer in zwei Hälften teilen? Eigentlich war das Meer nicht gerade nahe, doch da der runde Mond jede Nacht hinter den Bergen aufging, reichte es auch, diesen in zwei Hälften zu teilen. Die Ungläubigen verlangten unbedingt nach einem Beweis. Es gab sogar welche, die goldene Paläste, silberne Datteln und Betten aus Rubin verlangten. Muhammed sollte auf einer Leiter zum Himmel aufsteigen, dort Gabriel treffen und diesen zu ihnen auf die Erde herabbringen. So würden auch sie den Engel Gottes sehen.

Er war nicht mal so fähig wie Müseyleme, der in Yemame auftrat. Weder konnte er wie dieser ein Ei in eine Wasserkanne hineinzaubern, noch flügellose Tauben in den Himmel aufsteigen lassen. Müseyleme hatte gesagt, wer einen Engel sähe, würde blind, und hatte sein Volk ermahnt, sich davor zu hüten. Dabei war Muhammed überhaupt nichts passiert, als er mit Gabriel an der Grenze des Himmels gewesen war. Aber er war von dort aus nicht weitergegangen, sondern hatte gewusst, er musste am äußersten Punkt anhalten. Doch warum hatte sich Gabriel nicht einem Reicheren, einem im Rang viel höher Stehenden von den Kureysch gezeigt, zum Beispiel einem Ebu Sufyan oder – warum nicht – einem Ebu Leheb, sondern der Waise Muhammed? Dieser hatte mit Ach und Krach lediglich Ebubekir und ein paar Sklaven und Hungerleider überzeugen können, Allah allein anzubeten, Ihm zu gehorchen. Dazu natürlich seinen Neffen Ali, aber der war ja noch ein Kind. Was er auch unternahm, so sehr er sich auch anstrengte, die Muslime waren eine Handvoll, während die Ungläubigen so viele waren wie die Ameisen auf der Erde, die Fische im Wasser und die Vögel in der Luft. Sie waren grausam, stark und naiv wie Kinder. Ja, es gab auch Kinder unter ihnen, und auf die setzte Muhammed weiter seine Hoffnung.

Denen, die ein Wunder von ihm erwarteten, sagte er, er sei nicht ein Geist, sondern von Adams Stamm wie sie, ein Nachkomme Abrahams. Er behauptete, der Koran sei an und für sich schon ein Wunder, doch irgendwie konnte er sie nicht überzeugen. Sollten sie doch selbst einen Vers hervorbringen, wenn sie die Kraft dazu hätten! Doch das könnten sie nicht. Denn die Verse, die in sein Herz herunterstiegen, seien Allahs Botschaft, und er, Muhammed, sei nur verpflichtet, diese Botschaft mitzuteilen.

Er scheute sich nicht, das zu sagen, was er wusste, an seinen Stamm weiterzugeben, was ihm als Offenbarung in sein Herz fiel. Manchmal regte er sich auf, er beeilte sich, aber seine Zunge, wie gelähmt vom Regen der Verse, gehorchte ihm nicht. Damit kein Durcheinander entstand, rief ihm Allah einmal durch Gabriel zu: »Übereile dich nicht und spiele nicht zu sehr mit der Sprache, sondern höre nur zu. Wir sind es, die den Koran sammeln und lesen. Wenn Wir ihn vortragen, dann folge seiner Lesung. Danach obliegt Uns fürwahr seine Erläuterung!«*

Er sagte immer wieder, er sei ein Gesandter Allahs, kein Wahrsager und erst recht kein Dichter, denn die Dichter hasste er; er habe nie seinen Weg verloren, alles, was er sah und wusste, war real, weder war sein Blick verrutscht noch stolperte seine Zunge; Allah habe ihnen den Koran in ihrer eigenen Sprache herabgesandt, damit sie an Ihn glaubten, doch wer hörte Ihm schon zu. Die Kureysch blieben bei ihren Gewohnheiten, sie wandten sich nicht ab vom Glauben ihrer Väter, von den Götzen, und insbesondere nicht von Lat, Uzza und Manat. Aus diesem Grund mischte sich eines Tages, eines unseligen Tages, der Teufel ein. In einem Augenblick, als Muhammed am hoffnungslosesten, ohne Ausweg war, kamen jene Verse aus seinem Mund, die Allah andere Götter beigesellten. Und er sprach die Worte aus, die nicht nur die Kureysch, sondern auch die Töchter Allahs in der Kaaba glücklich machten:

»Wahrlich, er sah eins der größten Zeichen seines Herrn. Habt ihr wohl Lat und Uzza gesehen und Manat, die dritte von ihnen?* Tatsächlich sind auch sie erhabene Göttinnen, Kraniche, die in der Höhe fliegen. Auf ihre Fürbitte darf man hoffen.« Danach besann er sich sofort, doch der Teufel hatte seine Bosheit schon vollbracht und die Muslime mit den Ungläubigen versöhnt. Was sollte nun werden? Wie hatte Muhammed nur der Versuchung des Teufels erliegen können? Wie hatte es nur passieren können, dass der Teufel ihn so etwas sagen ließ? In Wahrheit war auch den Propheten vor ihm Ähnliches widerfahren, aber vielleicht war es dem Teufel erstmals so leicht gefallen, sein Ziel zu erreichen. Dabei war es allein der Teufel gewesen, der nicht gehorcht hatte, als Allah befahl, alle Engel sollten sich vor Adam niederwerfen, er hatte sich Ihm widersetzt, deswegen waren seither die Propheten stets auf der Hut vor ihm gewesen. Sie waren auf der Erde, um die aus Erde geschaffenen Menschen auf den rechten Weg zu leiten, während der Teufel mit seinem ganzen Stolz und Prunk im Himmel war. Irgendwie geschah es, dass sein Weg ihn auf den heiligen Boden führte, bis nach Mekka, wo es ihm gelungen war, Betrug in die Worte des Gesandten Allahs hineinzuschmuggeln.

Muhammed erlitt eine Krise. Er aß nicht, trank nicht, schlief nicht und kehrte nicht einmal nach Hause zurück. Er schloss sich in die Kaaba ein und suchte eine Lösung. Und die Lösung kam wie immer von seinem Herrn, auf dessen Vergebung er in solchen Momenten hoffte, von dem er Hilfe erwartete. Der Herr sagte zu ihm:

»Jene Götzenbilder sind nichts als Namen, die eure Väter sich ausgedacht haben. Allah hat ihnen keinerlei Befugnis verliehen.«[*]

Sobald die Sache in dieser Weise geklärt war, begab sich Muhammed zu den Polytheisten. Und er sagte ihnen die Worte, die ihre Hoffnungen zunichte machten:

»O ihr Ungläubigen! Ich bete nicht an, was ihr anbetet, und ihr betet nicht an, was ich anbete. Ich werde nie anbeten, was ihr anbetet. Und ihr werdet nie anbeten, was ich anbete. Euch euer Glaube, mir mein Glaube!«[*]

Doch der Vorfall war damit immer noch nicht erledigt. Binnen kurzem wurde er bekannt, verbreitete sich fast im gesamten Arabien. Das Gerücht von den ›Kranichen‹ erschütterte alle, überall erkundigte man sich nach ihnen. Ja, plötzlich waren sie am Himmel zu sehen, wie Jungfrauen aus Silber, weiß und wohlgestaltet. Sie flogen mit schlanken, langen Körpern über Mekka, rauschten mit ihren weiten Flügeln, und ehe sie in Richtung Kaaba niedersanken, brachten sie Nachricht aus weiter Ferne. Der Prophet hatte sich endlich mit den Kureysch versöhnt, also mit den Töchtern Allahs, er machte Uzza, Lat und Manat nicht mehr schlecht. Die Nachricht, dass nun Götzenanbeter und Muslime endlich alle zusammen Gottesdienst hielten, erschütterte die Karawanenstraßen, die Jahrmärkte, die Berghänge und Brunnenplätze, selbst die fernen, unerreichbaren Oasen. Seit der Gründung der Stadt Mekka, ja seit noch viel früher, als Mekka noch nicht aus zweitürigen Steinhäusern bestand, sondern aus Zelten, hatte es eine solche Aufregung nicht gegeben. Die Nachricht gelangte bis nach Äthiopien, wohin die ersten Muslime ausgewandert waren. Diese machten sich nun bereit, in ihre Stadt zurückzukehren. Wer weiß, vielleicht gab es unter ihnen welche, die sich sogar freuten. Sie würden von nun an wieder mit ihren Verwandten in ihrem eigenen Land, in ihrer Heimat zusammenleben. Sie wären nicht mehr auf das Brot Äthiopiens angewiesen. Da der Umstand nun nicht mehr existierte, der den Sohn gegen den Vater, die Frau gegen den Mann aufgebracht hatte, der Brüder entzweit und Familien zerstört hatte, würden Frieden und Ruhe herrschen anstelle von Kampf.

Als die muslimischen Flüchtlinge auf dem Rückweg die zweite Nachricht hörten, wussten sie nicht, wie ihnen geschah. Also hatte die Versöhnung gar nicht stattgefunden, Allahs Töchter waren nur Steine und Holzstücke mit erfundenen Namen, keine Kranich-Vögel, die am Himmel schwebten. So war der Grund für die Rückkehr der Muslime denn hinfällig. Zwar war in Mekka das Schlimmste überstanden, nachdem Omar den Islam angenommen hatte, sie mussten ihr Gebet nicht mehr in ihren Häusern verrichten, sich auf Ziegenpfaden und in abgelegenen Stadtvierteln verstecken, sondern konnten vor aller Augen in der Kaaba Gottesdienst halten, doch von den Kranichen würden sie keine Fürbitte erwarten. Da es nur den Einen gab, Allah, und Ihm nichts beigesellt werden durfte, war auch die Auseinandersetzung mit den Ungläubigen unausweichlich. Die Kureysch machten Muhammed allerlei Versprechungen, um ihn von seinem Weg abzubringen, sie boten ihm die Stammesführung an oder, wenn ihm Reichtum lieber war, Gold und Silber; wenn er krank wäre und von dem Dschinn befreit zu werden wünschte, der ihn belästigte, wollten sie ihm die berühmtesten Zauberer des Hedschas besorgen, doch der Prophet hatte ihnen nichts anderes zu bieten als den Monotheismus. Hatte er nicht gesagt: »Selbst wenn ihr mir die Sonne in die eine Hand und den Mond in die andere legt, so weiche ich doch nicht von meinem Weg ab«?*

Der Vorfall mit den Kranichen jedoch nagte immer noch an ihm, er wollte Buße tun. Auch wenn er der Gesandte Allahs war, Sein Geliebter und Sein Licht, so war er doch letztlich nur ein Mensch. Sollte er sich verlassen auf seinen vermeintlich unerschütterlichen Glauben oder auf seinen Herrn, der ihn in bösen Tagen nicht verließ? Waren diese beiden Dinge denn nicht dasselbe, konnte es etwas anderes geben als seinen Glauben, dass die Existenz und Einheit Allahs ihn einhüllte, Seine Barmherzigkeit ihn schützte? Dieses Mal musste er nicht lange auf einen Vers warten, es vergingen nicht erst endlose Jahre. Allah rief ihn an: »Mein Geliebter! Fast hätten sie dich aufgehetzt, dass du anstelle Unserer Offenbarung etwas anderes ersonnen und Uns verleumdet hättest. (…) Hätten Wir dir nicht Beharrlichkeit verliehen, so hättest du dich ihnen vielleicht ein wenig zugeneigt.«* Ja, er hätte sich ›zuneigen‹ können, aber zum Glück tat er das nicht. Deswegen war der Zusammenstoß mit den Kureysch unausweichlich. Und als er in der Folge gezwungen war, nach Medina überzusiedeln, war noch nicht ausgemacht, wer in dieser Auseinandersetzung siegen würde.

***

Du hättest dir niemals träumen lassen, eines Tages diese Zeilen zu schreiben. Ebenso wenig wie die vielen konträren Äußerungen, die nonkonformistischen Sätze, die du früher geschrieben hast. Dabei sind diese Zeilen weder die Ankündigung des Jüngsten Gerichts noch ein Aufruf zum Protest. Auch nicht die Fortsetzung des Wegs, den du in deiner Kindheit zur Welt des Propheten hin eingeschlagen hast. Vielleicht ist es eine Reise in die Vergangenheit, doch vor allem schneidest du die Frage nach dem Glauben an, den man zwar teilen, aber kaum begreifen kann. Darum möchtest du auch keineswegs den Koran kritisieren. Was in *Levhi Mahfuz** geschrieben steht, muss bestehen bleiben. Die Botschaft Allahs soll ihre Heiligkeit behalten, wenn schon nicht für dich, so für jeden Gläubigen, genauso wie für jenes wissbegierige Kind in Manisa, das mit seinem Großvater die Gebete verrichtete und aus Furcht vor der Hölle seine Sünden bereute.

Dein Großvater begann mit der kürzesten Sure, die insgesamt nur drei Verse hat, der Sure *Kevser.** Es fiel dir nicht schwer, den arabischen Text auswendig zu lernen. »*Innâ ataynâ kel kevser. Fe salli li rabbike venhar. Inne şani' eke hüve'l-ebter.*«* Nun konntest du diese Sure bei den Gebeten in der Moschee rezitieren; weil du aber nicht wusstest, was du nachher machen, wie du die Zeit verbringen solltest, ahmtest du aus Langeweile die anderen nach bei ihren Bewegungen, dem Kniefall, der Verbeugung, dem Aufstehen. Trotzdem verging die Zeit nicht. Die Zeit blieb dir wie erstarrt im Hals stecken. Wie ein Eiszapfen. Wenn er doch nur ein wenig schmölze, ein wenig weiterrutschte und du ihn los gewesen wärest. Doch du konntest dich nicht befreien. Er steckte dir fest im Hals, war unerbittlich. Besonders bei jenen endlosen *teravi*-Gebeten. Die Zeit verging auch nicht, wenn du mit am Gaumen klebender Zunge im heißen Ramadan auf den Kanonenschuss wartetest, der das Fastenbrechen ankündigte. Selbst wenn du deine Sünden immer wieder bereutest, wenn du in Gedanken Schäfchen zähltest, wenn du dich der Reihe nach an die Erlebnisse des Tages erinnertest.

Jetzt weißt du, dass der letzte Vers jener Sure als Antwort auf eine Beleidigung Muhammeds wegen des fehlenden Sohnes in den Koran geraten ist. Doch wie seltsam, dieses Wissen nimmt dem Wörtchen *ebter* nichts von seinem Zauber. Wenn du den Vers in einem Atemzug rezitierst, spürst du den gleichen Schauder, dieselbe Furcht wie in deiner Kindheit. Womöglich nicht dieselbe Lust, doch ganz sicher fühlst du dieselbe Wissbegier. Dieser Schauder, diese Furcht, diese Hingabe haben nichts zu tun mit deiner gegenwärtigen Sichtweise, dem Standpunkt, den du erreicht hast. Sie stammen aus einer Welt, die vergangen ist, die dich aber immer noch verfolgt, deren Einfluss auf dich bis heute weiterwirkt, sie kommen, um es mit den Worten deines geliebten Dichters* zu sagen, aus »dem grünen Paradies der Kindheit«. Dabei interessierte dich das Paradies nicht besonders, egal ob es nun grün, blau oder weiß sein mochte. Du dachtest nur an die Hölle, also an Rot und Schwarz, Feuer und Teer.

Die Stadtverwaltung von Manisa beschleunigte die Asphaltierung, woher auch immer sie in jenen schweren Jahren das Geld aufbrachte. Die Demokratische Partei* war an der Regierung, Manisa – als Nachbar von Aydın – gehörte zur Heimatregion von Ministerpräsident Menderes, doch noch immer bestanden die Seitenstraßen und Gassen aus staubiger Erde, während die Hauptstraßen mit

Pflastersteinen gepflastert waren. Die Stadt war noch nicht wieder aufgebaut worden nach dem Brand, den die Griechen bei ihrer Flucht gelegt hatten. Mitten in der Stadt gab es leere Grundstücke, Brandstätten, verlassene Gebäude, nicht weggeräumte Trümmerhaufen. Man lebte unter drückenden Umständen. Dabei war Manisa nicht nur wegen seines Irrenhauses, sondern auch wegen seiner osmanischen Prinzen berühmt. Und so kamen eines Tages die Lastwagen des staatlichen Straßenbauamts samt Baggern, Eisenwalzen und Teertanks. Sie füllten Ecken und Winkel der Stadt, die mit ihren Kutschen und Pferdewagen, mit den massigen Kaltblütern, die die Umsiedler vom Balkan mitgebracht hatten, und ihren Automobilen wie ein kleines Provinznest wirkte. Damals war das Wörtchen ›Automobil‹ in Mode, wie in dem Schlager, wo es heißt: »Es fuhr vorbei, als flöge es.« Die Straßenbauer waren wie von einem anderen Planeten, geheimnisvoll und furchterregend. Zuerst wurde ein Kiesbett ausgebreitet, dann begann der Asphaltguss. Schrottreife Lastwagen fuhren hin und her, über den kochend heißen Teer gingen die Walzen, und die Arbeiter, deren Gesichter in der Hitze glänzten wie Saffianleder, schwitzten bei der Arbeit Blut und Wasser. Noch jetzt erinnerst du dich daran, dass sie keine Arbeitsanzüge hatten und auch keine Schutzhelme, Stiefel und Handschuhe. Niemand, der in jenen Jahren in Manisa arbeitete, besaß überhaupt irgend etwas, nur seinen Schweiß auf der Stirn und die Kraft seiner Arme. Jeder zog an, was er fand, was er gerade hatte, im Allgemeinen die ältesten Kleidungsstücke, denn es wurde sowieso alles schmutzig.

Von den asphaltierenden Arbeitern waren nicht nur die Arme zu sehen, die aus verschlissenen Hemden mit abgerissenen Knöpfen hervorkamen, sondern auch die Beine, die in geflickten Hosen steckten, und auf der sonnenverbrannten

Brust waren Teerflecken, verklebt mit der Brustbehaarung. Sobald ihr den Krach und das Gerumpel hörtet, unterbracht ihr euer Spiel und lieft hin, um zuzuschauen. Die Arbeiter, die mit Schaufel und Hacke an den kochenden Kesseln Wache zu halten schienen, ähnelten mit ihren tiefschwarzen Gesichtern den Höllenwächtern. Du erinnerst dich jetzt nicht mehr genau, ob du es von Ismail oder dem *imam* in der Freitagspredigt gehört hattest, dass in der Hölle den Sündern ein Hemd aus Teer angezogen würde, und wenn ihre Haut sich geschält hätte, gäbe Allah ihnen eine neue Haut, sodass die Qual weitergehen könnte und sie ohne Hoffnung in eine Grube mit brodelndem Tee getaucht und wieder herausgeholt werden würden. Es ist unmöglich, dass dies dein Großvater gesagt hatte, denn er hütete sich immer davor, seinem Enkel Angst zu machen. Allahs Qual war schrecklich. Die Höllenwächter, die eine Kette von siebzig Ellen um den Hals hatten, packten einen am Ohr und warfen einen ins Feuer. Die Flammen dieses Feuers, das durch Steine und Menschen genährt wurde, waren so hoch wie ein Palast und so zahlreich wie die gelben Kamele. Und sobald Allah das Feuer fragte: »Reicht das?«, wenn er einen Sünder wie dich in die Hölle warf, dann antwortete das Feuer: »Noch nicht!«, denn weder bekam die Hölle genug von den Menschen noch die Höllenwächter von den Qualen.

Beim Krieg am Suezkanal und im Hedschas hatte dein Großvater die echte Hölle erlebt, er wusste, was Schmerzen, Hunger und Durst bedeuteten, doch du hattest damals noch keinerlei Ahnung von irgendetwas. Woher hättest du wissen sollen, dass Himmel und Hölle auch auf dieser Welt, nur in dieser Welt existierten. Mit seinen beruhigenden, tröstenden Worten und Gebeten gelang es dem *gazi* und *hacı* Rahmi *Bey*, dir Allah nahezubringen, der in Wirklichkeit kein Rächer war, sondern erbarmend und barmherzig. Dir wurde die Stimme des Korans vertraut, der Zauber seiner mitreißenden Verse, auch wenn du den Sinn nicht verstandest. Und du warst gläubig. Das reichte vielleicht, um ins Paradies einzugehen, aber trotzdem hattest du Angst. Was aber das Paradies betraf, so war es wenig anziehend mit seinen knospenbrüstigen Jungfrauen, seinen dienstbaren Jünglingen und seinen Früchten. Du warst weder beeindruckt vom Wasser aus der Paradiesquelle, das süßer als Honig, weißer als Milch, kühler als Schnee war, noch von den Perlenkelchen. Auf dem fruchtbaren Boden, der mit Wasser aus dem Gediz bewässert wurde, gab es sowieso genug Früchte. Du konntest nach Herzenslust frisch vom Zweig gepflückte Pfirsiche essen, schwarze Maulbeeren, die die Lippen färbten und im Hals kratzten, kernlose Trauben, honigsüße Feigen und herrlich duftende Zuckermelonen der Sorte Kırkağaç. Ihr lebtet im Überfluss. Zucker- und Wassermelonen wurden mit Wagen zu euch nach Hause gebracht, die Vorratskammer war übervoll mit Gelee und Sirup, die deine Großmutter selbst herstellte. Die Verwandten deines Großvaters brachten aus Hacırahmanlı Honig, Öl, Joghurt, dazu Mehl säckeweise. Alles, was es laut Predigt im Paradies gab, war irgendwie auch bei euch im Haus vorhanden, nur Huris gab es keine. Doch sie interessierten dich nicht, obwohl sie nach jedem Beilager wieder zu Jungfrauen wurden und niemand anderen anschauten als ihren Partner. Später warst du hinter den Frauen her, du konntest, ebenso wie Muhammed, nicht ohne sie sein. Du versuchtest in deinem Freundeskreis ein Frauenparadies zu schaffen. Dafür brauchtest du weder Huris noch die Güte Gottes. So existierte also das Paradies, das den Gläubigen im Jenseits versprochen war, in dem Manisa deiner Kindheit auf Erden, es umgab dich mit all seinem Segen, doch die Hölle brodelte wie die Teerkessel, die zu begaffen ihr euer Spiel unterbracht, weiter in deinem Kopf, störte

deinen Schlaf und verwandelte sich in nächtliche Albträume. Die Hölle, nicht das Paradies, und erst recht nicht Allah,
war dir in Wirklichkeit näher als deine Halsschlagader.*

Drei Freunde und die Dschinnen

In jener Nacht leuchtete der Mond in Mekka ganz eigenartig, so weiß und riesig, glänzender und runder als ein silberner Schild, als sollte etwas geschehen, sollten sich die Zeiten wenden. Die Sterne waren nicht zu sehen, weder Milchstraße, Großer und Kleiner Bär, noch die Planeten. Der Schein des Mondes allein beherrschte den Himmel und tauchte die Erde in Licht. Das Licht fiel auch auf die staubigen, engen Gassen der Stadt, es erleuchtete die Steinhäuser und die Filzzelte, die Pferche und die einzelnen Bäume. Und es erleuchtete die Kaaba, das heilige Gebäude, das mit seinem schwarzen Überwurf wie ein Gespenst dastand, ebenso wie die Götzenbilder in ihrem Umkreis. Die Töchter Allahs drängten sich aneinander in tiefem Schlaf. Mit ihrem runden Nimbus aus Mondlicht auf dem Kopf glichen sie den Heiligen. Eigentlich schlafen die Heiligen nicht, sie beten bis zum Morgen, doch sie waren ja keine Heiligen, sondern Götzenbilder, und deshalb schliefen sie. Lat, Uzza und Manat waren im Schlaf noch schöner, sie erschienen noch imposanter.

Mit einem Mal ertönte eine Stimme. Es war, als käme sie aus dem offenen Fenster eines der Steinhäuser, flösse in Richtung Stadtmitte und hallte von der Kaaba wider. Die Stimme war samtweich, sie hob und senkte sich, wurde langsamer oder schneller, die Worte folgten einander einzeln, und manchmal verfolgten sie einander wie bei einem Wettlauf. Die Stimme war rein, tief und prächtig, es war eine männliche Stimme, die jedoch nicht erdrückend wirkte. Sie erfasste den Zuhörer und trug ihn mühelos wie in einem zauberhaften, schnell fließenden Strom mit sich fort.

Der Erste, der die Stimme hörte, war Ebu Süfyan, einer der Großen von Mekka. Er hatte seine Karawane, begleitet von Bewaffneten, mit Hunderten von Sklaven und Dienern von Syrien nach Mekka gebracht und war sofort nach seiner Ankunft, entspannt wie ein Mensch, der seine Arbeit ordentlich erledigt hat, im Schoß von Hind versunken. Keine andere Frau bereitete ihm solches Vergnügen wie sie, weder die Schönen von Damaskus noch die geschmückten Huren, die auf ihn warteten mit ihren runden Hüften, riesigen Brüsten und einer Haut, die weicher war als ein Kissen aus Vogelflaum, die sich mit Düften einrieben, um seine Lust anzustacheln. Keine Frau konnte Hind das Wasser reichen. Diese schwarzen, verführerischen Blicke, ihre Hitze, ihr hoher Wuchs, ihre Beweglichkeit im Bett, ihr Verstand und ihr Stolz hatten nicht ihresgleichen. Ging ein Mann, wenn er von einer weiten Reise zurückkehrte, etwa gleich mit seiner Frau ins Bett, statt zuerst die Kaaba zu umrunden und für Uzza ein Opfertier zu schlachten? Ebu Süfyan war zu Hind gegangen, aber hinterher bereute er es. So vollzog er denn zu später Nachtstunde den Gottesdienst und erneuerte seinen Glauben – als er die Stimme hörte. Es war die von Muhammed, das erkannte er schon vom ersten Wort an, das in sein Ohr drang. Nur Muhammed konnte die sauber ausgesprochenen Worte so fließend hintereinanderreihen, er konnte so weich wie ein Kosen und dann wieder zornig wie ein niederfahrender Blitz sprechen. Wenn man ihm zuhörte, fühlte man sich wie in einer Oase von Taif, denn er verwendete die Sprache jener Gegend so schön, so ganz natürlich, wie er sie in seiner Kindheit gehört hatte. Der Enkel von Abdulmuttalib, dem Haschemiten, der Neffe von Ebu Talib, das arme Waisenkind Muhammed, war reich geworden, nachdem er Hatice, die Tochter des Huveylid geheiratet hatte, der Jungspund war reich geworden, aber kein richtiger Mann. Anstatt sich um seine Geschäfte zu kümmern und wie er, Ebu Süfyan, selbst Karawanen auf die Reise zu schicken, um Reichtum auf Reichtum zu häufen, verschloss er sich nachts in seinem Haus und betete, rezitierte Verse aus Allahs Buch, das er Koran nannte. Wie konnte es sein, dass jener ferne, unerreichbare, hinter dem siebenten Himmel wohnende Allah ein Buch schrieb, Verse herniedersandte? Hatte Er nichts anderes zu tun? Wozu waren denn Seine Töchter da? Wenn Er etwas Derartiges vorhatte, würde Er Sich sicher nicht selbst bemühen, sondern Lat, Uzza und Manat beauftragen und es ihnen überlassen, Seine Diener zu ermahnen. Seinen echten, eigenen Töchtern, die zwar nicht hören oder fühlen konnten, aber wenn man sie verehrte, eine Sprache bekamen und reden konnten. So dachte Ebu Süfyan, einer der Großen von Mekka; mehr als das fasste sein Verstand wohl nicht, vielleicht passte es ihm auch einfach nicht in den Kram, Muhammed zu glauben.

Er spitzte die Ohren. Die Stimme schien von ihnen, von den Kureysch und seinem engsten Umfeld zu sprechen. Sie rief: »Es wurde sichergestellt, dass der Stamm der Kureysch sich bei ihrer Sommer- und Winterkarawane friedlich vereint.«* Irgendwo war auch die Rede von Mekka, der sicheren Stadt, und ehe die Stimme der Welt den Satz verkündigte, die Ungläubigen würden in der Hölle brennen, sagte sie auch, der Mensch sei in schönster Weise geschaffen worden. Ebu Süfyan unterbrach seinen Umgang um die Kaaba und hörte zu wie ein im Mondschein erstarrtes Götzenbild, wie eine steinerne Götterstatue. Worte wie: »Beim Nachmittag! Siehe, der Mensch ist wahrlich verloren«,* waren ja durchaus hörenswert. Oder: »Wahrlich, bei denen, die auf dem Weg Allahs dahereilen! Bei den schnaubenden Rossen! Bei den

Funken Schlagenden, die in der Morgendämmerung heran-
gestürmt kommen und dabei Staubwolken aufwirbeln.«* Ja,
er selbst zwar nicht, doch fast alle in seiner Umgebung, in
dieser reichen Stadt, ja sogar im glücklichen Arabien waren
verloren. Die Armut war knietief, als hätten Lat, Uzza und
Manat sich von ihnen abgewendet. Sogar die Pilger, die jedes
Jahr die Kaaba besuchten, blieben weg wegen dieses angebli-
chen Propheten mit der lieblichen Sprache, dem es gelungen
war, mit bitterscharfen Worten Höllenfurcht in ihr Herz zu
senken. Muhammed brachte sie vom Weg ab, er verwirrte
die Köpfe, indem er sagte, er sei der Gesandte Allahs, wer
Ihm etwas zugesellte, würde zur Rechenschaft gezogen, und
es sei die allergrößte Sünde, die Götzen zu verehren. Und was
war mit denen, die in der Morgendämmerung angestürmt
kamen und dabei Staubwolken aufwirbelten? Wer waren die
wohl? Warum sagte Muhammed, sie seien undankbar gegen
Allah, was hatten sie getan, was hatten sie denn angestellt?
Der Koran, der manchmal trübe wie der Brunnen Zemzem
war und dann wieder klar und durchsichtig wie eine Quelle,
hatte eine irgendwie unwiderstehliche Attraktivität, eine für
Ebu Süfyan unverständliche Anziehungskraft. Er unterbrach
sein Ritual und folgte der Stimme, lief mit scheuen Schrit-
ten bis zu Muhammeds Haus, wobei er sich bemühte, nicht
gesehen zu werden. Hinter einer Mauer versteckt hörte er
dort weiterhin den Versen zu, die aus dem offenen Fenster
kamen und sein Herz erfüllten. So versunken war er in das
Fließen der Stimme, dass er nicht einmal bemerkte, wie ein
wenig weiter im Mondschatten der Dattelpalme ein anderer
derselben Stimme mit derselben Gebanntheit lauschte.

Auch Ebu Cehl, einer von den Söhnen des Mahzum, war
in dieser Nacht von seinem Lager aufgestanden, war der
Stimme gefolgt und bis unter die Dattelpalme gelangt, als er
den Mond, der so rund und immer größer wurde, sein Licht

ausbreiten sah über den dunklen Himmel und die Berge auf Erden, auf die Felsen, die im Wind abkühlten, auf alle Dächer und Zelte von Mekka. Er hasste Muhammed, doch ihm war wohl bewusst, dass dieser eine seltsame Magie besaß, die auf dem Wort beruhte, ein gewisses Etwas. Trotz all seines Drängens, ja Drohens hatte er nicht erreicht, dass Ebu Talib ihm seinen Schutz entzog, obwohl er alles versucht hatte, demjenigen seine Grenzen zu aufzeigen, der sie wohl selbst nicht kannte, da er behauptete, Allahs Gesandter zu sein. Sogar Muhammed töten zu lassen hatte er vorgehabt, und damit dies keine Blutrache nach sich zog, wollten junge Männer aus verschiedenen Nomadenfamilien die Verantwortung für den Mord gemeinsam übernehmen. Doch als der Onkel seinen Neffen Muhammed jede Nacht im Bett eines anderen Cousins schlafen ließ, musste Ebu Cehl diesen Plan aufgeben und weiterhin versuchen, Muhammed mit Beleidigungen und Hetze zum Schweigen zu bringen. Diese Geschichte mit Allahs Einzigkeit passte Ebu Cehl überhaupt nicht, er wollte sich gerne mit der Güte der Töchter Allahs zufriedengeben, die auf seine Geschäfte aufpassten, seinen Reichtum vermehrten. Die Muslime sollten den Glauben der Väter nicht antasten, sollten nicht überall herumposaunen, er sei für die Hölle bestimmt, sondern ihn einfach in Frieden lassen. Allahs Gesandter sollte nicht zu weit gehen und ihm seine Geschäfte kaputt machen, er sollte nicht die Leute um ihn herum ermahnen und ängstigen, wie es der Koran befahl.

Aber in Wirklichkeit war er selbst es, der Muhammed nicht in Frieden ließ, der die Muslime ununterbrochen angriff. Einmal hatte er sich sogar mit Ebü'l-Bahteri gestritten, der die Muslime und ihre Gegner versöhnen wollte, und dabei lächerlicherweise einen Unterkiefer an den Kopf gekriegt. Er war ein Angsthase. Er hatte nur vor Allah und

Muhammed keine Angst. Doch vor dessen Onkeln, besonders vor Hamza, hatte er eine Heidenangst. Deswegen hatte er den Spitznamen ›Ebu Cehl‹ verpasst bekommen, aber jeder sollte wissen, dass er nicht der Vater der Unwissenden* war, sondern einer der gescheitesten, mutigsten Häupter der Kureysch. Er war nicht nur gescheit, sondern auch intelligent und verschlagen.

Wegen dieser Verschlagenheit passierte ihm auch, was ihm dann passierte. Als seine Kraft nicht reichte, Muhammed zu vernichten, versuchte er, ihn außer Gefecht zu setzen. So überzeugte er die Kureysch in der Stammesversammlung, einen Boykott gegen die Haschemiten zu beschließen. Von da an sollte niemand mehr mit Ebu Talib und seinen Verwandten weder Handel treiben noch sich verheiraten. Das bedeutete unter den damaligen Bedingungen, die Muslime dem langsamen Tod preiszugeben. Doch die Rechnung war ohne den Wirt gemacht worden, nach einer Weile wurde die Blockade durchlöchert. Und zwar durch die eigenen Leute. Dabei hatte Ebu Cehl sich nicht mal gescheut, die Boykottregeln, um die ganze Sache wasserfest zu machen, auf Pergament schreiben zu lassen, mit drei Siegeln zu verschließen und in einem Futteral persönlich in die Kaaba zu tragen. Woher hätte er denn wissen sollen, dass die Motten den Text des Beschlusses auffressen würden und nicht ein einziger Paragraph der scharfen Maßnahmen gegen die Haschemiten übrig bleiben sollte. Muhammed aber hatte dies vorhergesagt, nämlich dass auf dem in der Kaaba hinterlegten Pergament nur das Wort ›Allah‹ übrig bleiben und die übrigen Wörter sämtlich zum Fraß der Motten werden würden. So geschah es denn auch. Und nun rezitierte Muhammed im Mondlicht den Koran. Während er rezitierte, kam ein märchenhaftes Licht vom Himmel, und Berg und Tal warfen das Echo seiner schönen Stimme zurück. Am besten war es, die

Ohren zu verschließen und diese Stimme nicht zu hören. Hatte Allah nicht sowieso gesagt: »Wir haben ihre Herzen versiegelt«?* Wenn das so war, konnte er sich auch selbst die Ohren verstopfen.

Auch Ebu Leheb konnte nicht schlafen, als er den Mond schöner denn je leuchten sah, auch ihn zog die bezaubernde Stimme in ihre Welt. Wie Ebu Süfyan und Ebu Cehl hörte auch er heimlich den Versen zu, die Muhammed hintereinander rezitierte, und beim Zuhören ließ er sich vom Fluss der Worte erfassen und tragen. Es war ihm, als stiege er in ein kühles, klares Wasser, auf dessen Grund flache Kiesel glänzten. Er war ganz nackt. Er wusch sich rein vom Schmutz der Welt, und danach hüllte er sich in einen weißen, sauberen Burnus. Wie die Pilger, die zur Kaaba kamen. Da plötzlich zuckte er zusammen. Die Stimme rief: »Verderben über die Hände Ebu Lehebs!«* Sie sagte, er werde in ein loderndes Feuer eingehen. Er wusste nicht, wie ihm geschah, und trat aus seinem Versteck auf die Gasse hinaus. Und was sah er da! Waren nicht auch Ebu Süfyan und Ebu Cehl da? Die drei Freunde schauten einander misstrauisch an. Dann begannen sie plötzlich zu lachen. Und sie schworen sich, nie wieder vom Schlaf aufzustehen, um den Koran anzuhören.

Diese weiche, schöne Stimme, die sogar die Todfeinde des Islam verzauberte, beeindruckte auch eine Gruppe von Dschinnen, als Muhammed von Taif zurückkehrte. Da war das Blut der Steinwürfe, die dort seine Stirn getroffen hatten, noch nicht getrocknet. Die Dschinnen kamen sogar noch vor den Großen Mekkas zur Vernunft. Der Prophet hatte sich in den Schatten eines Baumes geflüchtet, betrübt, weil er die Leute von Taif nicht auf den rechten Weg hatte führen können, doch als er den Koran rezitierte, war nicht nur sein freigelassener Sklave Zeyd bei ihm, sondern auch die Dschinnen. Sie bildeten einen Kreis und hörten voller

Demut dem Koran zu. Schon lange hatten sie vom Himmel keine Botschaft mehr bekommen. Seit dem Auftauchen des Gesandten Allahs waren die Türen und Geheimnisse des Himmels für sie verschlossen geblieben. Sie hörten den Koran und glaubten. Es leuchteten weder Mond noch Sterne am Himmel. Die Dschinnen hörten die Stimme Muhammeds am lichten Tag, und beim Anhören des Korans gerieten sie außer sich. Ob das wahr oder falsch ist, weiß ich nicht. Ich erzähle es nur weiter.

Uzza

Dass Muhammed uns schlechtmacht, hat mich überhaupt nicht erstaunt. Und es bleibt nicht beim Schlechtmachen, er will, dass die Kureysch, ja sogar alle Araber vollständig von uns abrücken. Angeblich ist eine Offenbarung von unserem Vater gekommen: Betet außer Mir nichts an, Ich bin der Höchste. Wir behaupten doch nichts anderes, als dass Allah der Höchste ist! Die Mekkaner, die Mediner, ja sogar die Bewohner von Taif, die meine Zwillingsschwester Lat verehren, behaupten nichts anderes. Doch Allah ist dermaßen weit weg von ihnen, so anonym, dass sie sich Ihn nicht vorstellen, nicht ausmalen können, und folglich braucht man uns. Wir sind nichts anderes als Mittlerinnen zwischen ihnen und Allah, Der in den Tiefen hinter dem siebenten Himmel wohnt. Selbst wenn letztlich unser Vater stärker ist als wir, viel weiser und unerreichbar, so braucht man uns doch. Aber Muhammed hat uns die Kindschaft abgesprochen, indem er unsere Anbeter angebrüllt hat: »Was für eine offenkundige Undankbarkeit! Hat Er etwa von dem, was Er erschaffen, Töchter genommen, euch hingegen mit Söhnen ausgezeichnet?«* Indem Muhammed überall sagt, Allah ist nicht gezeugt und zeugt nicht, und man darf keinen anderen anbeten, hat er sich gegen uns gestellt. Wir sind angeblich nichts als Namen, die sich die Väter ausgedacht haben. Wir bestünden aus fühllosen, gehörlosen, gedankenlosen Fels- und Holzstücken. So als bemerkten wir nicht einmal diejenigen, die für uns Opfer schlachten, uns umrunden, vor uns niederfallen, uns verehren und danken.

Was soll man auf solche direkten Worte antworten? Wir sind Göttinnen, sie aber sind Menschen. Das heißt, wir stehen hoch über ihnen, wir bestimmen über ihr Schicksal, ihr Ende. Uns verdanken sie Essen und Trinken, ihre Nachkommen, wenn sie sich paaren, das Sternenlicht, das ihren Karawanen den Weg zeigt, und die Heiligkeit der Kaaba. Und auch den Glanz des Schwarzen Steins *Hacerü'l-Esved*. Ich war es, die ihn aus den Sternen auserwählt und hierher gebracht hat, sie haben ihn beschmutzt. Jetzt ist er unter uns, ohnegleichen. Doch Muhammed soll gesagt haben: »Stellt Allah nichts an die Seite. Er ist der Eine, der Osten gehört Ihm und auch der Westen. Er ist die Vergangenheit und das Weltende, Er ist der Wissende, der Verborgene und der Offenbare.«* Von sich jedoch soll er gesagt haben, er sei der Gesandte Allahs. Einmal hat er wohl auf den Teufel gehört und angedeutet, wir könnten als erhabene Göttinnen angesehen werden, doch später ist er davon abgerückt. Also ist der Teufel in dieser Auseinandersetzung auf unserer Seite. Und auch die Kureysch und ganz Arabien. Ich habe gehört, dass diejenigen, die Muhammeds Religion beigetreten sind, ihr Bekenntnis nicht widerrufen haben, auch wenn sie bisher nur eine Handvoll Leute sind. Nun gut, dann widerrufen sie eben nicht. Diejenigen, die auf meinen Namen schwören, kehren ebenfalls nicht auf dem Weg um, den sie für den richtigen halten. Und das ist eine viel größere Anzahl, sie sind wesentlich stärker und reicher.

Was wollte ich sagen? Ja, es hat mich überhaupt nicht gewundert, dass Muhammed uns schlechtmacht. Vor vielen Jahren ist er gekommen und hat mir ein junges Lamm geopfert, ein falbes, niedliches Lämmchen. Ich kriegte gar nicht genug von seinem Blut. Doch er ist nie wieder da gewesen. Dabei hat mir der schüchterne junge Mann mit seinem langen Haar und langen Bart auf den ersten Blick gefallen. In seinen Blicken habe ich eine Zärtlichkeit entdeckt, die ich bis dahin bei keinem anderen gesehen habe. Er war ruhig und nachdenklich. Er war höflich. Beim Umrunden der Kaaba lief er nicht, er flog gleichsam auf Flügeln. So gläubig war er. Dabei bezog sich sein Glaube nicht auf uns, sondern auf Abraham. Er kam auch nie wieder zu mir, weder schickte er ein Opfer, noch warf er sich vor mir nieder. Auch besuchte er nicht ein einziges Mal meinen Tempel in Nehle. Ich habe ihn umsonst erwartet. Ich hoffte, dass er auf seinem Weg nach Damaskus vorbeikommen würde, wenn schon nicht um ein Opfertier zu spenden, so doch um im Schatten der Akazien auszuruhen. Tage, Monate, Jahre vergingen, und er erschien nicht. Schließlich erreichte mich die Nachricht, er sei unser Feind, und ich grämte mich. Ja, ich grämte mich. Denn ein Wesen aus Stein ist nicht fühllos, sondern erstickt an seinen eigenen Tränen, wenn ihm bisweilen seine Verlassenheit klar wird.

Auch wenn wir nicht bloße Namen sind, so sind diese doch ein unverzichtbarer Bestandteil, ein Merkmal unserer Existenz, unseres tatsächlichen Vorhandenseins. Und für jene Sterblichen sind sie ein Zeichen unserer Unsterblichkeit. Namen sind wichtig, man darf sie nicht gering schätzen. Was für einen Volksstamm seine Fahne, das ist für uns der Name. Er ist die Quelle unserer Ehre und unserer Kraft, der wertvollste Schatz. Was wäre, wenn es unsere schöne Sprache, den Dialekt des Hedschas, nicht gäbe, dessen Feinheiten vor allem die Dichter und Muhammed zu schätzen wissen? Daran will ich gar nicht denken. Arm, hilflos und stumm wie die Steine auf den Bergen wären wir dann.

Wir stehen um die Kaaba herum aufgereiht. Als hätten wir mit unseren verschiedenen Formen und Namen uns den Menschen gegenüber in Reih und Glied aufgestellt. Drinnen, innerhalb der vier Mauern, gibt es auch einige von uns, doch die meisten stehen draußen. Wir sind mehr, als das Jahr Tage hat. Da gibt es also Lat und Manat, meine lieben Schwestern. Die eine herrscht über das Schicksal, die andere über das Leid. Immer wenn den Menschen ein Unglück zustößt, rührt das daher, dass man ihnen oder mir nicht genügend Bewunderung und Verehrung entgegengebracht hat. Und da ist Hubal, unser lieber Mann, unser König und Herr. Eigentlich ist seine rechte Hand abgebrochen, doch er gilt nicht als Krüppel. Denn er hat eine Prothese aus Gold, mit der er sowohl das Schwert als auch meine zarte Taille umfassen kann. Seine Männlichkeit reicht sowohl für mich als auch für Lat, deren Frauenkörper Federn hat und die Krallen eines Raubvogels. Er schießt den Pfeil, lässt Unwetter losbrechen. Seine Blicke setzen das Herz in Brand. Und Manat platzt vor Eifersucht, weil sie nicht wie wir mit ihm verheiratet ist. Wie dem auch sei, sie war ein Felsstück in Kuday, ehe sie hierher kam und eingekleidet wurde, ehe man ihr jene Schere in die Hand gegeben hat. Man opfert ihr auch nicht das Blut von Tieren, sondern Menschenhaar. Jetzt hat sie eine hohe Stellung erlangt und ist recht zufrieden mit ihrem Leben. Und sie befasst sich nun mit dem Schicksal der anderen. Durch Ränkeschmieden beziehungsweise mit ihrer Schere schneidet sie ihnen den Lebensfaden ab. Und dann sind da Ashal, Ahsam, Avf, Bal, Datanvat, Fals, Galsad, Marhab, Muntabık, Nesr, Nuhm! Soll ich weiter aufzählen? Mit Kuzah, Rıam, Ruda, Sabad, Sad, Taym, Ukaysır, Ved, Yağus und Yeûk hat die Reihe immer noch kein Ende. In welchem Land, welchem Stamm kann man so viele Götterstatuen finden? Jede hat ihren eigenen Namen und eine bestimmte Eigenschaft. Manche haben meerblaue Augen, manche kohlrabenschwarze. Manche sehen aus wie Bäume, manche wie Steine. Manche auch wie Menschen. Sie lassen den Regen vom Himmel fallen und mit dem ersten

Sonnenstrahl Feuer. Sie sind Kämpfer, hasserfüllt und grausam. Sie lieben Blut und verlangen nach Opfertieren. Am liebsten aber mag ich Muntabık, wegen seines Namens und wegen seiner Eigenschaften. Er ist aus Kupfer und gleicht einem Würfel. Sein Bauch ist offen und hat einen Deckel. Vor allem der Volksstamm der Sulaf verehrt ihn. Wenn er spricht, dann aber richtig. Womit spricht er denn, wenn er keine Zunge hat? Natürlich mit seinem Bauch. Er als Erster hat gesagt, dass Muhammed eines Tages auftreten und den Hoffnungslosen Hoffnung bringen werde, den Armen Almosen, den Schriftlosen ein heiliges Buch und den Gottlosen den Einen, Allah. Jetzt sagt wieder er als Erster, dass unser Ende in Muhammeds Händen liegt, doch ich will ihm nicht glauben. Denn wir haben viele Beschützer, und nicht nur aus dem Stamm Muhammeds, sondern aus dem gesamten glücklichen und glücklosen Arabien. Unter ihnen ist einer, auf den ich meine ganze Hoffnung setze, selbst wenn alle anderen mich enttäuschen. Eines Tages, wenn sich alle von uns abwenden, bleibt er allein treu. Mir scheint, ich sehe, wie ihr alle neugierig seid, wer das wohl ist. Ich will es euch sagen: Es ist Abu Leheb, also ›der Vater des Feuers‹. Diesen Beinamen gaben die Muslime dem Onkel Muhammeds, nachdem der betreffende Vers herabgekommen war, sein wirklicher Name war nämlich Abd'ül-Uzza, und wie man dem Namen entnehmen kann, war er mein treuester Anhänger.

In dem Vers heißt es über ihn: »Verderben über die Hände von Abu Leheb. Und Verderben über ihn! Nicht nützen soll ihm sein Gut und sein Gewinn. Er wird in ein lohendes Feuer eingehen, Während seine Frau das Holz trägt, Mit einem Strick aus Dattelpalmenfasern um ihren Hals.«*

Sobald seine Frau, Ümmü Cemil, das gehört hatte, schnappte sie sich einen Mörserstößel und drückte die Tür

auf. Muhammed beriet sich gerade mit Ebubekir. Sie fragte Ebubekir: »Wo ist dein Freund?« Wut macht halt blind.
Das Weibsbild sah Muhammed nicht, der sich ihr direkt gegenüber befand. Der Hass soll dir nicht die Sicht vernebeln,
du sollst nicht hassen, selbst wenn du etwas nicht magst,
dir etwas nicht gefällt. Sie sagte, beim nächsten Mal würde
sie Muhammed mit dem steinernen Stößel den Mund zerschlagen, dann ging sie. Und sie versäumte auch nicht, ein
Gedicht zu rezitieren, um ihren Hass zu besänftigen. Ümmü Cemil kenne ich nicht, aber ihr Mann ist gut, er gefällt
mir. Seine Taten werde ich euch später erzählen. Jetzt ist es
Abend geworden, die Sonne geht unter. Meine Macht gilt
am Tag, in der Nacht nicht. Der Herr über Tag und Nacht ist
Allah, der Allerhöchste, auch wenn Er uns die Kindschaft
entzogen hat.

Der Sternenregen

Als der Feldzug begann, war Rahmi *Bey* wohl nicht ganz uninformiert über die Weltlage, doch er hatte es für wenig wahrscheinlich gehalten, dass das Osmanische Reich so plötzlich gegen alle Welt Krieg führen würde. Das Heer war von den Balkankriegen noch erschöpft, der Schmerz über die verlorenen Rumelischen Gebiete hatte sich noch nicht gelegt. Insbesondere Tripolis und davor der Krieg 1893, alle diese aufeinanderfolgenden Niederlagen hatten die Bevölkerung erschreckt, und nicht nur bei den Nichtmuslimen wuchs der Hunger nach Unabhängigkeit, sondern auch bei den arabischen Untertanen der Osmanen. Das riesige Imperium zerbrach wie eine alte, vom Blitz getroffene Platane, deren über drei Kontinente ausgebreiteten Zweige beschnitten, deren von der Donau bis zum Euphrat reichende Wurzeln ausgerissen wurden. Rahmi *Bey* war sich seit seinen Studienjahren im *Darülfünun* der Erschütterung bewusst gewesen, deswegen rechnete er eigentlich nicht damit, dass sich das Komitee für Einheit und Fortschritt in ein neues Abenteuer stürzen würde. Er lebte also herrlich und in Freuden in Istanbul. Ab und zu nahm er an einigen politischen Versammlungen teil, doch er war in keinem Verein Mitglied.

So langsam wurde die Stadt jedoch zu einem Pulverfass, das jeden Moment hochgehen konnte. Unter Druck reagierte die Hohe Pforte nervös, und politische Morde waren an der Tagesordnung. Die Mitglieder des Komitees für Einheit und Fortschritt pendelten zwischen Beteiligung an der Regierung und Opposition. Die Telegraphenämter waren ständig in Betrieb, die Drähte, auf denen sich, wie es im Lied heißt, die Vögel niederlassen, brachten aus allen vier Ecken des Reichs chiffrierte Botschaften auf die Tische der Ministerien. Wenn die Schreiber nach Üsküdar gingen, hatten sie keine verschlafenen Augen mehr,* es war vielmehr verboten zu schlafen, bis der nächste Befehl kam. Die Probleme türmten sich auf wie Berge, jeder suchte eine Lösung, und der Feind hatte ein weiteres Mal »seinen Dolch in den Schoß des Vaterlandes gestoßen«, um es mit den Worten von Namık Kemal* auszudrücken. Rahmi *Bey* mochte Gedichte nicht besonders, er las lieber den Koran. Tatsächlich war der Koran Gottes Wort, und Muhammed hatte die Dichter verflucht, doch im Ton der Verse lag trotzdem ein poetischer Zauber, der die Menschen erfasste und weit weg in den Schatten der *Tuba*-Bäume entrückte, unter deren Zweigen Bäche flossen. Beim Wort Gedicht wäre ihm sowieso nicht der Dichter des Vaterlandes, Namık Kemal, in den Sinn gekommen, sondern Mehmet Akif Ersoy*. Mit dessen Weltsicht, seinem Eintreten für die Gemeinde Muhammeds, seiner Suche nach einer auf dem Islam basierenden Lösung für die Rettung des Reiches stimmte er völlig überein.

Überall wehte der Geist des Nationalismus, die Völker warteten auf eine Gelegenheit, sich vom osmanischen Joch zu befreien. Rahmi *Bey* wusste seit seiner Kindheit, was ein Joch ist, denn es wurde den Büffeln auferlegt, die im Schlamm am Gediz-Ufer lagen, nur wäre es ihm nicht im Traum eingefallen, dass den Osmanen das Joch auch für Menschen, noch dazu für Muslime angebracht schien. Doch im Krieg wurde er persönlich Zeuge, dass dies der Fall war. Nach seiner Rückkehr vergrub er das Erlebte in seinem Inneren und erzählte es keinem. Seine Generation gehörte in der jüngsten Vergangenheit zweifellos zu den größten Leidtragenden. Später nannte man sie in der abgedroschenen

Ausdrucksweise der vaterländischen Heldenliteratur Blutzeugen oder Veteranen, deren »Epos auf die goldenen Seiten der Geschichte geschrieben« sei. Als er in die Heimat zurückkehrte, nachdem er am ersten Kanalkrieg und an der Verteidigung Medinas teilgenommen hatte, zog er es vor, *hacı* anstatt *gazi* genannt zu werden. Der Krieg hatte seinen Glauben nicht erschüttert, ihn im Gegenteil bestärkt, doch nach dem blutigen Kampf gegen die Gemeinde des Propheten waren in seinem Kopf ein paar Fragen aufgetaucht.

Sicherlich hat er für diese Fragen auf eigene Faust eine Antwort gesucht, doch das, was er in der Wüste Tih auf der Sinai-Halbinsel gesehen, was er in den Wüsten des Hedschas erlebt hatte, hat er ganz sicher keinem erzählt, auch dir nicht. Was hätte sich geändert, wenn er es erzählt hätte? Was geschehen war, war geschehen. Nach dem Waffenstillstand wurden die griechischen Besatzer vom Boden Anatoliens vertrieben, und innerhalb der Grenzen des Nationalpaktes* entstand die Republik. Rahmi *Bey* war sowohl ein gläubiger Muslim als auch nach Inkrafttreten der neuen Staatsform ein geachteter Rechtsanwalt. Der Albtraum war Vergangenheit. Auch wenn du damals noch sehr klein warst, als du dich in der Schule mit dem Veteranentum deines Großvaters brüstetest, dir phantasievoll seine Heldentaten ausmaltest und ausführlich davon erzähltest, sogar für die Gefallenen von Çanakkale gereimte Verse dichtetest, kam es dir vor, als identifiziere er sich doch mehr mit seinem *hacı*-Sein, so zurückgezogen, wie er lebte, sich in nichts Heikles einmischte und täglich seine fünf Gebete verrichtete. Weder übernahm er wichtige Streitfälle bei Gericht, noch dachte er daran, in Izmir oder Istanbul Wurzeln zu schlagen, um mehr zu verdienen. An alledem hatte er überhaupt kein Interesse. Immer saß er über seinen Büchern. Du hast seine Bücher, die er zumeist bei seiner Rückkehr aus dem Hedschas-Krieg erworben hatte, nicht gelesen, nicht weil du nicht gewollt hättest, sondern weil sie in alter Schrift gedruckt waren. Es gab unter ihnen sogar arabische Handschriften. Die liegen jetzt in einer fernen Stadt auf dem Dachboden eines Hauses ungeordnet auf einem Haufen und verstauben. Wer weiß, was für Wissen sie enthalten, was für Welten, was für Worte. Er hat immer gesagt, dass die Worte Allahs noch nicht ausgeschöpft seien. Selbst wenn alle Bäume der Welt Schreibfedern wären und die sieben Meere Tinte, reichte das nicht, sie aufzuschreiben. Du wusstest nicht, dass dies ein Koranvers* war. So wie du nicht wusstest, dass dein Großvater den Krieg hasste. Und auch nicht, dass der Koran das Töten von Menschen verbietet mit Ausnahme der Aufrührer,* und dass es dort heißt, einen Menschen zu töten sei gleichbedeutend damit, die ganze Menschheit zu töten.* Vielleicht hat dein Großvater beim Gebet auch diesen Vers rezitiert, doch du warst lediglich vom Klang des Gebets fasziniert, dich interessierte der Inhalt überhaupt nicht. Ja, zuerst gab es da diesen Klang, der sich in dein Herz grub, noch über das Arabische hinaus gab es dieses grenzenlose Reich der Sprache.

Du hast das Heft mit den Kriegserinnerungen deines Großvaters nach seinem Tod gefunden. Sie waren auf vergilbtes Strohpapier geschrieben, durch stellenweise ausgelaufene Tintenflecken waren manche Seiten unleserlich geworden. Der Text war sowieso in alter Schrift geschrieben,* und auf den ersten Blick sah man, er stammte von einer zitternden, müden Hand. Er war so unleserlich, dass du ihn nicht entziffern konntest. Du dachtest darüber nach, wie es so weit hatte kommen können, dass der Enkel nicht mal die Kriegserinnerungen seines Großvaters zu lesen vermochte, die dieser wie seinen Augapfel gehütet hatte, und dass du dich wegen der Übertragung in die neue Schrift an einen befreundeten Spezialisten wenden musstest. Wie schnell sich alles verändert hatte! Dein Großvater war nicht gegen die Reformen der Republik gewesen, und du gehörtest mit zu denen, die von den Segnungen des lateinischen Alphabets profitierten. Während du diese Zeilen schreibst, sehnst du dich natürlich keineswegs nach den arabischen Buchstaben, selbst wenn du ständig mit ihren gewundenen Formen zu tun hast. Und doch hättest du gern einen Text aus den hinterlassenen Schriften deines Großvaters richtig lesen wollen.

Zwischen den Seiten des Hefts befanden sich auch einige Fotos. Auf einem waren die Stabsoffiziere von Cemal *Paşa* aufgereiht, sitzend in der vorderen Reihe, in der hinteren stehend. Dein Großvater stand in der hinteren Reihe ganz links. Man sah von ihm nur Kopf und Brust. Er trug den *kalpak* und einen Schnurrbart. Die in der ersten Reihe Sitzenden hatten Orden auf der Brust. Die einen hatten weiße Fußlappen an den Füßen, die anderen Lederstiefel. Als du das Foto anschautest, kam dir der Gedanke, dass keiner von ihnen mehr am Leben war, auch dein Großvater nicht. Auf einem anderen Foto saß er vor dem Bahnhof von Medina auf einem Dromedar. Der Steinbau des Bahnhofs, Endstation der Hedschas-Bahn, erinnerte ein wenig an die verzierte Fassade des Bahnhofs Sirkeci.* Das Gebäude passte überhaupt nicht in die Umgebung. Genauso wenig wie Rahmi *Bey*, der in seiner schmucken Offiziersuniform lächelnd auf dem Dromedar saß. Zweifellos hatte er zum ersten Mal ein Kamel bestiegen. Das musste der Grund für das kindliche Lächeln auf seinem runden Gesicht sein. Du erinnerst dich, dass du gedacht hast: Die haben einst auch gelebt und wollten auf einem Dromedar kämpfend das Osmanische Reich retten. Es war in Manisa, als du nach dem Tod deines Großvaters seine Akten durchsahst. Später bist du nie wieder in die Stadt deiner Kindheit zurückgekehrt. Nicht weil du nicht gern zurückgekehrt wärst, sondern weil dich dein Weg nicht in die Heimat von Rahmi *Bey* geführt hat.

Nach der Kriegserklärung tat Rahmi *Bey* kurze Zeit im Marineministerium Dienst als Reserveoffizier, aber als dann der Sultan in seiner Eigenschaft als Kalif alle Muslime zum Heiligen Krieg gegen die Mächte der Entente aufrief, wollte er an die Front. Da er sehr gut Arabisch konnte, wurde er in den Dienst von Cemal *Paşa* übernommen, des Oberbefehlshabers der Vierten Armee. Der Zweck des Feldzugs war, die Engländer zu schlagen, vielmehr durch die Besetzung Ägyptens die Schlagader des Britischen Empire, den Suezkanal, abzuklemmen. Währenddessen kämpften die einfachen Soldaten an allen Fronten, die sich von Galizien bis zum Kaukasus, von Çanakkale bis zum Irak und Ägypten erstreckten. Welche Entfernung vom Dorf Hacırahmanlı bis zur Wüste Tih!

Sie kamen aus dem Norden, von den Ufern des Schwarzen Meers mit den nebligen Almen des Kaçkar-Gebirges und den schneebedeckten Gipfeln des Isfendiyar. Ihre Hände, die zuvor Tee gepflückt, *kemençe* gespielt und Sardinen mit Netzen gefangen hatten, hielten jetzt ein Mausergewehr, steckten das Bajonett auf und grüßten militärisch. Andere kamen aus dem Osten, aus dem Land der *dadaş*,* aus Erzurum, Van, Bitlis, Siirt und Hakkâri. Unter ihnen gab es welche, die eines Nachts mit Gewalt aus ihren Lehmhäusern geholt worden waren, wo sie den Herd mit getrocknetem Mist heizten und zusammen mit ihren Tieren schliefen; ebenso ihre Stammesältesten. Sie sprachen und verstanden ihre eigene Sprache, doch beim Appell erstatteten sie Meldung auf Türkisch. Wieder andere kamen aus dem Süden, aus dem Taurus, aus Antalya, Adana und Osmaniye. Sie waren Beamte, Halbnomaden, Landarbeiter, Bauern, vielleicht auch Landbesitzer. Sie zogen ihre Pumphosen und ihre rötlichen, grünlichen Kittel aus und eine Uniform an. Auf dem Kopf hatten sie keinen Fez mit Troddel, an den Füßen hatten sie Halbstiefel, um die Taille das Bajonett geschnallt, und in ihren Gesichtern spiegelte sich Verwirrung. Sie machten sich Sorgen. Nicht mit ihren Waffen, so hatte man ihnen gesagt, sondern mit ihrem Glauben würden sie die Ungläubigen besiegen. Im völligen Kontrast dazu war das Bataillon der Mevlana-Derwische aus Konya, die an dem Feldzug teilnahmen, eine Schicksalsgemeinschaft auf Gedeih und Verderb; Neyflötenspielern und Musikanten folgten Umsiedler aus Deliorman. Verwundert schauten sie auf die Einheiten der Dromedarreiter. Die Derwische mit ihren riesigen spitzen Hüten auf dem Kopf tanzten und schwänzelten zum Klang der Handtrommeln, Kastagnetten und Rohrflöten. Wenn sie sich drehten, dann drehten sich am Himmel auch Mond und Sonne und auf Erden die Sandhügel und Berge. Mit ihren reinweißen Gewändern mischten sie sich unter die arabischen Freiwilligen mit ihrer *kefiye* und die Menge der Zuschauer, die den Fez trugen. Es schien, als sehnten sich die aus dem Westen Anatoliens Gekommenen nach ihren Weinbergen, Olivenhainen und Tabakfeldern, die sie verlassen hatten. Als sie die erdfarbene Uniform anzogen, wurde ihnen ganz seltsam zumute, offensichtlich verzehrten sie sich nach ihren Frauen, ihren Verlobten und Kindern in ihrem Heimatdorf. Mit Fußlappen und Ledersandalen machten sie einen komischen Eindruck. Rahmi *Bey* aus Hacırahmalı aber hatte niemanden, nach dem er sich sehnen konnte. Vor ihm erstreckte sich, soweit das Auge reichte, die Wüste mit ihren Sanddünen, die vom Wüstenwind verschoben wurden, hinter ihm lag seine Jugend, die er nicht vergeudet hatte. Und er ritt im Trab auf seinem Pferd mit anderen Offizieren, die den mit Halbmond und Stern verzierten *kalpak* trugen.

Etwa ein Jahr nach Beginn des Ersten Weltkriegs setzte sich die Armee von Bîr Üssebi nach Westen durch die Wüste Tih in Richtung Ismailiya in Marsch. Vorneweg ritt Cemal *Paşa* auf seinem Schimmel, einem Geschenk des Sultans. An den Füßen hatte er Lederstiefel, die bis zu den Knien reichten, auf seiner Brust prangte der Orden für außerordentliche Verdienste. Sein schwarzer, kräftiger Bart warf im Sonnenuntergang einen verlängerten Schatten. Mit dem Fernglas am Hals und in seiner aufrechten Haltung glich er eher einem Bronzestandbild als einem lebenden Heerführer. Etwa hundert Schritte voraus ritten zwei Reiter mit Mauserflinten auf den Knien zum Schutz des Pascha. Hinter ihm kam der Stabschef und hinter diesem zwei Adjutanten, die Stabsoffiziere und eine Abteilung Kavallerie mit ihren Wimpeln.

Diese Marschordnung wurde in der menschenleeren Wüste die ganze Nacht beibehalten. Die mit Proviant beladenen Kamele, Büffel und Ochsen, die Kanonen und Pontonboote zogen, Brückenbauer, Brunnenbohrer, Pioniersabteilungen, Einheiten für Telegraphenleitungen, Sanitäter, Feldlazarette und Fußtruppen schienen beseelt von derselben Entschlossenheit, derselben Hoffnung. Dabei waren sowohl die Tiere als auch die Menschen vom guten Willen der Versorgungsoffiziere abhängig. Alle waren ständig zusammen, wenn sie sich niederließen, marschierten, sich gemeinsam von ihrer Müdigkeit erholten. Mit dem gleichen Hunger, derselben Gottergebenheit nährten sich die Tiere von Heu und Disteln, die Menschen von Datteln und Zwieback. Die Soldaten hatten Trinkwasser und einen Militärmantel gegen die nächtliche Kälte, doch kein kegelförmiges Zelt, unter dem sie sich hätten bergen können. Mit den Händen gruben sie sich eine Mulde, in die sie sich legten. Und ehe sie in den Schlaf versanken, regnete es Sterne vom Himmel auf sie herab.

Rahmi *Bey* dachte daran, dass der heilige Moses vor vielen Jahrhunderten in dieser Wüste unter jenen Sternen mitten in jenen gewellten Sandhügeln in jener Einsamkeit gleich ihnen einer Hoffnung gefolgt war, dass er, um sein Volk aus der Sklaverei zu erretten, sich in Todesgefahr begeben hatte. Moses hatte die Kinder Israels aus Ägypten herausgeführt, das achte Armeekorps jedoch sollte die Engländer aus Ägypten vertreiben und den Palast des Pharao über ihnen einstürzen lassen. Als Rahmi *Bey* nachts unter den Sternen lag, fiel ihm Moses ein. Er stellte sich ihn so vor, wie der Koran von ihm berichtet, als starken jungen Mann. Er hatte einen Kopten getötet, um einem vermeintlichen Freund zu helfen, der mit dem anderen in Streit geraten war, doch Allah verzieh ihm und erwählte ihn zu Seinem Gesandten. Ein Prophet, der andere umbringt ... Das konnte Rahmi *Bey* irgendwie nicht fassen. Hatte ein Diener Allahs etwa das Recht, einem anderen die Seele zu nehmen, die Gott ihm gegeben hatte? Wahrscheinlich ja. Denn weswegen zogen sie durch die Wüste, was hatten sie denn sonst zu schaffen in dieser Einöde, durch die keine Karawane zog und kein Vogel flog? Allah hatte hier in dieser Unendlichkeit, in dieser nächtlichen Kälte, die dem Menschen durch Mark und Bein ging, Moses gerufen. Als er mit seiner Familie durch diese Wüste zog, hatte er ein Feuer gesehen. Er war dem Feuer gefolgt, um vielleicht eine Botschaft zu empfangen oder eine Glut zu finden und sie zu seiner Familie zu bringen, um sie zu wärmen, doch in einem Sandsturm, der die Spuren verwischte, hatte er den Weg verloren. Ein Prophet, der, ehe er sein Volk auf den rechten Weg führt, seinen Weg nicht mehr findet! Rahmi *Bey* konnte auch dies nicht fassen, doch er dachte, es könne in der Geschichte von Moses einen tieferen Sinn geben, den er nicht kannte und nicht verstand. Eines Tages würde er den Koran sorgfältig durchforsten, um daraus Lehren zu ziehen. Er beschloss, wenn er nicht stürbe, sondern am Leben bliebe, verschiedene Kommentare zu vergleichen, um zu einem Ergebnis zu gelangen.

Nicht grundlos hatte Moses am Fuß des Sinai jenes Feuer gesehen. Man sah manchmal in der Nacht oder gegen Morgen solche Feuer, wenn der Sternenregen aufhörte und es noch nicht dämmerte. Entzündeten die Dschinnen, die aus rauchlosen Flammen geschaffen waren, diese Feuer oder waren es Menschen, die in der Wüste ihren Weg verloren hatten? Wer weiß, vielleicht hatten diese Feuer auch Beduinen, die die Kälte satthatten, angezündet, um sich zu wärmen. Auch Rahmi *Bey* sah vor dem Einschlafen Feuer, doch er fand es nicht erforderlich, eine Aufklärungspatrouille hinzuschicken. Würde Allah die Aufklärungspatrouille anrufen, wenn er sie hinschickte? Würde Er, um Blutvergießen zu verhindern, zu ihnen sagen: »Was wollt ihr hier, los, kehrt um, Marsch, Marsch!« Wenn es der Gott Jesu wäre, dann vielleicht, doch Er war der Gott Moses' und Muhammeds.

Ehe Rahmi *Bey* in Schlaf versank, ließ er die Verse des Korans, die sich auf Moses bezogen, in seinem Geist vorüberziehen – sozusagen wie einen Filmstreifen. Damals gab es weder Farbfilme noch Cinemascope. Es war die Zeit des Stummfilms. Um eine Geschichte zu erzählen, genügten Bilder. Und Rahmi *Bey* stellte sich in der Tih-Wüste gegen Morgen die Geschichte des Moses als schwarz-weißen Stummfilm vor. Von der Truppe, die in tiefem Schlaf lag, kam kein Laut. Vielleicht war der Ruf Allahs unhörbar ergangen; Allah sprach sowieso nicht zu seinen Dienern, nur zu den Propheten, und dann durch den Mund Gabriels. Aber aus irgendeinem Grund hatte Er Moses direkt gerufen, doch dieser war in Ohnmacht gefallen, als er Allah hatte sehen wollen. Woher hatte er nur diese Kühnheit genommen? Allah zeigte sich niemandem, nicht mal den Propheten.

Allein Muhammed hatte die Gnade gehabt, seine Herrlichkeit zu sehen, als er bei seiner Himmelsreise die äußerste Grenze hinter dem siebenten Himmel überschritten hatte … Doch das war ein Sachverhalt, über den man immer noch diskutierte, die Wissenschaftler sollten ruhig weiterhin miteinander darüber diskutieren, jetzt hier in der Wüste hatte Cemal *Paşa* die Befehlsgewalt, und man konnte sowohl die Herrlichkeit des Pascha als auch seinen Zorn kennenlernen. Zum Glück gehörte Rahmi *Bey* derzeit zu denen, die seine Herrlichkeit erlebten.

In einem Zustand zwischen Schlaf und Wachen sah Rahmi *Bey*, der mit geschlossenen Augen seinen müden Körper in die Kühle des Sandes hatte sinken lassen, einen Stab in Form einer sich windenden, im Halbdunkel leuchtenden Schlange auf sich zukommen und wurde von Panik erfasst. Dann richtete sich Moses vor ihm auf. Er steckte die Hände in seine Brust, und als er sie wieder herauszog, waren sie weiß geworden. Beide Hände des Moses waren weiß wie ein Leichentuch. Nachdem Allah die Kinder Israel erschreckt hatte, indem Er den Berg wie einen Schatten über ihnen hatte schweben lassen, ließ Er auf das Land am rechten Abhang des Berges Sinai Manna und Wachteln regnen. Die Wüstennacht, die mit einem Sternenregen begonnen hatte, endete gegen Morgen mit dem Wachtelregen. Rahmi *Bey* versank in einen süßen Schlaf und lächelte, als regnete es vom Himmel weder Sterne noch Wachteln, vielmehr göttliche Barmherzigkeit.

Die Wüste war nachts kalt, tagsüber brennend heiß. Sie bestand nicht bloß aus Sandhügeln und Fata Morganas, sondern es gab auch Berge, Granitfelsen, Steine, die in Größe und Form Menschen ähnelten. Auch rote, aschfarbene und lila Bergwände gab es, deren Schatten bei Sonnenuntergang in tiefe ausgetrocknete Flussbetten fielen. Und es gab die Stille. Die Natur war nachts und auch tagsüber in tiefe Lautlosigkeit gehüllt. Kein Vogelflügel rauschte, keine Fliege summte. Um die Stille zu durchbrechen, murmelte Rahmi *Bey* ein Lied vor sich hin. Ein Liedchen, in dem es um Istanbul ging und um die Liebste, die am Strand der Großen Prinzeninsel wartete, ein Lied, das den Menschen Heimweh spüren ließ. Dann fielen ihm die *zeybek* genannten ägäischen Volkslieder ein. Wo es heißt, dass Çakıcı Efe, der Partisan ›Messermacher‹, die Herrenhäuser von Izmir prasselnd niederbrennt. Dabei konnte Rahmi *Bey* gar nicht singen. Derweil stimmten die Offiziere wie aus einem Mund »Der Berggipfel ist in Nebel gehüllt« an. Folglich war ihnen ebenfalls die tiefe Lautlosigkeit der Wüste unheimlich. Wie seltsam, ihnen schauderte nicht vor ihrem Schicksal, sondern vor der Lautlosigkeit. »Der Berggipfel ist in Nebel gehüllt / Der silberne Fluss fließt dahin / Die Sonne steigt gerade am Horizont auf / Lasst uns marschieren, Kameraden!« Und sie marschierten. Der silberne Fluss war eine Fata Morgana, er floss auf den blauen See zu, der ganz plötzlich vor ihnen zu sehen war. Als sie näher kamen, hörten sie das Rauschen eines fließenden Gewässers. Damit die Fata Morgana verschwand, mussten sie ein paar Schluck kochend heißes Wasser aus der Feldflasche trinken.

Manchmal schienen auch die Kamele eine Fata Morgana zu sehen. Dann wurden sie schneller, fingen an, mit ihren dünnen, langen Beinen zu laufen und beim Laufen erstickte Laute aus ihrem Rachenraum hervorzubringen. Die wolligen Köpfe am Ende der langen Hälse, die an den Bug eines Schiffs erinnerten, wie es das Sandmeer teilte, schwankten schneller. Am Horizont zeichnete sich das Tik-Gebirge ab. Wie ein weit entferntes, ganz unbestimmtes, beinahe unerreichbares Ziel. Dem kamen sie immer näher. Dann tauchten sie in die weißen und grauen und bei Sonnenuntergang auch lila und roten Wolken ein. Diese türmte der Hamsin* während des gesamten Marsches über den Streitkräften auf, eine Weile marschierten unten die Soldaten und oben die Wolken, doch es fiel nicht ein einziger Regentropfen. Trotzdem gab es einzelne Büsche, an denen ihre Füße hängen blieben. Die Kamele schluckten die Stechginsterbüsche mit ihren weißen Blüten, die ihnen in den Weg kamen, ohne sie zu kauen. In der Morgendämmerung fiel ein grelles Licht auf sie. Dann, wenig später, wenn die Sonne mitten am Himmel stand, begann der Hamsin alles zu rösten, wie ein Hauch aus einem offenen Backofen.

Wenn Rahmi *Bey* auf die Berge schaute, wenn er jenseits der Sandhügel das wie Samt gewellte Gelände sah und die rosa Granite, in denen blaugrüne Adern schimmerten, majestätisch hingebreitet, dann dachte er an die Allmacht Allahs. Bei der Formung der Erdoberfläche hatten Regen und Wind, Sonne und Frost dieses Granitmeer durch Jahre und Jahrhunderte in ein Meer aus mehlfeinem Sand verwandelt. Vielleicht hatte sich hier früher schon mal probeweise die vom Koran in Aussicht gestellte Katastrophe ereignet, wobei Steine heruntergerollt, die Berge aufeinandergekracht und wie Wolken zerstoben waren. Mit ihren aufeinandergetürmten und durcheinandergewürfelten tiefschwarzen Rücken und aschfarbenen Gipfeln erinnerten sie an furchterregende Geschöpfe. Doch nachts verschwanden sie aus dem Blickfeld. Und die Leere, jene endlose, tiefe Leere, füllte sich augenblicks mit Sternen.

Trotz der Hitze wurden ihre Uniformen nicht schmutzig. Denn sie schwitzten nicht. Fast hatten sie vergessen, was Schweiß ist. So wie sie auch den Regen, das Grün, das Meer und die Bäume vergessen hatten. Manchmal senkte sich auch ihr Himmel, doch meistens war er weit oben, ganz blau und strahlend. Wenn nachts der Militärmantel nicht reichte, wickelten sie sich zum Schlafen in Decken ein in ihren Wiegen aus Sand, Sand, der den ganzen Tag über die Hitze eingesaugt hatte.

Das achte Armeekorps mit dem Reserveoffizier Rahmi *Bey* durchquerte zügig in ungestörter Marschordnung innerhalb von siebzehn Tagen die Wüste Tih, wobei sie rasteten, wenn die Sonne anfing, alles zu versengen, und manchmal setzten sie nachts ihren Weg fort. Am achtzehnten Tag erschien der Suezkanal hinter den Sandhügeln. Keiner konnte ahnen, dass dieselbe Armee, die hier in dieser schönen Ordnung aufmarschierte, einige Jahre später im zweiten Kanalfeldzug nach der Niederlage sich total zerschlagen zurückziehen musste, wobei alle, die nicht gefallen waren, in Gefangenschaft gerieten und der Sinai zum Soldatenfriedhof wurde.

Sein Leben lang würde Rahmi *Bey* den Anblick nicht mehr vergessen, der sich bot, als sie den Flaschenhals des Kanals erreichten. Es war Nacht. Er war total erschöpft. Gerade wollte er einnicken, da sah er, wie Scheinwerfer die Dunkelheit diagonal absuchten. Im selben Augenblick war alles taghell, und ihre Stellungen ein wenig voraus waren in Licht getaucht. Gegenüber lagen die Stadt Ismailiya und die Kleinstädte Tosum und Serapium im Schlaf. Vereinzelte Feuer brannten in der Dunkelheit. Drunten leuchtete der Suezkanal wie ein silberner Strom zwischen den Sandwüsten. Ein Transatlantikdampfer glitt mit voller Beleuchtung langsam durch das aufschäumende Wasser. Rahmi *Bey* konnte von seinem Platz aus die Reisenden nicht sehen, doch er konnte davon träumen, wie sie zu dieser späten Nachtstunde Champagnerkorken knallen ließen, wie glückliche Paare zum Klang des Orchesters eng umschlungen Walzer und Polka tanzten, wie ohne Rücksicht auf den Krieg die Roulettekugeln rollten und mit ihrem Rollen große Vermögen in den Abgrund rissen, wie die Passagiere ihre Gläser klingen ließen, als sehnten sie sich nach roten, grünen und weißen Ballons, die in die Luft aufstiegen. In Istanbul hatte er oft solche Schiffe von der Größe einer Stadt gesehen, die über die Ozeane fuhren und die Menschen mit ihren Hoffnungen und Träumen von einem Erdteil zu anderen trugen, doch nicht ein einziges Mal hatte er den Ruf der Ferne gehört wie seine Landsleute, die er nach Izmir begleitet hatte, als sie in die Neue Welt aufgebrochen waren. Vielleicht weil er weder abenteuerlustig noch arm war, und vor allem, weil er in einem fremden Land die Mitmenschen zwar nicht als *kâfir*, als Ungläubige, bezeichnet, es aber nicht ertragen hätte, unter Nichtmuslimen zu leben, das tägliche Brot mit ihnen zu teilen, zu sein wie sie. Weil er nicht mit ihnen auf einem Friedhof begraben sein wollte. Manche sagten ja, die Heimat sei da, wo man den Magen füllen könne. Für andere war die Heimat da, wo die rote Fahne wehte und der Boden mit dem Blut der Gefallenen getränkt war. Wenn man Rahmi *Bey* fragte, bedeutete für ihn vor allem der *ezan*, der Gebetsruf, die Heimat, danach aber kam gleich die Ebene des Gediz mit ihren grünen Weinbergen, den Tabakfeldern und Olivenhainen.

An den Ufern des Kanals hatten Kreuzer ihre Anker geworfen. Jeder einzelne war mit seinen langen, schmalen Kanonen, den am Mast flatternden blau-roten Wimpeln und den nebeneinander wie Soldaten in Grundstellung aufgereihten Schornsteinen ein Monument aus Stahl. Einen Augenblick dachte Rahmi *Bey* auch an diejenigen, die sich auf ihnen befanden. Sie lagen in der Feuerlinie. Vielleicht waren die Reisenden des Transatlantikdampfers, der im Kanal aus dem Blickfeld verschwand, für die Matrosen bedeutungslos, doch sie waren zu ihrem Schutz hier. Ihre Kommandanten hatten es nicht für nötig befunden, den Kanal zu schließen,

obwohl sie durch ihre Aufklärungsflugzeuge über den Vorstoß der osmanischen Streitkräfte informiert waren. Das
bedeutete, sie nahmen die Türken nicht ernst. Auch hier
zeigte sich der Hochmut der Engländer, sie konnten sich
nicht vorstellen, dass Cemal *Paşa* eins ihrer Schiffe durch
Kanonenfeuer versenken und dadurch den Verkehr im Kanal zum Stillstand bringen könnte. Sollten sie sich nur an
ihrem Ankerplatz so aufrecht und überheblich halten wie
die Wachen des Buckingham-Palastes. Jedenfalls käme es
im Morgengrauen beim ersten Angriff zum Kräftemessen.
Dann würden sie die Quittung für ihren Hochmut bekommen. Es war ersichtlich, dass Rahmi *Bey* die Engländer nicht
sehr mochte. Dabei betrachtete er sie nicht als Feinde, sondern nur als Ungläubige.

Es war den Soldaten verboten worden, vor dem Angriff am
nächsten Morgen zu rauchen und zu reden. Der Befehl lau-
tete, Metallgegenstände wie den Dolch und die Feldflasche
so zu befestigen, dass sie keinen Krach machten, und damit
es nicht zu versehentlich vorzeitigen Schüssen kam, wurden
die Kugeln aus den Gewehren genommen. Lediglich das Bajonett wurde aufgesteckt. Die Parole hieß ›*Sancak-ı Şerif*‹.
Weil Rahmi *Bey* nicht bei der ersten Einheit war, die den
Überfall ausführen sollte, erfuhr er die Parole ein bisschen
spät, doch er fragte sich nicht wie manch anderer: »Warum
denn *Sancak-ı Şerif* und nicht auf Türkisch *al bayrak,* rote
Fahne. Für ihn war das völlig normal. Denn seiner Überzeugung nach waren sie nicht auf Befehl des Stellvertreters
des Oberkommandierenden hier, Enver *Paşa*, sondern dem
Aufruf des Kalifen gefolgt, den Islam zu verteidigen, indem
sie die Engländer aus Ägypten vertrieben.*

Doch es entwickelte sich nicht alles nach Plan. Der
Sandsturm, der kurz vor dem Angriff einsetzte, veränder-
te das Gelände, und die Pioniereinheit, die vorausgeschickt

worden war, verlor auf dem Weg die Orientierung. Zwar konnte der Kommandant der Pioniere sich nach einer Weile mit Hilfe seines Kompasses mit den Glaubenskämpfern aus Tripolis vereinen, die Pontonboote von den Wagen abladen lassen und den angreifenden Truppen zuteilen. Doch gelang es wegen des heftigen Maschinengewehrfeuers des Feindes nicht, das andere Kanalufer zu erreichen, dort einen Brückenkopf zu errichten, um von dort aus Stellung entlang der Eisenbahn zu beziehen. Binnen kurzem waren die meisten Boote durchlöchert und untergegangen, und die in ihnen sitzenden Soldaten waren im Wasser versunken. Die paar Pontonboote, denen es gelang, die andere Seite zu erreichen, reichten nicht für einen wirkungsvollen Vorstoß. Als es hell wurde, hatte der Feind Verstärkung herangeführt, und mit den ersten Sonnenstrahlen begann das Kanonenfeuer aus der Richtung von Tosum und Serapium.

Die Gefechte dauerten den ganzen Tag lang, und die Kreuzer im Kanal zögerten nicht, die türkischen Kanonenbatterien, die hinter den Sandhügeln Stellung bezogen hatten, zu beschießen. Nur ein Schiff wurde getroffen und musste sich aus der Schlacht zurückziehen, die anderen aber feuerten weiter, und ein englischer Torpedo vernichtete einige der nutzlosen Pontonboote, die im Kanal festsaßen, mitsamt den verwundeten Soldaten in ihnen. Cemal *Paşa*, dem es bis zum Abend nicht gelungen war, die Feuerhoheit zu gewinnen, analysierte kaltblütig die Lage und befahl, auch auf Drängen des verbündeten Deutschland und des Generalmajors Werner von Frankenberg, den Abbruch des Gefechts und den Rückzug, um weitere Verluste zu vermeiden.

Rahmi *Bey* hatte das Geschehen vom Stabsquartier aus verfolgt, ohne selbst in die Schusslinie zu geraten. Die Gefallenen wurden im Quartier ebenso wie die verendeten Tiere als Verluste registriert. Jeder gedachte der Gefallenen mit Ehrfurcht, doch über sie persönlich wusste man nicht viel. Kaum jemand dachte an ihre zurückgelassenen Familien, das Schicksal ihrer Kinder, wenn sie denn welche hatten. In den Listen befanden sich ihre Personaldaten, und neben den Namen wurde ›gefallen‹ oder ›Verlust‹ eingetragen. Doch warum waren diese jungen Leute aus dem innersten Anatolien hergebracht worden, wofür hatten sie ihr Blut vergossen? Für das Vaterland, für den Kalifen? Oder war die Wüste, die ihnen zum Grab wurde, ihr Vaterland? Solche Fragen stellte sich kaum jemand. Diejenigen, die die Soldaten, zusammengepfercht wie eine Rinderherde, in Güterwagen verluden und an die Front transportierten, die sie an Deck von Schiffen hungern und dursten ließen und bei einem Fluchtversuch ihnen eine Kugel verpassten, machten, über ihre Karten gebeugt, Kriegspläne und prosteten sich nachts unter Kristalllüstern zu. Sie glaubten, sie seien von den Soldaten verehrte Befehlshaber, bildeten sich ein, für das Volk zu kämpfen, dabei machte das Volk sich über ihren Ordensschmuck lustig. Rahmi *Bey* war kein Offizier von der Sorte, aber im Stab war er mit ihnen zusammen. Auch er betrauerte die Verluste des erfolglosen ersten Kanalfeldzugs nicht allzu sehr und hatte Mühe, sich die Gefallenen als Individuen vorzustellen. Der Ausspruch von Namık Kemal »Der Tod ist des Soldaten letzter Rang«, den die Generäle zitierten, erschien ihm tröstlich. Als er jedoch die Nachricht erhielt, Leutnant Halet sei gefallen, war er erschüttert.

Er hatte Halet in Istanbul kennengelernt, im Zug waren sie Freunde geworden, und in Damaskus hatten sie gemeinsam Urlaub genommen und die Stadt unsicher gemacht. Halet war ein gescheiter, gutaussehender, gesprächiger junger Offizier. Nach Abschluss des Galatasaray Gymnasiums* hatte er in Frankreich eine Ausbildung zum Kavalleristen erhalten. Sein Französisch war ausgezeichnet. Als sie in

Damaskus ausgingen, erregten sie überall Aufmerksamkeit, Rahmi *Bey* durch sein Arabisch, Halet durch sein Französisch. Sie waren wie zwei Gesichter desselben Menschen. Halet mit seiner westlichen Bildung und Rahmi mit seiner Korankenntnis und seinen juristischen Arbeiten vertraten die osmanische Kultur. Was sie einander nahebrachte, war vielleicht diese Mischung, waren ihre aufgeklärten Persönlichkeiten, die einander ergänzten. Man konnte nicht sagen, dass ihnen der Krieg sehr gefiel. Halet hatte seine erste Enttäuschung an der Kaukasusfront erlebt. Er hatte sich seinem Vorgesetzten, der ihm befohlen hatte, einen Schuldigen zu erschießen, anstatt ihn vors Kriegsgericht zu bringen, widersetzt und gesagt, er sei »Offizier, kein Scharfrichter«. Diese Begebenheit erzählte er Rahmi *Bey* in Damaskus am Rakitisch, und von dem Tag an fühlte er Halet gegenüber nicht nur Freundschaft, sondern Hochachtung. Bald danach sollte er Zeuge von ähnlichen Befehlen Cemal *Paşas* werden.

Als die Nachricht kam, Halet sei gefallen, trauerte Rahmi *Bey* wie um einen Bruder. Er grämte sich und fand keine Worte. Bei der Trauerfeier beachtete er diejenigen nicht, die sagten, Halet habe mit seinem Leben und Sterben in der Wüste ein Heldenepos geschrieben. Während einer der Kameraden seine Rede mit den Versen von Namık Kemal »Tod und Leben sind gleichwertig / Helden aus dem siebenten Himmel, eilt dem Vaterland zu Hilfe!« beendete, betete Rahmi die Sure *Fatiha*. Er gehörte auch nicht zu denen, die schrien: »Rache für Halets Blut!« Er betete nur für ihn und bat Allah, ihm seine Sünden zu vergeben. Was für Sünden konnte ein junger Mann von Mitte zwanzig schon begangen haben! Außerdem, war Allah nicht der Beschützer und der Vergebende? Er musste Halet wie alle im Glaubenskampf Gefallenen längst ins Paradies aufgenommen haben.

Halet hatte blaue Augen und war blond wie die deutschen

Offiziere im Stab, doch er war nicht so eingebildet wie sie. Er hatte auch keinen Schnurrbart. Er stammte aus einer Familie vom Balkan. Sein Vater hatte an der Schlacht von Pleven* teilgenommen. Er hatte ein engelsgleiches Gesicht und einen bajonettscharfen Blick, der die Menschen sofort beeindruckte. Rahmi *Bey* wurde Zeuge, wie er eines Nachts den Hals seines Kamels umarmte und weinte. Sofort merkte er, dass der Freund eigentlich um seine geliebte Frau weinte, doch er wusste, er konnte sein Inneres nur seinem Kamel zeigen. Halet liebte immer noch seine Verlobte, die jung an Tuberkulose gestorben war. Selbst im Zustand der Trunkenheit schaute er keine andere an. Zu seinen Soldaten hatte er ein sehr gutes Verhältnis, er fragte sie, wie es ihnen ginge, und ließ diejenigen, die eine schöne Stimme hatten, türkische Volkslieder singen, in denen es um Heimweh in der Fremde ging. Wie alle echten Helden mochte er Heldenlieder nicht besonders gern. Man erzählte, er habe jeden Abend seinem Dromedar nach dem Tränken mit einem *misvak* die Zähne geputzt. Ob das nun stimmte oder nicht, es war Tatsache, dass er die Tiere so liebte wie die Menschen, weil er im Geschöpf den Schöpfer heilig hielt. Es gab sicher viele Wege, zu Allah zu gelangen, und Rahmi *Bey* dachte, Halet habe, ehe er den Weg des Blutzeugen ging, den Weg der Liebe und Barmherzigkeit gewählt. Deswegen hasste Rahmi die Kugel, die ihn niedergestreckt hatte.

Nicht wie Halet aus Liebe zum Vaterland, sondern um den Islam zu verteidigen war er den langen Weg getrottet, und unter den Arabern fühlte er sich nicht einmal fremd. Wie viele der Stabsoffiziere verschloss auch er seine Ohren der Nachricht, der Befehlshaber von Mekka, Großscherif* Hüseyin, plane einen Aufstand. Niemand hatte Rahmi gezwungen, in die arabischen Wüsten zu gehen, diesen Dienst hatte er sich selbst ausgesucht. Im Zug unterwegs auf der

Hedschas-Bahnstrecke stellte er sich vor, draußen zöge Anatolien, das Vaterland vorbei. Durchs Zugfenster hatte er schneebedeckte Berge, Flüsse, Ochsenkarren und Bahnhöfe mit vielen Leuten gesehen. Die Reise hatte einfach kein Ende genommen. Als sie nach einiger Zeit die Steppe hinter sich gelassen und den Taurus überwunden hatten, als sie über Iskenderun nach Syrien gekommen waren, hatte sich das Bild verändert, und statt der Bauern mit Ledersandalen hatte man Araber mit ihrer *kefiye* und dem Dolch an der Hüfte gesehen. Es waren nicht Türken, aber durch und durch Muslime. Auch hier ertönte der *ezan* von den Minaretten, am Freitag gab es eine Predigt, und für die Toten wurde vor der Beerdigung der Gebetsruf gesungen. Das alles war für Rahmi *Bey* Grund genug, die muslimischen Untertanen des Osmanischen Reiches gegen die Ungläubigen zu verteidigen. Er wusste nicht, dass die Araber bald darauf, nur ein paar Monate später, verführt vom englischen Gold und dem Traum von Freiheit, einen Aufstand anzetteln und dem osmanischen Staat in den Rücken fallen würden.

Dabei hätte er diesen Aufstand vorhersehen können. Wenn Rahmi *Bey* nur ein wenig von Politik verstanden hätte, hätte er, als ihn Cemal *Paşa* zum juristischen Berater bestellte, nicht nur sehen müssen, dass von den in Damaskus durch das Kriegsgericht zum Tode Verurteilten die meisten diese Strafe nicht verdient hatten, sondern er hätte sich auch die politischen Folgen der Hinrichtungen ausrechnen können. In den ersten Kriegsmonaten wurde in Damaskus das Archiv des Französischen Konsulats beschlagnahmt, und die Untersuchungen ergaben, dass der Verein *El-La Merkeziye** geheime Verbindungen mit Frankreich unterhielt. Cemal *Paşa* verurteilte mehrere Syrer, die Mitglieder dieses Vereins waren, zum Tode, trotz der Warnungen, die der Vorsitzende des Kriegsgerichts und die Beisitzer aussprachen. Unter den in größter Eile gehängten Verurteilten waren Senatoren, Abgeordnete, Beamte und Stabsoffiziere, auch Journalisten. Rahmi *Bey* als Jurist hielt es nicht für richtig, sie schnell an den Galgen zu bringen, um das Volk einzuschüchtern, doch er konnte nichts tun. Im Krieg lag alle Gewalt in den Händen des Oberbefehlshabers der Armee, bei dem juristisches Wissen und Gewissen weniger entwickelt waren als die militärischen Fähigkeiten.

Bei der Erinnerung an jene Nacht erkannte Rahmi *Bey*, warum der Krieg verlorenging, denn als sich die Araber erhoben, geschah das nicht nur, weil die Engländer sie anstachelten, sondern weil sie gegen die grausame osmanische Herrschaft um ihre Freiheit kämpften. Jene Nacht würde er sein Leben lang nicht vergessen, der Anblick der am Strick baumelnden Menschen würde ihn wie ein Albtraum verfolgen und ihm bis zu seinem Tod nicht aus dem Kopf gehen. Es war spät in der Nacht, als er auf den *Hükümet Meydanı*, den Regierungsplatz kam, wo die Hinrichtung stattfinden sollte. Er sah, dass man bereits begonnen hatte, ohne das Morgengrauen abzuwarten. Er wusste, dass der Henker sich beeilen musste, weil es so viele Verurteilte gab, doch er hatte nicht erwartet, dass man dermaßen hastig vorgehen würde. Als er zum *Hükümet Meydanı* kam, baumelten im Licht der Petroleumlampen, die den Platz beleuchteten, schon Gehenkte nebeneinander an hohen Galgen. Auf dem Zettel, der ihnen am Hals hing, stand ihre Schuld geschrieben und darunter ein Koranvers. Voller Entsetzen las Rahmi *Bey* den arabischen Satz: »... *ve yes'avne fil ardı fesâden en yukattelû ev yusallebû ev tukattaa eydîhim ve erculuhum* ...« (... die Strafe derer, die auf Erden Aufruhr anzetteln, ist, dass sie getötet oder aufgehängt werden oder dass ihnen Hände und Füße abgehackt werden ...).* In ihm kochte ein Gefühl der Empörung hoch, doch er beherrschte sich. Er glaubte an den Koran, doch er hatte es nie für richtig gehalten, dass Jahrhunderte nach der Offenbarung, die der Prophet erhalten hatte, sich Gerichtsurteile auf die Scharia und das Wort Gottes beriefen. Die Herrschaft des Rechts sollte sich von der Herrschaft Gottes unterscheiden, auch mitten im Krieg mussten Angeklagte im Rahmen von Rechtsgrundsätzen verurteilt werden, und möglichst sollten Todesurteile vermieden werden. Die von Allah gegebene Seele sollte Allah selbst hinwegnehmen, wenn die Todesstunde gekommen war. Die Rückkehr lag bei Ihm, was immer jemand getan hatte, welche Schuld auch immer er auf sich geladen hatte. Er war der Herrscher, Er tötete und gab das Leben.

Für die Sicherheit während der Hinrichtungen war das Bataillon der Mevlana-Derwische zuständig, die die Garnison von Damaskus bildeten. Die Soldaten mit ihren langen, spitzen Hüten und ihren alten Flinten beobachteten kerzengerade, ohne zu blinzeln, schweigend den Henker, und je größer die Zahl der Gehenkten, umso tiefer wurde das Schweigen. Der letzte Verurteilte starb nicht wie die anderen voll Gottergebenheit. Zuerst grüßte er seine Kampfgefährten, die in ihren weißen Hemden wie Gespenster dahingen, dann den Strick mit den Worten: »*Esselamüaleiküm ya meşneka!*«.* Drauf ging er, die Hände hinter dem Rücken zusammengebunden, zwischen zwei Soldaten auf den Galgen zu. Als der Henker ihm die Schlinge um den Hals legte, stimmte er ein Lied an. Rahmi *Bey* erkannte an den Worten, dass es das Freiheitslied der arabischen Nationalisten war, worin es hieß, sie ließen sich weder durch Waffengewalt noch durch Einschüchterung von ihrem Kampf abbringen. Doch kam ihm nicht einen Moment der Gedanke, dass ihr Aufstand das große Osmanische Reich zum Einsturz und die Heiligen Länder unter die Herrschaft der Engländer bringen würde. Aus irgendeinem Grund fielen Rahmi *Bey* die Worte des Arabers ein, der am Tag nach der Ankunft von Cemal *Paşa* zu dessen Begrüßung an seinem Haus die Fahne aufgehängt hatte. Dieser Araber hatte mit misstrauischem Blick gesagt: »Soll halt die Fahne hängen, damit nicht ich hänge.«

Sie waren am Bahnhof von Damaskus von einer Militärkapelle empfangen worden, die das Lied »Hört ihr Glaubenskämpfer, ich mache mich wieder auf den Weg!« gespielt hatte. Unter dem Beifall der sie begrüßenden Menge und den Rufen »Euer Heiliger Krieg sei gesegnet!« waren sie in die Stadt eingezogen. Überall hingen Fahnen mit Stern und Mondsichel. Nach den Hinrichtungen hatte Cemal *Paşa* mit seinen Soldaten die Wüste durchquert und sich am Suezkanal verschanzt mit dem Ziel, die ungläubigen Engländer zu schlagen und die Heilige Fahne auf der Festung Kairos aufzupflanzen. Doch die Rechnung ging nicht auf. Nach dem missglückten Kanalfeldzug machten sie kehrt, sie kehrten nach Jerusalem zurück, wo Jesus ans Kreuz geschlagen worden war, und fanden dort Zuflucht im Schloss der deutschen Kaiserin Auguste Viktoria. Das Hauptquartier der Vierten Armee, die einschließlich des Hedschas an fünf Fronten zugleich stand, war in diesem prächtigen Gebäude untergebracht. Und niemand außer Rahmi *Bey*, der aus dem ersten Kampf seines Lebens unverletzt zurückgekehrt war, brachte den Mut auf, den Kommandanten zu fragen, warum es bei so vielen Fronten derart wenig Munition gab. Diese Frage hätte ausgereicht, Rahmi *Bey* vors Kriegsgericht zu bringen, doch weil Cemal *Paşa* seinen glücklichen Tag hatte, begnügte er sich damit, ihn nach Medina zu verbannen, in den Stab von Fahreddin *Paşa*.

Die Löwen von Badr

Als die Eisenbahn die vorletzte Station der Hedschas-Bahn in der Wüste erreichte und in El Muazzam* anhielt, war Rahmi *Bey* völlig erschöpft in einen tiefen Schlaf gefallen. Beim Quietschen der Räder schreckte er von seinem Platz auf und schaute sich verwirrt um, dann fiel sein Kopf erneut auf die Schulter des neben ihm sitzenden Offiziers. Er schloss die Augen und träumte den Traum weiter, in dem er an der Front gewesen war. Der Feind hatte zum Sturm angesetzt. Auch arabische Kavalleristen in weißen Umhängen waren dabei, deren krumme Säbel in der Sonne blitzten. Sie waren tiefbraun, hatten lange Bärte und einen stechenden Blick. Er hatte sie noch nie so rasend, so zornig gesehen. Ihre nackten Füße steckten in den Steigbügeln, ihre hungrigen Augen fixierten die Beute. Die Gewehre hatten sie diagonal über den Rücken gehängt. Hinter ihnen kamen die englischen Infanteristen in kurzen Hosen und die mageren, großen indischen Soldaten mit ihren Turbanen, alle mit aufgestecktem Bajonett. Während Maschinengewehre die Verteidigungsstellungen durchsiebten, begannen Geschütze von den Sandhügeln aus zu feuern. Inzwischen waren Flugzeuge am Himmel aufgetaucht, sie näherten sich und setzten zum Tiefflug an. Dann stürzten sie sich mit Motorengedröhn auf die Schützengräben. Augenblicks hatte sich der Platz in eine Hölle verwandelt. Einzelne Geschosse explodierten nicht, sondern versanken unter den erstaunten Augen der Kamele im Sand. Vor lauter Sand und Rauch sah man nichts mehr. Waren es die Beduinen oder die türkischen Soldaten, die »Allah! Allah!« schrien? Oder vermischten sich die Rufe »Mein Gott, ich bin getroffen!« mit dem Brüllen der Kamele? Danach war alles ganz plötzlich still. Die Bewegungen der Pferde, der Flugzeuge und der Menschen verlangsamten sich. Das Bild wurde schwarz-weiß, die Nahkämpfer verknäulten sich ineinander. Man konnte nicht mehr unterscheiden, wer eine Kugel abschoss, einen Fausthieb landete, welcher Offizier seine Pistole abfeuerte oder welcher Soldat mit seinem Bajonett zustach. Tiefe Stille bedeckte die Wüste. Die nackten Berge in der Ferne, die Sonne am Himmel, die Soldaten im Schützengraben schwiegen, ja sogar die Käfer und die Ameisen im Sand. Wo hätte man denn auch erlebt, dass die Ameisen gesprochen hätten! Doch möglicherweise werden auch sie eines Tages zu sprechen anfangen. Auf diesem heiligen Boden war alles möglich. Moses teilte mit einen Schlag seines Stabes das Meer, Jesus machte die Toten lebendig. Muhammed spaltete den Mond in zwei Hälften, und er vermehrte das Essen, indem er in den Topf spuckte. Nur das Essen? Auch die Herden vermehrte der Gesandte Allahs, er ließ in die von Hungersnot ausgetrockneten Euter des Kleinviehs Milch fließen. Möglicherweise werden eines Tages die Ameisen in Menschensprache über ihre Sorgen reden, so wie der weise König Salomon die Sprache der Vögel erlernte.

Rahmi *Bey* war schon lange unterwegs. Er hatte sich an das Kreischen der Eisenbahn und an das Zischen der holzbeheizten Lokomotive gewöhnt. Sicherlich hörte er deswegen in seinem Traum keinen Ton. Er hatte auch noch nicht entschieden, ob die Ameisen nun redeten oder nicht, als er, zum zweiten Mal durchgerüttelt von dem scharfen Ruck, mit dem der Waggon anhielt, richtig erwachte.

»Entschuldige«, sagte er zu seinem Reisegefährten, »dass ich dir zur Last gefallen bin.«

Der Offizier neigte wortlos den Kopf. Nachdem er seine

Epauletten geschüttelt und seine Uniform in Ordnung gebracht hatte, sagte er: »Schau mal, wie man die Station nennt, einen anderen Namen haben sie für diese Hütte wohl nicht finden können!«

Beim Blick nach draußen sah Rahmi *Bey*, dass die Bahnstation aus einer Baracke mit zwei Fenstern und einem Telegraphenraum bestand. Ein kindliches Lächeln erschien auf seinem Gesicht. Also näherten sie sich nun Medina. Die Reise im Heiligen Land ging zu Ende, der ehrwürdige Muhammed erwartete sie in seinem Grab. Er fühlte eine schwer zu beschreibende Aufregung; nun löste die Wirklichkeit die schwarz-weißen, stummen Kriegsbilder seines Traums ab. Bewaffnete Wachtposten standen entlang der Strecke aufgereiht. Gleich hinter der Bahnstation waren felsige Hügel zu sehen. Als der Zug auf diese Hügel zufuhr, vergaß er seine Müdigkeit. Er vergaß auch den Krieg, den er, ohne an einem Gefecht beteiligt gewesen zu sein, bis in die kleinsten Einzelheiten aus den Stabsberichten kannte. Nun dachte er einzig und allein an Medina. Er war gespannt, ob ihm die Stadt, die den Propheten in seinen schwersten Tagen aufgenommen hatte, ebenfalls freundlich begegnen würde. Oder ob sie ihre Gastfreundschaft, die sie bereits den osmanischen Generälen versagt hatte, einem türkischen Offizier, der als hundertprozentiger Muslim gekommen war, um in dieser unendlichen Wüste das Vaterland zu retten, ebenso versagen würde. Eigentlich konnte man dies hier nicht das Vaterland nennen. Für Rahmi *Bey* bestand das Vaterland aus dem Dorf, das er zurückgelassen hatte, mit der Gedizebene und dem Berg Sipylos, und außerdem aus *Darü'l-Hilafe,** auch wenn davor die Panzerkreuzer der verbündeten Deutschen und die ausländischen Frachtschiffe ankerten. Istanbul hatte zwar auch andere Namen, auch ihm war bekannt, dass der Islam der Hauptstadt Ostroms nicht einfach seinen

Stempel hatte aufdrücken können. Nicht umsonst nannten sowohl die muslimischen Araber als auch die Ungläubigen die Hauptstadt Kostantiniye oder Konstantinopolis. Es gab auch manche, die Byzantion sagten oder Çarigrad. Was auch immer gesagt wurde, der passendste Name für Istanbul war doch *Darü'l-Hilafe*. Denn nach der Rückkehr von seinem Ägyptenfeldzug hatte ein osmanischer Sultan, der schnauz-bärtige Yavuz Selim* mit dem Ohrring, ein mutiger und grausamer Padischah, die Heilige Fahne von Eyyub el Ensari übernommen und auf die Zinnen der osmanischen Haupt-stadt gepflanzt. Seit jener Zeit befindet sich das Kalifat nun bei den Nachkommen Osmans, doch bei der Thronbestei-gung ziehen sie zur Moschee von Eyüp,* wo sie sich mit dem Schwert eines anderen Osman gürten, des Kalifen Osman bin Affan. Nun kapier das mal einer! Was diese Araber und Türken machten, das begriff kein Mensch.

Rahmi *Bey* hatte während der dreitägigen Reise nach Me-dina ununterbrochen über diese Dinge nachgedacht, hatte er doch mit dem neben ihm sitzenden arroganten Offizier nur wenig zu reden gefunden. Obwohl es zwischen Istanbul und der Stadt, in der Muhammed bestattet war, keine Ähnlich-keiten gab, stellte er doch eine Beziehung her, die auf Eyyub el Ensari beruhte. Und ihm fiel der Ausweg ein, den unser Herr Muhammed Mustafa – Allahs Segen und Frieden auf ihm – gefunden hatte, um keinen der Bürger von Medina zu kränken, die miteinander um die Ehre wetteiferten, ihn be-herbergen zu dürfen. Der Prophet hatte seinem Kamel Kas-va die Sache überlassen, denn in Wirklichkeit leitete nicht er das Kamel, sondern Allah. Es ging ganz langsam, so als wüsste es im Voraus, wohin es wollte, und kniete auf dem leeren Grundstück von Malik bin Neccar nieder, dann erhob es sich wieder, durchquerte die engen, staubigen Gassen von Medina und entschied sich für die Schwelle des Hauses von

Halid bin Zeyd Ebu Eyyub el Ensari. Dort blieb der Prophet sieben Monate zu Gast. Er ordnete an, die erste Moschee des Islam auf jenem leeren Grundstück zu bauen, und trug persönlich Steine auf die Baustelle. Nach Muhammeds Tod fiel El Ensari als erster Glaubenskämpfer bei der Belagerung der Mauern von Kostantiniye durch die islamischen Truppen, so wie es in einem Ausspruch des Propheten vorhergesagt worden war. Die Muslime beerdigten den Fahnenträger des Propheten am Ufer des Goldenen Horns. Insofern hatte in gewisser Hinsicht auch Istanbul ein Anrecht auf das Kalifat, nicht nur Medina. Die Osmanen hatten der Gemeinde des Propheten kein Unrecht getan, indem sie den Arabern das Kalifat genommen hatten.

Ehe Rahmi *Bey* nach Medina kam, ehe er seinen Fuß auf den heiligen Boden setzte, in dem der Prophet seinen letzten Schlaf schlief, dachte er seltsamerweise an Istanbul. Und Eyüp schwebte ihm vor Augen. Er stellte sich vor, wie er, nicht anders als in seinen Studententagen an der *Darülfünun* nach der Vorlesung, in eine Kutsche springen würde, um sich in Eyüp Sultan zu erholen, sich vor der *türbe* des Heiligen aus Medina tief zu verbeugen und für seine Seele die Sure *Fatiha* zu beten, nachdem er, ohne die Tauben im Moscheehof zu erschrecken, am Wasserhahn seine Gebetswaschung vollzogen hatte. Er stellte sich vor, wie er die Vitrine berühren würde, in der das Barthaar des hochverehrten Muhammed aufbewahrt wurde – dieses geheiligte Haar, das immer noch nach Moschus und Ambra duftete. Er träumte davon, wie die Zypressen im Wind rauschten und er am Haliç, dem Goldenen Horn, entlangwanderte, während die Grabsteine aneinandergelehnt sich gegenseitig ihr Leid klagten. Sein Weg führte ihn an den eng zusammengedrängten Pudding- und Kebabbuden vorbei, an den Spielzeugläden, wo von der Pfeife über die Trommel, von der hölzernen Wiege bis zum Stehaufmännchen alle Arten von Spielzeug verkauft wurden. Dann kamen zur Rechten die alten, stellenweise zerfallenen byzantinischen Mauern, aus denen Unkraut wucherte, die Gassen mit Treppenstufen in Richtung Blachernenpalast, die Holzhäuser mit ihren Käfigfenstern, zur Linken aber der Haliç, dessen sauberes, klares Wasser ihn mit jedem Schritt daran erinnerte, dass er in Istanbul war, der alten Stadt, die bis heute in ihrer Erde so viele Geheimnisse, so viele Blutzeugen verbarg. Im Weiterwandern sah er im Wasser das Abbild der Kuppeln und Minarette und die weißen, geschmückten Mauern und Fenster des Marineministeriums, wo er den Einsatzbefehl für diesen Feldzug erhalten hatte. Eine Weile war er gebannt von der Bewegung der Boote, die hin und her zwischen beiden Ufern pendelten, als flögen sie, er versenkte sich in die Spur der Ruder im Wasser. Und ohne sich um die Musik und die Stimmen zu kümmern, die aus den Lasterhöhlen Galatas herüberzudringen begannen, gelangte er in Gedanken zur Galatabrücke, wo er sich auf der Holzbank des erstbesten Cafés niederließ. Mit Blick aufs Meer bestellte er sich einen starken Tee, dann zündete er seine Wasserpfeife an und versank im Anblick der Möwen, der vorbeiziehenden Raddampfer der Gesellschaft für Wohlfahrt* und der Lichter von Üsküdar. Üsküdar war bei Sonnenuntergang in Feuer getaucht. Die Fensterscheiben leuchteten tiefrot, das gedrungene Minarett und die bleierne Kuppel der kleinen Moschee am Ufer wurden zu Schatten. Die Schreie der Möwen vermischten sich mit dem Tuten der Dampfer, während die Pferdebahn die Brücke überquerte. Und der *ezan*-Ruf zum Abendgebet von der Yeni Cami* übertönte alle anderen Geräusche.

Während Rahmi *Bey* in der Phantasie die Bilder von Istanbul der Reihe nach durchlebte, wurde der Zug immer schneller, und die Lokomotive, für deren Kessel man das letzte Holz verfeuerte, näherte sich unter Ächzen und Stöhnen Medina. Rahmi *Bey* wusste nicht, wie weit sie von El Muazzam gefahren waren, er war ja im Geiste in Istanbul und nicht bei dem unverändert gleichförmigen Anblick draußen. In Istanbul hatte er seine schönste Zeit erlebt, hatte in der Selimiye-Kaserne seine militärische Grundausbildung erhalten und sich eines Morgens früh zusammen mit den Stabsoffizieren von Cemal *Paşa* am Bahnhof Haydarpaşa* eingefunden, wo er die steilen Stufen hinaufgestiegen war. Von dort aus hatte dann diese gefährliche Reise mit ungewissem Ausgang begonnen, der sogenannte Dienst fürs Vaterland. Wer weiß, vielleicht würde er in Medina durch eine Schrapnellkugel enden oder mitten in der Wüste durch den Dolch eines Beduinen. Würde er Istanbul jemals wiedersehen? Oder sein Dorf, seine Weinberge und Tabakfelder, die Olivenbäume, die in der Sommersonne keinen Schatten boten? Er fühlte sich selbst wie ein Olivenbaum, wie ein Olivenstamm, Tausende von Kilometern von der Heimat entfernt, traurig, bitter vor Sehnsucht und Einsamkeit, knorrig und verhärtet, unter der Sonne vertrocknet. Seine Blätter gaben keinen Schatten, doch seine Wurzeln drangen tief in die Erde – um Wasser zu finden oder um in der Erde verankert und aufrecht zu stehen wie der Sipylos? Er dachte: Gliche der Mensch einem Baum, dann könnte er sich nicht wegbewegen von seinem Platz, dann wäre er selbst auf den Ruf des Kalifen hin nicht aufgestanden und hierher, in diese wasserlosen Wüsten gekommen. Der Mensch war halt kein Baum, der seine Wurzeln einsenkte, um am Platz zu bleiben. Er hatte Füße. Er ging los und wanderte über Stock und Stein, und ab und zu drehte er sich auch um und schaute … Diese Hedschasreise erschien Rahmi *Bey* manchmal wie ein Märchen. Und aus irgendeinem Grund dachte er an seinen liebsten Dichter, Mehmed Akif Ersoy. Er hatte genug Zeit zum Denken, denn der Weg war lang, das Wetter heiß. Dieser lädierte, hölzerne Waggon, vollgestopft mit Offizieren, beladen mit Proviant und Munition, der mit Sehnsucht beladene, schreckliche Waggon, die Front- und Quartierskameraden, deren Ende ungewiss war, diese künftigen Gefallenen und Veteranen, wahrscheinlich eher Gefallenen, die neben, hinter und vor ihm saßen, diese Seelen, die später an Skorbut sterben und verdursten würden, dieser Todeszug, der aus Gepäck, Munition, Gewehren, Bajonetten, Menschen und Unheil bestand, gab Rahmi *Bey* Anlass zum Denken. Er war nicht irgendwo, nicht im Bummelzug auf der Strecke zwischen Bandırma und Izmir, der immer wieder anhielt, noch im Ägäisexpress, der vor lauter Eifer, schnell Manisa zu erreichen, nicht in Hacırahmalı anhielt, sondern auf der Hedschas-Eisenbahn. Und er wollte die Welt vergessen. Er wollte die Welt vergessen, aber auch verstehen, verstehen können, indem er nachdachte, sich den Kopf zerbrach und das Geschehen zu bewerten versuchte. Die Welt war eine Feuerkugel geworden, die sich drehte, die entzündete und verbrannte, was sie berührte.

Ja, auch Mehmed Akif Ersoy war auf dieser Strecke gefahren. Vielleicht war sein Waggon bequemer gewesen, weniger dicht besetzt, und seine Mitreisenden waren gesprächiger gewesen. Immerhin hatte er die Reise für eine Sonderkommission des Komitees für Einheit und Fortschritt unternommen, doch ganz sicher hatte er sich wie Rahmi *Bey* gefragt, ob dieser Krieg notwendig war, und eine Antwort auf die Frage gesucht, ob man das Kalifat oder das Vaterland retten sollte. Wenn man seine Gedichte betrachtete, waren diese beiden Elemente für ihn eigentlich untrennbar verbunden, doch gab es auch Menschen, die eine andere Ansicht vertraten, die eine Lösung durch eine andere Politik suchten.

Außerdem war es ihm nicht recht, die Deutschen als Verbündete zu haben, obwohl er sie aus nächster Nähe gesehen hatte* und die Technologie und die Sauberkeit jenes Landes bewunderte. Im Gedicht würde er den Deutschen zurufen: »Eure Bevölkerung hat sich verdoppelt, eure Wissenschaft verzehnfacht./ Der schwerfälligen Technik habt ihr Flügel verliehen.« Mit der schwerfälligen Technik waren natürlich die Panzerfahrzeuge von Krupp gemeint, die Flügel bezogen sich auf die Flugzeuge, die am Himmel patrouillierten wie kreischende Raubvögel. Und auch der Zug war gemeint mit seiner Lokomotive, die auf eisernen Schienen dahinflog wie eine riesige Küchenschabe, wie ein eisernes Pferd.

Der Dichter war der festen Überzeugung, dass nach dem Krieg eine große islamische Union begründet werden würde, angeführt durch die Osmanen. Als der Krieg jedoch mit einer Niederlage endete, als Anatolien besetzt war und er seinen ›Unabhängigkeitsmarsch‹, die spätere Nationalhymne, dichtete, rief er aus: »Die sogenannte Zivilisation ist ein Ungeheuer, dem nur ein Zahn geblieben ist.«* Rahmi *Bey* wusste, Mehmed Akif hatte an der Station El Muazzam die Nachricht vom Sieg bei Çanakkale erhalten und daraufhin, zurückgezogen in eine Ecke des Waggons bei der vorletzten Station jener endlosen Reise, zu der auch er aufgebrochen war, in einem Atemzug sein wunderbares Gedicht »Auf die Gefallenen von Çanakkale« geschrieben. Wie sehr wünschte sich Rahmi *Bey*, zusammen mit Meister Mehmed Akif zu reisen, nicht mit dem wichtigtuerischen Offizier an seiner Seite.

Gerüchte über die Reise von Akif nach Medina waren bis ins Hauptquartier der Vierten Armee nach Jerusalem gedrungen und dort diskutiert worden. Vor allem redete man immer wieder über die Begegnung des berühmten Dichters mit dem Scheich der Wahhabiten, der *Kör Kadı* genannt wurde, der Blinde Richter. Als Akif in die Stadt unseres Herrn, des Propheten, kam, besuchte er wie alle Türken die Grabstätte des Propheten Muhammed, *Ravza-i Mutahhara*. Bei diesem Besuch war seine Absicht wohl nicht, irgendwelche materiellen Wohltaten von Allahs Gesandten zu erbitten, doch von Seiten der Wahhabiten wurde das so verstanden und überhaupt nicht gut aufgenommen. Wenn sie gekonnt hätten, wenn ihre Macht bis zum osmanischen Padischah gereicht hätte, der das Amt des Kalifen innehatte, dann hätten sie *Ravza-i Mutahhara* für Besucher sogar schließen lassen. Der Blinde Richter brachte seine Beschwerde in geeigneter Form gegenüber dem Dichter vor, doch als Scheich Salih, der Schatzmeister des Hilfsfonds zur Unterstützung von Mekka und Medina, der Akif begleitete, anbot, das Gehalt des Scherifs zu erhöhen, wurde er weicher und sagte: »Wir sind ja alle Muslime, Allah sei Dank.« Ja, die Araber waren Muslime und die Türken auch. In diesem Heiligen Krieg, der gegen die europäischen Großmächte geführt wurde, hatten sich, wie in jedem Krieg gegen die Ungläubigen, die Türken das Schwert des Islam umgegürtet und die Araber ihren blinden Glauben. Dieser Glaube in seiner Blindheit war vielleicht ebenso erschüttert wie der Blinde Richter, die Araber begannen geldgierig zu werden. Der Gemeinde des Propheten erschien mit der Zeit das Gold der Engländer begehrenswerter als das Gold der Osmanen. Es hieß, sie wären auf das Versprechen der Unabhängigkeit hereingefallen und würden binnen kurzem einen Aufstand machen. Das bedeutete, die listigen Engländer hetzten Muslime gegen Muslime auf. Wegen dieser Vermutung war Akif angereist, genauer gesagt, er war von der Sonderkommission geschickt worden, um die Araber dazu zu bewegen, dem Staat treu zu bleiben. Er schrieb auch gutgemeinte Verse wie: »Wenn sich Araber und Türken auf diese

Weise trennen / Dann schlägt ihr Arm nicht, ihr Flügel fliegt nicht / Und vom Kalifen bleibt nur der schöne Name.« Doch wer hörte schon darauf! Zweifel hatte sich nun mal festgesetzt in den Herzen, und ein jeder war dem anderen gegenüber misstrauisch. Ja, ein Aufstand wurde erwartet, und gegen wen würde der Osmane die heiligen Länder dann verteidigen, das heilige Erbe wie den Schwarzen Stein, die Moschee des Propheten und die Städte mit den schönen Namen Mekke-i Mükerreme und Medine-i Münevvere. Gegen die Araber? Gehörte das Ganze hier nicht in Wirklichkeit den Arabern, die Granitfelsen und die endlosen Wüsten, die stolzen Kamele, eins geduldiger als das andere, diese Berge, die drei Propheten beherbergt hatten, die lichterfüllten Höhlen, in die sich die Offenbarung herabgesenkt hatte? Das osmanische Regime missachtete nicht nur die Beduinen der Wüste, sondern auch die in den Städten lebenden arabischen Untertanen. In den Augen der Offiziere des Komitees für Einheit und Fortschritt waren das alles Räuber. Wie sollten es denn diese Ziegenhirten, diese Hungerleider mit dem großen Osmanischen Reich aufnehmen! Nach dem Sprichwort ›Füttere eine Krähe, und sie hackt dir das Auge aus‹ vereinten sie sich jetzt mit den Engländern und planten, die Osmanen hinterrücks anzugreifen. Rahmi *Bey* wusste sehr wohl, auf diesem Boden, Tausende Kilometer von der Hauptstadt entfernt, hatten die Türken außer der Eisenbahn und der Gendarmerie kaum eine Spur hinterlassen. Natürlich war der Islam das einende Element, doch der Glaube Muhammeds stand allen offen, die an Allah und seinen Propheten glaubten, auch wenn der Koran »in ganz deutlichen Versen« in arabischer Sprache herabgekommen war.*

Die Aufgabe von Rahmi *Bey* war es, die wahren Absichten der Söhne des Großscherifs Hüseyin, der Herren Faysal und Ali, herauszufinden, die in Medina mit ihren

Beduinentruppen warteten, um am zweiten Kanalfeldzug teilzunehmen, sie zu gewinnen oder zumindest zu verhindern, dass sie auf die gegnerische Seite wechselten. Es würde nicht leicht sein, die Region zu beruhigen, zumal nach den Hinrichtungen auf Befehl von Cemal *Paşa*. Ein paar Tage vor der Abreise hatte Rahmi *Bey* von einem Freund, der im Chiffrierbüro des Kriegministeriums arbeitete, Akifs Gedicht »Von den Necid-Wüsten nach Medina« geschickt bekommen. Nun ja, mit der Post zwischen Jerusalem und Istanbul wurden nicht immer nur Befehle und Berichte hin- und hergeschickt, manchmal konnten die Nachrichten auch Scherze, Freundschaftliches und Gedichte enthalten. Akif schrieb:

Dieses Ich aber … Ich bin jedem Einzelnen von ihnen ein Bruder.
Kann es denn in Ewigkeit eine Trennung der verbundenen Seelen geben?
Auch wenn die Welt einstürzt, wird diese Einheit nicht wanken,
Weil uns Predigt, Siebenter Himmel und Herrgott gemeinsam sind.
Das Licht, das mich erwartet, ist ebenso ihr Ziel.

Wieder rühmte der Dichter enthusiastisch die Freundschaft zwischen Türken und Arabern. Dabei wurde gerade die Welt erschüttert, die Einheit würde nicht nur wanken, sondern binnen kurzem zusammenbrechen. Rahmi *Bey* fielen die Verse von Akif ein, wo er sagte: »Jener schöne Busen, jene Wüste, wie schrecklich wird sie doch/ Einer Hölle gleich dahingestreckt, verdurstet mit lechzender Zunge!« Und der öde Blick durchs Zugfenster hinter El Muazzam erinnerte ihn an einen tollwütigen, verdurstenden Hund, der einen jederzeit anfallen konnte. Waren die Araber in Wirklichkeit Hunde, die im Hinterhalt auf einen Überfall lauerten, oder – er wollte das nicht sagen – Ziegenhirten, vom Glauben abgefallene Beduinen? Jeden Moment konnten sie hinter einem Hügel hervorbrechen. Er wusste, der englische Spion mit Namen Lawrence, der Schurke, hatte sie unermüdlich, mit Geduld, Vergnügen, ja Leidenschaft, ausgebildet.

Inzwischen hatten sie einen steinigen Abschnitt erreicht, gegenüber sah man nackte Hügel in der Sonne glühen. Nachdem sie den Vorortbahnhof durchfahren hatten, waren die Hügel ziemlich nahe gekommen, und eine Ebene mit einzelnen Dattelpalmen öffnete sich. Als der Zug in Medina einrollte, waren im Kopf vom Rahmi *Bey* plötzlich alle Gedanken ausgelöscht einschließlich der bruchstückhaft erinnerten Gedichte von Akif. Man sah die Moschee des Propheten mit der grünen Kuppel zwischen den vier Minaretten, eins gedrungen und drei schmal, langgestreckt und verziert. Seine Gedanken richteten sich nur auf Muhammed, der unter jener Kuppel ruhte, und er fühlte in seinem müden Körper Entspannung, eine süße Ruhe. Er bemerkte weder, dass die Mauern und die tragenden Säulen des Bahnhofs von Medina aus Sandstein waren, noch die Kühle, die von den Dattelpalmen ausging. Die erste Handlung nach Betreten der Heiligen Stadt sollte der Besuch am Grab des Propheten sein. Doch wieder einmal hatte er die Rechnung ohne den Wirt gemacht. Der Kommandant von Medina, Fahreddin *Paşa*, war ein beeindruckend großer, beleibter, osmanischer Pascha, in dessen blonden Bart sich weiße Fäden mischten; er war berühmt für seinen Dickschädel. Rahmi *Bey* kannte seine große Verehrung für den Propheten. Deshalb bat er, noch mit dem Reisestaub an den Füßen und ohne vorher seine Sachen in die Kaserne zu bringen, um Erlaubnis, *Ravza-ı Muntahhara* zu besuchen. Der Pascha dachte eine

Weile nach, wobei er seinen Schnurrbart strich, dann sagte er, indem er die Worte einzeln im Mund drehte wie die Kugeln des *tesbih*: »Warum denn so eilig, Rahmi *Bey*? Erzählen Sie doch erst mal, was in Jerusalem los ist. Danach finden wir eine Gelegenheit gemeinsam unseren Herrn Propheten zu besuchen.« Er hatte ein *tesbih* aus neunundneunzig Dattelkernen in der Hand, was nicht recht zu einem osmanischen Pascha passte. Er kannte auch die neunundneunzig Namen Allahs. Wollte er sich, indem er sie alle einzeln herbetete, Mut machen, oder tat er es, um politisch Stellung zu beziehen gegen die drei laizistischen Vertreter des Komitees, die das riesige Osmanische Reich regierten?*

Der Vorschlag von Fahreddin *Paşa*, das Grab gemeinsam zu besuchen, wurde niemals in die Tat umgesetzt. Am nächsten Tag, am 10. Juni, kam die Nachricht vom Aufstand, Mekka fiel, nachdem es nicht mal einen Monat durchgehalten hatte, am 9. Juli 1916. Medina wurde umzingelt, doch es ergab sich nicht, und die Türken, unter ihnen auch Rahmi *Bey*, verteidigten die Stadt des Propheten heldenhaft unter dem Kommando des strenggläubigen Wüstenlöwen Fahreddin *Paşa*. So erfolgreich, dass sie sogar zum Gegenangriff ansetzten. Die Beduinen, unter denen es auch Räuber gab, setzten, angeführt von Lawrence und den Söhnen des Großscherifs Hüseyin, Ali und Faysal, viele Male die Hedschas-Bahn in Brand, zündeten die Bahnhöfe an, doch sie konnten die Verbindung Medinas mit der Außenwelt nicht lange unterbrechen. An dem Feldzug, der gleich nach der Revolte gegen die Truppen der Aufständischen unternommen wurde, beteiligte sich auch Rahmi *Bey*.

Dieses Mal kämpfen wir quasi mit dem Kopf unter dem Arm, dachte er, das ist ein Himmelfahrtskommando. Bei einem Ort, der Alis Brunnen genannt wurde, gerieten sie in ein blutiges Gefecht, wobei es ihnen gelang, den Feind zurückzuschlagen. Die Araber waren nun der Feind. Es gab in Wirklichkeit auch staatstreue Stämme, doch der Aufstand hatte sich in ganz Arabien ausgebreitet, und die Osmanen, die ja auch gegen die Engländer Krieg führten, befanden sich zwischen zwei Feuern. Genauso wie Rahmi *Bey*. Und wie Mehmed Akif. Auch wenn es nicht so leicht war, die Armeen der »sogenannten Zivilisation, des Ungeheuers mit nur einem verbliebenen Zahn«, zu besiegen, so war es doch leicht, sie zu kritisieren, für alle Muslime sogar Pflicht. Ja, aber was war mit den Arabern? Ihre Haltung war geradezu unverständlich. Es hieß, sie seien verführt worden, dem Staat einen Dolchstoß in den Rücken zu versetzen – doch Rahmi *Bey* hatte wachsende Zweifel, und er versuchte auch die politischen Gründe für den Aufstand zu verstehen. Irgendwie gingen ihm die von Cemal *Paşa* Hingerichteten nicht aus dem Kopf. Und auch nicht der Ausspruch: »Damit ich nicht hängen muss, soll die Fahne flattern!« Er kämpfte lustlos, und an der Front war ihm stets, als hörte er die arabischen Reiter aus einem Mund rufen: »Damit ich nicht hängen muss, soll die Fahne flattern!« Er verfluchte natürlich den Aufstand, der ausgebrochen war, ehe er seinen Auftrag zu erfüllen auch nur begonnen hatte. Es kam ihm so vor, als kämpfte er gegen den Aufstand, nicht gegen die Muslime.

Die Verteidigung von Medina erfolgte unter schwierigsten Bedingungen. Einerseits machte ihnen die Hitze zu schaffen, aber wegen der ständigen Sabotageakte gegen die Eisenbahn litten sie auch unter Proviantmangel. Es gab nur noch Datteln zu essen, die Mannschaften, die nicht auf Patrouille oder in Gefechten fielen, gingen langsam an Skorbut zugrunde, und die Wasservorräte wurden knapp. Sie waren von allen Seiten umzingelt. In Wirklichkeit hatten die Rebellen nicht die Kraft, Medina zu erstürmen und die Stadt zu erobern, doch sie besaßen die Geduld, die Belagerung fortzusetzen und die Türken sowie die Bevölkerung, die in der Stadt wie ein einer Mausefalle saß, zu bedrohen. Und sie besaßen Waffen, Gold und an ihrer Spitze einen schlauen, sehr gescheiten, sehr ausdauernden, gutaussehenden jungen Kommandanten wie Lawrence, der die Zuneigung der ihm unterstellten Beduinen gewonnen hatte. Er war ein Spion. Ja, in den Augen der Türken war Lawrence ein gefährlicher Spionageoffizier, ein Agent, doch für die Araber war er ein Held.

Rahmi *Bey* wurde außerhalb der Stadtmauern bei der Verteidigung einer Stellung am sogenannten Höllenberg verwundet, einige Kilometer vor der Stadt. Mit einem Spähtrupp kehrten sie zu der Stellung zurück, die Alis Brunnen hieß, als sie vom Felsabhang des Bergs unter Beschuss genommen wurden. Sie waren auf freiem Feld. Ohne erst Deckung zu suchen, erwiderten sie sofort das Feuer, der Schusswechsel dauerte sowieso nicht lange. Denn beiden Seiten waren müde, und vor Durst klebte ihnen die Zunge am Gaumen. Eigentlich war in den Feldflaschen Wasser, doch durch die Hitze war es kochend heiß und damit ungenießbar geworden. Dies war auch der Grund, weshalb sie den Brunnen Alis unbedingt halten wollten. Das Wasser des Brunnens war ein wenig schlammig, es gab auch Insekten darin, doch es war kühl. So kühl wie Wasser hier überhaupt sein konnte, eigentlich war es eher lauwarm, lau wie das Wasser, mit dem sich – wie man spöttisch sagte – der *imam* zum Gebet wusch. Rahmi *Bey* glaubte nicht, sich durch solche Gedanken zu versündigen; während des Kampfes waren sowieso alle seine Gedanken auf eine Sache konzentriert, nämlich darauf, am Leben zu bleiben. Aus diesem Motiv heraus bekämpfte er die Rebellen, nicht um sie zurückzuwerfen oder um zu siegen. Doch wenn er auch vom Krieg und vom Töten oder Getötetwerden nichts verstand, so doch ein wenig vom Wasser. Angefangen von den geliebten Istanbuler Wasserquellen unterschiedlicher Geschmacksrichtung, die den Menschen Lebensfreude und das Gefühl der Dankbarkeit schenkten, bis zum *Weinenden Felsen* von Manisa und zur *Gazellenquelle* von Hacırahmanlı. Auch das Wasser vom Brunnen Alis konnte man in dieser Hölle am *Höllenberg*, wie er so sprechend hieß, zur Not trinken, wenn man es filterte und in die Feldflasche füllte, auch wenn es nicht so süß war wie das Wasser des Nil. Aber man sollte nicht in vollen Zügen trinken, sondern nur tropfenweise, damit es dem leeren Magen nicht schadete. Sie hatten ja nicht die Möglichkeit, in Allahs Stadt Medina eiskaltes Wasser aus dem Brunnen mit dem Namen *Taşdelen*, Steinbrecher, zu schöpfen.

Rahmi *Bey* konnte nicht mal aus dem Brunnen Alis trinken. Als ihm eine Schrapnellkugel die linke Schulter zerschmetterte, wankte er und meinte zuerst, eins der Felsstücke, die die Rebellen als Deckung benutzten, habe ihn getroffen, dann kreiste der Himmel über dem Hügel, und die Sonne verfinsterte sich. Als er zu sich kam, lag er auf einer Trage und war so weit bei sich, um zu bemerken, dass er um Wasser flehte, ihm der Sanitäter aber nur mit einem feuchten Tuch über die fest geschlossenen Lippen wischte und keinen Tropfen Wasser gab. Erneut dachte er: Wir kämpfen mit dem Kopf unter dem Arm. Die Phantasiegeschichte vom Geistersoldaten, der mit dem eigenen Schädel unter dem Arm von Front zu Front zieht, fing an, ihn um den Verstand zu bringen. In der Schulter spürte er einen schrecklichen Schmerz, aber zum Glück war sein Kopf noch dran. Auch Arme und Beine. Dabei gehörte der abgeschlagene Kopf, der in Medina in die Ratsversammlung Muhammeds gekommen war und sein Leid geklagt hatte, zu einem Mann ohne Körper. Plötzlich erinnerte Rahmi *Bey* sich. Er hatte das Buch bei einer blinden Frau erworben, die beim Ausgang von *Darülfünun* auf dem Beyazıt-Platz auch Taubenfutter verkaufte. Die Frau verkaufte Maiskörner, die man den Tauben hinstreute – als gottwohlgefällige Tat –, sie hatte aber auch alte Bücher in ihrer Kiste. Erzählungen mit Lithographien, Heldenepen, ein paar Exemplare von *Kerem und Aslı, Ferhat und Şirin* und *Die Kämpfe des heiligen Ali*. Jedenfalls waren Krieg und Liebe immer eng verbunden wie siamesische Zwillinge.

Die Legende erzählt: In die Ratsversammlung Muhammeds kommt ein abgetrennter Kopf. Rollend verneigt er sich vor dem Gesandten Gottes. Wie denn, na einfach, indem er mit der Stirn den Boden berührt und eine Bitte murmelt wie beim Kniefall des Gebets. Dann sagt er mit Tränen in den Augen: »O Gesandter Gottes, wie du siehst, hat mich ein Riese gefressen, nur meinen Kopf habe ich noch retten können. Er hat meine Frau und mein Kind in den Brunnen geworfen. Hol wenigstens die beiden heraus, ich bin damit einverstanden, so zu bleiben wie ich bin.«

Muhammed schickt Ali mit dem Schädel, um Frau und Kind zu retten. Sie machen sich von Medina aus auf den Weg, kommen zu dieser Stelle hier, zu diesem Brunnen am Abhang des Höllenbergs und steigen in den Brunnen hinunter, vorneweg der Kopf, Ali hinterher, der um die Taille tausendfünfhundert Klafter Wurfleine gewunden hat. Der Kopf erreicht den Grund, doch das Seil von Ali reicht nicht. Deswegen lässt er das Seilende los und lässt sich fallen.

> Sieben Tage lang fiel Ali hinunter
> Mal der Kopf, mal die Füße voraus.
> Ali kannte die Gebetszeiten
> Mit Augenbewegungen verrichtete er die Gebete.

Ehe Rahmi *Bey* ohnmächtig wurde, dachte er daran, dass
er vielleicht nie wieder würde das Gebet verrichten können.
Mit Ali und dem abgetrennten Kopf zusammen fing er an
in den Brunnen zu fallen. Wie er wusste, weckte Ali den
Riesen mit Gebrüll und forderte ihn zum Kampf auf, als sie
den tiefsten Grund erreicht hatten. Dann spaltete er ihm mit
seinem Schwert Zülfikâr den Schädel und rettete Frau und
Kind des abgetrennten Kopfes. Rahmi *Bey* wusste auch, dass
sie zuletzt alle Muslime wurden, indem sie das Glaubensbekenntnis sprachen. Was er damals nur nicht wusste, war,
dass bei den arabischen Worten »*Eşhedü en la ilahe illallah
ve eşhedü enne Muhammeden Resulullah*«* Tränen aus den
Augen des abgetrennten Kopfes dessen weißen Bart nässten.

Genau an dieser Stelle der Verserzählung fing dein Großvater immer zu weinen an. Nicht aus Trauer, sondern vor
Rührung. Vielleicht auch, weil er alt war. Oder aus Trauer,
woher willst du das denn wissen! Dann schaute er auf den
von der Schulter herabhängenden leeren Ärmel des weißen
Hemdes, das deine Großmutter sorgfältig gebügelt hatte.
Sein linker Arm fehlte, er hatte ihn in den Wüsten Arabiens
gelassen, ja, diese Verkrüppelung war eine Erinnerung an
den Hedschas. Aus irgendeinem Grunde hast du bisher zwar
immer gesagt, dein Großvater sei sowohl *hacı* als auch *gazi*,
doch dich gescheut zu schreiben, dass ihm im Hedschas die
Araber einen Arm genommen hatten. In dem Heft, in dem
er seine Kriegserinnerungen aufgezeichnet hatte, hatte er
außer der Geschichte von Ali und dem abgetrennten Kopf
auch berichtet, er habe am Höllenberg, als er auf der Trage
lag und überprüfte, ob ihm kein Körperteil fehle, mit Freude
festgestellt, dass Arme und Beine noch dran waren. Doch als
er nach Medina ins Krankenhaus gebracht wurde, sahen die
Ärzte, dass nicht nur die Schulter zerschmettert war, sondern

auch der Arm, und sie operierten ihn sofort. Am nächsten Tag war sein linker Arm nicht mehr da, doch er war am Leben, auch sein Kopf war in Ordnung, nur konnte er nun nicht mehr mit dem Kopf unter dem Arm kämpfen. Beim Gebet ebenso wie bei der Auferstehung konnte er bei den Worten »*Allahü ekber*«* nicht mehr beide Hände hinter die Ohren führen, die Worte konnte er schon noch sagen, aber die Bewegung musste er mit der rechten Hand ausführen, und da du ihn immer nur so gesehen hast, gab es aus deiner Sicht kein Problem; die Verkrüppelung deines Großvaters war sozusagen eine seiner Eigenarten, ein Beweis dafür, dass er im Hedschas gekämpft hatte. Hatte es wohl eine blutende Wunde gegeben? Sicherlich. Aber die war verheilt, ohne eine Spur zu hinterlassen. Das Sprichwort sagt ja: Der Ärmel bedeckt den fehlenden Arm.* Du hast ihn nicht gebeten, das Hemd mal aufzumachen und zu zeigen, du hast dich nicht getraut zu gucken, zu überprüfen. Und er zeigte die Narbe sowieso nicht, vielleicht aus Scham, vielleicht um dich nicht zu erschrecken. Wenn du jetzt darüber nachdenkst, fallen dir seltsame Dinge ein. Wie er zum Beispiel mit einem Arm deine Großmutter umarmt hat, wie er es geschafft hat, die Waschung vor dem Gebet vorzunehmen und zu beten, ob er wohl seine Plädoyers vor Gericht vorbereitet hat, indem er die Tasten auf der alten Remington-Schreibmaschine mit einem Finger gedrückt hat, ob er beim Schreiben seiner Kriegserinnerungen nie das Bedürfnis verspürt hat, den linken Arm auf dem Tisch abzustützen, wie er wohl nach der Geburt deiner Tanten und dann deiner Mutter diese auf den Arm genommen hat und ob er wohl, als er die Töchter nach Istanbul zum Studieren schickte und, um ihnen einen reibungslosen Weg zu wünschen, den Krug mit Wasser hinter ihnen ausschüttete, vor Erschütterung die nicht vorhandene Linke in die Tasche zu stecken versucht hat? Wie hat dein

Großvater all die Jahre ohne den linken Arm gelebt? Er sagte öfter, der Arm schmerze ihn, als sei er vorhanden. Wenn man einen Teil seines Körpers fürs Vaterland in den Wüsten von Medina zurücklässt, dann schmerzt der natürlich, und eines Tages kommt er wie der abgetrennte Kopf und zieht einen zur Rechenschaft und fragt, was man da eigentlich zu suchen hatte. Er sagt: »Ist Arabien etwa dein Vaterland, und waren die Beduinen, die du als Rebellen getötet hast, nicht deine Glaubensbrüder?« Und du schweigst, ehe du antwortest: »Was ist es schon Großes, dass ich einen Arm verloren habe. Wie viele haben ihr Leben geopfert fürs Vaterland?« Und du kannst nicht einmal darüber sprechen, dass die Araber auch deine eigenen Waffenbrüder gefangen genommen und ihnen auf der Suche nach Gold in den Bauch gestochen haben. Ebenso wenig wie du je erzählen kannst, dass ihr ihnen die Zelte verbrannt, zerstört, ihre Herdfeuer ausgelöscht, sie an Dattelpalmen aufgeknüpft habt. Denn es war nun mal Krieg. Du hast es nicht gesehen, aber dein Großvater hat es gesehen und nicht gezögert, es aufzuschreiben. Deine Aufgabe ist hier lediglich, diese Barbarei zu überliefern aus Protest gegen den in deinem Land wachsenden Nationalismus.

Der Abend senkte sich aufs Radiozimmer nieder. Er stieg langsam hernieder und legte seine Schleier allmählich über die Helligkeit, die am Ende der langen Tage dieses unerträglich heißen Sommers allmählich erlosch. Dein Großvater setzte sich im Schneidersitz auf das Schaffell und schaltete das Radio ein. Es war genau die Zeit der Nachrichten. Haargenau zu dieser Stunde machte er das Radio an, und nachdem er die Nachrichten gehört hatte, schaltete er es wieder aus bis zum nächsten Abend um dieselbe Stunde. Du konntest irgendwie nicht fassen, wie dieses riesige Gerät mit seinen glimmenden Röhren im Inneren es fertigbrachte zu sprechen. Vielleicht war jemand dahinter versteckt, vielleicht gehörte die Stimme einem Menschen, der im Nebenzimmer sprach, sie kam nicht aus dem Kasten, sondern aus dem Nebenzimmer, oder das Sprechen dieses Holzkastens ohne Mund und Zunge war eins der zahlreichen Wunder Allahs. Dunkel erinnerst du dich an die Jahre, als die Regierung Menderes Soldaten nach Korea schickte.* Wieder wurde ein vaterländischer Diskurs über das Heldentum geführt. Ein Haufen Worte, die dich nicht sehr interessierten. NATO, Amerika, Ministerpräsident Adnan Menderes, die Soldaten, unsere Gefallenen … Du kanntest nur die letzten beiden Wörter, denn du hattest sie viele Male aus dem Mund deines Großvaters gehört, doch wo Korea überhaupt lag, davon hattest du keine Ahnung. Du wusstest nicht, dass Soldaten dorthin geschickt wurden und ihnen, so wie dein Großvater seinen Arm in den Wüsten Arabiens verloren hatte, die Monsunwälder zum Grab wurden. Märsche wurden gespielt, es begann mit »Die Donau hört zu fließen auf« und ging mit »Hei, Veteranen!« weiter. Und man brachte Mütter dazu zu sagen – so als hätten sie im Leben nichts anderes geplant –, sie hätten ihre Kinder geboren, um sie in den Krieg zu schicken. Noch heute kannst du das Gefasel auswendig, weil du es selbst beim Militär aufgesagt hast:

Mutter hat mich aufgezogen und in dieses Korps geschickt,
Übergab die rote Fahne und befahl mich Allah an.
Sitz nicht rum, sprach sie, und tu was, diene deinem Vaterland!
So du nicht den Feind angreifst, sei meine Milch dir nicht gegönnt.

Nie versäumte dein Großvater die Kriegsnachrichten, und sobald er hörte, wie deine Großmutter, die ihre Kindheit mit dem Anhören der Erzählungen von den Gräueln der Bulgaren und Serben verbracht hatte, seufzte: »Lieber Gott, beschere uns ein seliges Ende!«, antwortete er mit »Amen«, aber das war's dann auch. Danach versank er in Gedanken. Dachte er an den Suezkanalfeldzug oder an das, was ihm am Höllenberg passiert war? Fiel ihm vielleicht Halet ein oder der blonde, pomadisierte Schnurrbart von Fahreddin *Paşa*, der nicht aus Medina weichen wollte und die Soldaten in der Wüste umkommen ließ ähnlich dem »großen, ruhmreichen« Osman *Paşa*, der, wie es in dem Lied heißt, gesagt haben soll: »Ich weiche nicht aus Pleven«? Das wirst du niemals erfahren. Denn du hast deinen Großvater sich niemals beklagen oder rühmen hören. Manchmal seufzte er, auch kam es vor, dass er leise »*Lâhavle velâ kuvvete illâ billah*« murmelte, was immer dies auch bedeuten mochte. Dieser arabische Satz soll so stehen bleiben, wie dein Großvater ihn gesagt hat, versuch nicht, eine türkische Entsprechung für ihn zu finden. Er hatte sich wirklich schnell daran gewöhnt, alle seine Verrichtungen mit dem rechten Arm auszuführen. Deine Großmutter erzählte: »Dein Großvater hat mir nicht etwa wegen seiner Verletzung gefallen. Ich hatte auch andere Bewerber. Aber er war ein ansehnlicher Veteran. Er war *hacı* und außerdem ein Studierter. Wie unser Prophet es befiehlt, war er bereit, sogar bis nach China zu gehen, um dort das Wissen zu finden. Es macht nichts, dass er umgekehrt ist, ehe er Ägypten erobert hatte, er hat ja das Grab des Propheten besucht!«

Ob es ihr ernst war oder ob sie sich ein bisschen lustig machte über deinen Großvater, das hast du nicht herausfinden können. »Dann habe ich mir gesagt, wenn seine linke Schulter im Krieg kaputtgegangen ist, dann hat er auch keinen Sündenengel.* Das Beste ist, ich heirate diesen Mann.« An dieser Stelle fingt ihr alle an zu lachen. Was waren das für schöne Tage, weit weg vom Krieg, vom Tod, vom Leid in jenem Radiozimmer, weit weg von abgerissenen Armen, leidenden Seelen, abgetrennten Köpfen. Der Tod patrouillierte in Korea, in Ägypten, sogar am Suezkanal wieder, doch euch erreichte er nicht.

Lautlos stieg der Abend vom Sipylos herab, die Lichter brannten. Dein Großvater sagte dann immer im Befehlston: »Nurhayat, entzünde endlich die Lampe!« Deine Großmutter schaute zärtlich ihren Gatten an, der ihr gewöhnlich keine Befehle gab. Dachte sie in diesem Moment an den Reserveoffizier, der nach der Rückkehr von der Front die Kühnheit besessen hatte, um ihre Hand anzuhalten? Oder an den scheuen, frommen, gelehrten jungen Mann, der in der Hochzeitsnacht mit der rechten Hand ihren Gesichtsschleier hochgehoben hatte? Zwischen ihnen beiden gab es noch immer Liebe und Respekt, eine tiefe Verbundenheit. Ihre drei Töchter waren erwachsen, doch du warst ihr einziger Enkel. Deswegen wollte dein Großvater dich immer neben sich haben; er nahm dich in die Moschee mit, nicht weil das ein gutes Werk war, sondern weil du den Islam kennenlernen solltest. Das verstehst du nun besser. Seine Hoffnung lag nämlich auf dir, seinem Enkel, der, wenn er erwachsen wäre, wenn er ›jeder Mann‹ geworden war, wie der Enkel denen zur Antwort gab, die ihn fragten: »Was willst du mal werden, wenn du groß bist?«, seine Bücher lesen, vielleicht auch seinen halb fertigen Korankommentar vollenden würde. Zumindest würde er unter seinen hinterlassenen Schriften sein Kriegstagebuch finden und aufbewahren, und wenn er es selbst auch nicht lesen konnte, würde er jemanden finden, um es lesen zu lassen. Dein Großvater sah dich, ungeachtet seines Glaubens an die jenseitige Welt und die

Unsterblichkeit, als die einzige Fortsetzung seiner vergänglichen Existenz in dieser Welt an – wohl wissend, dass dies eine Illusion war –, und zweifellos bangte er deswegen um dich.

***

In der Zeit, als Rahmi *Bey* im Lazarett lag, schlief er fast nicht. Obwohl die Nächte kühl waren. Sofort nach Sonnenuntergang, noch ehe die Kälte hereinbrach, wurde es langsam dunkel, und über die Kaserne senkte sich eine tiefe Stille. Vielleicht floh ihn der Schlaf wegen dieser Stille, denn in der Dunkelheit hörte man das Stöhnen der Verwundeten, ihre Aufschreie umso stärker. Der eine hatte sein Bein verloren, der andere seinen Arm. Nach den Worten eines Einfaltspinsels, eines dummen Schwätzers waren sie ›verstümmelt‹. Manche hatten blutige Binden um den Kopf, es gab Bettlägerige und solche, die überhaupt nicht aufstehen konnten. Einige hatten beide Augen oder sogar beide Hände und Beine zugleich verloren, es gab Taube und Lahme. Sie waren um die zwanzig Jahre alt. Und das Leben lag vor ihnen. Ein Leben wie ein Albtraum, von dem sie nicht wussten, wie sie ihn von jetzt an leben sollten, und den sie wer weiß wo und wann beenden würden.

Rahmi *Bey* hatte keine Angst vor der Zukunft – und niemanden, der ihn bei seiner Rückkehr nach Istanbul erwartete. Die meisten der Verwundeten aber waren verlobt oder verheiratet. Sie hatten ihre Lieben in ihren Dörfern zurückgelassen und warteten ungeduldig auf den Tag, an dem sie die Heimat wiedersehen würden. In der Wartezeit wälzten sie sich voller Sorge auf ihren Betten. Die Frage war, ob ihre Lieben sie an die Brust drücken würden, wenn sie sie derartig versehrt sahen? Oder ob man nicht nach einer Weile ihre Heldenhaftigkeit, ihr Veteranentum vergessen und sie in einer einsamen Ecke sich selbst überlassen würde. Womit sollten sie den Lebensunterhalt bestreiten, was für eine Arbeit annehmen? Würde die Invalidenrente ausreichen, um sie zu ernähren? Oder würden sie ihre blinden Augen, ihre kraftlosen Hände, ihre Arme, die nur noch aus einem von der Schulter baumelnden Stück Fleisch bestanden, vorzeigen und betteln gehen? Und wenn sie nicht bettelten, konnten sie sich dann mit ihren Krücken bis zum Café schleppen? Doch über solche Gedanken musste Rahmi *Bey* nicht nachdenken, denn er hatte seine Schäfchen im Trockenen, er hatte Grundbesitz in Hacırahmanlı. Außerdem hatte er Jura studiert. Er konnte in Zukunft Rechtsanwalt oder Richter werden, seinen Beruf konnte er auch mit nur einem Arm ausüben.

Rahmi *Bey* dachte über etwas anderes nach. Er dachte daran, was in dieser Gegend, auf diesem Boden in der Vergangenheit geschehen war. Wenn ihn seine linke Schulter schmerzte, erinnerte er sich an die Schlacht von Badr,* jenen furchtbaren Krieg, der die ersten Blutzeugen im Namen des Islam forderte, zwischen Verwandten, Geschwistern zum ersten Mal Blut fließen ließ. Tatsächlich hatte die Armee der Muslime aus dreihundert Männern bestanden, die Gegner hingegen waren ungefähr tausend gewesen. Er erinnerte sich an das Buch von Ahmed Cevdet, *Kısas-ı Enbiya,** das er eine Zeitlang nicht aus der Hand gelegt hatte. Damals hatte man im Krieg weder große Armeen noch schwere Waffen gehabt, es wurden nicht Millionen vernichtet. Trotzdem waren die Einzelheiten der Schlacht von Badr wie ein Heldenepos mündlich von Generation zu Generation bis heute überliefert worden. Ja, die Muslime waren nur wenige gewesen, ebenso wie ihre Reittiere. Sie hatten drei Pferde und siebzig Kamele. Sie bestiegen die Kamele abwechselnd, Muhammed, Ali und Zeyd mussten sich mit einem Kamel begnügen. Es war Ebu Cehl, der die Gegner anstachelte, während der Plan, die Karawane der Mekkaner zu überfallen, von Muhammed persönlich stammte.

Rahmi *Bey* stellte sich nachts, wenn die Dunkelheit über das Lazarett hereinbrach, den Propheten an einem Brunnen vor, wie er, nachdem er Allah um den Sieg angefleht hatte, in eine Laube aus Palmblättern kroch und in einen tiefen Schlaf versank. Im Schlaf vernahm er von Gabriel die Siegesbotschaft. Auch dieser hatte ein Schwert umgegürtet und saß auf einem Pferd in einer Reihe mit den anderen Engeln. Wenn sogar Gabriel Krieg führte, war es nur natürlich, dass der Gesandte Gottes kämpfte. Rahmi *Bey* fand trotzdem, es passe nicht zu einem Propheten, sich einen Panzer anzulegen und ein Schwert umzugürten. Eine innere Stimme flüsterte ihm zu, dass da irgendetwas nicht stimmen könne, aber sicher war es die Stimme des Teufels. Wie konnte der Prophet, dieser nach dem Zeugnis seiner Gefährten vorbildliche Mann, dieser gutaussehende, weiche Muhammed, der in der Gebetshaltung verharrte, bis ihm die Füße anschwollen, der beim Niederwerfen weinte, der jede Nacht, wenn alles schlief, zum *teheccüd*-Gebet* aufstand, wie konnte er seine allernächsten Verwandten töten, auch wenn sie den Islam ablehnten? Aber warum nicht? Die ersten Muslime hatten im Namen Allahs andere bekämpft, doch inzwischen brachten die Muslime sich gegenseitig um. So wie Ebu Cehl die Kureysch gegen Muhammed aufgehetzt hatte, so hetzte der Spion Lawrence die Araber gegen die Osmanen auf.

In der Vorstellung von Rahmi *Bey* waren Haare und Bart des Propheten weiß geworden, doch er war immer noch aufrecht, immer noch stark und kräftig. In der stolzen Haltung eines Kommandanten inspizierte er seine Kämpfer. Er versprach denen, die im Kampf fielen, das Paradies, den Überlebenden jedoch Beute. Und im heftigen Kampf der

Muslime mit den Gegnern, als Köpfe durch die Luft flogen und Arme und Beine abgehauen wurden, wich er nicht zurück, fürchtete sich nicht, verlor den Mut nicht. Er sah Gabriel, der ihm vorhergesagt hatte, dass die Engel Allahs mit den Muslimen in einer Reihe stehen und dass sie siegen würden. Allah hatte gesagt: »In die Herzen der Ungläubigen werfe Ich Schrecken. So haut ein auf ihre Hälse und haut ihnen jeden Finger ab!«* Also gab es die Erlaubnis zum Töten und auch zum Zuschlagen, Blutvergießen. Wenn Rahmi *Bey* »Nicht ihr habt sie getötet, sondern Allah hat sie getötet«* vor sich hinmurmelte, dann überlegte er, ob er diesen und ähnliche Verse im Koran nicht kritisch hinterfragen sollte, doch dann bereute er die Anwandlung. Allein Allah konnte wissen, was am besten, am richtigsten war, nicht der Diener, nicht einmal der Prophet. War Er es nicht, Der alles sah und hörte, Der sogar wusste, was in den Herzen war? Wenn Er ›Töte!‹ sagte, dann musst du töten, wenn Er ›Haut auf sie ein‹ sagte, dann musst du auf sie einhauen. Sie hatten es ja genauso gemacht; als der Kalif den Heiligen Krieg ausgerufen hatte, waren sie gekommen, hatten getötet und waren getötet worden, hatten ihre Arme und Beine in den Wüsten des Hedschas begraben. Als Rahmi *Bey* versuchte, diese Gedanken aus seinem Geist zu vertreiben, stürzten sie nur heftiger auf ihn ein.

In seiner Phantasie lebten nacheinander die schrecklichsten, blutigsten Szenen der Schlacht von Badr, von denen er in den alten islamischen Quellen eine Zeitlang unersättlich gelesen hatte, wieder auf, als wären sie gestern passiert und nicht vor vielen Jahrhunderten. Aus den Reihen der Kureysch traten Şeybe, Utbe und sein Sohn Velid hervor und forderten die Muslime zum Zweikampf heraus, die ihrerseits Hamza, Ali und Ubeyde antreten ließen. Ali hieb mit dem ersten Schlag seines Schwertes Zülfikâr dem Velid den

Kopf ab, Hamza den von Utbe. Und Ubeyde griff trotz seines fortgeschrittenen Alters Şeybe an, stürzte jedoch, von einem Schwerthieb in die Wade getroffen, zu Boden. Nachdem Ali und Hamza Şeybe erledigt hatten, brachten sie ihren Kampfgefährten zum Propheten. In Muhammeds Armen hauchte Ubeyde, lächelnd angesichts des versprochenen Paradieses, seine Seele aus. Einer der kühnsten Kämpfer, der Mekkaner Mübid, stürzte sich, angestachelt von Ebu Cehl, auf Ebu Decen von den Auswanderern. Decen gelang es, sich mit seinem Schild zu schützen und wieder aufzustehen, und als er sah, dass sein zurückweichender Gegner in eine Grube stürzte, warf er sich über ihn und erwürgte ihn. Nachdem er in der blutigen Grube eine Weile Atem geschöpft hatte, stürmte er wieder vorwärts, um anderen die Köpfe abzuhauen. Esved hingegen, dem die Zunge vor Durst am Gaumen klebte, verlor wegen eines Schlucks Wasser zuerst sein Bein und dann das Leben. Esved war mit blankem Schwert bis zu dem von den Muslimen verteidigten Brunnen vorgedrungen, wo er durch einen Schwerthieb von Hamza ein Bein verlor, und nachdem er bis zum Wasser gekrochen war und getrunken hatte, ließ ihn Hamza, der ihm gefolgt war, mit einem zweiten Streich zur Hölle fahren. Dort würde er nun kein Wasser trinken, sondern Eiter, und das ohne Ende.

Wenn Rahmi *Bey* an die Geschichte von Muaz dachte, einen der Helden von Badr, spürte er in seiner linken Schulter einen stärkeren Schmerz, und vor Qual verzog er das Gesicht und verdrehte die Augen. Als die besiegten Kureysch flohen, warf Muaz, der Bruder von Avf, Ebu Cehl zu Boden, und dessen Sohn Ikrime, der Beschützer seines Vaters, verwundete Muaz an der Schulter. Muaz kämpfte weiter, doch als er sah, dass sein verletzter Arm fast abgetrennt war, legte er ihn unter seine Füße und riss ihn sich ab, indem er mit dem Körper hochschnellte, dann nahm er sich Ebu Cehl vor und kämpfte, bis er selbst fiel. Was will man mehr. War es nicht so, dass Heldentum weder vom Alter abhängig war noch vom Verstand, sondern vom Glauben? Immerhin gehörte der Krieg, auch wenn er keine schöne Sache war, zu den religiösen Pflichten. Es hieß: »Und bekämpft in Allahs Pfad, wer euch bekämpft. Und erschlagt sie, wo immer ihr auf sie stoßt.«* Der Arm war nun weg. Natürlich spürte Rahmi *Bey* einen Mangel an seinem Körper, doch er glaubte, sich schnell an das Fehlen dieses Glieds gewöhnen zu können. Das war aber nicht der Fall. Er benahm sich, als hätte er seinen linken Arm noch, vor allem fiel ihm die Gebetswaschung schwer, und sehnsüchtig dachte er an die Tage, als er mit beiden Händen das Gesicht gewaschen, Mund und Ohren ausgespült hatte. Und ein weiteres Mal wurde ihm klar, warum Allah dem Menschen zwei Beine, zwei Arme, ja sogar zwei Ohren und zwei Augen gegeben hatte. Seltsame Fragen beschäftigten ihn. Warum gab es zum Hören, Sehen, Anfassen jeweils zwei Organe, zum Riechen aber nur die eine Nase? Außerdem diente die Nase ja nicht nur zum Riechen, sondern war auch zum Atmen da, um die Lungen mit Luft zu füllen und das Blut zu reinigen, kurzum lebensnotwendig. Wenn nun die Nase abgeschnitten würde, wenn jenes Schrapnellteil nicht nur seinen linken Arm, sondern auch seine Nase mitgenommen hätte, könnte er dann noch leben? Er erinnerte sich an die Diebe, denen man einstmals die Hände abgehackt, die Prinzen, denen man die Augen ausgestochen hatte, und an die Könige, deren Nase abgebrochen war. Wenn diese lebten, würde er ebenfalls leben, doch womit atmete man dann, mit dem Mund oder mit dem Hintern etwa? Hatte es zu einer Zeit vor der Erschaffung des Menschen Wesen auf Erden gegeben, die durch ihr Hinterteil geatmet hatten? Hatten sie wie Menschen, wie Tiere, wie alle möglichen Geschöpfe auf der

Welt gelebt und waren gestorben? Wann, wie und warum waren ihre Arten ausgestorben? Allah weiß es, durchzog es ihn, Allah allein weiß, was das Richtigste, das Heilsamste ist. Hatte nicht auch Muhammed so geantwortet, wenn man ihm derartige Fragen gestellt hatte? Doch als die Offenbarung herabkam, als Allah angefangen hatte, aus Muhammeds Mund zu sprechen, indem Er sagte: »Sie fragen dich. Sag ...«, da wurden die Geheimnisse der Welt eins nach dem anderen gelöst.

Moses hatte einen Menschen getötet und war zum Mörder geworden, ehe ihm das Prophetentum verliehen wurde. Und wie stand es mit Muhammed? Auch er hatte einen Panzer angelegt, das Schwert umgegürtet, Pfeile verschossen und Blut vergossen. Als er mächtiger wurde, hatte er seinen Glauben an den einen Gott mit Gewalt gegen die Ungläubigen verteidigt. Er hatte Gewalt gebraucht gegen die, die ihn aus seinem angestammten Wohnort vertrieben hatten, hatte ihre Karawanen überfallen und ihnen die Waren geraubt. Waren die ›Löwen von Badr‹, wie Akif sie nannte, wirklich gläubige Muslime, oder waren es Räuber? Wahrscheinlich beides. Ihnen stand Beute zu. Doch in den Augen von Ebu Cehl, des unbarmherzigsten Feindes von Muhammed, waren sie einfache Bauern, eher noch Schafhirten, von deren Händen den Tod zu akzeptieren eine Schande war. Vor seinem letzten Atemzug rief er Abdullah, dem Sohn des Mesut, zu: »He, Schafhirte, nun hast du wohl glücklich dein Ziel erreicht. Los, schlag zu. Schlag und nimm die Seele deines Herrn!« Dann zog er den Helm ab, streckte den Kopf vor, und Abdullah ließ sein Schwert auf den Hals des sowieso schon sterbenden Ebu Cehl heruntersausen. Dieser war der Mächtigste unter den Islamgegnern von Mekka gewesen. Vielleicht war das Schauspiel, wie der kleine, schmächtige Abdullah sich den riesigen Schädel von

Ebu Cehl auflud und dem Propheten brachte, durchaus se-
henswert, aber es war wahrscheinlich kein Grund, stolz zu
sein.

Wie groß bist du, dass dein Blut den Monotheismus rettet.
Nur die Helden von Badr waren so ruhmvoll.

Als Akif diese Verse auf der Reise nach Medina schrieb, tob-
te der Krieg an allen Fronten, doch der Hedschas war friedlich. Noch hatte nicht Muslim gegen Muslim die Waffe erhoben. Der Soldat, den der Dichter rühmte, hatte bei
Çanakkale dem Feind den Weg versperrt und die Hauptstadt des Osmanischen Reiches und somit auch das Kalifat
gerettet. Gut, und die Kämpfer von Badr? Rahmi *Bey* wusste,
dass sie diese Geschichte nicht begonnen hatten, um den
Monotheismus zu retten, sondern um die nach Mekka
heimkehrende Karawane auszurauben und Beute zu machen, und dass manche von ihnen nur gestorben waren, um
als Märtyrer ins Paradies zu kommen, doch er wagte sich
diese Wahrheit nicht einmal sich selbst einzugestehen. Als
beispielsweise Ümeyr, der Sohn des Hümam aus der Sippe
Hazrec, hörte, dass die Gefallenen der Schlacht von Badr
direkt ins Paradies eingehen würden, warf er die Handvoll
Datteln, die er gerade aß, zu Boden und drang, ekstatisch
Gedichte rezitierend, in die Reihen der Feinde ein, womit er
zum ersten Muslim wurde, den die Schwerter zum Märtyrer
machten. Auch Avf stürzte sich auf den Feind, nachdem er
sich seine Rüstung ausgezogen hatte, um schneller als Märtyrer zu fallen. Und so empfing er den Todestrank aus der
Hand eines Verwandten. Es war ein schreckliches Gemetzel!
Am Ende erfüllte sich der Traum, den eine der Tanten Muhammeds, Atike, die Tochter des Abdulmuttalib, gehabt hatte: Die Welt wurde für die mekkanischen Gegner des Islam

zum Kerker. Der Sieg gehörte den Muslimen. Und ebenso das Lösegeld für die Gefangenen und die Beute.

Was haben die Araber seither nicht alles angestellt, um Beute zu machen, dachte Rahmi *Bey*. Nicht umsonst gab es die Redensart: »Wenn Damaskus keinen Zucker hat, kennt der Araber keine Ehre.« Dann tröstete er sich damit, dass er seinen Arm für die islamische Gemeinschaft geopfert hatte; er hegte für den Feind eine mit Gefühlen des Mitleids gemischte heimliche Liebe. Man konnte nicht behaupten, dass die Araber gute Kämpfer waren. Deswegen taten sie ihm leid, und er verstand, was Muhammed gemeint hatte mit der Aussage: »Der einzige Dichter, den ich kennenlernen möchte, ist Antere.«

Rahmi *Bey* wusste, dieser Kriegerdichter, von einer äthiopischen Sklavin geboren, war ein Schwarzer, der ›Arabischer Rabe‹ genannt wurde, und wie bei den Riesen in den Märchen war ›seine eine Lippe auf Erden, die andere im Himmel‹. Nicht nur seine Feinde behandelte er erbarmungslos, sondern auch die Ehemänner der jungen Frauen, die er verführen wollte. Es gab nichts Besseres als seine Schilderungen davon, wie der Speer ihre Hälse aufschlitzte und das Blut spritzte, oder was für ein Laut entstand, wenn er sein Schwert zog, das durch den dichtesten Panzer bis auf den Knochen drang, wie die Köpfe abgehauen und die Körper zerfetzt wurden. Die Wunden, die er seinen Gegnern schlug, waren so breit wie »Eimerschlünde«, und das auf den Leichen trocknende Blut hatte die Farbe von »rotem Indigo«, während die hungrigen Wölfe, die vom Blut angelockt wurden, in der dunklen Nacht tiefschwarz waren. Der kriegerische Dichter sagte, er fürchte den Tod nicht, immerhin habe er die Väter derer, die ihn töten würden, schon zu einer Speise für Raubtiere und Geier gemacht und sei ihnen zuvorgekommen mit seiner »Lanze, deren harte Verdickungen aufs Schönste geglättet« waren. Während seine Geliebte auf einem weichen Lager schlief, war sein Bett der Sattel seines Pferdes »mit starken Beinen, kräftigen Knochen, muskulös, beidseitig fleischig und unter dem Gurt fett«. Auch er liebte wie Imruü'l-Kays sein Pferd und sein Kamel. Und er liebte seine Freiheit. Rahmi *Bey* wusste, Muhammed war von diesem Dichter begeistert, nicht weil er so kriegerisch war, sondern weil er gesagt hatte: »Selbst wenn mir vor Hunger der Magen eingeschrumpft wäre, würde ich doch so lange nichts essen, bis ich einen Bissen fände, für den ich nicht dankbar sein müsste.« Doch vor Rahmi *Beys* Augen spielten sich aus irgendeinem Grund immer weiter Gewaltszenen ab. Vergebens bemühte er sich, seine Vorstellung des Propheten von diesen Bildern freizuhalten. Dass es eine Beziehung zwischen den Ereignissen von Badr und dem Scharmützel gab, bei dem er seinen Arm verloren hatte, das ging ihm einfach nicht aus dem Kopf. Und wenn um ihn herum zeitweilig das Stöhnen der Verwundeten zu erstickten Schreien wurde, zu angsterregenden Hilferufen, zu flehentlichen Klagen, dann wankte sein Glaube an Allah. Kein Mensch verdiente solch einen Schmerz, so ein endloses Leid, diese herzzerreißenden Schreie, die aus dem Basar der Seelen aufstiegen.

Er dachte wieder an Badr, denn Badr war die erste Schlacht des Islam gewesen, die den Monotheismus nicht nur gerettet hatte, sondern von der an er langsam allgemein verpflichtend wurde. Von nun an hatten diejenigen kein Lebensrecht, die ihren Nacken nicht dem Gesandten Allahs beugten, die seine Oberhoheit nicht anerkannten. Aber was war mit der Freiheit des Glaubens, mit denen, die zweifelten, die zwar Allah keine anderen Götter zur Seite stellten, aber Seine Einheit leugneten oder ihr keine Beachtung schenkten, was war ihr Schicksal? Eigentlich musste man auf diese Fragen eine Antwort finden, nicht auf die Fragen nach den Geheimnissen der Welt und der Schöpfung. Diese Geheimnisse würden irgendwie niemals gelöst werden, und wenn sich im Laufe der Zeit die Wissenschaft entwickelte, würden immer neue Geheimnisse auftauchen. Als der *ezan* zum Morgengebet ertönte, fühlte sich Rahmi *Bey* von den Gedanken, die ihn die ganze Nacht gequält hatten, für eine Weile erlöst, und er entspannte sich. Ehe er in Schlaf versank, stellte er sich den Propheten in Mekka vor in seiner Einsamkeit und unendlichen Geduld, seinem unerschütterlichen Glauben und seiner Beharrlichkeit. Ihm kam das Leben des Propheten vor der Hedschra, der Auswanderung nach Medina, irgendwie weiser, viel ruhiger und anziehender vor. Und Medina? Wo draußen gerade der Tag graute, wo es Morgen wurde und von den Minaretten Allahs Größe ausgerufen wurde, diese Stadt, die sie nun seit Monaten verteidigten gegen die Gemeinde des Propheten, gegen die Rebellen aus seinem Stamm? Der Prophet war in Medina zum Heerführer, zum Gesetzgeber, zum Politiker geworden, er hatte seine Einsamkeit vergessen, sein Waisentum, die Ausgrenzung durch seinen Stamm, die Tage, an denen er wie ein Irrer über Stock und Stein gewandert war. Er hatte ein neues Leben begründet, neue Aufgaben und neue Frauen gefunden.

Der Heuschreckenregen

Die Genesungszeit von Rahmi *Bey* dauerte nicht lange. Er war jung, widerstandsfähig, sein Körper war vom Krieg nicht allzu mitgenommen, deswegen ging es ihm schnell besser. Sobald er aus dem Lazarett entlassen war, besuchte er als Erstes die Grabstätte des Propheten, *Ravza-i Mutahhara*, ohne dass er dieses Mal die Erlaubnis von Fahreddin *Paşa* für notwendig hielt. Denn er war jetzt ja als dienstuntauglich entlassen. Doch solange die Belagerung anhielt, sah es nicht so aus, als könnte er nach Hause zurückkehren.

Das Wetter war wie immer drückend. Er bekam kaum Luft, als er durch die engen Gassen von Medina ging. Die Steinhäuser mit ihren Käfigfenstern schienen über ihm zusammenzustürzen. Er hatte sich noch nicht an das Fehlen seines linken Arms gewöhnt. Beim Ausschreiten wollte er mit beiden Armen schlenkern, doch wenn er dann das Fehlen des einen bemerkte, bedrückte ihn das. Die Leute schauten dem versehrten Offizier mitleidig nach. An sich unterschied sich dieser osmanische Offizier nicht sehr von den arabischen Einwohnern Medinas, die nur noch Haut und Knochen waren, die sich auf dem Markt und in den Gassen dahinschleppten oder auf den Schwellen ihrer Häuser dösten. Auch unter ihnen gab es Krüppel, die sich hinkend auf dem Markt, im Basar herumtrieben, halbnackte Bettler. Manchmal tauchte auch ein Vornehmer in Seidengewändern auf, doch Rahmi *Bey* sah viel Armut. Kinder ohne Hosen, Greise mit von Malaria ausgebleichten Gesichtern und magere, ausgezehrte Frauen im schwarzen Tschador. Auch

Türken waren darunter, kriegsversehrt wie er selbst, müde Soldaten. Medina war nur ein Haufen Trümmer, doch die Osmanen waren trotzdem entschlossen, sie gegen die englischen Ungläubigen und gegen die Rebellen zu verteidigen, wobei offensichtlich vergessen wurde, dass die eigentlichen Besitzer der Stadt ebendiese Rebellen waren. Auch wenn zu den Attributen Istanbuls der Name ›Hauptstadt des Kalifen‹ gehörte – war etwa die Stadt des Propheten und der ersten Kalifen des Islam weniger wert? Seit die Stadt nach der Hedschra ihren ursprünglichen Namen Yesrib aufgegeben und in Medina umgewandelt hatte, bis zu dem Zeitpunkt, als auf ihrer Burg die rote Fahne mit Stern und Halbmond wehte – deren Farbe auf das Blut der Gefallenen verwies –, war Medina, auch wenn es innerhalb seiner Mauern nur aus ein paar Steinhäusern und Lehmhütten, engen Gassen und einigen Geschäften am Markt bestand, verteidigenswert allein schon wegen ihrer Ehrennamen. Die Osmanen verteidigten nicht irgendeine Stadt, sondern *Medinetü'n-Nebi*, die Stadt des Propheten, *Darü's-Selam*, den Ort des Friedens, *Karyetü'l-Ensari*, den Hort der Unterstützer, *El Mübareke*, die Heilige, *Darü'l-Ebrar*, das Haus der Guten und *Kubbetü'l-Islam*, die Kuppel des Islam.* Gleich zu Beginn der Belagerung hatte Fahreddin *Paşa* die heiligen Reliquien, die, gemäß dem letztgenannten Namen, unter der Kuppel des Islam verborgen waren, nach Istanbul geschickt, mit Ausnahme des Schreins des Propheten. Rahmi *Bey* war die Aufgabe zugefallen, die Liste für die Abzeichnung durch den Pascha vorzubereiten. Was hatte man in höchster Eile nicht alles nach Istanbul geschickt! Nach der Aufzählung von Rahmi *Bey*, die er in sein Heft eingetragen hatte, war es ein unsagbar wertvoller Schatz, der den handschriftlichen Koran auf Gazellenleder von Osman bin Affan enthielt, das Schwert des Propheten, silbergefasste Lebensbeschreibungen des

Propheten, Gebetsschnüre aus Diamantperlen, Korallen und Amber, goldbeschlagene Korane sowie Lampenaufhänger, die mit Rubin und Brillanten verziert waren.

Im Hof der Prophetenmoschee war nicht viel los. Aus allen vier Weltenden kamen *mücavir* hierher, Leute, die neben der *türbe* hausten und ihr Leben in diesem versteckten Hof inmitten der Wüste in der Nähe des geliebten Propheten vollenden wollten. Dieser Platz zwischen der Kanzel und dem Grab sah nicht gerade aus wie eine Ecke vom Paradies, wie Muhammed ihn bezeichnet hatte. Einer von den *mücavir* näherte sich in seinen schmierigen, geflickten weißen Gewändern, die einem Leichentuch glichen, und bettelte um Geld. Ein anderer mit einem Wasserschlauch auf dem Rücken wollte Wasser verkaufen. Rahmi *Bey* gab gern Almosen, er hielt das für die Pflicht eines Muslims, doch dieses Mal kümmerte er sich um keinen. Er wollte sofort in die *türbe* mit der grünen Kuppel eintreten, bei seinem Propheten sein, das Gesicht zu dem grünen Sarg niederbeugen und Dank sagen. Er war am Leben, und obwohl sein Magen leer war, waren sein Verstand und sein rechter Arm intakt, was verlangte er mehr.

Die Schlüssel zur *türbe* hingen am Gürtel eines zähen Äthiopiers, der die Tür bewachte. Als er Rahmi *Bey* sah, salutierte er militärisch. Dann verlangte er Geld. Es gefiel Rahmi *Bey* überhaupt nicht, dass der geheiligte Leichnam des Propheten in dieser Weise verhökert, auf Schritt und Tritt verkauft wurde, doch er sagte nichts. Nachdem er dem Äthiopier etwas Kleingeld in die Hand gedrückt hatte, öffnete sich langsam die Tür, und er befand sich vor einem silbernen Gitter. Dahinter ruhte Muhammed unter einer Atlasdecke, die von der Kuppel bis zum Boden reichte. An seiner Seite befanden sich die Särge der Heiligen Ebubekir und Omar. Rahmi *Bey* betete zum Dank zwei *rekât** und ein persönlich formuliertes Gebet. Und er dachte daran, dass der Prophet vor vielen, vielen Jahren hier, nachdem er in den Armen seiner Frau Ayşe gestorben war, unter seinem Bett begraben wurde. Vor der Beerdigung, als Ayşe in einer Ecke weinte, war ihr Vater Ebubekir eingetreten und hatte mit den Worten »Oh Gottgesandter, dein Tod ist schön, so wie es dein Leben war!« seinen Schwiegersohn auf die Stirn geküsst. Dann erinnerte Rahmi *Bey* sich, dass Ayşe gesagt hatte, in vielen Nächten, wenn sie ein zerrissenes Kleidungsstück des Gesandten Allahs flickte, habe sie im Dunkeln kein Licht anzünden müssen, denn das Licht im Gesicht des schlafenden Propheten habe gereicht, um den Faden einzufädeln. Rahmi *Bey* hatte dermaßen viel über den Propheten gehört, er kannte sein außergewöhnliches Leben bis in alle Einzelheiten, sodass er sich schon fast vorkam wie einer seiner Gefährten. In diesem Augenblick wurde ihm ganz seltsam zumute, es schmerzte ihn, als hätte er erst gestern einen Bruder verloren. Die drei alten Freunde aus Mekka, der Prophet und seine beiden Kalifen, lagen nun nebeneinander im ewigen Schlaf. Und Rahmi *Bey* stellte sich vor, sie befänden sich nicht im Paradies, sondern mitten unter den *mücavir* im Hof, angelehnt an eine der Säulen, ins Gespräch vertieft. Danach kehrte er, wie er gekommen war, durch die gleichen holprigen, staubigen Gassen ins Quartier zurück.

Auch in dieser Nacht konnte Rahmi *Bey* nicht schlafen. Sein Arm schmerzte. Dabei gab es jetzt jenen Arm nicht mehr; anstelle dessen, was man von der Schulter weggeschnitten hatte, war nichts angebracht worden, weder ein verlängerter Haken noch eine hölzerne Prothese. Es gab keinen Grund zur Trauer, es war unnötig, Schmerz zu empfinden wie beim Verlust eines Nahestehenden, denn der Arm war weg, war unwiederbringlich in der Erde von Medina begraben. Hatten sie ihn wohl begraben oder irgendwo im Lazarett aufgehoben? Wer weiß, vielleicht hatten sie ihn auch an die Hunde verfüttert. Oder wie ein kleines Mädchen lebendig begraben … Rahmi *Bey* hatte kein Kind, noch nicht. Vielleicht erschien ihm deswegen die Trauer um den Arm wie die um ein Kind, und es fielen ihm seltsame Dinge ein. Er dachte: Wenn selbst der Prophet gestorben ist, wenn selbst er zu Erde geworden und längst zerstreut ist, und wenn tatsächlich in dem Sarg mit der grünen Decke keine Spur, nicht mal ein Arm geblieben ist, wie wichtig kann dann schon das sein, was mir passiert ist? Dann fiel ihm der Vers aus der Sure *Zümer** ein, wo es um den Tod geht, und er rezitierte für sich den Vers, den er in den schlaflosen, langen, dunklen Nächten gemurmelt hatte. Doch beim Rezitieren wuchs seine Besorgnis statt sich zu legen. »Allah nimmt die Seelen zu Sich zur Zeit ihres Todes, und diejenigen, welche nicht sterben, während sie schlafen. Er hält die zurück, für die Er den Tod bestimmt hat, und lässt die anderen bis zu einem bestimmten Zeitpunkt frei.« Bis zu einem bestimmten Zeitpunkt, also bis zu ihrer Todesstunde.

Am Ende hatte Muhammed den Tod gekostet wie alle Lebewesen, ihm war widerfahren, was ihm bestimmt war. Von nun an aber würde er nicht mehr sterben, auf jeden Fall starb der Mensch nur einmal, dort in der anderen Welt wurde man zur Unsterblichkeit auferweckt und musste Rechenschaft ablegen. Als der Prophet wie jeder Mensch seinen Tod starb, lagen die Zeiten der Sehnsucht nach seinem ›erhabenen Freund‹ in dieser vergänglichen Welt hinter ihm; der Gedanke, sich in den Abgrund zu stürzen, wenn die Offenbarung ausblieb, das Gefühl der quälenden Abwesenheit, der Entbehrung – alles das lag hinter ihm.

Der Mensch starb vielleicht nur einmal, aber war es nicht so, dass Allah nach Seinem Ratschluss die Seele des Menschen im Schlaf zu Sich nahm und beim Erwachen zurückgab? Nach Aussage des Koran wurde sie zurückgegeben. Und Rahmi *Bey* dankte für das Vorhandensein, wenn schon nicht seines Arms, so doch seiner Seele in seinem Körper und dass sie ihm jeden Morgen zurückgegeben wurde. Der Prophet aber war schon lange bei Allah, er war eingehüllt von Seiner Barmherzigkeit, vielleicht hatte er sich kugelrund eingerollt wie im Jahr des Elefanten, in dem er wahrscheinlich geboren war, als die Ungläubigen die Kaaba angegriffen hatten und von den Vögeln mit Steinen beworfen worden waren. So lag er eingerollt in den Armen von Ayşe. War der Tod vielleicht wie eine Rückkehr zur Mutter, zum Anfang, in jene erste Dunkelheit? Eine Rückkehr nicht zu Allah, sondern in den Mutterleib?

Rahmi *Bey* fiel seine Mutter ein. Aus irgendeinem Grund dachte er oft an seine Mutter, seit er den Arm verloren hatte, insbesondere in solch sternlosen, tiefdunklen Nächten. Er hatte nicht mal ein Foto von ihr. Was war überhaupt geblieben von jener lieblichen Frau mit dem sonnenverbrannten Gesicht? Vielleicht er selbst, ihr Kind, der armlose Körper von Rahmi *Bey*. Ja, es gab nicht mal ein Foto, doch seltsamerweise erinnerte er sich, wie seine Mutter von einem phantasierten Foto an der Wand seines Junggesellenzimmers in Istanbul ihm zugelächelt hatte. In jenem Lächeln war von jeder der Frauen, mit denen er einst in Galata geschlafen hatte, eine Spur. Vielleicht bestand seine Mutter aus all den Frauen insgesamt, in deren Schoß er eingegangen war. Er konnte die Frau, die ihn geboren hatte, irgendwie nicht aus seiner Phantasie vertreiben. Sie hatte ein rundes, sonnenverbranntes Gesicht, und wenn sie lächelte, blitzten ihre Goldzähne. Ihre Augen waren leicht geschlitzt und so schwarz wie Oliven. Sie gehörte zu den Jörüken, die von Denizli gekommen und sich in Hacırahmanlı niedergelassen hatten. Einst hatte auch sie gelebt, und nicht allzu lange nach ihrer eigenen Geburt, im Alter von fünfzehn Jahren, hatte sie Rahmi *Bey* geboren. Hatte sie wirklich existiert? Natürlich hatte sie existiert, aber sie gehörte zu den anatolischen Frauen, die starben, als hätten sie nicht gelebt. Nicht mal eine Fotografie gibt es von ihr, dachte Rahmi *Bey*, aber ihr Fehlen gibt es, also ihren Tod. Der Tod seiner Mutter war eine Tatsache wie der unwiederbringliche Verlust des linken Arms, und wenn er daran dachte, sich daran erinnerte, schmerzte es ihn.

Der Belagerungsring schloss sich immer enger. Es war den Rebellen schließlich gelungen, die meisten Bahnhöfe zu erobern und die Eisenbahn außer Betrieb zu setzen. Damit war Medina von der Außenwelt abgeschlossen. Hilfstruppen und Proviant konnten nun nicht mehr durchkommen. Es trafen sowieso ständig Meldungen von Niederlagen ein, die Fronten bröckelten eine nach der anderen, die englischen Gefangenenlager quollen über. Die sich auflösenden Armeen mit ihren verelendeten Soldaten und den Generälen, die ihre Hoffnung verloren hatten und in ihren Amtssesseln zusammengebrochenen waren wie müde Kamele, traten den Rückzug an. Nur Fahreddin *Paşa* beugte den Nacken nicht, er hielt aus, um das Mausoleum des Propheten nicht dem Feind zu überlassen. Das Imperium geriet aus den Fugen, es brach völlig auseinander. Der Sieg von Çanakkale hatte vielleicht verhindert, dass Istanbul in die Hand der Ententemächte fiel, doch nach dem Desaster von Sarıkamış,* den Niederlagen an den Fronten von Gaza, in Palästina und in Galizien hatte jener Sieg keine große Bedeutung mehr. Manche schrieben die Verteidigung von Çanakkale nicht einmal Mustafa Kemal *Paşa*, dem Helden von Anafartalar, sondern Cemal *Paşa* zu; sie behaupteten, wegen der ›abschreckenden Wirkung‹ der Vierten Armee in Ägypten seien die

Schlachtschiffe der Feinde nicht in den Bosporus eingefahren und hätten Istanbul nicht bombardiert.

Rahmi *Bey* hörte dem Gerede ohne großes Interesse zu, für ihn war auch das Schicksal von Medina nicht so wichtig. Er dachte, in dieser Lage, wo fast der gesamte Hedschas in der Hand der Rebellen war, bringt die Verteidigung von Medina, der Stadt des Propheten, nichts außer Menschenverlusten, und diese Ansicht teilten auch ein paar nahe Freunde, höherrangige Offiziere im Stab. Doch Fahreddin *Paşa* hörte nicht darauf, verschloss sich allen Ratschlägen oder tat, als gingen sie ihn nichts an. Er verhielt sich, als hinge der Ausgang des Krieges von der Verteidigung Medinas ab. Er hatte sich von der Realität so weit entfernt, dass er auf Warnungen nicht hören wollte, so wie die Leute dem Propheten Noah nicht geglaubt hatten, ehe die Sintflut hereinbrach. Er war entschlossen, die Stadt des Propheten bis zum letzten Blutstropfen zu verteidigen. Dabei war der Krieg fast zu Ende, es gingen Gerüchte um, dass ein Waffenstillstand mit den Ententemächten geschlossen werden sollte. Ein wenig später riss auch die Telegraphenverbindung ab, und es gab mit Istanbul keinen Nachrichtenaustausch mehr. Fahreddin *Paşa* harrte einsam in der Wüste aus wie ein Kapitän, der die Brücke nicht verlässt und die Heilige Fahne grüßt, ehe sein Schiff in den Fluten versinkt. Doch was war mit den einfachen Soldaten, diesen hungrigen, erschöpften, durstigen jungen Männern, die man von allen vier Ecken Anatoliens hergebracht hatte, wollten die etwa ebenso begeistert und entschlossen Medina verteidigen wie Fahreddin *Paşa*? Die wurden selbstverständlich nicht gefragt, und wenn einzelne aus der Stadt zu fliehen versuchten, wurden sie sofort erschossen. Innerhalb der Festungsmauern durfte kein Vogel frei fliegen. Nahrungsmittelvorräte und Munition gingen zu Ende. Die Söhne des Großscherifs Hüseyin und Lawrence zogen es vor, den letzten Sturm abzublasen, denn die Stadt, ausgezehrt von der zweijährigen Belagerung, würde sich von selbst ergeben.

Auch nach dem Waffenstillstand war Fahreddin *Paşa* nicht zu Verhandlungen mit den Rebellen bereit, trotz des Drucks von Seiten der Regierung in Istanbul, trotz aller Befehle aus dem Kriegsministerium, die über englische Kanäle verschickt wurden, ja sogar trotz eines Erlasses des Sultans, den Justizminister Haydar Molla persönlich als Ultimatum überbrachte. Statt das Friedensabkommen zu unterzeichnen, schied er lieber aus dem Dienst, zog die Uniform aus und hüllte sich in den Überwurf des Pilgers, um beim Grab des Propheten als *mücavir* zu leben. Schließlich wurde die gesamte Garnison mitsamt dem Wüstenlöwen Fahreddin *Paşa* und Rahmi *Bey* aus Medina deportiert. Vom Hafen von Yenbu wurden sie ins Kriegsgefangenenlager in Ägypten geschickt, ›wie Sklavinnen‹.

»Diesen Vergleich hat der Held von Medina, Fahreddin *Paşa* – er möge ruhen im Lichte –, gebraucht, dabei ähnelten wir weniger Sklavinnen als vielmehr Mäusen in der Mausefalle«, hatte dein Großvater geschrieben. Auf der letzten Seite seiner Aufzeichnungen war das Bild einer Heuschrecke zu sehen. Darunter stand in arabischen Buchstaben, die du zwar nicht völlig entziffern konntest, die dir aber durch Lesen vertraut waren: »In Medina habe ich auch von diesem Gottesgeschenk gekostet.« Dein Großvater hat dir seine Kriegserinnerungen zwar nicht erzählt, doch zum Glück hat er diese Aufzeichnungen gemacht, späteren Generationen zum Zeugnis. Und dann gibt es noch die tragikomische Anekdote, die deine Großmutter manchmal erzählte, womit sie deinen Großvater aus dem Häuschen brachte:

Die Belagerung war immer schwerer zu ertragen. Die Soldaten hatten zu weiterem Durchhalten weder Kraft noch

Mut. Der Proviant war nahezu alle. Fahreddin *Paşa* befahl, auf den freien Flächen Weizen anzusäen. Wasser gab es ja, und wenn man dann auch noch Brot hätte, dachte er, könnte man die Hartnäckigkeit des Feindes durch die eigene Hartnäckigkeit brechen. Ja, wenn es Manna vom Himmel geregnet hatte, wie in der Thora* berichtet wurde, konnte man auch sein eigenes Brot backen und mit Appetit essen. Und warum sollte auf diesem heiligen Boden nicht auch Brot wachsen so wie das Manna, das auf die Kinder Israels herniedergeregnet war, weiß wie Koriandersamen und wohlschmeckend wie Weißbrot.

Der Befehl des Pascha wurde sofort ausgeführt. Alles verlief nach Plan, das Getreide wuchs, wurde gelb und reif für die Ernte, als am Horizont Regenwolken aufstiegen. Die Soldaten freuten sich. Es würde also regnen, und wenn Allah vom Himmel gnädigen Regen schickte, würde es weder an Wasser noch an Brot mangeln. Inzwischen näherte sich die Wolke schnell, aber anstatt Wasser regnete es Heuschrecken vom Himmel. Sie waren von dem Ereignis völlig überrascht. Alles war voller Heuschrecken, die sich sofort auf das angebaute Getreide stürzten, überall hineinkrochen und verschwanden, auch in die Läufe der Kanonen, Maschinengewehre und Mauserflinten, Heuschrecken, die am Boden hüpften und von Wand zu Wand prallten. Die arabischen Soldaten ließen alles stehen und liegen und begannen mit Säcken und Besen die Heuschrecken einzusammeln. Auf die Frage von Rahmi *Bey*, was sie damit machen wollten, antworteten sie: »Wir braten und essen sie!« Und an diesem Abend aß er mit seinen Kameraden in der Kaserne aus Not, um nicht zu verhungern, zum ersten Mal in seinem Leben Heuschrecken. Auch die einfachen Soldaten machten es so. Während er ganz elegant beim Heuschreckenschmaus saß, näherte sich ihm ein Soldat und sagte: »Wie isst man das, zeig mir das auch!« Und Rahmi *Bey* zeigte dem anatolischen Burschen, wie man Heuschrecken isst: »Mein Sohn, was muss man da schon wissen. Du hältst sie an den Flügeln fest und steckst sie in den Mund, dann knusperst du sie.« Als der Bursche die von Rahmi *Bey* angebotene gebratene Heuschrecke in den Mund steckte, sprang ihm eine andere Heuschrecke aus dem offenen Mund und fiel zu Boden. »Lieber Gott«, murmelte der Bursche, »die war wohl lebendig!«

Manat

Ja, ich habe Muhammed heimlich geliebt und darauf gewartet, dass er eines Tages käme, um sich vor mir niederzuwerfen. Er warf sich nicht nur nicht nieder, sondern schaute nicht mal bei mir vorbei. Er schlachtete weder ein Opfertier, noch erwähnte er meinen Namen. Er machte auch keinen Umgang um mich herum, wenigstens das hätte er doch tun können. Was erwartet man von einem Kureysch, als dass er in seinem Haus meine kleine Figur aufbewahrt, sie pflegt, sie zärtlich streichelt und auf Reisen mit sich führt. Er sollte mich verehren und Dank sagen wie ein jeder. Doch nichts davon hat er getan. Später, als die Offenbarung kam, als er mit unserem Vater Allah vertraut wurde und anfing, sich mit Ihm zu beraten, hat er sich gänzlich abgewandt. Nicht nur von mir, von uns allen. Er sagte nun, wir seien der Anbetung nicht würdig, er redete unverblümt und versuchte die Kureysch zu überzeugen, dass sie uns nicht Allah zur Seite stellen sollten. Wie gesagt, er war anders, sein Verhalten, seine Blicke, sein Gang waren eigenartig. So als trüge er in sich ein Geheimnis, ohne es selbst zu wissen, als hätte er eine Kraft, die eines Tages, wenn die Zeit erfüllt wäre, das Schicksal wenden könnte. Er schwatzte vom Jüngsten Tag und auch von Paradies und Hölle. Inzwischen beschäftigte er sich mit den alten Geschichten, mit den Propheten, die vor ihm gewesen waren. Er forderte uns heraus mit einer Handvoll Anhänger, die er in seiner Umgebung gesammelt hatte. Nur uns? Auch gegen die Großen von Mekka lehnte er sich auf, beispielsweise gegen Ebu Süfyan, der uns nie seine

Aufmerksamkeit versagt hatte, oder gegen Ebu Cehl, der die Farbe, mit der er seinen eigenen Hintern bestrich, den Duft, den er selbst verwendete, uns nicht vorenthielt, ja sogar gegen seinen eigenen Onkel. Beleidigte und bedrohte er nicht Ebu Leheb, den edlen Verehrer von Uzza?

Stets war er in Gedanken, in sich gekehrt, still, grüblerisch. Ganz anders als seine Altersgenossen. Vielleicht liebte ich ihn deswegen und wollte ihm nahe sein. Auch ich wollte in seinem Leben, seinen Gedanken, seinen Gebeten vorkommen. Es war mir nicht vergönnt. Die Karawanen kamen und gingen. Die Kamele breiteten sich um die Brunnen herum aus, auf den Jahrmärkten wurden Waren gekauft und verkauft, Geburten folgten auf Todesfälle, Kriege auf Frieden. Pilger kamen und gingen und auch Zugvögel und Störche. Ich weiß nicht mehr, wie oft die Sonne hinter den Sandhügeln aufging, wie oft sie hinter den Bergen sank, wie oft der Mond den Himmel erhellte, wie viele Blitze über Mekka und Yesrib, Taif und Tebük zuckten. Doch ich erinnere mich an Muhammeds schönes Gesicht mit seinen feurigen Augen, seinen vollen Lippen und weißen Zähnen. Ganz besonders an seine gepflegten, gleichmäßigen Zähne, die wie Perlen schimmerten. Ich wusste nicht, dass er bei Uhud einen davon verlieren sollte. Und auch nicht, dass er sich nach Hatice noch viele Frauen nehmen sollte.

Als Erstes kam die Nachricht von seiner Heirat mit Hatice, der Tochter des Huveylid. Es wäre gelogen, wenn ich sagte, ich wäre nicht eifersüchtig gewesen. Dann gewöhnte ich mich an seine Abwesenheit, ich hatte ihn sowieso bloß ein Mal gesehen. Auch nachdem er geheiratet und Kinder bekommen hatte, fuhr ich fort, ihn zu lieben und mich nach ihm zu sehnen. Es war eine heimliche Liebe, die schlimmer ist als der Tod. Doch zu einer Göttin passt ja der Tod nicht und zu einer Tochter Allahs erst recht nicht. Wenn wir

Göttinnen uns in einen Mann verlieben, dann verfinstert sich unsere Welt. Mit dem Geliebten kann unsereins weder glücklich werden noch ins Brautbett steigen. Du schmilzt wie eine Kerze dahin an deinem Platz. Es nützt nichts, auch wenn dein Platz die Kaaba ist. Deine Kraft, deine Schönheit reichen nicht aus, dein inneres Feuer zu löschen, die Sehnsucht zu stillen, die deinen steinernen Leib durchdringt. Die Liebe von uns Göttinnen gleicht der Liebe der Sterblichen nicht.

Es wäre Lüge, wollte ich sagen, dass ich mich nicht gefreut hätte bei der Nachricht vom Tod der Hatice. Denn ich wusste von der Bindung an seine Frau, wie er sie geliebt und verehrt hatte, dass er sich von ihr nie getrennt und seinen Glauben zuerst mit ihr geteilt hatte. Die an Heiligenverehrung grenzende Liebe zu Hatice führte ich darauf zurück, dass er Waise war. Dann aber hörte ich, dass er die alte, verwitwete Sevde geheiratet habe. Na gut. Sie gehörte zu den ersten Muslimen, die nach Äthiopien geflüchtet waren, und ich wusste auch, dass ihr Mann Sekran dort im Land von Necaşi Christ geworden und gestorben war. Nach ihrer Rückkehr nach Mekka wohnte Sevde, die Tochter des Zem'a, in ihrem Haus. Sie suchte nicht nach einem Liebhaber, sondern nach einem Ernährer; im Bett konnte sie Muhammed nicht zufriedenstellen, doch sein Haus, seine Kinder konnte sie versorgen. Was also soll man dazu sagen, dass der Bruder der ältlichen Braut, Abd bin Zem'a, trotzdem gegen diese Ehe war? Ja, ich war persönlich Zeugin. Der junge Mann besuchte mich, und gerade als er sein Opfertier schlachten und sich vor mir niederwerfen wollte, bekam er die Nachricht, dass seine ältere Schwester sich mit Muhammed geeinigt habe. Er war völlig verzweifelt und begann sich vor mir die Haare zu raufen. Auch ich konnte ihn nicht trösten. Er brach seinen Pilgerbesuch ab und kehrte in die Stadt zurück, doch konnte er seine Schwester nicht von dieser Ehe abbringen, so viel er auch redete.

Sevde soll zu ihm gesagt haben: »Ich weiß, Muhammed verdient eine Bessere als mich. Ich erwarte auch nicht allzu viel von ihm. Es reicht, wenn er im Jenseits an meiner Seite ist. Die größte Freude für mich ist, die Frau des Gesandten Allahs zu sein.«

Dann beugte sie ihren Nacken und wartete mit ihrem großen, dicken Körper. Ich habe Sevde einmal von weitem gesehen. Sie war sehr groß und dick, schwitzte unaufhörlich und hielt sich nur mit Mühe auf dem Kamel. Das Tier hätte leicht unter ihrer Last zusammenbrechen können. Ich weiß, sie heiratete Muhammed, um den Ehrennamen ›Mutter der Gläubigen‹ zu erlangen, und trotzdem konnte ich nicht verhindern, dass ich eifersüchtig war. Aber was hörte ich dann? Hatte dieses Mal Muhammed nicht Ayşe von ihrem Vater Ebubekir erbeten? Ihr Vater war auch sogleich einverstanden. Nein, nicht sogleich, zuerst sagte er nichts, denn er hatte seine Tochter schon Cübeyr, dem Sohn des Mutim, versprochen. Ebubekir verhielt sich gegenüber der Sippe der Beni Teym loyal, da sie ihre Kinder noch in der Wiege miteinander verlobt hatten.* Was sollte er, den man *Sıddık** nannte, tun? Zuerst holte er sich die Einwilligung vom Vater des Cübeyr, dann gab er seine Tochter Muhammed zur Braut.

Ach Ayşe, meine liebe Ayşe! Kleiner Racker Ayşe! Ich habe immer Gutes von ihr gehört, und die Kraniche haben mir gesagt, dass sie nach der Übersiedlung nach Medina mit neun Jahren als Braut heimgeholt wurde. Eigentlich gibt es am Himmel des Hedschas gar keine Kraniche, doch Muhammed hat einmal gut über uns gesprochen und mich und meine Schwestern Uzza und Lat mit Kranichen verglichen. Ich weiß nicht, ob Kraniche zwischen Allah und seinem Diener als Boten fungieren, doch ich weiß, dass sie von weit her Nachrichten bringen, wenn es notwendig ist. Und wie mich das plötzlich schmerzte! Später lachte ich natürlich auch über das, was Ayşe zu ihrem Mann sagte, aber das war später, als meine Eifersucht vergangen und anstelle meiner Liebe zu Muhammed der Zorn auf ihn übrig geblieben war. Was hat Ayşe zu Muhammed gesagt? Sie hat ihn gefragt: »O Gesandter Gottes! Wenn dich dein Weg in ein Tal führt und du dort zwei Weiden siehst, wohin lenkst du dein Kamel? Dahin, wo vorher schon andere Kamele geweidet haben, oder auf die unberührte grasgrüne Wiese, die sich vor dir ausbreitet?« Schau mal einer an, sie war sowohl gescheit als auch beredt. Wenn Muhammed ehrfurchtsvoll und sehnsüchtig seiner ersten Frau Hatice gedachte, dann wurde sie von Eifersucht verzehrt und sagte: »Oh Gottesgesandter, denk nicht länger an diese zahnlose Kureyschin. Schau doch, Allah hat dir etwas Besseres gegeben.« Muhammed aber seufzte und sagte, Hatice sei die Mutter seiner Kinder, in schlimmen Tagen habe sie ihn beschützt und all ihr Vermögen auf Allahs Wegen ausgegeben. Ich weiß nicht, ob das wahr oder falsch ist, doch selbst wenn ich hier nur weitergebe, was die Kraniche gesagt haben, eins weiß ich gewiss: Die kleine Ayşe hat Muhammed nicht wenige Probleme bereitet. Sie war der Anlass für den Rückzug des Propheten von seinen Ehefrauen, für den sogenannten Honigvorfall, der fast mit einer Scheidung geendet hätte, und für die Sache mit der Verleumdung. Im ersten Fall war Muhammed nahe dran, sich von seinen Ehefrauen zu scheiden, im zweiten hätte er Ayşe fast zu ihrem Vater nach Hause geschickt. Ich weiß nicht, womit ich meine Erzählung beginnen soll. Soll ich anfangen mit der Honiggeschichte oder mit der Verleumdung? Fangen wir mit dem Honig an.

Bekanntlich heiratete unser Herr Muhammed viele Male, als er nach der Übersiedlung nach Medina das Haupt der

Muslime war und seine Anhänger immer mehr wurden. Ich habe gehört, dass er eine Weile im Untergeschoss des Hauses von Eyyub el Ensari als Gast wohnte, dann kam die Nachricht, dass er sein eigenes Haus neben der Prophetenmoschee erbaut und seinen Frauen um den Hof dieses Hauses herum Wohnungen zugewiesen habe. Zu allen hielt er den gleichen Abstand, er behandelte sie gleich, trotzdem liebte er Ayşe am meisten, und es hieß, nur in ihrer Gegenwart käme es zu Offenbarungen. Natürlich empfing er auch unter anderen Umständen Offenbarungen, aber wenn er der Reihe nach seine Frauen besuchte, sogar wenn er bei Zeynep war, der Tochter des Cahş, der früheren Frau seines freigelassenen Sklaven und Adoptivsohns Zeyd – keiner ahnte, dass er Zeynep wahnsinnig liebte, niemand wusste, dass er dieses Geheimnis jahrelang in seinem Herzen vergraben hatte, niemand schöpfte Verdacht, aber ich wusste es –, selbst in ihrer Gegenwart offenbarten sich ihm die Verse in seinem Herzen nicht, sondern manchmal erst in Ayşes Wohnung. Doch als die Einzelheiten des Honigvorfalls hierher gelangten, mir zu Ohren kamen, die ich in der Kaaba fast umkam vor Langeweile, da lachte ich mich kaputt, ja, warum soll ich lügen, in meiner quälenden Eifersucht freute ich mich sogar ein bisschen. Omar hatte nämlich seinen Nachbarn, der mit der Schreckensbotschaft in sein Haus gestürmt kam, gefragt: »Was ist passiert? Haben etwa die Gassani Medina umzingelt?«, woraufhin der Nachbar antwortete: »Ah, Omar, es ist viel schlimmer, der Gottesgesandte hat sich von seinen Ehefrauen geschieden.« Hinterher stellte sich heraus, dass Muhammed sich von seinen Ehefrauen nicht geschieden, sondern geschworen hatte, sich einen Monat von ihnen fernzuhalten. Denn nach einem Ausspruch von Omar hatten die Frauen der Kureysch, die in Mekka fügsam gegenüber ihren Männern gewesen waren, in Medina die Boshaftigkeit der Frauen dieser Stadt übernommen und widersetzten sich ihren Männern. Und damit nicht genug, sie trieben auch mit dem Gesandten Allahs ihr Spiel. Und das geschah folgendermaßen:

Muhammed hatte an jenem Tag dem Brauch entsprechend nach dem Nachmittagsgebet seine Frau Hafsa besucht, die an der Reihe war. Doch er war etwas länger bei ihr geblieben, was Ayşe vor Eifersucht verrückt machte. Als Ayşe erfuhr, dass der Grund dafür das Honiggetränk war, das Muhammed so sehr liebte, dachte sie sich einen kindischen Streich aus. Sie redete Sevde und Safiye ein, sie sollten sagen, wenn Muhammed zu ihnen käme, hast du etwa *megafir** gegessen, weil dein Mund so schlecht riecht. Dieselbe Frage stellte auch Ayşe ihrem Mann, als die Reihe an sie kam. Als Muhammed sagte, Hafsa habe ihm Honiggetränk angeboten, bekam er von allen drei Frauen die Antwort: »Also haben die Bienen den Honig vom *urfut*-Baum* gesammelt.« Könnt ihr euch vorstellen, was Muhammed, mein harmloser, gutmütiger, frauenfreundlicher Liebling in diesem Moment fühlte, er, der nicht nur auf Zwiebeln und Knoblauch verzichtete, wenn er vor seine Gemeinde trat, sondern auch nach jeder Mahlzeit seine Zähne mit dem *misvak*-Holz rieb und sich täglich mit Wohlgerüchen einrieb? Er schwor sofort, niemals mehr Honig zu essen. Doch Allah war nicht einverstanden, dass sein liebster Diener auf Erden auf das verzichten sollte, was er am meisten mochte, und Er offenbarte die ersten Verse der Sure *Tahrim*:* »Oh Prophet! Warum verbietest du dir das, was Allah dir erlaubt hat, um damit deinen Gattinnen einen Gefallen zu erweisen?«

Natürlich begnügte sich unser Vater nicht damit, sondern Er verbreitete durch den Mund Gabriels auch folgende Warnung: »O ihr Frauen des Propheten! Wenn er sich von euch scheidet, gibt ihm sein Herr an eurer Stelle vielleicht bessere Frauen, gottergebene, gläubige, gehorsame, reumütige, Gott dienende, fastende, verwitwete und jungfräuliche Frauen.«*

Daraufhin schied sich Muhammed nicht von seinen Frauen, doch er zog sich in seine Zelle zurück, zu der man über eine Treppe gelangte, die aus einem Dattelpalmenstamm gemacht war, und verbrachte seine Tage auf einer Strohmatte. Dann, einen Tag vor Ablauf seines Einsiedlerlebens, schneite er in das Zimmer von Ayşe herein. Diese konnte ihren Mund nicht halten – sie sagte ja immer gleich, was sie dachte – und sagte zu ihrem Ehemann: »Nanu, hast du keinen weiteren Tag durchhalten können?«

Um nun auf die Verleumdung zu kommen, die nicht nur Medina, sondern auch Mekka erschütterte und die, angefangen bei Muhammed und seiner nächsten Umgebung, alle Muslime kränkte. Dieser Vorfall, der schließlich gut ausging, kam auch mir zu Ohren. Sagt nicht, hast du denn ein Ohr, zu dem die Kunde gelangen könnte? Vielleicht habe ich kein Ohr, doch ich habe meine Spione in der Stadt des Propheten und meine Wahrsager, die von hier aus sehen, was dort vor sich geht.

Muhammed nahm auf jeden Feldzug eine von seinen Frauen mit, die ausgelost wurde. Im sechsten Jahr nach der Hedschra, beim Feldzug gegen die Beni Mustalik, fiel das Los auf Ayşe. Auf der Rückkehr machten sie Rast unweit von Medina. Die Diener, die für den Dienst an der Frau des Propheten verantwortlich waren, hoben die Sänfte, in der Ayşe von Vorhängen verhüllt gereist war, von dem Kamel herunter. Ayşe entfernte sich, um ihr Geschäft zu verrichten. Als sie fertig war und zurückkehrte, bemerkte sie, dass sie ihre Halskette verloren hatte, und fing an, den Schmuck zu suchen. Inzwischen wurde die Sänfte wieder aufs Kamel gehoben, und das Heer setzte seinen Weg fort. Bekanntlich war Ayşe noch sehr jung, sie war wohl gescheit und schön, aber ein bisschen schmächtig. Dass sie nicht in der Sänfte saß, bemerkten weder das Kamel noch die Diener. Ayşe hingegen fand ihre Kette, doch die Ärmste musste die Nacht über allein an diesem einsamen Ort verbringen. Gott sei Dank kam einer von der Nachhut, der Späher Safvan, dort vorbei, mit der Absicht, am Lagerplatz vergessene Dinge einzusammeln. Er ließ sein Kamel niederknien und die junge Frau hinter sich aufsteigen, dann brachte er sie bis vor die Haustür.

Daraufhin blieben die Lästermäuler natürlich nicht müßig und streuten das Gerücht aus, Ayşe und Safvan hätten auf dem Weg ein Techtelmechtel gehabt. Während Ayşe sich in ihr Zimmer verkroch und ständig weinte, wurde ganz Medina von dem Gerede erschüttert, sie habe Muhammed betrogen. Und der Gesandte Gottes wusste nicht, was er tun sollte. Sollte er seine geliebte Frau ins Haus ihres Vaters schicken, wie ihm sein Schwiegersohn Ali riet, oder sein Herz bezwingen und die ganze Sache vertuschen? Doch was, wenn Ayşe schuldlos war, wenn sie keinen Ehebruch begangen hatte, sondern ihrem Mann treu geblieben war? Muhammed konnte nicht mehr schlafen, er ließ sich auch nicht von den Aussagen der Befragten überzeugen, darunter ihre Sklavin Berire, die sagte: »Oh Gottesgesandter! Eure Frau ist allenfalls so schuldig, als wäre sie über dem Teigkneten eingeschlafen.« Lange mied er Ayşes Nähe und kümmerte sich nicht um ihr Weinen und Flehen. Schließlich kam ihm in dieser ausweglosen Situation, die ihn aushöhlte und wie ein Wurm seinen Geist zerfraß, Gabriel zu Hilfe. Auf folgende Weise machte er allen deutlich, dass Ayşe unschuldig war:

»Diejenigen, die jene Lüge gegen die Ehefrau von Muhammed erfinden, sind eine kleine Gruppe in eurer Mitte. (…) Über jeden von ihnen wird das kommen, was er an Sünden auf sich geladen hat. Und über denjenigen von ihnen, der den maßgeblichen Anteil daran hatte, wird eine gewaltige Strafe kommen. Warum haben die Gläubigen, Männer und Frauen, als sie davon hörten, nicht Gutes bei sich gedacht und gesagt: Dies ist eine abscheuliche Lüge? Warum haben sie nicht vier Zeugen beigebracht? Und wenn sie keine Zeugen beibringen konnten, sind sie fürwahr Lügner vor Allah. (...) Allah weiß, ihr aber wisst nicht.«*

So wurde die Sache gütlich beigelegt, doch die beiden Männer und die eine Frau, die Ayşe verleumdet und des Ehebruchs bezichtigt hatten, entgingen den Stockhieben nicht. Dass die Männer schlecht redeten, nun ja, aber was war los mit der Frau, wo doch sogar ich von Ayşes Unschuld überzeugt war? Ihr Name war Hamne, Tochter des Cahş, während die Männer Hassan, Sohn des Sabit, und Mıstah, Sohn des Üsase, hießen. Ayşe aber wurde reingewaschen, Muhammed war erleichtert, sie hingegen erhielten ihre Stockhiebe. Und so wie unser Vater Allah in der Sure *Nur* befohlen hatte, drohten ihnen im Jenseits noch größere Strafen. Nach diesem Ereignis wurde die Vorschrift offenbart, dass alle muslimischen Frauen sich verhüllen müssen.

Väterchen *Hacı*

Flogen die Störche immer in der Höhe, oder kam es dir nur so vor? Du hast den Himmel von Manisa als hellblau, wolkenlos, tief und klar in Erinnerung. Er war grenzenlos wie die Phantasiewelt deiner Kindheit. Verwirrend, weit, offen. Nur der Berg, der sich über der Stadt erhob, machte dir Angst und verdunkelte deine Welt mit seinen violetten Felsen, seinen Höhlen und den vereinzelten Bäumen, die sich an seine Abhänge klammerten. Am Ende der grünen Ebene, die in der Hitze dampfte, gab es ebenfalls Berge. Jenseits der Weingärten, der Tabak- und Baumwollfelder, der Apfel-, Granatapfel- und Feigenbäume bildeten sie die Horizontlinie, die bei Sonnenuntergang aufflammte. Wer weiß, wie es hinter jenen Bergen war. Vielleicht gab es dort andere Dörfer, andere Städte, andere Kinder wie dich, vielleicht das Meer, ja, dort rauschte das Mittelmeer, das du bis dahin nicht gesehen hattest, endlos und blau, dunkelblau, bei Sonnenuntergang weinfarben. Dass der blinde Dichter Homer, euer Landsmann vor Jahrtausenden, diese Farbe für das Mittelmeer passend gefunden hatte, solltest du später erfahren. Viel später. Als Kind hattest du nicht mehr Bücher gelesen, als eine Hand Finger hat. Und wenn dich die Erinnerung nicht täuscht, hatten sie alle mit Atatürk zu tun. Hinter den Bergen musste das Inselmeer liegen, das der große Feldherr auf dem Hügel Kocatepe* gemeint hatte mit seinem Befehl: »Truppen, euer erstes Ziel ist das Mittelmeer!«

Dort waren Schiffe, nach der Aussage deiner Großmutter riesig und weiß. Als du noch nicht auf der Welt warst, auch deine Mutter und deine Tanten nicht, hatte dein Großvater eins dieser Schiffe bestiegen, war in den Hedschas gefahren und zum *hacı* geworden. Eigentlich war er nicht *hacı* geworden, sondern er hatte im Krieg gekämpft. Seinen einen Arm hatte er auf Heiligem Boden verloren. Ja, dein Großvater war sowohl *hacı* als auch *gazi*, und der schrottreife Dampfer mit dem langen Schornstein, der ihn in den Hedschas gebracht hatte, war in dem Jahr, als du davon träumtest, *hacı* zu werden, längst ausrangiert. Hinter den Bergen bildeten die schäumenden Wellen ein großes Hindernis auf der Pilgerfahrt, ebenso wie die Winde und Stürme. Alles unterstand dem Befehl, der Kontrolle Allahs. Er war es, der die Schiffe auf den Meeresgrund versenkte, und Er ließ sie auch den Hafen erreichen. Hatte Allah auch die Sterne erschaffen, die nachts über den Bergen wie am Himmel aufgehängt schienen und dir bis zum Morgen zuzwinkerten? Freilich hatte Er sie erschaffen, und so wie Er die Berge auf der Erde fixiert hatte, so hatte Er die Sterne am Himmel fixiert, damit sie den Schiffen den Weg auf dem Meer zeigten.

Vielleicht hast du so viel in den Himmel geschaut, um dich von der Schwere des Sipylos, seiner erdrückenden Gegenwart zu befreien. Dort oben in der Weite sahst du auch die Störche ziehen wie schwarze Flecken. In Wirklichkeit waren sie sowohl Störche als auch Pilger. Bis nach Mekka hin schlugen sie am Himmel ihre Flügel. Sobald sie dort ankamen, ließen sie sich erschöpft auf Marwa oder Safa nieder* und bauten ihre Nester auf der Kaaba. Du warst eigentlich alt genug, um zu wissen, dass die Zugvögel vor dem Winter in warme Länder fliegen. Doch deine Großmutter hatte dir gesagt, dass die Störche zur Kaaba flogen und *hacı* wurden, wer weiß, vielleicht wollte die alte Frau es ihnen gleichtun und sich auf Flügeln bis zur Kaaba schwingen, aber sie konnte doch nicht fliegen, nicht anders als die schwerfälligen

Hühner im Hühnerstall, die nur flatterten. Ihr mächtiger Körper auf lahmen Füßen konnte sich nicht aufmachen, um irgendwo hinzugehen. Sie ging im Garten umher und bewässerte die Hyazinthen, lockerte in gebückter Haltung die Erde auf. Du aber würdest eines Tages zur Kaaba reisen, das Pilgergewand anziehen und als *hacı* von all deinen Sünden rein werden. Du würdest nicht wie dein Großvater Rahmi *Bey* in den Hedschas gehen, um mit aufgestecktem Bajonett zu kämpfen, um unsere ruhmreiche Fahne auf den Festungen von Mekka und Medina wehen zu lassen, sondern um den Schwarzen Stein *Hacerü'l-Esved* zu küssen und den Teufel zu steinigen. Ja, du würdest pilgern, denn du warst ein Sünder, ein Nichtsnutz und Bösewicht. Du hattest nicht genug gebetet, vielmehr mit Ismail auf der Straße gespielt, anstatt wie deine Großmutter den ganzen Tag lang mit dem *tesbih* Allahs Namen herzubeten, dich außerdem erkältet, weil du verschwitzt kaltes Wasser getrunken und deine Großeltern damit traurig gemacht hattest. Außerdem hattest du die Aussiedlerkinder beschimpft, sie verspottet, dich über sie lustig gemacht. Wenn man deinen Mund mit Pfeffer einriebe, wäre es nicht Strafe genug, du gehörtest in die Hölle. Der Sündenengel auf deiner linken Schulter war schon ganz erschöpft davon, dauernd deine Sünden aufzuschreiben; deine Dummheiten, deine Untaten waren über dich hinausgewachsen, türmten sich so hoch wie der Sipylos. Wahrscheinlich hättest du die Sünden, Ameisennester zu zerstören und Heuschrecken zu verbrennen, ohne Anstiftung durch Ismail, den blauäugigen Lausebengel, nicht begangen, doch der Sohn des Bäckers Ibrahim verführte dich immer wieder, er zog dich auf die schiefe Bahn. Nachts im Traum erschien er dir in der Gestalt des Teufels. Doch du würdest eines Tages als *hacı* nach Mekka ziehen wie die Störche, wie die Engel, die Allah in Heerscharen dorthin sandte, du würdest die Kaaba umrunden und noch vor dem Aufstieg zu Marwa und Safa aus ganzer Kraft den Teufel steinigen und so von allen Sünden rein werden. Du würdest sauber und rein werden wie ein neugeborenes Kind. Wenn du jenen dreckigen Teufel mit der gespaltenen Zunge und den Feueraugen, der dir nachts im Traum in Gestalt von Ismail erschien, nach dem Vorbild von Vater Abraham, seiner Frau Hacer und seines Sohnes Ismail – nein nicht des blauäugigen Ismail, Sohn des Bäckers Ibrahim, zwischen den beiden gab es nichts außer der Namensgleichheit – sieben Mal mit Steinen bewürfest, wärest du von ihm erlöst. Er würde dir nicht wieder im Traum erscheinen, er würde dich nicht mehr verführen. Doch jetzt tat er alles, um dich in Sünde zu verstricken, und du glaubtest ihm jedes Wort, als wärest du schon von jeher damit einverstanden gewesen. Er sagte dir immer wieder, es sei dein Recht zu spielen. Er wiederholte, er liebe dich sehr, habe dich gern und stehe dir zu Diensten – auch wenn er einst vor Adam nicht niedergefallen sei. Es reiche, wenn du deinem Großvater nicht glaubtest; du seiest ja noch ein Kind, warum denn in aller Welt solltest du fasten? Hatte denn etwa dein Vater gefastet? Oder vielleicht dessen Vater, dein anderer Großvater, der vor deiner Geburt gestorben war?

Schweißgebadet wachtest du auf, ranntest in Panik in jene umgebaute Küche, die ihr *hamam* nanntet, hängtest dich mit dem Mund an den Wasserhahn und trankst in vollen Zügen, und weil du wusstest, dass du nach dem *sahur** den ganzen Tag lang weder einen Tropfen Wasser noch einen Bissen Brot in den Mund bekommen würdest, stopftest du dich voll mit allem, was du im Vorratsschrank hinter dem Fliegengitter fandest. Die Tage des Ramadan waren heiß und lang. Irgendwie kam der Augenblick zum Fastenbrechen einfach nicht, auch wenn du die Minuten aneinanderreihtest und die Stunden zähltest, die Sonne wollte nicht untergehen. Dein Großvater hatte sein Büro im Basarviertel geschlossen, deine Kameraden mussten längst von ihren Spielen heimgekehrt sein, doch es war immer noch nicht Zeit zum Fastenbrechen, der barfüßige, barhäuptige Tarzan stieg einfach nicht auf den Berg, um den Kanonenschuss abzufeuern. Während du hilflos in einer Ecke des Hauses wartetest, explodierten in deinem Magen Kanonen, krabbelten Ameisen herum, und Skorpione klebten dir am Gaumen auf der Suche nach Wasser. Deine Großmutter sagte immer: »Bete! Wenn du die Sure *Fatiha* sieben Mal rezitierst, vergeht der Durst. Und wenn du sie weitere sieben Mal rezitierst, vergeht der Hunger. Außerdem nimmt Allah das Fasten der Kinder lieber an als das der Erwachsenen.«

Du begannst arabisch zu beten: »*Elhamdü lillâhi rabbil' âlemin. Errahmânirrahim. Mâliki yevmiddin. Iyyâke na'büdü ve iyyâke nesta'in. Ihdinas-sirâtal müstakim. Siratallezine en'amte aleyhim gayrilmağdubi aleyhim ve leddâllin.*«* Du betetest alles in einem Atemzug, doch du hattest am Anfang ›*bismillah*‹* zu sagen vergessen. Also noch einmal von vorn. Dieses Mal vergaßest du das ›Amen‹. Wenn du das nicht sagtest, nahm Gott dein Gebet nicht an. Dann fanden die Seelen der Verstorbenen keinen Frieden, dann fing dein Vater in Gestalt eines Kauzes auf dem Grab an, die Vorübergehenden um Wasser zu bitten. Dir selbst klebte in dem Moment die Zunge vor Durst am Gaumen, dennoch wolltest du deinem Vater Wasser geben und bis zum Fastenbrechen geduldig sein, um Allah für ihn um Barmherzigkeit zu bitten. Außerdem bestand die Sure *Fatiha*, die du siebenmal hintereinander rezitiertest, jeweils aus insgesamt sieben Versen. Sie war schnell zu Ende, ehe noch die Kanone losging. Diese Sure war die Grundlage aller Gebete, sie eröffnete den Koran und umfasste ihn, doch sie wurde nur akzeptiert, wenn sie mit der Formel ›*bismillah*‹ begonnen und mit ›Amen‹ beendet wurde. Der ganze Koran steckte in der Sure *Fatiha*, die ganze *Fatiha* im ›*bismillah*‹, das ganze ›*bismillah*‹ im Buchstaben ›b‹, doch du musstest den arabischen Buchstaben ›b‹, der wie eine Wanne mit einem Punkt drunter aussah, erkennen, damit das Gebet angenommen wurde. Denn alles lag verborgen in jenem Punkt. Wenn Allah es wollte, konnte er die ganze Welt, die Sterne am Himmel und die Menschen auf Erden, die Berge, die Meere und Ströme, die Ozeane und die Winde in dem Punkt unter dem ›b‹ verstecken, und du würdest es nicht merken. Wenn dein Großvater böse wurde und dich tadelte mit den Worten: »Wie oft hast du das nun schon gelesen!«, fürchtetest du dich, wurdest nervös und verwechseltest die arabischen Buchstaben. Dabei hatte er sie dich auswendig lernen lassen, indem er jeden einzelnen mit einer Eselsbrücke versah, damit du sie leichter behalten konntest. Elif war sehr lang, Be wie eine Wanne. Pe glich dem Be und auch Se, der Bauch des Cim war geschlitzt, Ha und Hi ähnelten ihm. Dal war wie ein großer Mörser, Zel war ihm ähnlich. Sat sah aus wie der Kopf eines Richters, Dad ähnelte ihm. Ri war wie ein Haken, ebenso Ze. Tı war hasenköpfig, Zı ebenso. Ayın hatte einen offenen Mund, Gayın auch. Lam war wie eine Sichel, Kef kringelte sich. Mim sah aus wie eine Krücke, Nun wie eine Schüssel. Auch He war so, alles vereinte sich plötzlich und trennte sich wieder, wie Ameisen, die überallhin liefen und sich nach allen Seiten verteilten, wenn man den Stein über ihnen aufhob. Selbst wenn du ihnen nachliefst, konntest du keine von ihnen erwischen. Die Buchstaben waren eigentlich dein Spielzeug, das verstehst du jetzt besser. Du möchtest jeden von ihnen am liebsten mit einer anderen Farbe färben, gelb, rot, grün und orange. Die sieben Farben des Regenbogens reichten nicht, man müsste Farbtuben ausdrücken und sie in einem kleinen Napf schön verrühren. So wie Großmutter, wenn sie Henna heiß machte. Dann würden die Buchstaben vielleicht nicht mehr so krumm und gewunden, so schwarz bleiben, deine Welt würde bunt und dein Herz fröhlich werden. Dann würdest du dich mit den arabischen Buchstaben versöhnen. Du würdest sie nicht mehr missachten.

Eigentlich steckte der Teufel deiner Albträume, die du den ganzen Ramadan hindurch hattest, weder in Wasser und Brot, die du heimlich zu dir nahmst, und auch nicht in dem tiefen Schlaf, der dich nach dem Abendessen nach dem Fasten überfiel, der deinen kleinen Körper erfasste und dich in bisher nie erlebte Abgründe zog. Nein, der Teufel war in Mekka, hinter den Steinsäulen, die die Massen der Pilger nach siebenmaligem Umrunden der Kaaba wie ein flimmernder weißer Strom umwogten. Du sahst sogar das Foto in der Zeitung, die dein Großvater las und die du aufmerksam anschautest. Da stand in großen schwarzen Buchstaben: »Die Pilger steinigten den Teufel«. Daneben war ein Foto der Kaaba, darunter aber – du erinnerst dich wie heute – das Wort *Lebbeyk**, das du noch manchmal murmelst, ja, was heißt denn murmeln, das du in manchen einsamen Nächten im Bett aufschreckend ausrufst, du kannst nicht anders als *Lebbeyk* zu schreien, so als nähmest du deine Zuflucht zu Allah. Lange behieltest du das Wort für dich, kanntest seine Bedeutung nicht. Auch in dem Märchen von Allaeddin, das dir deine Großmutter erzählte, rief der Geist, der aus der Wunderlampe kam, *Lebbeyk*, und dann sagte er: »Wünsch dir von mir, was du willst.« Und stand stramm vor demjenigen, der ihn gerufen hatte. Also war *Lebbeyk* eine Art Zauberwort. Auch die Pilger riefen »*Lebbeyk! Lâhümme Lebbeyk!*«, wenn sie bei der Kaaba ankamen. Schließlich hieltest du es nicht mehr aus und fragtest deinen Großvater, und wie immer wurde der Zauber zerstört. Das Wort *Leb-beyk* öffnete nun nicht mehr die Welt deiner Phantasien über Arabien, wohin die Störche am Himmel flogen, war nicht mehr die Pforte zu Mekka und Medina. Das Wort war nicht länger ein Geheimnis, ein Zauberwort, sondern nahm seinen Platz zwischen den arabischen Wörtern in deinem Gedächtnis ein. Und genau in jenen Tagen, du erinnerst dich sehr gut, als in der Stadt Manisa die Mekkapilger wie weiße Schmetterlinge herumliefen, um zur Wallfahrt aufzubrechen, trennte sich ein Storch von seinem Schwarm und kam herunter, er segelte von den Hängen des Sipylos herab und baute sein Nest auf dem Schornstein eures Hauses. Weil die Radioantenne am Schornstein beschädigt wurde, konntet ihr eine Zeitlang keine Nachrichten empfangen. Darunter litt natürlich vor allem dein Großvater, denn er war sehr begierig auf die Nachrichten, genauso wie auf den *ezan*-Ruf. Er verpasste beides nicht, am Morgen stand er mit dem *ezan* auf, und am Abend nach dem Nachtgebet ging er sofort schlafen. Ja, er stand morgens mit dem *ezan* auf, im Morgengrauen, wie die ersten Muslime, wenn der weiße vom schwarzen Faden zu unterscheiden war und die Farben zurückkehrten.

Der Storch störte zwar den Empfang, doch der Großvater zerstörte das Nest nicht, er sagte: »Allah hat dem armen Vogel sein Nest gebaut.« In manchen Nächten, wenn du ein Klappern hörtest, stiegst du über die Treppen in den zweiten Stock auf die Dachterrasse, klettertest über die großen, flachen Blechschüsseln mit Tomatenmark und Fruchtpasten aus Aprikosen und Pflaumen, die deine Großmutter zum Trocknen in die Sonne gestellt hatte, und riefst: »Storch, Storch, Storchenbein, bring mir was zum Knabbern fein!« Der Storch aber richtete sich auf seinen langen Beinen auf, drehte seinen roten Schnabel zum Berg hin und klapperte weiter. Aus deinem Herzen stieg die Bitte empor: »Vater *hacı*, nimm mich mit nach Mekka!« Die Berge am Horizont waren weit entfernt, das Meer hinter den Bergen noch weiter, aber Mekka lag viel weiter weg als alles. Wer weiß schon wo, hinter welchem Meer, hinter welcher Straße, am Ende aller Straßen. Wer weiß schon, hinter welchem Berg.

Der Storch flog eines Tages los, verließ sein Nest auf dem Schornstein, doch er brachte dir weder Knabberzeug, noch nahm er dich nach Mekka mit. Umsonst wartetest du auf seine Rückkehr. Es vergingen Tage, Monate, Jahre. Du wurdest groß und die Welt klein, der Mond drehte sich viele Male um die Erde, die Erde sich um die Sonne, doch weder kam der Storch zurück noch deine Kindheit.

Der Gebetsruf

Nicht nur in ›bismillah‹, sondern in dem ›b‹ am Anfang, in jenem Punkt unter der Wanne, war ein Name verborgen. Es war der Name des ersten Gebetsrufers des Islam, Bilal. Am *imam* der Ulucami bewunderte dein Großvater die Stimme mehr noch als die Gelehrsamkeit, und jedes Mal, wenn er den *ezan* hörte, sagte er: »Was hat er doch für eine schöne Stimme; als sänge Bilal.« Dann versank er eine Weile in Gedanken, ehe er die rituelle Waschung und das Gebet vollzog. Dachte er wohl an Medina, wo der erste *ezan*-Ruf von dem aus luftgetrockneten Ziegeln errichteten Minarett der ersten Moschee ertönt war, oder fielen ihm die *ezan*-Rufe in türkischer Sprache ein, die ihn ärgerten, als sie in den Jahren vor deiner Geburt im ganzen Land durchs Radio verbreitet wurden? Du erinnerst dich jetzt nicht mehr genau, doch du weißt, er hat nie die türkische Andacht, in der der Koran und der *ezan* auf Türkisch rezitiert wurden, für richtig gehalten und sich nicht nach der türkischen Aufforderung gerichtet: »Gott ist groß! Gott ist groß! Auf zum Gebet!« Er diskutierte dieses Thema mit Bruder *Hafız*. Beide waren sie dagegen, dass der Koran, der »in verständlichem Arabisch«* herabgesandt worden war, in einer anderen Sprache rezitiert wurde, und sei es in der eigenen Muttersprache. Die Regierung hatte nach Aussage deines Großvaters eine Zeitlang »auch diesen Fehler begangen«. Man hörte H*afız* Saadettin Kaynak aus der Fatih-Moschee* die Sure *Fatiha* singen, aus der Süleymaniye Moschee *Hafız* Kemal die Sure *Kıyamet** in der Tonart *segâh*, *Hafız* Zeki sang nach dem Mittagsgebet

in der Ağa-Moschee in Beyoğlu die Sure *Fatiha* und neun-
zehn Verse aus der Sure *Bakara** in der Tonart *hicaz,* und
Hafız Rıfat aus Bursa sang in der Yeni Cami in Eminönü den
türkischen *ezan* wiederum in der Tonart *hüzzam,* während
Hafız Burhan in der Tonart *kürdilihicazkâr* das »*Amenerrasûlü*«* sang, und als wäre es damit nicht genug, rezitierte
im heidnischen Izmir* *Hafız* Ömer in der Hisar Moschee
die Sure *Fatiha* in türkischer Übersetzung in der Tonart *su-
zinak.* Doch in deiner Kindheit wurde, wie dein Großvater
sagte, »Gott sei Dank der *ezan*-Ruf in der Sprache Bilals«
gesungen. Wie schön klang dieser Name, du fandest den Namen Bilal noch schöner als den *ezan,* noch geheimnisvoller.
Und du warst neugierig auf die Person und ihre Erlebnisse.

***

Bilal war ein Sklave aus Äthiopien und wie alle Äthiopier
groß und stark, doch war er nicht vollkommen schwarz.
Er war ein Mischling von einem schwarzen Vater und einer weißen Mutter. Seine Haut spielte trotzdem ins Raben-
schwarze, seine Lippen waren wulstig, und er unterschied
sich nicht wesentlich von den anderen äthiopischen Sklaven, die den vornehmen Mekkanern dienten. Seine Augen
flackerten, seine Blicke waren zum Fürchten. Doch hinter
diesen fürchterlichen Blicken hatte er ein schlichtes, reines
Herz; der große Kerl konnte keiner Fliege etwas zuleide tun.
Und dieser riesige Mann hatte riesige Hände und Füße. Seine Brust war breit und glatt wie ein Brachfeld, nachdem auf
ihm das Unkraut abgebrannt worden ist. Doch seine eigentliche Besonderheit, besser gesagt seine größte Gabe war seine Stimme.

Wenn die mekkanischen Großen aus Damaskus oder dem
Jemen mit etwas Geld in der Tasche zurückgekehrt waren,
langweilten sie sich schrecklich, bis die nächste Karawane

296

zusammengestellt wurde. Die Tage waren heiß, die Nächte lang. Manchmal erhellte Mondlicht die Gassen, manchmal flüsterten die Sterne am Himmel, aber zumeist lag die Stadt in tiefste Finsternis gehüllt. Die Kaaba war drinnen und draußen dermaßen finster, dass, wie man so schön sagt, nicht mal eine abgefeuerte Kugel diese tiefe Nacht durchdrungen hätte, nur gab es zu jener Zeit weder Kugel noch Gewehr. »Das Gewehr war noch nicht erfunden, der Edelmut noch nicht zerstört.«* Das deutlichste Zeichen des Edelmuts war die Gastfreundschaft. Edelmut bewies man durch Gastfreundschaft und Freigebigkeit und außerdem noch durch den Rausch. Trotzdem verging die Zeit nicht, auch wenn man nachts bei seiner geliebten Sklavin lag und am Tag die Götzenbilder besuchte. Etwas gab es jedoch noch, das Palavern, und die Mekkaner waren begeistert vom Palavern über alles Mögliche. Sie redeten unermüdlich und krakeelten herum mit ihren Rachenlauten, dass die Spucke von ihren Mündern spritzte, obwohl das Wasser knapp war.

Einer sagte, man habe zwischen den Schätzen von Lat einen steinernen Penis gefunden, und er würde demjenigen, der diese Respektlosigkeit begangen habe, die Leber zerstückeln, ein anderer schlug vor, er sollte ihm stattdessen lieber den Steinpenis in den Hintern rammen, und als sie so weiterplauderten, erzählte der Hausherr, Muhammed würde seine beiden Hände hinter den Ohren wie Segel aufspannen, bis zum Morgen »*Allahü ekber*« rufen und dabei in Verzückung geraten, woraufhin alle laut loslachten. Ein anderer sagte: »Was ist das schon? Ich habe Ebubekir auf der Straße gehend angetroffen, als er mit einem Vogel in seiner Hand redete. Dann fing er bitterlich an zu weinen. Als ich ihn fragte, warum er weine, sagte er, er wolle am Jüngsten Tag an der Stelle des Vogels sein, denn von diesem würde keine Rechenschaft verlangt.«

Sie wussten nicht nur, was in Mekka passierte, sondern auch in weiter Ferne. Numan, der Sohn des Mündir, des Herrschers von Hire, hatte das arabische Volk dermaßen vor Hüsrev gelobt, dass der Herrscher des großmächtigen Persien ganz baff gewesen war und Numan mit Geschenken überhäuft in seine Heimat verabschiedet hatte. Was hatte Numan denn gesagt? Dass die Araber, die in den Augen anderer Völker nichts wert waren, in Wirklichkeit viel schöner und vornehmer seien als die gelbhäutigen Chinesen und die hässlichen Türken; er hatte behauptet, dass sie die Namen aller ihrer Vorfahren auswendig wüssten, dass sie auf dem Kamel Sex miteinander hätten und Kamelmilch tränken, dass sie weder wie die Byzantiner in Städten mit Mauern lebten, noch wie die Perser in prächtigen Serails, sondern im Freien mit den Raubtieren, dass ihre Wiege die Wüste und ihre Zimmerdecke der Himmel seien, ihre engsten Freunde hingegen Pferd und Kamel, deswegen könnten sie alle möglichen Strapazen aushalten. Ümera, der Sohn des Velid, und Amru, der Sohn des As, waren auf der Reise nach Äthiopien betrunken gewesen und hatten sich auf dem Schiff in die Haare gekriegt, Ümera, der ein Auge auf die mitreisende schöne Frau des Amru geworfen hatte, hatte seinen Reisegefährten ins Meer gestoßen, doch Amru ertrank nicht, er konnte sich an einem Tau festhalten und aufs Schiff zurückklettern. Was passierte dann? Sie versöhnten sich vor Necaşi, aber dann versuchte Ümera, eine Frau aus dem Harem des äthiopischen Herrschers zu verführen. Da entkleideten ihn die Zauberer, bliesen ihm Luft in den Hintern, bis er ganz aufgebläht war, und ließen ihn im Wald zwischen Elefanten und Affen frei. Und man hat nie mehr etwas von ihm gehört. Dann, im Laufe des weiteren Gesprächs, kam die Rede wieder auf Muhammed. Der Neffe Ebu Talibs, der gesagt hatte: »Ich werde doch nicht an einer weiteren Rose

riechen«,* hatte sich nach Hatice in die Tochter seines besten Freundes verliebt. Ayşe, die noch mit Puppen spielte,
wurde verlobt, doch weil sie erst sechs Jahre alt war, nahm
Muhammed sie noch nicht zur Frau.

»Wenn ich das kapiere, will ich Araber sein!«, sagte einer aus der Runde. »Da schau mal, was dieser Muhammed
macht! Zuerst nimmt er die alte Witwe Sevde, die überdies
riesig und dick ist, dann will er sich von ihr scheiden lassen
und verlobt sich mit der sechsjährigen Tochter von Sıddık.*

»Du bist sowieso ein waschechter Araber!«, bekam er zur
Antwort. »Was gibt's da zu verstehen? Wir kennen Muhammed seit seiner Kindheit. Er ist sensibel und schüchtern. Es
war ein gutes Werk von ihm, Sevde unter seinen Schutz zu
nehmen, während er sich mit Ayşe verlobt hat, um seinem
engsten Freund Ehre zu erweisen.«

Manche widersprachen dieser Antwort sofort, Muhammeds Tun sei unverständlich, und sie sagten, man solle sich
von ihm fernhalten und dürfe sich nicht von seinen sowohl
lieblichen als auch furchterregenden Worten beeindrucken
lassen. Dann palaverten sie wieder von Dingen, die in der
Ferne passiert waren. Im Byzantinischen Reich seien Un-
ruhen ausgebrochen, in Persien habe es ein Erdbeben gegeben, bei dem kein Stein auf dem anderen geblieben sei,
und gestern sei über der Kaaba eine Sternschnuppe nieder-
gegangen. Die Wahrsager hätten das für kein gutes Zeichen
gehalten. Doch immerhin gebe es viele Sterne am Himmel.
Wäre jeder von ihnen ein Brot, dann käme man mit dem
Essen nicht nach.

Auch mit Geschwätz verging die Zeit nur langsam, aber
endlich wurde es nach allem Gerede doch Morgen, und ent-
weder dörrte die Sonne dann alles aus, oder ein Regenguss
schwemmte alles weg, auch die Kleinviehherden und Dächer. Nachts ließ die Kälte große Felsen zerspringen, und die

Schreie der Käuze und Krähen ließen die Herzen in Furcht erschauern. In den Stunden, wenn die Toten aus ihren Gräbern stiegen und herumgeisterten, blieben auch die Dschinnen nicht untätig; wer ihnen begegnete, den traf sofort der Schlag. Sie waren es auch, die in der einsamen Wüste Feuer anzündeten und um die Kaaba herum »Bäumchen wechsle dich« spielten. Deswegen saß man bis zum Morgen im Haus und berauschte sich.

Außer ein paar Gottsuchern fragten die Großen Mekkas, eingeschlossen die Anführer der Kureysch, nicht nach dem Sinn des Daseins, weil sie nicht wie Muhammed in sich das Gefühl der Unendlichkeit trugen und nicht an ein Leben nach dem Tod glaubten. Sie waren auch unbeeindruckt vom verblüffenden Funktionieren der Welt, von den Sonnenaufgängen und Sonnenuntergängen, vom Regen, der zwar selten fiel, dessen Flut dann aber große Felsbrocken vor sich her wälzte, von den Blitzen, die hinter den kahlen Hügeln einschlugen, vom Regenbogen und vom Mond beziehungsweise den Sternen, die in den mondlosen Nächten zum Greifen nahe kamen. Der Himmel war Sache der Wahrsager, die Erde Sache der Hirten. Wohl gab es in der Wüste nur wenige Geschöpfe, doch sie glaubten nicht, dass Allah die Kamele und die Maultiere geschaffen hatte, die Schlangen und die Skolopender, die Habichte und Löwen, die sie manchmal jagten. Auch nicht die Hornviehherden, die die Hirten weideten. Sie machten sich weder über die Dattelpalmen noch über die Sandstürme Gedanken. Vielmehr hatten sie sich der Macht von Uzza, Lat und Manat und des erhabenen rotäugigen Hubal unterstellt. Nach ihrer Überzeugung lebten sie in dieser Welt, um sich zu vergnügen, nicht um Allah anzubeten. In Wirklichkeit gab es Allah wohl als göttliche schöpferische und alles beherrschende Macht, doch Er war weit entfernt, an einem unerreichbaren Ort. Die Ordnung auf der Erde hatte Er Seinen Töchtern Uzza, Lat und Manat überlassen, sie waren verantwortlich für das Räderwerk des Schicksals, für den Tod der Menschen, ihre Taten und Räusche.

Im Allgemeinen versammelten sie sich im Haus eines der Ihren zum Trinken um den gedeckten Tisch, sie schlugen die Zeit tot beim Klang der *zurna*, die ein Geräusch ähnlich dem Zischen von Gänsen hervorbrachten, zum Rhythmus der Tamburine und Kastagnetten, die immer schneller wurden wie die Hüftschwünge der langhaarigen Tänzerinnen mit geschminkten Gesichtern und Händen. Manchmal schlugen sie sich auch gegenseitig tot, dann begannen endlose Blutfehden mit viel Blutvergießen. Die reichsten, prunkvollsten Feste fanden im Hause von Ümeyye, dem Sohn des Kalifa, statt. Dort wurden stets am Spieß gebratene Lämmer auf Silbertabletts serviert, und der Dattelwein wurde in goldenen Kelchen gereicht. Offensichtlich war Ümeyye der freigebigste der Großen Mekkas, und auch der liederlichste, grausamste. Wenn jeder betrunken war, gegessen und getrunken hatte und seine Lust mit den Sklavinnen gekühlt hatte, ging es mit Palavern weiter. Da wurde zum Beispiel von alten Zeiten, von früheren Karawanenzügen und den großartigen Kriegen der Vorzeit geschwatzt, und es wurden auch Gedichte vorgetragen. Wer ein Meister in der Kunst der Beredsamkeit war, wer den Ehrgeiz hatte, mit Gereimtem aufzutreten, dessen Worte wurden hinterher, wenn sie der Mehrheit gefielen, wenn man sich am nächsten Tag noch an sie erinnerte, auf ägyptisches Leinen geschrieben und an die Wand der Kaaba gehängt. Wenn dann auch die Gedichte ausgingen, sang Bilal Lieder für diejenigen, die noch nicht am Tisch eingenickt, sondern wach geblieben waren.

Seine Stimme war derartig intensiv, so außerordentlich

schön, dass die Zuhörer sofort verzaubert und ganz still wurden, und bis zum Ende des Liedes kam aus ihrem Mund weder ein Wort noch gelangte ein Bissen in ihren Magen. Auch die Dösenden kriegten Herzklopfen, es wurde ihnen warm, und sie konnten nicht vermeiden, dass sich ihre Ohren nach dem Lied hin spitzten. Das Lied mit seinen unverständlichen Worten verwandelte sich durch Bilals Stimme fast in Gottesdienst, in zauberhafte Schönheit und erweichte auch die verhärtetsten Seelen. Was heißt schon erweichen, sie wurden glattweg durchbohrt. Denn die Stimme Bilals war geschmeidig und tief, aber an der richtigen Stelle auch scharf und durchdringend. Diese Stimme war reif geworden durch die Sehnsucht nach der Heimat Äthiopien und den Schmerz der Sklaverei, sie schien von allem Schmutz, allen schlimmen Eindrücken gereinigt, klar und durchscheinend, geläutert. Zweifellos liebte insbesondere Ebu Cehl Bilal dafür. Auch wenn er noch so viel gegessen und noch so viel Wein getrunken hatte, duselte er nicht ein wie die anderen, sondern wartete auf die Stunde des Gesangs, und seine geschminkten Augen blitzten erwartungsvoll auf. Ebu Cehl war nicht nur, wie sein Name besagte, ›der Vater der Unwissenheit‹, sondern auch Mekkas Schandfleck. Denn er schmückte sich wie eine Frau, er liebte Männer, insbesondere Knaben. Und zwar sehr. Wenn ich ›Schandfleck‹ sage, dann gibt das natürlich die Sicht seiner Feinde wieder, dabei war der ›Vater der Unwissenheit‹ so mutig, seine in der Zeit der Unwissenheit der Araber nicht sehr weit verbreitete ›ungewöhnliche sexuelle Neigung‹ nicht zu verheimlichen. Wie soll ich sagen, er hatte sich in Bilal auf den ersten Blick verliebt, noch ehe er seine Stimme gehört hatte. Der äthiopische Sklave bezauberte Ebu Cehl zuerst durch seinen imposanten Körper, dann erst durch seine Stimme.

Die Arbeit von Bilal bestand weniger in Laufereien für

seinen Herrn als vielmehr darin, die Götzenbilder sauber zu halten, insbesondere sich um Uzza, Lat und Manat zu kümmern. Er hasste sie. Bilal kam es so vor, als seien diese Frauen aus Stein viel gefährlicher als die Bilder der Mutter Maria, die in seiner Heimat die Wände der Kirchen zierten. Sie hatten eine Macht, eine Anziehungskraft, die den Menschen verführte, auf die schiefe Bahn zog. Und keine von ihnen, auch die Heilige Jungfrau nicht, führte zu Gott. Auch Jesus war natürlich nicht Gottes Sohn, sondern ein Opfer böser, grausamer Menschen. Bilal konnte nicht einsehen, dass der Allerhöchste, zu Dem seine Liebe mit jedem Tag wuchs, Der anders als die Götzen keine bestimmte Form hatte, Der allein Hoffnung gewährte, Der beschützte und vergab, Der ihn aufrecht hielt, einen Sohn haben sollte. Bilal war auf der Suche nach etwas, das viel mächtiger war als die Götzen, für die er, selbst wenn er ihnen am liebsten ins Gesicht gespuckt hätte, zu sorgen hatte, mächtiger auch als die Heilige Jungfrau und das Jesuskind, nach einem Wesen, das unsichtbar war und alle Vorstellungskraft überstieg, einem großen Geheimnis, vielleicht etwas Unfassbarem. Man weiß nicht, ob diese Suche aus seinem Sklavenstand herrührte oder aus der Abneigung gegen die Götzen. Doch er war entschlossen, wenn er seinen eigenen Glauben, seine eigene Gottheit gefunden hätte, nur diese anzubeten. Deswegen wurde er einer der ersten Anhänger Muhammeds. Von ganzem Herzen glaubte er, dass es keine Gottheit neben Allah gab, dass am Jüngsten Tag Rechenschaft verlangt wurde, doch das Wichtigste war, dass Allah ›lem yelid ve lem yuled‹, also ›nicht zeugend noch gezeugt‹ war.* Aus ganzer Seele gab er sich der Kraft hin, die Offenbarungen auf Muhammed herabsandte. Was ging aus dem Einen hervor? Wiederum das Eine. Auf jeden Fall nur Eines. Ständig hatte Bilal das Wörtchen ›ehad‹ auf der Zuge. »Er ist der Eine«, sagte er,

»und Muhammed ist der Gesandte Allahs. Allah aber ist der Eine, und außer Ihm soll niemand angebetet werden.« Nicht nur Bilal, alle Muslime glaubten dies, auch wenn ihre Zahl klein war, doch der Glaube Bilals schien noch tiefer zu sein, noch unbedingter, vielleicht auch ein bisschen eine fixe Idee. Aus dem Mund Muhammeds floss sowieso Honig, jedes seiner Worte war schön, richtig und beeindruckend, nicht nur der Vers »*Kul hüvallahü ehad*«.* Gegenüber der Vielheit der Götzen, den Huren Uzza, Lat und Manat und den anderen, die Bilal verächtlich von oben herab anschauten, wenn er sie pflegte, war die Einheit Allahs eine unbestreitbare Tatsache. Deswegen, nicht nur, weil Bilal den neuen Glauben angenommen hatte, den Muhammed überall zu verbreiten suchte, und die Götzenbilder verachtete, für deren Pflege er verantwortlich war, sondern weil er überall zu jedem sagte: »Allah ist der Eine«, beschloss sein Herr Ümeyye, seinen äthiopischen Sklaven zu bestrafen.

Sie zogen Bilal aus, schlugen ihn in Ketten und stießen ihn vor sich her aus Mekka hinaus. Dort legten sie ihn in den glühenden Sand und wuchteten ein Felsstück auf seine Brust. Bilal bekam kaum noch Luft, ihm blieb unter der Last des Steins fast das Herz stehen, doch er hörte nicht auf, weiterhin »Allah ist der Eine« zu sagen. Daraufhin ließen sie ihn mit dem Felsstück auf der Brust hungrig und durstig zurück. Schlangen leckten sein Blut auf, das in den Sand floss, doch im Übrigen taten sie ihm nichts. Sein robuster Körper hielt diese Folter aus, nicht jedoch seine Stimme. Wenn er nun seinen Mund auftat, hörte man ein schreckliches Röcheln. Bilal ertrug die Qualen tags unter der Sonne und nachts im Frost, doch er wankte nicht in seinem Glauben. Er stöhnte nur. Und wenn er stöhnte, kam aus seinem Mund jenes schreckliche Röcheln, doch man hörte ihn nicht ein einziges Mal jammern. Schließlich, als er dem Tode schon nahe war, kam ihm sein geliebter Prophet Muhammed zu Hilfe. Er veranlasste, dass Bilal freigelassen wurde, nachdem Ebubekir den Kaufpreis für den Sklaven entrichtet hatte. Und so geschah es. Bilal gehörte zu den ersten Muslimen und wanderte mit ihnen nach Medina aus, und dort sang er vom Minarett der ersten dort erbauten Moschee den ersten *ezan*. In der Schlacht von Badr tötete er seinen ehemaligen Herrn Ümeyye mit eigener Hand.

Es folgten auf diese Kriege weitere Kriege, und der Islam fing an, sich von Medina aus in ganz Arabien zu verbreiten. Und der *ezan,* den Bilal sang, hallte nicht nur in den Städten, sondern sogar in den abgelegensten Ecken der Wüste wider. Nachdem er Mekka erobert hatte, blieb Muhammed nicht in seiner Heimatstadt, sondern kehrte nach Medina zurück, in die Stadt der Flüchtlinge und der Ansari,* die ihn in schweren Zeiten aufgenommen hatte. Als er zum ersten und letzten Mal nach Mekka aufbrach, um die Pflicht der Wallfahrt zu erfüllen, begleiteten ihn alle seine Frauen und Zehntausende von Muslimen, unter ihnen auch Bilal. Gemeinsam erfüllten sie die pflichtmäßige Wallfahrt und hörten die Abschiedspredigt des Propheten. Auf seiner Kamelstute Kasva sitzend verkündete Muhammed dort das Ende der Blutrache und des Zinses und sagte, alle Muslime seien Geschwister. Er war krank und müde. Als er die letzte Offenbarung in seinem Herzen empfing, die sein Kamel zum Niederknien veranlasste, wusste er, dass seine Mission erfüllt war, und kehrte im Frieden nach Medina zurück. Bilal war neben ihm, immer in seiner Nähe. Manchmal war er dem Propheten sogar näher als Ayşe. Er rief den *ezan* zu den fünf täglichen Gebetszeiten, er wachte an der Tür des Propheten und tat alle Arbeiten für ihn.

Nach Muhammeds Tod ging er nach Damaskus, weil er nicht ertrug, dass der Gesandte Allahs nicht mehr da war, doch eines Nachts sah er diesen im Traum und kehrte nach Medina zurück. Auf die Bitte der Enkel Muhammeds, Hasans und Hüseyins, sang er noch einmal den *ezan* und rief die Gläubigen zum Gebet. Diejenigen, die in Medina seinen letzten *ezan*-Ruf hörten, trauten ihren Ohren nicht. Es gab unter ihnen welche, die glaubten, nicht anders als Bilal würde nun auch Muhammed zurückkehren. Sie strömten auf die Straßen und begannen sich die Haare zu raufen und die Kleidung zu zerreißen, wobei sie Allah anflehten, Muhammed möge zurückkehren. Aber weder verließ Muhammed das Jenseits, um zurückzukommen, noch blieb Bilal in Medina. In Damaskus gehörte er zuerst zu den Veteranen, dann zu den Verstorbenen. Im Paradies traf er seinen geliebten Propheten wieder. Man weiß nicht, was er dort tat, wo doch kein *ezan* gesungen wurde. Hier jedenfalls wird beim *ezan* nicht mehr auf Türkisch »Gott ist groß! Gott ist groß! Auf zum Gebet!« gesungen. Von allen Umgängen auf den Minaretten der ganzen Welt erschallt nur der arabische Ruf »*Allahü ekber*!«

Menemen[*]

Hafız *Efendi*, ein kleiner, besonnener junger Mann mit einer wirklich sehr schönen Stimme, hatte sich unter dem Einfluss deines Großvaters mit dem Koran beschäftigt, er hatte ihn gänzlich auswendig gelernt und war auf diese Weise zum *hafız* geworden. Du nanntest ihn Hafız *Abi*, großer Bruder Hafız, und ständig wartetest du darauf, dass er zu euch nach Hause käme. Ach wenn sie doch wieder gemeinsam den Koran läsen und sich dann ins Gespräch vertieften, von jenem fernen Wüstenland redeten, von Muhammed und der Kaaba, den Taten und Wundern des Propheten. Ach wenn doch wieder Bruder Hafız deinen Großvater nach der Bedeutung von Koranversen fragte, ach wenn sie doch von Mekka und Medina redeten! Wenn doch die Rede auf den heiligen Abraham und den heiligen Moses käme, auf Cemal *Paşa* und die Gefallenen des Kanalfeldzugs. Ach wenn doch Bruder Hafız den Koranvers vortrüge: »Sagt von den auf Allahs Weg Gefallenen nicht: ›Sie sind tot‹, denn sie leben, doch ihr begreift es nicht.«[*]

Dein Großvater aber erzählte nicht viel, er wich dem Thema aus, er erwähnte nicht mal den linken Arm, der im leeren Ärmel seines von der Großmutter sorgfältig gestärkten, kragenlosen Oberhemds fehlte. Der Krieg war vorbei und hatte eine Menge Schmerz, Tod und Tränen zurückgelassen. Erinnerten nicht auch die Brandstätten in Manisa an einen Krieg, von dem, wie du durch deine Spielkameraden erfuhrst, im Volk immer noch erzählt wurde: von den Gemetzeln, den Vergewaltigungen, von der Flucht ins Gebirge vor den Gräueln der Griechen, von den Schwangeren, denen mit dem Bajonett die Kinder aus dem Bauch geschnitten wurden, ob das nun stimmte oder nicht, wahrscheinlich stimmte es leider, und wie sie jene schrecklichen, katastrophalen Tage erlebt hatten, in denen »diese Erde vom Blut der Gefallenen getränkt wurde«. Dass Einzelne ihren Besitz an die Nichtmuslime verkauften, hättest du verstanden, wenn es um ihr Leben gegangen wäre, doch sie taten es, um dadurch reich zu werden. Du erfuhrst, dass andere sich nicht beugten, hörtest von der Kavallerie mit dem *kalpak*, die sich in Izmir am Ufer ergossen hatte, und der Befreiung Izmirs; das war das Ziel, das ihnen Gazi *Paşa** von Kocatepe aus gewiesen hatte. Im Abstand von einem Tag wurden Manisa und Izmir nicht nur von der griechischen Besatzung befreit, sondern auch von den Anhängern des Kalifats, den ›Spinnern‹. Damals wurden jene Reaktionäre noch nicht Spinner genannt. Jene Gruppe um einen Scheich, ein Derwischkloster herum, die auch dein Großvater nicht besonders mochte, unterschied sich in ihrer Kleidung durch den verbotenen Turban, den sie heimlich dennoch trugen, durch Talare und Westen, Vollbärte, die bis auf den Bauch herabhingen, und ständig in der Hand gedrehte Gebetsschnüre sowohl von den Bauern in ihrer Baumwollkleidung auf dem Markt und den Jörüken vom Berg als auch von deinem Vater mit Hut, Anzug und Krawatte, an den du dich verschwommen erinnerst. Nach Ansicht deiner Tanten, die mit unverhülltem Kopf auf die Straße gingen, waren sie eine Gefahr für das Land und die Regierungsform. Dein Großvater hatte auch nichts mit ihnen gemein, doch schien ihn das alles nicht zu interessieren, er wollte hauptsächlich die Tage des Kriegs vergessen. Er wollte, dass es nicht wieder zum Streit kam, dass nicht wieder Blut in Strömen floss. Er war einverstanden mit der Staatsform der laizistischen Republik, die auf den

Trümmern des Reichs und des Kalifats gegründet worden war, doch er war dagegen, dass der *ezan* auf Türkisch gesungen wurde, dass von den Umgängen der Minarette fünfmal am Tag ›Gott ist groß‹ ertönte anstatt ›*Allahü ekber*‹. Wer weiß warum, vielleicht weil ihm das neue Türkisch nicht so vertraut war, vielleicht weil er den in arabischer Sprache offenbarten Koran verehrte und an ihn glaubte ... Das weißt du jetzt nicht, darüber kannst du nun weder mit deinem Großvater noch mit Bruder Hafız diskutieren. Damals warst du noch zu klein und verstandest nicht, was die beiden miteinander redeten, und wenn du nun versuchst, ausgehend von den bruchstückhaften Eindrücken jener entfernten Vergangenheit, von Erinnerungen, Gefühltem, Gehörtem und wieder Vergessenem, ein Resultat zu formulieren, so gelingt es dir nicht. Du kannst weder deinen Großvater und Bruder Hafız zurückbringen noch ihre Diskussionen, denen du heimlich zugehört hast. So erforsche die Verbindung, den historischen Kontext jener Worte und baue deine Erzählung darauf auf. Erzähl doch mal, dass ›Menemen‹ nicht nur eine beliebte Speise ist,* die du oft gegessen hast, sondern etwas, das bis heute ein Licht auf dein Land wirft. Das fällt dir womöglich schwerer, als ein Ei aufzuschlagen über in Öl angebratenen Tomaten, Paprika und Zwiebeln, doch in deinen Erinnerungen an Manisa muss der Vorfall von Menemen unbedingt seinen Platz bekommen.

Auf deiner Polsterbank, wo du so tatest, als schautest du in den Garten und wärest nicht neugierig, hörtest du mit gespitzten Ohren dem Gespräch zu, in dem die Ausdrücke ›türkischer *ezan*‹, ›Kubilay‹, ›Republik‹ und ›Scharia‹ häufig vorkamen, und doch konntest du dir keinen Reim drauf machen. In deinem Kopf waren es lauter Einzelteile, in deiner Phantasie begannen sich Böses und Gutes, die Anhänger der Scharia und die Wächter der Epoche der Republik, Scheichs und Derwische zu drehen. Wer stand dir näher? Wenn du deinem Großvater folgtest, war es natürlich Unterleutnant Kubilay, doch hatte nicht Derwisch Mehmet, der ihm den Kopf mit einem stumpfen Weinbergmesser abgeschnitten und ihn auf die Fahnenstange der Heiligen Fahne gesteckt hatte, die Tat im Namen des Islam begangen, für den Glauben und den Propheten? Beabsichtigte er nicht, indem er sich zum Mahdi* proklamierte, das Kalifat wieder einzuführen, wobei einer der Söhne Abdülhamids* zum Padischah gemacht werden sollte? Ja, er war ein Mörder und ein Ekstatiker. Doch war seine Untat, der von ihm verübte Mord, nicht irgendwie von der Bevölkerung von Menemen unterstützt worden, hatten sie nicht applaudiert? Warum? Wieder hast du angefangen, Fragen zu stellen, anstatt die Ereignisse zu erzählen. Der Leser wünscht keinen Kommentar, auch keine Lösung, sondern will erfahren, was passiert ist. Weißt du das nach all den Jahren als Autor immer noch nicht?

Es waren nicht sieben Personen, sondern vier, vier Mehmets, auch wenn sie sich selbst mit den Siebenschläfern im Koran* verglichen. Später wurden es mehr; mit allen, die sich ihnen anschlossen und an dem Aufstand teilnahmen, wuchs ihre Zahl auf etwa einhundert an. Dabei waren sie anfangs Mehmet aus Kreta, Beleuchter Mehmet, Milchmann Mehmet und Mehmet Emin, die sich in Manisa im Stadtviertel Araboğlu im Café von Çırak Ibrahim trafen, Haschisch rauchten und Litaneien beteten. Sie gehörten zur Nakschibendi-Bruderschaft.* Und darin bestand ihre Schuld. Sie waren Anhänger von Scheich Kutbü'l Aktab Esat Efendi, der in Istanbul in seiner Villa in Erenköy sich nicht die Hände schmutzig machte und auf Daunenkissen schlief. Sie hatten auch einen Hund, dem sie den Namen Kıtmir* gegeben hatten. Der Hund döste vor dem Café, und wenn er von drinnen das *Allahü-ekber*-Rufen hörte, spitzte er die Ohren, danach fiel er wieder in Schlaf. Wenn die vier Mehmets litaneiartig den Namen Allahs wiederholten, gerieten sie in Verzückung. Für sie gab es keinen Schlaf, sie lebten auf, wenn sie sich schüttelten, und in Trance traten sie mit ihrem Scheich in Istanbul in Verbindung und erneuerten ihren Treueid ihm gegenüber. Obwohl der Scheich schon über neunzig Jahre alt war, verfolgte er noch andere Ziele als nur Verbundenheit und Gottesgedenken. Sein Ziel war – mit Allahs Gnade und der Fürbitte des Propheten – der Sturz der heidnischen Regierung, die Klöster und Klosterzellen schloss, dem Volk anstelle des Fez den Hut aufzwang und die Scharia nicht achtete. Mit diesem Ziel hatte er seine Anhänger nach Manisa losgeschickt, wo sie unter den Umsiedlern vom Balkan ziemlich viele Anhänger gewannen.

Im Januar des Jahres 1930 legten die vier Mehmets unter Führung des Kreters Mehmet los. Von Kıtmir begleitet, machten sie sich auf den Weg, rauchten Haschisch, beteten Litaneien, und im Dorf Bozalan, wo sie als Gäste willkommen waren, bewaffneten sie sich. Hier rief der Kreter Mehmet sich selbst zum Mahdi aus, womit er nun ein Retter war, nicht bloß ein Derwisch. In Wirklichkeit hatte er während der griechischen Besatzung sein Kloster in eine Kneipe umgewandelt und den heidnischen Offizieren seine Dienste angeboten, doch war er auch seinem Orden verbunden geblieben, der nach der Befreiung* verboten worden war. In seinem benebelten Kopf träumte er seit langem davon, die Heilige Fahne auf den Mauern des sündigen Istanbul aufzupflanzen. Ja, er gehörte zur Gruppe der opiumschluckenden Derwische, doch hatte er eine in dieser Gruppe selten vorkommende Eigenart. Er vergoss Blut. Um das Volk von Menemen zum Aufstand anzustacheln, zog er zusammen mit seinen Anhängern zwischen Weinbergen und Gärten dahin, wärmte sich an Hirtenfeuern und träumte davon, zuerst den Kopf des Staatsoberhaupts Gazi *Paşa* wie eine Rübe abzuschlagen, ihn auf die Stange mit der grünen Fahne zu spießen, und dann an der Spitze der Kalifatsarmee als ein siegreicher Prophet in die alte osmanische Hauptstadt einzumarschieren.

Auch wenn Menemen nicht die Hauptstadt war, zogen sie doch, als wenn sie es wäre, im Morgengrauen dort ein, und zwar direkt in die Müftü Camii*, wo sie mit der Gemeinde zusammen das Morgengebet beteten. Als Derwisch Mehmet in der Gebetsnische auf der grünen Fahne den ersten Vers der Sure *Fetih** erblickte, glaubte er, sein Traum würde wahr. Er nahm die Fahne von ihrem Platz und fing an ›Allahü ekber‹ zu wiederholen und danach mit einer Stimme, die in der ganzen Stadt widerhallte, diesen Vers: »Wahrlich, Wir haben dir einen offenkundigen Sieg gegeben«, zu schreien. Der *imam* der Moschee stieg aufs Minarett, schoss zweimal in die Luft und rief die Bevölkerung zum Heiligen Krieg auf. Innerhalb kurzer Zeit erfuhren das Militär und die zivilen Verantwortlichen von dem Vorfall. Die vor dem Regierungsgebäude versammelten Aufständischen leisteten unter Beifall und *Allahü-ekber*-Rufen den Truppen, die gegen sie ausgeschickt worden waren, Widerstand. An der Spitze der Soldaten, die mit aufgesetztem Bajonett auf einen Befehl warteten, stand ein junger Reserveoffizier. Es war ein schlanker, zarter, brünetter Jüngling, der in seiner Uniform fror. Sein Name war Mustafa Fehmi Kubilay. Seine Familie kam ebenfalls aus Kreta wie sein späterer Mörder, doch er konnte keiner Fliege etwas zuleide tun. Deswegen hatte er an seine Soldaten keine Kugeln ausgeteilt, sondern sich damit begnügt, die Bajonette aufstecken zu lassen, um die Aufständischen abzuschrecken.

Seine Kindheit hatte Kubilay in verschiedenen Städten

Anatoliens verbracht, er hatte jung geheiratet und war Vater geworden, dann Lehrer und hatte sich schließlich mit seiner Familie in Karşıyaka bei Izmir niedergelassen. Seinen Militärdienst leistete er als Offizier im Regiment von Menemen. Menemen ist ein heißer Ort, wenn auch nicht ganz so heiß wie Izmir. Doch im Winter wird es kalt, der vom Gediz bewässerte Boden gefriert, und in den Weinbergen gibt es Raureif. Man sagt ja, Unkraut vergeht nicht, doch Kubilay war kein Unkraut, sondern ein zart grünender Steckling. Deswegen machte er den Fehler seines Lebens, er ging zu den Reaktionären hin und ermahnte sie, wollte sie überreden, auseinander zu gehen. Da traf ihn eine Kugel, die einer von ihnen abgefeuert hatte, und er stürzte schwer verwundet zu Boden. Trotzdem gelang es ihm, aufzustehen und im Hof einer Moschee Zuflucht zu suchen. Dort fand ihn Derwisch Mehmet neben dem Aufbahrungsstein. Der junge Offizier röchelte. Sein Blut färbte den Hof rot. Mehmet näherte sich Kubilay, zog ein stumpfes Messer aus der Tasche seines Talars, und ohne auf das Flehen seines am Boden liegenden Opfers zu achten, drehte er ihn auf den Bauch, und wie beim Schafschlachten legte er sich mit voller Wucht auf ihn und trennte ihm den Kopf ab. Dann warf er den abgeschnittenen Kopf auf den Aufbahrungsstein, leckte das Blut auf, das ihm ins Gesicht spritzte, und fuhr fort, *Allahü ekber* zu schreien. Danach nahm er die grüne Fahne wieder auf, steckte den Kopf von Kubilay auf die Fahnenstange und schrie, wer ihn nicht als Mahdi anerkenne, werde ebenso enden. Zwei Wächter, die eingreifen wollten, fielen ebenfalls unter den Kugeln der Aufständischen. Daraufhin wurde unter dem Befehl von Hauptmann Ragip *Bey* eine weitere Einheit Soldaten in das Städtchen geschickt. Im Kampf wurden drei von den Mehmets getötet, allen voran Derwisch Mehmet, der sich für unverwundbar hielt, weil er ja der Mahdi war.

Der vierte Mehmet wurde verhaftet. Nachdem im ganzen Bezirk der Ausnahmezustand ausgerufen worden war, kam er vor ein Militärgericht und wurde zusammen mit anderen Rädelsführern hingerichtet. Dabei traf es außer den Schuldigen auch Unschuldige. Gazi *Paşa* hatte anfangs befohlen, die Bewohner von Menemen zu erschießen, weil sie den Aufständischen applaudiert hatten, doch als er sich ein wenig beruhigt hatte, wollte er sie nur noch umsiedeln lassen; auf die Bitte der ihm Nahestehenden begnügte er sich dann mit den Strafen, die das Militärgericht verhängte, Todesstrafe und Zuchthaus.* Doch er zürnte Manisa, und es hieß, wenn er mit dem Zug nach Izmir führe, ließe er die Vorhänge in seinem Salonwagen schließen und mit höchster Geschwindigkeit durch den Bahnhof fahren. Das ist vielleicht nur ein Gerücht, doch die Barbarei von Menemen ist leider eine Tatsache.

Noch Jahre später schaudert es dich beim Niederschreiben dieser Zeilen. Denn du weißt, Kubilay war nicht das erste und nicht das letzte Opfer der Verbrechen, die im Namen des Islam begangen wurden. Nachts schreckst du aus Träumen auf, in denen Unschuldige unter den Rufen von *Allahü ekber* geköpft werden. Aus aller Welt kommen Todesnachrichten, die dem Schicksal von Kubilay ähneln. Dennoch verstehst du nicht, wie das Militärgericht von Menemen beschließen konnte, den Angeklagten den rechtlichen Beistand zu versagen. Du bist der Ansicht, man hätte ihnen nicht das Recht auf einen Verteidiger nehmen dürfen. Hätte dein Großvater wohl die Verbrecher verteidigt, wenn dies möglich gewesen wäre? Auch als gläubiger Muslim wäre er sicherlich dafür eingetreten, das Recht über den Glauben zu stellen.

In deiner Kindheit war der Vorfall von Menemen unvergessen, doch auch heute ist er noch nicht vergessen. Damals gab es welche, die die Mörder von Manisa verfluchten, und auch andere, die ihnen die Stange hielten.

»Also Derwisch Mehmet hat den Kopf von Kubilay mit einem stumpfen Messer abgeschnitten, was?«, sagte Ismail. »Und dann hat er sein Blut getrunken!«

Ihr wart Kinder, und wie alle Kinder war Blut für euch sowohl spannend als auch gruselig.

»Klar hat er es getrunken. Das Blut eines Märtyrers«, hast du geantwortet.

»War Kubilay tatsächlich ein Märtyrer?«

»Mein Großvater sagt so.«

»Und mein Vater sagt, in Wirklichkeit war Derwisch Mehmet der Märtyrer …«

Die blauen Augen von Ismail waren riesengroß. Im Bezug auf sein späteres Schicksal, von dem er natürlich noch nichts ahnte, hätte er vielleicht seinem Vater recht gegeben, oder vielleicht doch deinem Großvater. Wann immer Kubilay euer Gesprächsthema war, guckte Ismail wie ein stößiges Büffelkalb. Dann ließ er seinen Kopf sinken und verfiel in Gedanken.

Lat

Jenen Morgen vergesse ich nie, der Horizont war feuerrot. Noch ehe die ›rosenfingrige Morgenröte‹* begonnen hatte, die Kaaba zu erleuchten, brach ein Geschrei los. Etwas Vergleichbares hatte Mekka seit Anbeginn nicht erlebt. Die Frauen in ihren schönsten Gewändern, geschmückt und geputzt, strömten, Tamburine in den Händen, auf die Gassen. Ihre Anführerin war Hind. Mit ihrem schwarzen Seidengewand glich sie einem Pantherweibchen, das zum Sprung auf die Beute ansetzt. Sie hatte die Stirn mit blutroter Farbe bestrichen, die Haare nach hinten zu einem Knoten gedreht und mit einer Spange befestigt. Was hätte ich darum gegeben, an ihrer Stelle zu sein. Nicht weil sie die Frau des reichen, starken und zudem gutaussehenden Ebu Sufyan war. Ihr Anblick war schön und wild. Sie war so hasserfüllt wie eine Göttin oder mehr als das. Ich muss gestehen, dass sie sogar mich mit ihren leidenschaftlichen Blicken erschreckte. Solche Frauen haben mich immer fasziniert. Hind hatte in der Schlacht von Badr ihren Vater und zwei Brüder verloren, und um Rache für sie zu nehmen, stieß sie nun Kriegsschreie aus, sie rief die Kureysch zum Kampf gegen Muhammed und seine Anhänger auf. Die anderen Frauen folgten ihr in rot-grünen Gewändern. Auch sie hatten Kriegsbemalung in den Gesichtern und trugen Kettchen an den Fußfesseln. Silberne und goldene Armreifen klimperten an ihren Armen. Ihre Ohrringe blendeten mit ihrem Glanz. Sie gingen in fast jedes Haus der Stadt, um die Männer zum Krieg anzustacheln. Gegen Mittag, als die Sonne am Scheitelpunkt

des Himmels stand, beteiligte sich auch Ebu Esedü'l Cuma-
hi, ein feuriger Dichter, der bei Badr in Gefangenschaft geraten, jedoch auf seinen Schwur hin, fortan keine Reden mehr
gegen die Muslime zu schwingen, freigelassen worden war.
Als wenn ihm die Hitze nichts ausmachte, ja ihn sogar be-
flügelte, schrie er mehr als alle anderen und dichtete Totenklagen auf die Gefallenen. Er rief: »Ihre Leichen haben sich
unter der Sonne längst zersetzt. Ihr Blut und ihre Ehre sind
nicht gerächt. Wer wird die Kureysch von diesem Schicksal
befreien?«

Auf diese Weise sammelten sich binnen kurzem nahezu
zweitausend Krieger aus den benachbarten Stämmen, und
die Kureysch brachten etwa tausend bewaffnete Männer
zusammen. Sie kamen und holten auch uns von unseren
Plätzen, Uzza und ich wurden auf zwei rote Kamele gesetzt,
Manat auf eine braune Stute. Als wir uns in Richtung Medina aufmachten, ging gerade die Sonne unter. Mit Vorwärts
und Halt, Dahinziehen und Rasten kamen wir nicht gerade
schnell vorwärts. Als wir den Berg Uhud erreichten, umgin-
gen wir ihn und lagerten am Fuß des Felsens Cebel-i Ayneyn.
Wir hatten genau dreitausend Soldaten und genauso viele
Kamele, dazu zweihundert Reiter auf Pferden. Die Frauen
zähle ich nicht, ebenso wenig die Fahnen und die kleinen
Götzenbilder. Letztere blieben in den Kommandozelten, die
Frauen aber unterstützten die Truppe. Auch wenn sie sich
beim Aufbruch vom Ayneyn kein Schwert umgürteten und
keine Rüstung anzogen, so traten sie doch in der trockenen
Wüste vor die Schlachtreihe mit ihren Tamburinen, ihren
rot-grünen Gewändern und ihrem Hass, der schlimmer war
als der eines Kamels. Sie riefen ihren Ehemännern zu, sie
würden nie mehr mit ihnen schlafen, wenn sie vom Kriegs-
schauplatz flüchteten.

Auch Muhammed war aus seiner Stadt gekommen und

hatte, den Uhud im Rücken, seine Schlachtreihe genau uns gegenüber angeordnet. Ich habe an die siebenhundert Bogenschützen gezählt, die meisten ohne Panzer. Sie hatten nur zwei Reiter: Ebu Bürde und den Propheten selbst. Natürlich war es ihr Prophet, sein Befehl galt weder für uns noch für die Kureysch. Auch wenn seine Rede süß war wie Honig, sie beeindruckte uns nicht. Denn wir sind Allahs Töchter, er aber der Gesandte Allahs. Besser gesagt, das behauptet er, ich weiß das nicht. Doch ich kann sagen, dass die beiden Reiter fest an den Sieg glaubten. Sie waren sich sicher, dass Allah ihnen beistehen würde, als sie die letzten Vorbereitungen trafen. Inzwischen hörte man die Stimme Bilals, des Äthiopiers. Sie klang eindrucksvoll und dumpf, als käme sie aus einer Höhle im Berg. Seit dem Tag, als er mir ins Gesicht spuckte, hatte ich nichts mehr von ihm gehört. Also war auch er Muslim geworden und nach Medina geflohen. Hätte Ebubekir ihn doch nicht freigekauft, wäre er doch von dem Felsbrocken auf seiner Brust zerquetscht worden wie ein Käfer! Als sie die Stimme von Bilal hörten, versammelten sie sich zum Gebet, während die Unseren anfingen, unsere Namen zu rufen. »O Uzza! O Lat! O Manat!«, schrien sie, »schenkt uns den Sieg!« Ich sah Uzza, die überlegen und würdevoll auf ihrem roten Kamel saß, lächeln. Vor dem Kriegszug hatte Ebu Süfyan sich mit ihr beraten und sich von ihr den Sieg versprechen lassen. Auch ich hatte dem Heerführer Mut gemacht. Natürlich nicht mit der Hand, auch nicht mit Worten, sondern mit Blicken. Er hatte genickt und sich den Bart gestrichen, als habe er verstanden.

Nach den Gebeten beiderseits sah ich, wie Muhammed am Abhang des Uhud an einem erhöhten Standort etwa fünfzig Bogenschützen aufstellte. Es war offensichtlich, dass er damit einer möglichen Umzingelung zuvorkommen wollte. Ich musste unwillkürlich lachen. Diese Vorsichtsmaßnahme würde Halid, den Sohn des Velid, nicht aufhalten, denn wenn die Reiter unter seinem Kommando erst mal stürmten, dann fürchteten sie weder Pfeil noch Hinterhalt. Mit ihren geflügelten Pferden mähten sie den Feind nieder wie ein Getreidefeld. Nachdem Muhammed seine Bogenschützen in Stellung gebracht hatte, gab er das Schwert in seiner Hand an Ebu Dürcane weiter, und er selbst, als wäre er ein Krieger, kein Prophet, gürtete sich ein anderes Schwert um und nahm seinen Schild in die linke Hand, während er sich den Bogen auf den Rücken hängte. Später habe ich erfahren, dass sein Schwert die Aufschrift trug: »Deine Angst hält die Todesstunde nicht auf.« Also glauben auch die Muslime genauso wie wir an das Schicksal. Doch sie haben ihr Schicksal in die Hand Allahs gelegt, während die Unsrigen auf Manat vertrauten. Und auf die Wahrsager. Auch sie kennen die Zukunft, sie berichten vom Jenseits. Muhammed wurde auf der rechten Seite von Ebu Dürcane begleitet, auf der linken von Ali. Gemeinsam kamen sie auf unsere Schlachtreihen zu, doch waren nicht sie es, die den Kampf eröffneten. Ich sah Zülfikâr, das an der Spitze gespaltene Schwert Alis, in der Sonne glänzen und den roten Schal, den Dürcane um seine Rüstung geschlungen hatte, im Wind wehen. Natürlich wusste ich noch nicht, wie viele Helden aus unseren Reihen diese beiden erschlagen und töten würden.

Nein, nicht sie eröffneten den Kampf. Den ersten Pfeil schoss ein Unruhestifter namens Kuzman ab, der sich danach mit gezogenem Säbel auf uns stürzte. Später erfuhr ich, dass die Frauen ihn beschimpft hatten, weil er sich dem Heer nicht angeschlossen hatte, sondern in Medina geblieben war. Er hatte den Spott der Frauen nicht ausgehalten, war losgerannt, hatte die Truppe noch erreicht und sich bei den Muslimen eingereiht. Er war der erste Angreifer, der alles niedermähte, was ihm in den Weg kam. Schließlich aber rechneten die Unsrigen mit ihm ab, und ich habe gehört, wie Katade, der Sohn des Numan, ihm vor seinem Tod ironisch zurief: »Herzlichen Glückwunsch zu deinem Glaubensbekenntnis, Kuzman!«, worauf er erwiderte, er kämpfe nicht, um Märtyrer zu werden und ins Paradies einzugehen, sondern um seinen Dattelpalmenhain in Medina gegen das Wüten der Kureysch zu verteidigen. Irgendwie tut er mir leid. Der arme Kuzman! Weder ist er Märtyrer geworden noch Veteran! Wegen der Frauen und um eines Dattelhaines willen hat er sein Leben verloren.

Durch den Mut Kuzmans in Begeisterung geraten, stürzte nun unser Fahnenträger Talha, der Sohn des Talha, vor und forderte einen Muslim heraus, auf dem Kampfplatz zum Zweikampf anzutreten. Ali eilte herzu und trennte mit einem Schwerthieb den Kopf des Ärmsten vom Rumpf, daraufhin stürzten die Muslime und unsere Leute übereinander her. Unsere Fahne ging von Hand zu Hand, sie wehte im Wind, ohne zu fallen, doch diejenigen, die sie trugen, fielen alle der Reihe nach. Mit eigenen Augen habe ich gesehen, wie Hamza, der Onkel Muhammeds, ohne mit der Wimper zu zucken insgesamt sieben Mitglieder der Sippe Abdüddar tötete, die den Auftrag hatten, die Fahne der Kureysch hochzuhalten, eingeschlossen Vater, Sohn, Bruder und Onkel. Das fließende Blut erinnerte mich an die Opfertiere, die in meinem Tempel geschlachtet wurden, und ich erschauerte. Wer hat uns als Stück Stein bezeichnet, das nichts sieht, nichts fühlt, nicht spricht? Als die Muslime und unsere Leute sich gegenseitig umbrachten, war ich begeistert, fühlte Lust in mir aufsteigen und konnte meine Freudenschreie nur mühsam zurückhalten. Doch als ich das Ende Hamzas sah, konnte ich mich nicht mehr beherrschen, und meine Hände senkten sich in meinen Schoß.

Als wir zum Feldzug aufbrachen, war ich Zeugin eines

Gesprächs zwischen Hind und Vahşi, dem äthiopischen Sklaven von Cübeyr, geworden. Hind hatte gesagt, wenn Vahşi Hamza tötete, würde sie ihm die Schmuckstücke geben, die sie trug, und ihn freikaufen. Als sich beide Seiten unerbittlich bekämpften, beobachtete Vahşi hinter einem Stein versteckt das Geschehen, besser gesagt beobachtete er aufmerksam die Bewegungen Hamzas, und ich beobachtete ihn. In der Hand trug er eine Lanze, die ihr Ziel nie verfehlte. Hamza brüllte so, als wollte er seinem Beinamen ›Löwe Allahs‹ gerecht werden, und mit Gebrüll streckte er jeden zu Boden, der sich ihm nahte, unermüdlich tötete sein Schwert, sodass die Arme und Köpfe durch die Luft flogen. Zwischendrin, als er sich auf den Sohn von Abd-ül Uzza gestürzt und auch ihn getötet hatte, hielt er inne, um Atem zu schöpfen. Genau da warf Vahşi seine Lanze auf Hamza, dem nahe zu kommen er sich fürchtete. Die Lanze flog auf äthiopische Weise, indem sie sich in der Luft drehte, dann drang sie in das Herz von Muhammeds Onkel ein. Der Verfluchte war zuerst verblüfft und blickte um sich, als wollte er verstehen, worum es ging. Er hatte natürlich nicht geglaubt, dass der Tod derart plötzlich, in einem unerwarteten Augenblick kommen und ihn treffen würde, ihm war nicht bewusst, was sich da tat. Dann stürzte er mit Gebrüll zu Boden. Ich freute mich über Hamzas Ende, aber was sah ich plötzlich! Lief da nicht Hind zwischen den Kämpfenden hindurch, indem sie über die Leichen hinwegsprang, direkt auf Hamza zu? Ich konnte ihr Verhalten nicht deuten. Doch als ich sah, wie sie mit ihrem Dolch den Bauch Hamzas, der mit der Lanze im Herzen am Boden hingestreckt lag, aufschlitzte und seine Leber aß, war ich vor Freude außer mir. Und als sie sogar noch sein Ohr und seine Nase abschnitt, verlangte mich nach Blut. Mit einer wilden, majestätischen Gebärde zog Hind ihre Armbänder und Ohrringe ab, gab sie Vahşi und schmückte sich mit den Körperteilen Hamzas. Auf diese Weise wurde nicht nur der Verlust ihres Vaters, ihrer Brüder und vieler Kureyschkrieger gerächt, sondern auch wir erhielten Genugtuung. Ich war selbst dabei, wie Hamza bei der Rückkehr von einer Jagd seinen Neffen unterstützt und diejenigen attackiert hatte, die ihn verspotteten. Damit nicht genug, erklärte er sich zum Muslim, nachdem er auch mich beschimpft hatte. Ich hätte ihn am liebsten mit eigenen Händen erwürgt, aber wahrscheinlich war es besser so. Meine Schwester Manat schnitt ihm mit Hilfe eines äthiopischen Sklaven den Lebensfaden durch.

Obwohl Hamza gefallen war, schien sich das Kriegsglück gegen die Unsrigen zu wenden. Die Muslime kämpften aus Leibeskräften, sie verbreiteten Tod und Verderben unter den Kureysch. Mein Auge blieb eine Zeitlang an Hanzale hängen, dem Sohn des Ebu Amir Fasık. Aus Eifersucht auf Muhammed hatte sich der Vater mit fünfzig Anhängern von den Medinern getrennt und war auf unsere Seite übergewechselt; in den Augen der anderen waren sie Verräter, uns waren sie willkommen. Der Vater hatte jedoch seinen Sohn nicht von seinem Glauben abbringen können, so viel er auf ihn auch eingeredet hatte. Einen Tag vor dem Kampf hatte dieser die wunderschöne Cemile geheiratet und war mit ihr ins Brautbett gestiegen, danach hatte er nicht einmal Zeit gefunden, die Ganzkörperwaschung zu vollziehen*, sondern hatte sich dem Heer angeschlossen. Vor meinen Augen schlug er sich heldenhaft. Nachdem er einige von unseren Kriegern niedergemäht hatte, sah ich, wie er auf Ebu Süfyan zu marschierte. Şeddat aber, der Sohn des Evs, stellte sich ihm entgegen und erledigte ihn mit einem Schlag. Nach der Schlacht soll Muhammed zu seinen Gefährten gesagt haben, die Engel hätten den Leichnam Hanzales gewaschen.

Muhammed heiratete aber Cemile nicht, wie es der Brauch gewesen wäre.*

Ja, es schien, als würde der Kampf mit einer Niederlage der Unsrigen enden. Unsere Reihen waren aufgelöst, die Moral unserer Truppen war zusammengebrochen. Genau da sah ich, dass die Bogenschützen, die Muhammed am Abhang des Uhud postiert hatte, ihre Stellungen verließen. Das sah auch der Kommandant des rechten Flügels unserer Armee, Halid, der Sohn des Velid. Die Muslime liefen abwärts, um ihren Anteil an der Beute zu erhaschen. Halid ließ sich diese Gelegenheit nicht entgehen und gab unseren Reitern sofort den Befehl zum Angriff. Sie umzingelten die muslimische Armee von hinten und näherten sich Muhammeds Befehlsstand. Es kam zu außerordentlich blutigen Kämpfen, und das Blatt begann sich zu unseren Gunsten zu wenden. Vorübergehend hieß es sogar, Muhammed sei tot, doch daran glaubte ich nicht. Später erfuhren wir, dass ein Stein seine Lippen verletzt und ihm einen Vorderzahn ausgeschlagen hatte. Außerdem hatte sich ein Ring aus seiner Rüstung gelöst und war in seine Wange eingedrungen. Während die Muslime aufgelöst zu fliehen begannen, brachten die ihm Nahestehenden Muhammed zum Abhang des Berges, dort verbanden sie seine Wunden und begruben seinen Vorderzahn im Boden. Natürlich konnte ich nicht wissen, dass viele Jahre später mehr Leute diesen Zahn besuchen sollten, als jemals Gläubige zu mir gekommen waren, um mir Schlachtopfer darzubringen.

Eigentlich hätten ja wir vom Gipfel des Uhud aus den Kampf dirigieren müssen. So war es vor langer Zeit im sogenannten Trojanischen Krieg gewesen, als die Götter vom Gipfel eines Berges aus denjenigen zum Sieg verhalfen, die sie erwählt hatten, während sie die verlieren ließen, die sie nicht erwählt hatten. Jene Götter waren zahlreich und doch mächtig. Wir hingegen waren die Töchter Allahs. Am Ende hat Allah gewonnen, wir haben verloren. Unser Vater hat uns verworfen.

Den Kampf hatten tatsächlich wir gewonnen, doch wir verfolgten die Muslime nicht und nahmen Medina nicht ein. Hätten wir die Stadt eingenommen und alle mit dem Schwert ausgerottet, dann hätte uns Muhammed nicht das Ende bereitet. Ich ahnte, sie würden sich binnen kurzem aufrappeln, Mekka einnehmen und uns alle, mit Hubal an der Spitze, einzeln zerstören und vernichten. Ebu Süfyan hatte uns nach dem Sieg lediglich seinen Dank dargebracht, doch die Muslime nicht bis zu ihren Häusern verfolgt. Als er seinen Fehler einsah, war es längst zu spät. Zahl und Macht der Muslime wuchsen, sie gewannen fast alle Stämme im glücklichen und im glücklosen Arabien. Nach einiger Zeit nahmen alle Großen von Mekka, unter ihnen auch Ebu Süfyan und seine Frau, ja, auch die wilde, schöne Hind, den Islam an und beugten sich der Herrschaft Muhammeds. Wir aber, die Töchter Allahs, Uzza, Manat und ich, Lat, wurden zerstört und zerschlagen und fielen in kleinen Stücken zu Boden. Von uns blieben nur der Name und eine Erinnerung.

Bäcker Ibrahim

Als dein Großvater starb ... Weil dieses Wort überhaupt nicht auf ihn zu passen scheint – vielleicht weil du ihn für unsterblich hieltest, da er sogar aus den Wüsten des Hedschas lebend hatte zurückkehren können –, verwendest du lieber den Ausdruck ›er übergab seine Seele‹. Ja, im Grab verweste der Leib, löste sich auf bis zum Jüngsten Tag, doch die Seele erhob sich zum Himmel, denn Allah hatte sie gegeben, und wenn die Zeit gekommen war, nahm Er sie durch Azrail, den Todesengel, wieder zu sich, Ihm wurde das Anvertraute wieder zurückgegeben, davon war dein Großvater wie wohl jeder Muslim fest überzeugt. Komisch, du hast wieder angefangen, ein Wort zu drehen und zu wenden: dass dein Großvater seine Seele ›übergeben‹ habe; du hast eine Seele, und die gibst du Allah. Sind da nicht Nehmer und Geber zufrieden? Wie es bei dir sein wird, weiß ich nicht, aber dein Großvater war es am Ende wahrscheinlich zufrieden, denn er hatte lange gelebt, viel erlebt und viel gearbeitet. Er hatte viel Gutes getan. Und er hatte einen Verurteilten vor dem Strick bewahrt. Außerdem hatte er viel gebetet, gefastet, was will man mehr! Er hatte seine drei Töchter großgezogen, sie ausbilden, sie einen Beruf lernen lassen, und zumindest eine, nämlich deine Mutter, verheiratet. Er hatte einen Enkel bekommen, und sein Enkel war bei ihm, als er starb.

Deine Mutter und deine Tanten brachten den Leichnam aus dem Krankenhaus in Istanbul nach Manisa und beerdigten ihn am Fuß des Sipylos, dort, wo er geboren und aufgewachsen war, wo er mit der Steinschleuder Vögel gejagt und

325

vielleicht hat Drachen steigen lassen wie du in deiner Kindheit. Du gingst nicht in die Ulucami, von wo aus der Leichnam zu Grabe getragen wurde. Du hast nicht ein letztes Mal den Sarg auf dem Aufbahrungsstein berührt. Du hattest von deinem Großvater in Istanbul Abschied genommen, und dort auf dem Totenbett hatte er dir, nur dir allein gesagt, das größte gute Werk seines Lebens sei gewesen, einen Verurteilten vor dem Strick bewahrt zu haben. Als du fragtest, wer das gewesen sei, gab er keine Antwort, sondern sagte lediglich: »Allah verzeihe ihm seine Sünde!« Worin bestand denn wohl seine Sünde? Warum verwendete er das Wort Sünde nicht im Plural, sondern im Singular? Nach vielen Jahren würdest du die Wahrheit herausfinden. Du würdest in allen Einzelheiten von dem Mord erfahren, den der vor dem Strick gerettete Verurteilte begangen hatte, nicht in der Absicht zu sündigen, vielmehr, um Gott im höchsten Maße wohlgefällig zu sein.

Nach dem Tod des Großvaters sorgten die Tanten für deine Großmutter, denn deine Mutter war nach Frankreich übergesiedelt, und du warst bei deiner Mutter. Lange Zeit kehrtet ihr nicht in die Türkei zurück. Weder du noch deine Mutter kamen nach Manisa. Das Haus wurde verkauft, das Erbe aufgeteilt. Dein Großvater hatte dir die wertvollen, im Hedschas gesammelten Bücher vermacht, die Korankommentare und die Unterlagen aus seinem Büro, doch du hattest keine Zeit, dich damit zu beschäftigen. Diese nachgelassenen Schriften, die nun dir gehörten, mussten an einem sicheren Ort aufbewahrt werden. Du batest einen Freund aus Kinderzeiten, der bei der Volksbibliothek angestellt war, und dieser kümmerte sich dankenswerterweise darum, ließ alles in sein Archiv bringen, um es dir bei nächster Gelegenheit zu übergeben.

Im Laufe der Zeit vergaßest du das Ganze. Deinen

Großvater, deine Großmutter, die ihn kaum überlebte, den Sipylos und das Jüngste Gericht, Allah und seinen Gesandten, sogar den *imam* der Ulucami vergaßest du, obwohl er doch eine so schöne Stimme hatte; er las für die Seele deines Vaters das Totengebet und sang für ihn das erste und letzte *mevlut*, das du je im Lebens gehört hast. Du hast dich von jener Welt, den Gebeten, dem Fasten und Almosengeben, den Opferfesten deiner Kindheit, so weit entfernt, dass du sogar vergisst, ›*bismillah*‹ zu sagen, wenn du für die Seelen der Verstorbenen die Sure *Fatiha* betest. Ja, sogar die Opferfeste hast du vergessen. Vielleicht weil deine Landsleute in Frankreich, in den Badezimmern ihrer Sozialwohnungen im Banlieu, anfingen, Opfertiere zu schlachten, vielleicht weil du immer noch die hennagefärbten Hammel liebtest, ihnen nichts antun konntest.

Woher hättest du erfahren sollen, dass der Bäcker Ibrahim eines Tages verrückt wurde und Ismail schlachtete? Es waren inzwischen viele Jahre vergangen, du wurdest langsam alt. Als dir das Leben im Laufe der Zeit Ohrfeigen verpasste, sehntest du dich allmählich wieder nach jenem verlorenen Paradies deiner Kindheit bei den Großeltern, nach den Tagen, die du in ihrer Nähe verbracht hattest. Während du verworrene Geschichten schriebst, die zärtlich waren, aber auch wehtaten. Während man dich Schriftsteller nannte. Und eines Tages bist du schließlich nach Manisa zurückgekehrt.

Du hättest das Flugzeug nach Izmir nehmen und auf der Landstraße die Stadt deiner Kindheit erreichen können. Doch du zogst es vor, mit dem Dampfer von Istanbul nach Bandırma und von dort mit dem Zug nach Manisa zu fahren wie einst mit deiner Mutter. Hinter Balıkesir begegnetest du dem Bach, dem du den Namen ›unser Bach‹ gegeben hattest, der im Winter anschwoll, im Sommer austrocknete, d weil es gerade Winter war, führte er reichlich Wasser. Er begleitete dich hinter dem Zugfenster bis Savaştepe. Dann verließ der Zug die kahlen Hügel, die stufenweise die Hänge sich hinaufziehenden Maisfelder und rollte in die Ebene hinunter. Er fuhr nicht wie in alten Zeiten ächzend und stöhnend, nein, und es stieg auch kein Dampf aus dem Schornstein der Lokomotive auf. Auf den breiten, bequemen Polstersitzen des Triebwagen-Zuges erblicktest du im Vorbeifahren Kırkağaç, die Minarette und die fruchtbare Ebene, alles war noch da, auch die einsamen Stationen entlang der Strecke, die dich in eine melancholische Stimmung versetzten. Es gab keine Kinder mehr, die von unten »Zeituuung!« riefen. Die Armut früherer Zeiten war vorbei, das Land hatte einen Aufschwung erlebt. Vielleicht war dies auch nur dein Eindruck. Sowieso ist der ägäische Boden immer fruchtbar gewesen, ein Paradies für Oliven, Tabak und Baumwolle. Doch aus irgendeinem Grund erinnertest du dich an die Arbeiter auf den Tabakfeldern, an die dicken Tagelöhnerinnen, für die niemand sorgte, die zu euch nach Hause kamen, an die Kinder in abgewetzter Kleidung, die von den Reisenden Zeitungspapier erbettelten, um es anstelle von Fenstervorhängen zu benutzen. Als wären jene Tage schöner gewesen, viel heller, obwohl diejenigen schon auf der Lauer lagen, die die Zukunft des Landes verdüstern wollten. Es hatte Solidarität, Glauben und Barmherzigkeit gegeben, sogar gegenseitigen Respekt. Die Gewinnsucht beherrschte noch nicht alles, es gab noch nicht so viele Neureiche, sie waren noch nicht dermaßen schamlos. Die Almosen reichten vielleicht nicht, aber *zekât** war eine Tugend und eine der religiösen Pflichten.

Beim Halt in Akhisar füllte sich das Abteil erneut mit fliegenden Händlern. Du kauftest einen Sesamkringel. Er schmeckte wie in alten Zeiten, warm und mit viel Sesam, als käme er frisch aus dem Backofen von Ibrahim *Efendi*. Da wusstest du noch nicht, dass der Verurteilte, den dein Großvater vor dem Strick gerettet hatte, Ibrahim *Efendi* war. Inzwischen wart ihr ohne Halt in Hacırahmanlı in Manisa angekommen. Dein Großvater war längst zu Staub zerfallen, die Stadt hatte sich entwickelt, war in die Breite und in die Höhe gewachsen, doch das Jüngste Gericht war noch nicht hereingebrochen. Gott sei Dank nicht. Der Berg stand immer noch an seinem Platz. Und in der Volksbibliothek lag der Nachlass.

Du erfuhrst die Wahrheit, als du die Akten einzeln durchsahst, ehe du sie vernichtetest. Ibrahim *Efendi* hatte seinen einzigen Sohn über alles geliebt, aber er hatte auch Allah über alles geliebt. Aus der Verteidigungsschrift deines Großvaters ging hervor, dass die Liebe zu seinem Sohn sehr tief ging, aber vielleicht nicht auf Gegenseitigkeit beruhte. Denn Ismail war ein richtiger Taugenichts. Er war ein Tunichtgut, grausam und missraten. Der Bäcker Ismail war am Tag der Tat nicht verrückt gewesen, nein. Er hatte noch alle Sinne beisammen. Er wollte nur seine Liebe zu Allah einer Prüfung unterziehen, oder vielleicht wollte Allah ihn prüfen wie seinen Namensvetter Abraham, wer weiß das schon. Du setztest dich hin, um den dicken Aktenordner von vorne bis hinten durchzulesen. Dein Großvater hatte seine gesamte Beweisführung darauf aufgebaut, dass das Verhalten des Bäckers Ibrahim sich nicht von dem des heiligen Abraham unterschied. Er war ein Flüchtling aus Jugoslawien gewesen. Als dort die Kommunisten anfingen, die Moscheen in Viehställe umzuwandeln, war er aufgebrochen und in die Türkei gekommen, denn er war ein tiefgläubiger Muslim. Er heiratete eine Frau aus einer angesehenen Manisaer Familie, doch die Frau, die zuerst verliebt gewesen war in seinen hohen Wuchs und seine blauen Augen, wie sie in

Bosnien verbreitet waren, fing mit der Zeit an, ihn zu verachten. Später ging sie weg, nahm sich einen anderen und ließ Ismail bei seinem Vater. Ibrahim *Efendi* wurmte diese Situation, und da er wenig integriert in die Gesellschaft war, blieb ihm nichts anderes übrig, als sein gesamtes Interesse, seine ganze Liebe an seinen Sohn zu verschwenden. Hatte er denn auf dieser Welt einen anderen Baum außer Ismail gepflanzt, hatte er einen Fußbreit Boden, irgendeinen Menschen, einen Grund zum Leben? Natürlich nicht. Der Bäcker Ibrahim buk in seinem Ofen herrliche *kolböreği*** auf balkanische Art, Sesamkringel, französisches Weißbrot, weicher und weißer als Baumwolle, doch er hatte nur Blicke für seinen geliebten Sohn, seinen Einzigen, Ismail. Und natürlich für Allah, Der ihm diesen Sohn geschenkt hatte. Wie er vor Gericht sagte, hatte er angefangen, seinen Herrn ›mit dem Auge des Herzens zu sehen und mit dem Ohr der Seele zu hören‹. Ihm seinen Dank zu schenken, war er denn auch zu jedem Opfer bereit.

Wenn er den Koran las und beim Freitagsgebet die Predigten des *imam* in der Ulucami anhörte, wuchs sein Glaube, und er begann in seiner Einsamkeit immer mehr mit Allah zu sprechen, sich zu beraten. Er richtete keine Bittgebete mehr an den Gerechten, er spürte Ihn in sich, in der Tiefe seines Herzens und wünschte sich sehnlichst, Seine Liebe zu gewinnen, Ihm sein Leid zu klagen und mit Ihm eins zu sein, mit dem höchsten Wesen zu verschmelzen. Er gab sogar die Bäckerei auf und widmete sich gänzlich dem Gottesdienst. Er trat einem der verbotenen Derwischorden bei. Er verpasste nicht die heimlichen nächtlichen Litaneigebete, mit seinem mächtigen Körper drehte er sich bis zum Morgen im *sema*-Tanz,* und er drehte und drehte sich. Manchmal steckte er sich einen Spieß durch die Wange oder lief über glühendes Feuer. Was ihm geschah, hatte sowieso darin seinen Grund, dass er tatsächlich meinte, Allah wolle ihn prüfen, erfahren, ob er Ihn wirklich liebte. So opferte er den armen Ismail. Der Junge schlief, als er ihm das Messer in den Hals stieß, und als Ibrahim *Efendi* merkte, dass kein Engel und kein Schafbock vom Himmel kam und Allah ihm nicht die Hand festhielt, verlor er seinen Glauben. Nach Ansicht deines Großvaters war er noch bei Sinnen, als er die Tat verübte, danach drehte er durch. Dickes, heißes Blut strömte auf das Bett, das Laken färbte sich blutrot. Ismail wurde zum Märtyrer, Ibrahim *Efendi* aber war nun zum Mörder geworden, auch wenn er beteuerte, ein gläubiger Muslim zu sein. Er blieb wie versteinert stehen an seinem Platz, vielleicht weil das Blut ihn bannte, vielleicht aus Ratlosigkeit, Verwirrung, vielleicht weil er mit jedermann zerfallen war, selbst mit Allah. Er konnte sich nicht rühren, nur schwer atmend mit den Augen die Zimmerdecke fixieren, wo er jemandem, der dort zu sitzen schien, etwas zumurmelte. Seine Worte waren kaum zu verstehen, aber offensichtlich verlor er immer mehr die Kontrolle über sich. Er hatte in der einen Hand immer noch das Messer, in der anderen das *tespih*.

Aufgrund der Verteidigung deines Großvaters entschied das Gericht, Ibrahim *Efendi* sei weder ein Mörder noch ein gläubiger Muslim, sondern verrückt. Als er ins Irrenhaus von Manisa gesperrt wurde, war er schon zerbrochen, ausgebrannt und erloschen wie die Kerzen in der *türbe* von Vater Yolageldi.

Auf deine Erkundigungen hin erfuhrst du, dass der Freund aus Kindertagen auf dem Friedhof lag und sein Vater im Irrenhaus war. Und irgendwie sahst du ihn wieder vor dir, wie er an den Opferfesten vor dem Backofen sein *tespih* durch die Finger gleiten ließ, wenn du die Backform mit *surra* brachtest. Auf seinem Gesicht lag der Widerschein der Flammen. Seine Stirne war breit wie immer, sein

Bart stark. Seine Blicke waren scharf wie ein geschliffenes Messer. In seinen smaragdgrünen Augen lag die Tiefe des Glaubens, der zur Gewalt führt. Ja, die Blicke von Ibrahim *Efendi* waren so grün und tief wie das Wasser der Neretwa, die in seiner Heimat unter der freischwebenden Steinbrücke von Mostar dahinfloss. Wenn dich die Erinnerung nicht täuscht, begann es an jenem Tag zu schneien. Dabei sind die Winter in Manisa nicht besonders kalt, du hattest vor deinen Klassenkameraden einst ausführlich mit Erzählungen vom Schnee angegeben, den du in Balıkesir erstmals gesehen hattest. Sie hatten nur in ihrem Lebenskundebuch von Schneeflocken gelesen, die wie ein weicher Regen herabfielen, und vom Schneemannbauen. Du aber hattest sowohl den Schnee als auch das Schneemannbauen selbst erlebt und wusstest, dass der Schneemann eine Mohrrübe als Nase und zwei Kohlestücke als Augen angeklebt bekam. Und dass man ihm einen Besen in die Hand drückte. Ismail sagte immer wieder: »Wenn's doch schneite und wir einen Schneemann bauen könnten!« Doch all die Jahre, die du bei deinen Großeltern wohntest, schneite es in Manisa nie. Nur einmal gefror der Teich im Park, das war alles. Da kam Tarzan aus seiner Hütte angerannt, und mit seinem gebräunten, nackten Körper watete er in den Teich hinein wie in das Feuer des Nemrud, brach das Eis auf und rettete die Fische. Tatsächlich hätten die Fische, deren Rücken rot war, weil sie ein wenig Feuer abgekriegt hatten, an Sauerstoffmangel sterben können, wenn Tarzan das Eis nicht aufgebrochen hätte. So wären auch sie von dieser Welt, auf der sich Leben und Tod mischen, verschwunden. Jahre sind seither vergangen, manch einer hat den Kopf verloren, ein anderer die Geliebte oder den Sohn, du aber hast die schlechte Angewohnheit des Erzählens immer noch nicht aufgegeben.

Istanbul – Paris 2007

Glossar

bağlama	dreisaitige Langhalslaute
bayram	Feiertag, Fest, in Verbindung mit Namen auch groß geschrieben
bey	Herr, hinter dem Namen stehend groß geschrieben
cami	Moschee
efendi	(altmodisch) Herr, hinter dem Namen, groß geschrieben
ezan	Gebetsruf
gazi	Veteran
hacı	Mekkapilger
hafız	ein/e, der/die den Koran auswendig rezitieren kann
hamam	Hamam, türkisches Bad
hanım	Dame, nach Namen groß geschrieben
imam	Vorbeter in der Moschee, Geistlicher
kâfir	Ungläubiger, Nichtmuslim
kalpak	(Pelz-)Mütze, von den Offizieren der osmanischen Armee getragen
kefiye	arabisches Männerkopftuch mit Quasten, das auch die Schultern bedeckt
kemençe	Art kleine Geige mit drei Saiten
kuruş	Münze, 100. Teil der türk. Lira
Kurban Bayramı	islamisches Opferfest. Zum Andenken an das Opfer Abrahams wird in jedem Haushalt ein Tier geschlachtet
mevlut	bzw. *mevlit*, Gedicht über Geburt und

Leben des Propheten Muhammed; Feier, bei der das Gedicht rezitiert wird

maşallah 1. wunderbar, sehr erfreut! (Ausruf, der das Objekt der Bewunderung vor dem bösen Blick schützen soll.) 2. Mein Gott! (auch als Vorwurf)

misvak weiches Holz, das zum Zähneputzen verwendet wird

mücavir Art Pilger, der/die bei einem Kloster oder einer *türbe* lebt

para Geldstück (alt); 40 *para* ergaben einen *kuruş*; heute Ausdruck für ›Geld‹

paşa General im osmanischen Heer, hinter Namen groß geschrieben; heute sowohl als Ehrenname als auch ironisch verwendet

surra regional für: gefüllter Hammel, Hammelbraten

teravi Gebet, das im Ramadan nach dem Nachtgebet in der Moschee gebetet wird

tesbih/tespih Gebetsschnur

türbe Mausoleum, Grabkapelle

zurna Art Oboe

Anmerkungen

S. 9: »Höre Muhammed« steht nicht im Korantext. Hier und bei anderen Koranzitaten folgt die Übersetzung dem Text des Autors, der seinerseits aus dem Gedächtnis die traditionelle türkische Koranübersetzung zitiert, welche stellenweise erklärende Einschübe enthält. Folgende deutsche Koranausgaben wurden zu Rate gezogen: »Die Bedeutung des Korans«, zweisprachige Ausgabe. Deutscher Text mit Kommentaren von Fatima Grimm. Mit Genehmigung der Muslim World League und der Generalverwaltung der Zentrale für Islamische Forschung, Azhar-Universität Kairo, erschienen bei SKD Bavaria Verlag 1998, 5 Bände; »Der Koran«, aus dem Arabischen von Max Henning, Einleitung und Anmerkungen von Annemarie Schimmel. Verlag Philipp Reclam jun. Stuttgart 1991; »Der Koran«, neu übertragen von Hartmut Bobzin, Verlag C. H. Beck, München 2010

S. 15: Die arabischen Buchstaben *kâf* und *nun* bilden zusammen das Wort *kün*, sei. Vokale werden bekanntlich im Arabischen nicht geschrieben.

S. 15: Die Kaaba.

S. 18: Hubal, Hauptgott der Araber. Sein Standbild aus rotem Karneol stand in der Kaaba, bis Muhammed alle Götzenbilder entfernte.

S. 19: Sure 6, Vers 100.

S. 25: Der Dichter ist Cahit Sıtkı Tarancı (1910-56), aus dessen ›Gedicht zum fünfunddreißigsten Lebensjahr‹ hier zitiert wird.

S. 26: Mit der Stadt ist Manisa gemeint, wo in osmanischer Zeit die Prinzen ausgebildet wurden.

S. 27: Der sogenannte Tarzan von Manisa ist eine historische Person.

S. 27: Ibrahim ist die türkische Form von Abraham.

S. 28: Als sich nach dem Zweiten Weltkrieg auf dem Balkan der Kommunismus ausbreitete, flüchtete die türkischstämmige Bevölkerung in die Türkei.

S. 33: Vgl. auch die biblische Abrahamsgeschichte im Buch Genesis, Kap. 15 ff.

S. 38: Anspielung auf den Spruch, der auf dem Schwert des Propheten Muhammed steht: ›Deine Angst hält die Todesstunde nicht auf.‹

S. 38: Sure 81, Vers 8. Die Sure handelt vom Jüngsten Tag, dem Gerichtstag. Dann stehen die Toten auf, auch ›das lebendig begrabene Mädchen‹, das dann gegen seine Eltern zeugt. Der Prophet Muhammed räumte mit der Unsitte auf, unerwünschte Mädchen gleich nach der Geburt lebendig zu begraben.

S. 39: Siehe Koran 37, Vers 102. Der Name des Sohnes wird hier nicht genannt. Nach islamischer Überlieferung handelt es sich jedoch um Ismail, nicht wie im Alten Testament um Isaak.

S. 45: Hochschule für Geistliche.

S. 47: Komitee für Einheit und Fortschritt, *Ittihat ve Terakki*, auch Jungtürken genannt. Anfangs geheimer Zusammenschluss mehrerer politischer Gruppen gegen Sultan Aldülhamit II., 1908 erfolgreiche Militärrevolte gegen den absolutistisch regierenden Sultan, der die seit 1878 suspendierte Verfassung wieder in Kraft setzen muss. Die Jungtürken beeinflussen gegen Ende des Osmanischen Reiches weitgehend das politische Leben.

S. 47: Nach der Niederlage des Osmanischen Reiches im Ersten Weltkrieg Abschaffung des Sultanats (1922); Befreiungskrieg gegen die europäische Besatzung, schließlich Ausrufung der Republik am 29. Oktober 1923.

S. 47: Am 31. März (nach dem alten islamischen Kalender) bzw. am 13. April (nach neuer Zeitrechnung) 1909 schlugen die Truppen des Komitees für Einheit und Fortschritt (s. o.) blutig einen Aufstand der Konservativen nieder.

S. 48: Cahit Sıtkı Tarancı, siehe Anm. zu S. 25.

S. 53: Die beiden Sätze erscheinen im Koran nicht im Zusammenhang. Das erste Zitat kommt im Koran an mehreren Stellen vor, das zweite in Sure 2, Vers 125.

S. 55: Arabisch: die ›verbotenen Monate‹, deren Namen im Text genannt werden. Verboten ist in diesen Monaten das Kriegführen.

S. 61: Siehe Sure 26. Dort nimmt nur Vers 224 Bezug auf die Dichter.

S. 68: Die Kaside ist eine aus 33-39 Doppelversen bestehende strenge Gedichtform, die meist Lob oder Kritik eines Höherstehenden zum Inhalt hat.

S. 72: Eigentlich ΚΑΙ ΣΟΙ.

S. 74: Der Mystiker Mansur al-Halladsch wurde 922 wegen Blasphemie hingerichtet.

S. 79: Sure 105, Der Elefant, *al-fil*.

S. 81: »Hast du nicht gesehen, wie dein Herr mit den Besitzern des Elefanten umgegangen ist?«

S. 81: Das Wort *fil* steht sowohl arabisch als auch türkisch für Elefant.

S. 83: »Allahs Segen und Frieden auf ihm.«

S. 86: Der Ort Ukâz hatte damals den größten Markt im Hedschas.

S. 91: Tahtacı, wörtlich Holzarbeiter, werden diejenigen türkischen Aleviten genannt, die hauptsächlich in Dörfern der Mittelmeerregion siedeln; ursprünglich waren sie Nomaden.

S. 92: Hacı Bektaş Veli war ein islamischer Mystiker aus Chorasan, der in der 2. Hälfte des 13. Jh. in Anatolien lebte. Der nach ihm benannte Bektaschi-Orden wurde wahrscheinlich nicht von ihm persönlich gegründet.

S. 93: Yunus Emre, türkischer mystischer Dichter, gestorben um 1321.

S. 93: Yolageldi bedeutet wörtlich: Zur Vernunft gekommen / Auf den rechten Weg gelangt.

S. 94: Die Verse stammen von dem blinden Dichter Aşık Veysel (1894-1973).

S. 96: Yörük/Jörüken, Halbnomaden in West- und Südanatolien.

S. 100: Die Cürhüm waren ein legendärer Stamm zur Zeit des Stammvaters Abraham.

S. 110: Sure *Alak*, Das geronnene Blut bzw. Das Anhaftende: Sure 96.

S. 110: Sure *Ihlas*, Die Reinigung bzw. Das reine Gottesbekenntnis: Sure 112.

S. 113: Mansur al-Halladsch (siehe Anmerkung oben zu S. 74).

S. 115: Sure *Fatiha*, Die Eröffnende, Sure 1.

S. 117: *Amentü* ... »Ich glaube an Gott, an Seine Engel, an Seine Bücher, an Seinen Gesandten, an die Wiederauferstehung nach dem Tod, an den Jüngsten Tag und an die göttliche Vorbestimmung.« Der arabische Satz fasst die islamischen Glaubensgrundlagen zusammen.

S. 119: *Deccal*, der Widersacher der Endzeit, ähnlich dem Antichrist.

S. 119: Der Berg Kaf ist in Märchen und Legenden ein Berg aus Smaragd, der am Ende der Welt liegt. Symbol für etwas Hohes oder sehr weit Entferntes.

S. 121: Im Koran wird das Jüngste Gericht an vielen Stellen bildhaft ausgemalt. Die Predigt schöpft aus verschiedenen Suren, z.B. Sure 70, Verse 8ff., Sure 78, Verse 17ff. usw.

S. 123: *Mevlit* oder *mevlut* ist ein Gedicht über die Geburt und das Leben des Propheten Muhammed. Süleyman Çelebi aus Bursa, gestorben 1419, hat das bekannteste *mevlut* der türkischen Tradition geschrieben, das noch heute zu verschiedenen Gelegenheiten, nicht nur am 40. Tag nach dem Tod eines Menschen, sondern auch nach der Geburt eines Kindes, zum Dank für eine bestandene Prüfung usw. gesungen wird. Die Feier, ebenfalls *mevlut* genannt, findet zumeist im Haus statt, es können auch Frauen die Vorsängerinnen sein. In der Moschee wird das Gedicht am Geburtstag des Propheten rezitiert.

S. 125: *Teravi*-Gebet: ein besonderes Gebet im Fastenmonat, das in der Moschee dem Nachtgebet folgt.

S. 127: Übersetzung zitiert nach Annemarie Schimmel: Und Muhammed ist Sein Prophet, Diederichs Verlag, 1981, S. 132 ff.

S. 128: Diese und die folgenden Verse in der Übersetzung von Barbara Yurtdas.

S. 128: Sure 3, Vers 185.

S. 129: Süleyman Çelebi, siehe Anmerkung oben zu S. 123.

S. 135: Der Koran, Sure 17, Vers 1 deutet dieses mystische Erlebnis nur an, die Legende schmückt es breit aus.

S. 135: *Akıncılar*, Die Stürmer / Die leichte Reiterei, von Yahya Kemal.

S. 139: Anspielung auf den Sprachwandel. Im Osmanischen Reich war das Türkische durchsetzt mit arabischen Ausdrücken. Atatürk führte nicht nur die lateinischen anstelle der arabischen Schriftzeichen ein, sondern propagierte auch eine ›Türkisierung‹ der Sprache.

S. 139: In der Türkei bekämpften sich Ende der 1960er, vor allem in den 1970ern Linke und Rechte. Es gab viele Tote.

S. 143: Dies ist Legende wie die gesamte Erzählung von der Himmelfahrt.

S. 144: Grenze im siebenten Himmel, hinter die kein Lebewesen gelangen kann.

S. 149: Sure 95, Vers 4.

S. 150: Sure *Duhâ*, Der lichte Tag, Sure 93, Verse 1-3 und 6-9.

S. 155: Formel, mit der in der Türkei gläubige Muslime um die Hand der Braut anhalten.

S. 165: Vgl. Sure 53, Vers 9.

S. 166: Sure 96, Vers 1-5.

S. 172: Sure 93, Verse 3 und 11.

S. 173: Sure 74, Vers 1f.

S. 175: Sure 74, Verse 4, 5 und 7.

S. 175: Vgl. Sure 113, Verse 1-4.

S. 176: Siehe Sure 104, Vers 4f. Nur hier wird für die Hölle der arabische Name *al-hutama* verwendet.

S. 177: Vgl. Sure 108, Vers 3: »Siehe, dein Hasser ist der Kinderlose.«

S. 178: Sure 96 Vers 15ff.

S. 178: Sure 74, Vers 17ff.

S. 180: Sure 81, Verse 1-12 und Sure 82, Verse 1-4.

S. 182: Sure 75, Verse 16-19.

S. 182: Sure 53, Vers 18f. Unmittelbar danach lässt der Autor den Propheten die sogenannten Satanischen Verse sprechen: »Tatsächlich sind auch sie erhabene Göttinnen, Kraniche usw.« Diese Verse kommen in der heute gültigen Fassung des Korans nicht mehr vor, sind aber allen Korangelehrten bekannt.

S. 183: Sure 53, Vers 23.

S. 183: Sure 109, Verse 1-6.

S. 185: Ausspruch des Propheten, kein Koranvers.

S. 185: Sure 17, Vers 73f.

S. 186: Mit *Levhi Mahfuz* wird das ewige Gedächtnis bezeichnet, die Urschrift, in die alle Ereignisse der Vergangenheit und Zukunft, die Schicksale, die Naturgesetze, alle Heiligen Bücher usw. eingeschrieben sind. Siehe z. B. Sure 6, Vers 59.

S. 186: *Kevser*, Der Überfluss, Sure 108.

S. 186: »Wahrlich, Wir haben dir Überfluss gegeben. Drum bete zu deinem Herrn und bringe Opfer dar. Siehe, deine Hasser sollen kinderlos / ohne männliche Nachkommen sein.«

S. 187: Charles Baudelaire.

S. 187: Demokratische Partei DP, gegründet 1946. Nach dem Wahlsieg der DP 1950 wurde Adnan Menderes Ministerpräsident.

S. 191: Siehe Sure 50, Vers 16. Dort heißt es: »Wir sind ihm näher als seine Halsschlagader.«

S. 194: Sure 106, Vers 1f.

S. 194: Sure 103, Vers 1f.

S. 195: Vgl. Sure 100, Verse 1-4.

S. 197: Ebu Cehl heißt wörtlich: Vater der Unwissenheit / der Unwissenden.

S. 198: An vielen Stellen im Koran, z.B. Sure 2, Vers 7.

S. 198: Sure 111, Vers 1.

S. 200: Sure 43, Vers 15f.

S. 201: Frei nach Sure 2, Vers 115ff.

S. 204: Sure 111, Vers 1ff.

S. 207: Das bekannte Lied *Üsküdar'a gideriken* spricht davon, dass der verliebte Schreiber verschlafene Augen hat.

S. 207: Namık Kemal (1840-1888), Dichter, Übersetzer, Journalist, Sozialreformer. Unter Sultan Abdülhamid I. in Festungshaft, starb in der Verbannung auf Chios.

S. 207: Mehmed Akif Ersoy (1873-1936), türkischer Dichter, u. a. Verfasser der Nationalhymne.

S. 208: Die nationalen Abgeordneten im letzten Osmanischen Parlament einigten sich 1920 unter Mustafa Kemal auf einen Nationalpakt, Misak-ı Milli, der u. a. die Grenzen des neuen Staates – ohne die arabischen Teile des Osmanischen Reiches – festlegte.

S. 209: Sure 31, Vers 27.

S. 209: z. B. Sure 6, Vers 151; Sure 2, Verse 190-194.

S. 209: Sure 5, Vers 32.

S. 209: Auch türkische Texte wurden mit arabischen Buchstaben geschrieben.

S. 210: Bahnhof Sirkeci, der europäische Bahnhof von Istanbul.

S. 211: *Dadaş* ist ein Spitzname für die Bewohner der östlichen Türkei. Die Provinzen Erzurum usw. werden im Text genannt.

S. 218: Hamsin, der heiße Wüstenwind.

S. 221: Der arabisch-persische Ausdruck *Sancak-ı Şerif*, Heilige Fahne, hat eine religiöse Konnotation, denn der Sultan ist ja zugleich das geistliche Oberhaupt, der Kalif, der zum Heiligen Krieg aufgerufen hat, während der türkische Ausdruck *al bayrak* von den national/vaterländisch denkenden Vertretern des *Ittihat* (s. o. Anm. zu S. 47) verwendet wird.

S. 223: Galatasaray Lisesi, Gymnasium, Eliteschule in Istanbul, 1866 nach französischem Vorbild als kaiserliches Gymnasium eröffnet. Unterrichtssprache Französisch.

S. 225: Pleven oder Plevna, Bulgarien, Schlacht von 1877 im russisch-türkischen Krieg.

S. 225: Der Scherif von Mekka ist der Großscherif.

S. 226: *El-La Merkeziye*, ein arabischer Geheimbund gegen die osmanische Herrschaft.

S. 227: Sure 5, Vers 33. Der zitierte Satz ist aus dem Zusammenhang

gerissen. Der Autor zeigt, wie man mit sinnentstellten Koranzitaten Unrecht begründen kann.

S. 228: Sei mir gegrüßt, o Strick!

S. 230: El-Muazzam, die Mächtige. Der Name der Station steht im
Kontrast zu ihrem Erscheinungsbild.

S. 232: *Darü'l-Hilafe*, Stadt des Kalifen, Istanbul.

S. 233: Sultan Selim I., genannt Yavuz, Der Gestrenge, 1470-1520.

S. 233: Eyüp, Stadtteil in Istanbul am Ende des Goldenen Horns, be-
nannt nach Ebu Eyyub el-Ensari, einem Bannerträger des Propheten Muhammed, der bei der erfolglosen Belagerung von
Konstantinopel durch die Muslime 674 vor der Stadtmauer
fiel. Sein Grab befindet sich heute in der Moschee von Eyüp,
einem Wallfahrtsort, wo in osmanischer Zeit sich die Sultane
mit dem Schwert des Kalifen Osman bin Affan gürteten, des
dritten Kalifen, 580-656.

S. 235: Gesellschaft für Wohlfahrt, *Şirket-i Hayriye*, erste Aktienge-
sellschaft des Osmanischen Reiches, Betreibergesellschaft der
Dampfschifffahrt auf dem Bosporus 1854-1945.

S. 235: Yeni Cami, die Neue Moschee in Eminönü.

S. 236: Bahnhof Haydarpaşa, Bahnhof auf dem asiatischen Ufer von
Istanbul.

S. 238: Mehmed Akif Ersoy hatte 1914 Deutschland besucht. Er bewunderte die Technik der Deutschen, fühlte sich ihnen aber
als Muslim fremd.

S. 238: D. h. die westliche Zivilisation hat ihre Unfähigkeit bewiesen.

S. 240: Vgl. z. B. Sure 43, Vers 2f.

S. 243: Enver *Paşa*, Talat *Paşa*, Cemal *Paşa*.

S. 248: Das islamische Glaubensbekenntnis lautet: Ich bezeuge, dass
es keinen Gott außer Allah gibt, und ich bezeuge, dass Muhammed der Gesandte Allahs ist.

S. 249: Allah ist groß.

S. 249: Das Sprichwort bedeutet: Interne Probleme trägt man nicht
nach außen.

S. 251: 1950 entsandte die Türkei auf Ersuchen des Sicherheitsrats
der UN Truppen nach Korea.

S. 253: Auf jeder Schulter sitzt ein Engel, links der, der die Sünden
aufschreibt, rechts der, der die guten Taten aufschreibt.

S. 255: Schlacht von Badr 624 n. Chr.

S. 255: Ahmed Cevdet, 1822-1892, Schriftsteller und Jurist. Das genannte Buch erzählt in 12 Teilen die islamische Geschichte von Adam bis zu den Osmanen.

S. 256: *Teheccüd*: ein nicht obligatorisches Gebet mitten in der Nacht.

S. 257: Sure 8, Vers 12.

S. 257: Sure 8, Vers 17.

S. 259: In Sure 2, Vers 190f. heißt der Text vollständig: »Und bekämpft auf Allahs Pfad, die euch bekämpfen. Doch begeht dabei keine Übertretungen. Siehe, Allah liebt diejenigen nicht, die Übertretungen begehen. Und erschlagt sie, wo immer ihr auf sie stoßt, und vertreibt sie, von wo sie euch vertrieben haben.«

S. 266: Medina hat ca. 90 arabische Ehrennamen.

S. 267 *Rekât*, Gebetseinheit mit vorgeschriebenen Bewegungen und Texten.

S. 269: Sure *Zümer*, Die Scharen, Sure 39, zitiert wird Vers 42.

S. 271: Bei Sarıkamış wurden die osmanischen Truppen unter Enver Paşa 1915 von den Russen vernichtend geschlagen.

S. 274: Die alttestamentliche Erzählung kommt auch im Koran vor.

S. 279: Kleinkinder zu verloben war ein Brauch der arabischen Stämme, den der Prophet abschaffte.

S. 279: *Sıddık*: (arabisch) Einer, der sein Wort hält.

S. 282: *Megafir* (arabisch) Harz oder Sirup vom *urfut*-Baum.

S. 282: *UPrfut*-Baum: Akazienart, die vorzugsweise im Jemen wächst. Das Wort *urfut* bedeutet ›die Stinkende‹.

S. 282: *Tahrim*, Das Verbot, 66. Sure, Vers 1.

S. 283: Sure 66, Vers 5.

S. 285: Sure *Nur*, Das Licht, Sure 24, Vers 11ff.

S. 286: Der Hügel Kocatepe liegt in der Provinz Afyon. Von hier aus befahl Atatürk 1922 die Offensive zur Befreiung der Ägäisregion, den Krieg gegen die griechische Besatzungsmacht.

S. 287: Marwa und Safa sind die zwei Hügel in Mekka bei der Kaaba, zwischen denen die Pilger hin- und herlaufen, in Erinnerung an die Suche der Mutter Ismails nach Wasser, siehe Sure 2, Vers 158.

S. 289: *Sahur*, Frühstück vor Tagesanbruch im Ramadan.

S. 290: »Lob sei Allah, dem Weltenherrn. Dem Erbarmer, dem Barmherzigen. Dem König am Tag des Gerichts. Dir dienen wir, und zu dir rufen wir um Hilfe. Leite uns den rechten Pfad, den Pfad derer, denen du gnädig bist. Nicht derer, denen du zürnst, und nicht den der Irrenden.« (Sure 1, Verse 2-7)

S. 290: *Bismillah*, eigentlich *bismillahir rahmanir rahim.* »Im Namen Allahs, des Erbarmers, des Barmherzigen.« (Sure 1, Vers 1) Mit dieser Formel beginnen alle Gebete.

S. 292: *Lebbeyk* (arabisch): Hier bin ich, ich stehe zu Diensten. Dieses Wort stellen die Mekkapilger ihren Gebeten voran, um ihre Hingabe auszudrücken.

S. 295: z. B. Sure 43, Vers 2f.

S. 295: Alle genannten Moscheen befinden sich in Istanbul mit Ausnahme der letzten.

S. 295: *Kıyamet*, Die Auferstehung, Sure 75.

S. 296: *Bakara*, Die Kuh, Sure 2.

S. 296: *Amenerrasûlü*, Gebet aus Sure 2, Vers 286.

S. 296: Wegen der vielen Ausländer und der aufgeklärten Denkweise der Bevölkerung wird Izmir von den Strenggläubigen als heidnisch bezeichnet.

S. 297: Anspielung auf ein türkisches Sprichwort: Mit der Erfindung des Gewehrs wurde der Edelmut zerstört.

S. 299: Muhammed wollte angeblich nach seiner ersten Frau Hatice keine andere mehr lieben.

S. 299: Beiname von Ebubekir, siehe Anm. zu S. 279.

S. 303: Sure 112, Vers 3.

S. 304: Sure 112, Vers 1: »Sprich, Er ist Gott, der Eine.«

S. 305: Ansari, die Helfer, die in Medina die Muslime aufnahmen.

S. 307: Menemen ist eine Kleinstadt westlich von Manisa, wo sich im Jahr 1930 der hier erzählte Vorfall mit Mustafa Fehmi Kubilay ereignete.

S. 307: Sure 2, Vers 154.

S. 308: Ehrenname des späteren Atatürk.

S. 309: Beim Wort *menemen* fällt Türken nicht nur der Vorfall in der Stadt Menemen ein, sondern auch eine *menemen* genannte Eierspeise, die im Text beschrieben wird.

S. 310: Mahdi, der Geleitete, der nach der Überlieferung am Ende der Tage auftritt und die Herrschaft des Islam noch einmal aufrichtet. Diese Überlieferung basiert nicht auf dem Koran.

S. 310: Sultan Abdülhamid II. ist gemeint.

S. 310: Die Legende von den Siebenschläfern steht in Sure 18, Vers 10ff.

S. 310: Nakschibendi: im 14. Jh. in Zentralasien entstandener Sufi-Orden des Islam.

S. 310: Der Hundename Kıtmir hat etwa die Bedeutung von ›Gefährte der Not‹.

S. 311: Gemeint ist die Befreiung der Türkei von allen ausländischen Mächten und die Ausrufung der Republik. 1925 wurden alle Derwischorden verboten.

S. 312: Müftü Camii: Moschee des *müftü*, des Mufti.

S. 312: *Fetih*, Der Sieg, Sure 48, Vers 1.

S. 314: Über 2000 Menschen wurden verhaftet, 105 vor das Militärtribunal gestellt. Es gab 37 Todesurteile, von denen 28 vollstreckt wurden.

S. 316: Ausdruck Homers.

S. 322: Im Islam ist nach dem Beischlaf die Ganzkörperwaschung vorgeschrieben, die einfache Gebetswaschung reicht nicht.

S. 323: Damals war es noch Brauch, die Witwen der Gefallenen zu heiraten, um sie zu versorgen.

S. 328: *Zekât*, Abgabe für die Armen, die der einzelne Muslim, abhängig von seinem Besitz, einmal im Jahr entrichten muss.

S. 330: *Kolböreği*, eine bestimmte Art von *börek*, Pastete.

S. 330: *Sema*, Derwischtanz.

Inhaltsverzeichnis